신들의 전장, 생명의 불꽃

나남출판

나남문학 2

박경리 장편소설 독후감 공모집

신들의 전장, 생명의 불꽃

조혜정 · 고지숙 · 차효찬 · 이민재 · 김지영
조경희 · 이영인 · 김효선 · 이은옥 · 김진순
김정민 · 한송희 · 박수정 · 안정수 · 조재영
이형우 · 김은미 · 문귀영 · 고순정 · 김미선
정연철 · 이정인 · 김미숙 · 이선경 · 오승훈
박영빈 · 박미선 · 박준경 · 한미경 · 한순모

NANAM
나남출판

나남문학 2

2003.10

신들의 전장, 생명의 불꽃

발행인 : 趙　相　浩

발행일 : 2003년 10월 5일

발행처 : (주) 나남출판

137-070　서울 서초구 서초동 1364-39 지훈빌딩 501호

전화 : (02) 3473-8535 (代)

FAX : (02) 3473-1711

등록 : 제 1-71호(79.5.12)

http://www.nanam.net
post@nanam.net

ISBN 89-300-9005-2　　책값은 뒷표지에 있습니다.

나남출판사에서는 글의 대중화와 글과 함께하는 생활을 도모하고
자 우리 주변의 글을 사랑하는 이들의 진솔한 글들을 모아 〈나남문
학〉을 간행하게 되었다.

〈나남문학〉은 동시대를 사는 수많은 사람들의 삶과 그들의 꿈을
적나라하게 드러내어 한 시대가 지향하는 꿈과 희망의 높이와 절망
의 깊이를 보여주는 꺼질 줄 모르는 증언의 기록으로 이어질 것이다.

〈나남문학〉은 글과 함께하는 모든이들에게 열려 있고 또한 그 한
가운데에 있을 것이다.

〈나남문학〉 편집인

자기 높임을 위한 독서의 권리

李 淸 俊

(소설가)

　한 장님이 길을 가다가 도중에서 불시에 눈이 뜨였다. 어둠 속에서 갑자기 눈이 밝고 보니, 이 장님 양반 눈앞에 훤히 펼쳐진 세상 한가운데서 어디가 어딘지 발길을 종잡을 수가 없게 되었다. 그래, 지나가는 행인을 붙들고 길을 묻는데, 이놈의 세상이 도대체 어떻게 된 노릇이오, 난 원래 앞을 못 보는 장님인데, 도중에 갑자기 눈이 밝고 보니 거꾸로 갈 길을 잃게 되었구료. … 그러자 행인이 한참 딱한 눈길로 그 낭패스러워 하는 장님을 바라보고 있다가 귀띔을 해준 말인즉, 그런 일로 무얼 그리 낙담을 하시오. 그럼 다시 눈을 감고 가면 될 거 아니오. 옳거니! 그러자 이 장님 양반 무릎을 치며 다시 눈을 감고는 손에 든 지팡이를 앞장세우고 가던 길을 유유히 되찾아 가더란다.

　세상 살아가는 지혜나 책을 읽는 일과 상관하여 얼핏 떠올려본 전래 우스개 한 토막이다. 덧붙일 필요도 없는 말이지만, 장님의 어둠 속에도 나름대로의 삶의 길은 있게 마련이요, 세상을 제대로 보고 밝히 알지 못하는 사람에겐 그 어둡고 좁은 삶의 길이 차라리 제격이리라는 소리일 것이다. 어둡고 좁은 데에 길이 들여진 사람에게는 넓고 밝은 세상과 그

7

런 세상에서의 삶의 길이 오히려 감당 못할 혼란이요, 암흑이리라는 소리일 것이다.

우리가 바라는 삶의 길이 어느 쪽이어야 하는가는 구구한 사족이 불필요하거니와 세상을 넓고 밝게 살아갈 지혜의 단서를 책을 읽는 데서 구해 볼 수 있음은(독서가 적어도 그런 단서의 한 가지가 될 수 있음은) 더욱이 첨언이 불요할 것이다.

여기서 좀더 말을 덧붙이자면, 그 책을 읽는 일과 폭과 지속성의 문제에 관해서다.

이야기의 편의를 위하여 불가(佛家) 쪽에 전해 내려오는 고사류(古事類) 한 가지를 더 들어보자. 옛날 한 스님이 평생의 수도 끝에 도(道)를 깨치고 어느날 마침내 세상을 제도(濟度)하러 산을 내려왔다. 노승이 한 산 밑 마을의 정자에서 아픈 다리를 쉬고 앉아 있는데, 때마침 철부지 어린아이 하나가 스님 곁을 지나가다 무심결에 그만 그 스님의 도포자락을 밟았다. 고결한 어른의 도포자락을 버릇없이 밟고 지나가는 아이의 소행에 화가 치민 스님은 곁에서 과일을 깎고 있던 칼을 빼앗아다 아이가 밟은 도포자락을 북 찢어 잘라 내던져 버렸다. 하지만 아이는 스님이 제게 화를 내고 있는 줄도 모르고 이번에는 그 할아버지 같은 스님의 목을 껴안으며 재롱을 부리고 덤벼들었다. 이에 이번에는 자신의 목을 잘라 내던질 수도 없게 된 노승은 그제서야 비로소 자신의 지혜가 모자람을 깨닫고 그 길로 다시 발길을 되돌려 산으로 들어가버리고 말았다고.

삶에 대해 딱딱하게 굳어 죽은 지식과 부드럽게 살아 숨쉬는 지혜의 비김을 읽을 수 있는 이야기다.

우리는 때로 주위에서 자신의 삶이나 세계의 이해를 일회적 완성(一回的 完成)의 과업으로 생각하고 거기에 따라 독서에 대해서도 그것을 위한 일회적이고 일시적인 방편으로 생각하는 사람들을 보게 된다. 그러나 우리 누구나가 실감하고 있듯이 우리의 시대는 눈부신 과학정보와 그에 대응할 인간정신의 계발·고양으로 무한정 넓은 미래세계에로의 문을 열어나가고 있다. 그리고 그 미래 속으로 무서운 속도로 변모해 나가는 인간의 모습과 삶의 양상을 나날이 새롭게 정의해 나간다. 그런데 그러한 과학정보와 정신활동의 성과들이 대개 책으로 담겨져 나오고 있음은 다시 말할 나위가 없는 일이다.

근대 과학정신의 금과옥조로 오랜 세월 동안 신봉되어 오던 유클리트 기하학과 뉴턴 물리학 체계가 어느새 우주구조의 기초를 설명하는 한 부분법칙으로 전락하고, 영미 지역을 풍미하고 있는 작금의 분석철학 이론이 전 인류사가 힙겹게 쌓아올려 온 모든 철학사상 체계의 금자탑을 하루아침에 헛된 사상누각으로 타매하고 드는 현상들을 볼 때 우리는 과연 우리의 삶이 어떤 지경에 이르고 있는가를 실감하고도 남는다(이는 물론 고전적 가치체계를 부인함이 아니라 오히려 그 연속성으로 인한 지식의 축적과 세계의 확대, 그리고 우리의 삶에 대한 끊임없는 이해의 확대를 말하려 함이다).

우리의 삶이나 세계의 이해는 그 근본에서부터 '일회적으로 완성'될 수 있는 것이 아니다. 그것은 끊임없이 다시 체험되고 반성되면서 넓고 밝은 미래 속으로 확대·고양되어 나가야 하는 과정의 것이다. 그것을 그저 일정한 시기의 삶의 과업으로 이해하고, 일회적으로 완성지으려 하는 것은, 변화와 전진의 격랑 속에서의 삶의 정지 바로 그것에 다름 아닐 것이다. 그리고 당대의 시대현실로부터 자신의 삶을 멀리 유리시켜 밝고 어둡고 딱딱한 아집 속에 그의 삶을 무용한 외곬의 그것으로 만들고 말 것이다.

하여 이제 우리는 우리의 삶과 그 이해의 태도에 관련하여 노승의 일화의 의미를 다시 읽게 된다. 그것은 첫째 세상과 유리된 외곬의 산중공론(山中空論)의 무용함을, 둘째로는 우리의 삶의 이해나 체험은 일회적 완성이 불가능한 것임을 우리에게 분명하게 말해 주고 있다. 그것은 다만 우리들의 삶에 무용하게 굳어진 외곬의 죽은(反) 지혜를 낳게 할 것이며, 그 외곬의 죽은(反) 지혜는 넓은 세상을 함께 숨쉬는 산 지혜 앞에 얼마나 보잘것없고 무용한 것인가를 말해 준다.

이 외곬으로 굳어진 죽은 지혜는 그 지혜의 무용성만으로 허물이 모두 끝나지도 않는다. 세상과 유리되어 새로운 이해나 체험이 정지된 외곬의 삶은 필연적으로 그 정신의 경화현상을 일으키게 마련이다. 그리고 우리의 육신이 그러하듯 단단하게 굳어진 정신의 암소(癌巢)는 그 독단과 아집으로 우리 정신의 정상적 성장과 확대를 방해하고 그것의 균형을 깨뜨리려는 파괴적 결암(結癌) 현상을 초래하게 마련이다. 굳어 죽은 지혜는 이제 우리의 삶을 거꾸로 파괴하는 무서운 질병이 될 수도 있다는 말이다.

어둠에 익숙하여, 그 어둠 속에서 오히려 길을 잘 찾아가는 장님식의 삶은 다시 거론할 여지도 없으려니와, 여기서 그 책을 읽는 일에 상관해 말한다면, 때로는 얼마간의 독서량을 가진 사람에게도 같은 위험이 닥쳐올 경우가 있다. 바로 그 책 읽는 일을 너무 일찍 마감해 버리는 경우 말이다. 어느 시기, 얼마간의 독서체험으로 책을 졸업해 버리는 일, 그리하여 그 한 시절의 독서체험만으로 그의 삶의 이해를 완결짓는 일 역시 그 일시적이고 부분적인 과거의 지식 속에 거꾸로 자신의 삶을 가두고(적어도 그가 그때까지 책에서 지속적으로 구하고 누려온 지혜의 폭만큼은) 고정시키게 될 것은 당연하다. 그리고 그의 삶의 정지와 경화현상을 가져올 위험 또한 충분한 것이다. 왜냐하면 부분적이고 일시적인 과거의 지식과 체험의 틀 속에 자신의 삶을 가두는 일은 그의 삶을 오히려 낡은 아집과 편협스런 독단의 노예로 만드는 일이며, 그게 바로 정신의 결암현상에 다름 아니기 때문이다.

다시 말할 필요도 없이 우리는 그 정신이나 삶의 결암현상을 막아야만 한다. 그것은 차라리 우리의 삶에 대한 지고의 의무이다. 그렇다면 우리는 그 의무를 어떤 방식으로 이해해 나갈 것인가. 어떻게 그 결암현상을 막아나갈 것인가.

　여기에 다시 그 도통한 스님의 이야기에서 보인, 굳어 죽은 지식과 살아 있는 참 지혜의 문제가 걸린다. 그리고 다시 끊임없이 확대되고 고양되어 나가야 할 삶을 위한 독서의(또는 삶의 체험이나 이해의) 문제가 또한 걸린다.

　그 노승의 일화 속에 이미 우리의 삶의 지고한 의무로서의 결암방지의 처방에 관한 중요한 단서가 숨겨져 있기 때문이다. 그 이야기의 표면적 의미는 앞에서 이미 말한 바와 같이 세상과 유리된 산중공론의 무용성과 우리의 삶에 대한 이해나 체험의 일회적 완성의 불가능성을 보여준 것이라 할 수 있다. 그러나 이 이야기에는 그것들이 그저 죽은 지혜를 낳을 수 있을 뿐이라는 부정적 의미 이외에 보다 더 긍정적이고 원리적인 지혜의 본질에 대한 시사를 담고 있다.

　이 이야기에는 물론 서책이나 우리의 독서행위에 관련하여 긍정적 시사가 직접 드러나 보이지는 않는다. 일화 속의 아이는 실상 지금까지 우리가 일컬어온바 넓고 깊은 삶의 체험이나 지속적 독서 따위와는 관련을 지어 말할 수 있는 처지가 못된다. 여기엔 오히려 앞에서 말한 현실세계와 유리된 죽어 굳은 지혜로서의 외곬의 공론과 산중사유를 비꼬는 반독서적 야유기마저 엿보인다. 하지만 이 이야기에는 적어도 우리의 삶을 살아 있는 참지혜의 문으로 인도해 갈 수 있는 매우 소중한 단서를 한 가지 간직하고 있다.

　불가(佛家)의 고언(古諺)으로보다는 차라리 물과 갓난아기와 여자에게서 삶과 우주의 본성(本性)을 찾아보려고 한 노자(老子)를 떠올리게 하는 이 노승과 어린아이의 이야기는 바로 딱딱하게 굳어 죽은 지혜와 '부드럽게' 살아 움직이는 삶의 지혜를 너무도 적절하게 견주어 보이고 있는 것이다. 일화의 참뜻을 나는 감히 여기서 읽고자 하는데 그것은 바로 저 노자가 낮고 약하고 부드러운 것의 역설적 힘을 주장하고 그것의 표상으로서의 물과 여자와 갓난애의 덕성을 내세웠듯이 굳은 삶과 그 지혜에 대한 부드러운 삶과 그 지혜의 통쾌한 승리의 선언인 것이다(정신의 굳음, 그 결암현상은 그 자체가 이미 삶의 분명한 패배가 아닌가).

과연 그렇다. 지혜는 부드러워야 한다. 아니, 부드러움은 지혜의 근원이자, 그 부드러움 자체가 가장 힘이 있는 지혜일 수 있는 것이다. 부드러움은 정녕 굳은 것을 풀어줄 수 있다. 부드러움의 지혜가 우리의 삶이 단단하게 굳어 죽어가는 것을 방지하고 그것을 창조적으로 고양시켜 나갈 수 있는 것이다. 우리 정신과 삶의 결암현상을 막는 길은 그 부드러움의 지혜로 우리 자신을 깨우는 일이 되는 것이다.

그렇다면 그 부드러움의 지혜는 어디서 어떻게 구할 것인가. 물론 이에 대한 해답도 그 노승의 부정적 일화 속에 이미 역설적으로 자답되고 있는 셈이다.

우리는 먼저 우리의 삶에 대한 일회적 이해와 그 완성에의 미망에서 벗어나야 한다는 것, 그리고 세상과 유리된 외곬의 공론과 아집에서 벗어나 자신의 삶을 폭넓게 개방해 나가야 한다는 것이 그것이다. 그 일화는 일종의 반어법으로 그것을 우리에게 힘있게 말해 주고 있다. 그리고 여기에 부드러운 삶의 지혜에 관련한 그 삶의 반복적 반성과 고양수단으로서의 독서의 역할이 드러난다. 그 부드러운 삶의 지혜로의 실천적 방안은 독서가 매우 넓고 유효한 길이 될 수가 있는 것이기 때문이다. 그리고 우리의 삶이 죽은 지혜의 굴레 속에 굳어 갇히지 않고 늘 새롭고 넓게 재창조되어 나가도록 하는 것이 독서의 참된 목표요, 그 궁극의 유용성이 되어야 하기 때문이다.

하여 전자는 다시 독서의 지속성의 문제로, 후자는 그 폭의 문제로 귀착하게 된다. 우리는 그 지속적이고 폭넓은 독서의 체험을 통하여 자신의 삶이 세상과 유리되어 혼자 외곬으로 생성이 정지된 채 거짓 완성되는 결암현상을 방지할 뿐 아니라 그것을 부드러운 지혜 속에 창조적으로 확대하고 고양시켜 나갈 수 있으리라는 말이다.

이 지속성과 폭이란 말의 뜻을 좀더 분명히 하기 위해 다른 비유를 한

가지만 더 들어보자.

  나는 자주 우리의 삶이 산을 오르는 일과 비슷하다고 생각해 오고 있거니와, 그 산을 왜 오르느냐 하니 '산이 거기 있기 때문'이라고 말한 등산인이 있었다. 그 산을 우리가 살아내야 할 삶의 표상이요, 삶 그 자체로 이해하고 보면 그 뜻은 더욱 분명해진다.

  산이 있으되, 그 산을 정상까지 오르는 사람도 있고 그것을 아예 오를 생각이 없이 낮은 평지에서만 지내는 사람도 있다. 산을 오르고 오르지 않는 것은 애초 각자의 자유에 속하는 일이다. 우리의 삶에 관련해서도 그것은 마찬가지다. (삶의) 산을 오른 일이 없다 하여 그에게 삶이 없는 것은 아니다. 장님의 어둠 속에도 나름대로 익숙한 삶의 길이 있었듯이 애써 산을 오르지 않는 사람에게도 그 나름의 삶의 길은 있게 마련이다. 하지만 아무리 그렇다한들 산을 올라가 높고 넓은 시야를 얻은 사람의 삶이 평생토록 낮은 평지 아래서 그 좁은 시야 속에 꼭꼭 갇혀 사는 사람의 그것과 같을 수는 절대로 없는 일이다. 산(그 산이 더욱이 우리의 삶의 표상일진대)을 오르지 않는 사람의 삶이 저열한 편견과 아집 속에 낮고 어둡고 딱딱하게 굳어진 외곬의 삶이라면, 산을 올라간 사람의 그것은 그 높고 넓은 시야 속에 자신을 해방시켜 나가는 부드러운 지혜의 삶이 될 것이다. 왜냐하면 높고 넓어진 시선은 그 자체가 넓은 자유이자 자기해방이며, 그 넓은 자유나 화창한 자기해방이야말로 우리의 삶을 가장 힘차고 행복하게 만드는 부드러운 지혜의 어머니이기 때문이다.

  그런 뜻에서 높고 넓은 시야를 얻기 위하여 우리가 삶의 산을 오르는 일은 그 삶에 대한 우리의 의무가 아닐 수 없는 것이다. 우리는 이제 그 장님의 어둠 속의 삶을 수락할 수도 없으려니와, 그 어둠 속에서 정신의 결암현상을 방치해 둘 수는 더욱 없는 일이기 때문이다. 하지만 그 산을 올라 높고 넓은 시야를 얻어 우리의 삶이 그 자유와 해방의 부드러운 지혜 속에 안기게 될 때 우리는 그것으로 그 의무로부터도 자유롭게 해방되며, 그것으로 우리는 다시 한번 거듭 싱싱하고 자유롭고 부드러운 지혜의 봉우리에 이르게 될 것이다.

하지만 사실은 그것만으로도 아직은 충분할 수가 없다. 책을 읽는 일은 말할 것도 없이 그 (삶의) 산을 오르는 바른 길을 구하는 일이다. 그러나 어느 한 권의 책은 그 사람이 그것을 올라 본 체험과 지식의 기록일 뿐이다. 우리는 그 한 사람을 길잡이로 어떤 봉우리를 오를 수도 있을 것이다. 하지만 그의 길이 언제나 가장 바른 길이라고 말할 수는 없다. 더욱이 그것이 그 산을 오르고 체험하는 모든 길이 될 수는 없다. 그만이 산을 오르고 그 체험이나 산의 정보를 남기고 있는 것이 아니다. 다른 사람들도 수많은 길들을 찾아 산을 올라갔을 것이다. 그리고 그 길의 정보와 체험의 기록들을 남겼을 것이다.

산을 오르는 데 한 가지 길에 만족하고 그것만을 고집할 수는 없는 일이다. 그 역시 바로 우리의 삶을 외곬의 샛길로 몰아넣어 가두는 일이 되기 때문이다. 그리고 무엇보다 그것은 애초에 그 산을 오른 사람 자신의 길이요, 산이기 때문이다. 우리는 실상 저마다 각기 그 크기와 높이가 다른 자신의 (삶의) 산을 점지받고 태어난 독자적 삶의 주체이다. 남의 길을 따라 자신의 산을 오를 수는 없는 일이다. 남의 길을 따라서는 기껏해야 남의 봉우리를 뒤따라 오를 수 있을 뿐이다. 우리가 그 남의 길을 묻는 것은 그 길에의 매임이 아니라, 거기서 자신의 산을 바르게 찾아오르기 위함이다.

그 바른 길, 자신의 삶을 창조적으로 살아낼 높고 넓고 부드러운 지혜의 봉우리에로의 자신의 산과 바른 길을 찾기 위해서는 먼저 그 자신의 산의 길잡이가 된 다른 사람들의 등산기록을 일시적으로 그리고 다만 하나만의 등정기록에 붙매임이 없이, 끊임없이 그리고 폭넓게 참고할 필요가 있다는 말이다. 이 세계와 삶의 이해를 위한 연구와 체험의 기록들은 여러 가지 다른 학문과 예술분야들에 얼마나 많은가. 그리고 그것들은 서로 자신의 길 속에 얼마나 다른 삶의 봉우리들을 실현해 보여주고 있으며, 그러나 또한 그 다른 길과 봉우리의 모습들로 하여금 서로의 봉

우리가 높아지고 그것으로 마침내는 우리 인간공동의 (삶의) 봉우리도 함께 얼마나 더욱 높여가고 있는 가. 이것이 독서의 지속성과 폭에 관한 소리가 되풀이 들먹여지고 있는 이유다.

우리의 삶의 결암현상을 방지해야 하는 것은 과연 우리의 삶에 대한 불가결의 의무이다. 따라서 그 결암현상의 방지를 위하여 굳어 죽지 않는 부드러운 지혜로 우리의 시야를 높고 넓게 유지해 나가는 일 또한 우리들의 삶의 귀중한 의무이다.

아니 그것은 의무이기에 앞서 인간 본연의 자존심에 먼저 상관된 일이다. 사람은 원래 저열한 삶의 바닥을 싫어하고 스스로 높아지고 높아지기 위해 높은 곳을 오르려는 천부의 욕망을 지니고 태어난 때문이다. 그것이 바로 인간의 인간된 이유이겠지만 그 자존과 자존에의 본성은 저 바다 건너의 리처드 바크도 그의 갈매기 조나단의 이야기로 우리에게 감동적으로 확인해 주고 있는 것이다.

그렇다면 그 산을 오르는 일도 인간의 본성인 그 자존심의 발현이라는 점에서 우리의 삶에 대한 의무임과 동시에 권리가 되어도 마땅할 것이다. 그리고 거기 산이 있으니 산을 오르노라는 등산가의 일갈도, 그 산을 오르는 일이 우리의 삶의 의무만이 아닌 권리의 행사가 될 수 있을 것이다.

그렇다면 그 산을 오르지 않는 것은 그 산을 오르지 않음으로써가 아니라 오를 권리를 포기함으로써 이미 우리의 삶을 스스로 저열스럽게 만드는 일이 아닐 수 없게 된다. 사람은 그 의무를 외면할 때도 저열스러워지지만, 그 권리를 행사하지 않고 스스로 버릴 때 그의 자존심도 함께 버리는 저열스런 존재가 될 수 있기 때문이다.

책을 읽는 일에 대해서도 아마 똑같은 말을 할 수 있으리라. 책을 읽는 일 또한 우리의 삶에 대한 의무일 뿐 아니라 그 본성인 자존심과 관련한 귀중한 권리의 하나일 테니 말이다. 그런데 가끔 우리 주위에선 그 소중한 권리를 너무 쉽게 버리는 경우를 보게 된다. 말을 좀 심하게 비약하자면 책을 아예 멀리하고 지내는 것을 자랑으로 삼는 사람은 물론 독서를 '취미'로 내세우는 사람도 그런 경우에 속할 수가 있으리라. 책을 읽는 일이 정신의 양식을 구하는 일일진대 육신의 양식을 구하는 밥먹기를 취미로 내세우는 사람은 없을 것이기 때문이다. 취미를 밥먹기로 삼고 사는 사람이야말로 사람으로서의 권리와 귀한 자존심을 거론할 여지도 없을 것이기 때문이다.

— 이청준, 1985, 《말없음표의 속말들》, 나남출판, pp.79~88.

박경리 장편소설 독후감 공모집

나남
문학 2 *

신들의 전장,
생명의 불꽃

차 례

1등 수상작

신들의 전장, 생명의 불꽃 · 조혜정

신들의 전장, 생명의 불꽃

조 혜 정(전북 부안군)

그렇다, 이것은 신들의 싸움이다. 사람의 싸움이 아니다. 그러나 그 신은 나무 숲에 있는 것도 아니요, 돌집 속에 있는 것도 아니다. 사람의 마음속에 깊이 들어 있는 신이다. 이제 싸움도 먹을 것, 입을 것, 땅, 돈, 권리를 빼앗으려고 주먹으로, 칼로, 기계로, 약으로 싸우는 육체의 싸움이 아니요, 생각으로 싸우는 정신의 싸움이다. 그러므로 사람이 그 몸을 빌려 싸우기는 하면서도 그 까닭과 뜻을 모르는 일이 많다. 그러므로 양편이 다 서로 죽여도 누구를 죽이는지, 왜 죽이는지, 또 장차 어떻게 벌어져나가는 일인지를 몰랐다.

'사바'란 불교에서, 중생이 갖가지 고통을 참고 견뎌야 하는 이 세상, 인간세계를 가리키는 말이라 한다. 불자도 아니며, 그 어휘의 피상적 의미만을 인식한 처지이면서도, '사바'라는 말은, 인간세계의 스산한 슬픔을 느끼게 한다.

박경리 선생의 역작 《시장과 전장》의 마지막 장을 다 읽고 무연히 창 밖을 내다보았을 때, 나는 사바 한가운데서 긴 총성의 메아리를 듣고 있는 듯한 느낌이 들었다.

사바, 온갖 고통과 번뇌가 가득하고 언제 어느 때 누구이건 그 고통의 덫에 걸려들어 신음하면서도 참고 견디어 다시 일어서기를 반복하는 우리의 세계. 그 세계의 비감한 영상이 연무가 되어 홀연히 피어올랐다. 그리하여 신들의 싸움터에 작은 불씨 같은 생명들이 하나 둘 스러지고 더러는 이를 사려물고 일어서는 현장을, 나 혼자 멀리서 바라보고 있는 듯한 느낌, 그 속에서 함석헌 선생의 날카로운 사유의 목소리가 총성을 뚫고 선명하게 들려오고 있었던 것이다.

나는 눈물도 한숨도 아닌 담담한 얼굴로 그 비극의 현장에 대해 오래 생각하였다. 내 담담한 얼굴은, 무관심과 냉소 때문이 아니었다. 신들이 불러모은 병사들, 그들의 총구에 죽어간 작고 소중한 생명에 대한 깊은 연민과, 사람을 죽이고 그 자신 역시 죽어가면서도, 그것이 헛된 몸부림인 줄도 모른 채 아우성치는 저 어리석은 이들을 향한 안타까움의 다른 표현인지도 몰랐다. 그것은 조용하고 깊은 슬픔이었다.

《시장과 전장》은 1950년 한국전쟁이 발발하기 얼마 전을 시작으로 1953년, 전쟁의 막바지까지를 담고 있는 소설이다. 일종의 전쟁소설이라 할 수도 있으나, 시점이 교차하면서 점점 더해지는 강력한 서사의 힘, 그리고 그 시선이 향해 가는 깊은 사유의 영역은 이 소설이 한국전쟁을 배경으로 한 여느 소설과는 또 다른 궤를 걷고 있음을 깨닫게 한다.

소설은 1950년, 서울에서 두 아이의 엄마로, 아내로, 딸로 살아가던 '남지영'이란 인물이 연안의 한 여학교에 교사로 부임해 집을 떠나는 것으로 시작된다. 지영은 무척 예민하고 민감한 감성과 냉철한 이성을 가진 여성으로 묘사된다. 지영의 남편 하기석은, 지혜롭고 어여쁜 아내를 사랑하고 그들 사랑의 결정체인 두 아이, 희와 광이를 사랑하며 장모 윤씨와 더불어 평범하고 안온한 소시민적 삶에 만족하는 유순한 인물로 보인다. 지영은 이런 남편과 어머니, 자식들을 두고 3·8선 접근지역인 연안으로 불안한 노정에 나서는 것이다. 그러나 연안에 머문 지 얼마 지나지 않아 곧이어 전쟁이 터지고 지영은 각고의 노력으로 생존의 동아줄을 부여잡으려 안간힘을 다한다. 그리고 홀로 잡초가 되어 끈질긴 생명력으로 아이들을 지키며 위태하나 꼿꼿하게 삶의 한복판을 걸어간다.

지영의 행적을 바라보는 시선과 대척점에 서 있는 것은 기석의 형인 하기훈을 향한 시선이다. 하기훈은 조직을 배반한 인사를 암살하라는 지령을 묵묵히 따르고 그 와중에 우연히 만난 연약하고 순수한 여인 '이 가화'를 한낱 일의 압박감을 해소하는 수단으로 취급하는 행동을 보인다. 또한 전세가 악화되자 죽음을 예견하고 지리산으로 향하는, 일단은 냉혹한 코뮤니스트로 보인다.

소설은 지영의 행적을 따라가다 다시 기훈에게 시선을 돌려 그들이 만나는 사람들, 그들의 의식의 흐름을 고스란히, 그러면서도 작가의 직접적인 목소리를 배제하며 독자에게 줄곧 사유의 여지를 안겨주고 있다. 이렇듯 교차되는 시선을 통해 두 인물의 행적을 따라가면서, 내가 조금씩 인물들의 열망과는 상반된 현실에 가까이 가 닿는 느낌이었다.

이미 알고 있듯이 해방은 어느 시인의 말대로 '도둑처럼' 왔고, 해방 직후부터 첨예하게 드러난 좌우의 갈등은 중도를 허락하지 않았다. 그 대립과 갈등 속에서 기어이 삼팔선으로 국토가 두 동강 나고 1950년 6월 25일 이전까지, 세계의 냉전상황 속에서 분단된 한반도에도 전운이 감돌고 있었다.

소설 역시 이러한 상황을 직·간접적으로 드러내주고 있다. 이북의 토지개혁으로 대지주 혹은 반동이 되어 월남한 이들이 등장해 '빨갱이'에 대한 극도의 증오를 보이기도 하고, 호텔 방화사건이나 제주도 사건 등의 좌우충돌 사례 등을 보고하며 독자로 하여금 한반도 내에 감도는 전운을 실감케 해준다. 이러한 상황들은 모두 지영과 기훈의 시선을 따라가며 만나는 사건들인데, 지영과 기훈은 각각이 처한 공간에서 소설의 적극적 주인공이 되기도 하고, 역사의 사건들을 전해 주는 전달자 역할을 맡기도 한다.

지영에게로 향한 시선이 처음 머문 곳은, 민감한 감수성, 냉정한 얼굴의 그네 모습이었다. 지영은 얼핏 박경리 선생의 대하소설 《토지》에서 '상의'라는 인물을 연상케 했다. 상의가 일제 치하의 학교라는 집단 속에서 결벽증적 예민함과 감수성으로 '개인'의 존엄을 대변했듯, 지영 역시 한 인간의 자존을 짓밟는 전장 속에서 인간 생명의 존엄함을 대변하고 있는 듯했다. 때문에 상의가 지영의 과거라면, 지영은 상의의 미래인 듯 두 인물은 어떤 연속성으로 소설 속 상징의 한 영역 위에 외롭고 아름답게 서 있는 듯했다. 나는 지영이 밟고 서 있는 곳의 실체와, 그 속에서 지영이 걸어간 행적을 옛 이야기 속의 그것처럼 따라가다, 어느 결에 그 공간과 현재의 내 공간이 '시장'이라는 접점에서 만나고 있음을 인식할 수 있었다. 그리고 그곳에서의 지영이 품은 열망, 온갖 생명 있는 이들의 열망을 아프게 확인하고 있었다.

시장. 온갖 악다구니와 비루함, 소요하는 인간군상이 서 있고 드나드는 곳. 그러나 그 공간은 '삶'을 향한 의지가 치열하고 눈물겹게 꿈틀거리는 곳이기도 하다. 그리하여 소요하는 인간군상의 악다구니마저 생을 향한 욕망, 생명을 향한 거짓 없는 희망으로 귀결되는 곳. 시장이 서고 그 속에서 떠들썩하게 생명의 소리를 낼 수 있는 또 다른 보호막은, 바로 그네들의 작고 초라한 '집'이 아닐까. 돌아갈 집이 있다는 것, 돌아가 소박하나 따뜻한 저녁식사를 함께 할 가족이 있다는 것은, 그들의 치열한 욕망의 원천이기도 하리라.

그러나 지영은 처음, 그 공간을 떠나고자 했다. 생명과 생활의 욕망이 힘을 얻는 그 공간을 벗어나 홀로 서 있고자 하였다. 그래서 그네는 연안으로 향한 것이었다. 지영이 가족을 떠나 홀로 서 있고자 한 까닭은, 남편에게 보낸 편지에 나타나듯, 자기 자신이 온전히 가정의 주체가 될 수 없게 만드는 모친 윤 씨의 과도한 영역과 남편 기석의 허영, 그리고 이러한 이질적인 사람들이 한데 모여 있기 때문이다. 그러나 지영이 기석에게 크게 실망한 사례로 제시된 일화, 즉 결혼도 하기 전에 지영의 이름을 존칭 없이 일본말로 부른 일, 세 권의 책에 두 권 책값만 계산한 점원의 실수를 보고도 침묵한 일, 그리고 기석이 남의 감자밭에서 몰래 감자를 캔 사건 등은 여느 사람들에게는 대수로운 일이 아닐 수도 있다. 또 지영이 입덧중에 혼자 쌀밥을 먹은 일로 자신에게 심한 혐오감을 나타낸 것 역시 지나친 자책으로 느껴진다. 이처럼 지영의 모습은 결벽증적 고결함, 예민함으로 보였는데 이것은 달리 말해 한 인간이 지닌 고유의 자존, 국가를 비롯한 어떠한 집단의 강제에도 짓밟힐 수 없는 한 개인의 존엄을 상징하고 있는 듯했다.

그러나 이러한 지영의 모습은 그 자신의 의사와는 무관한 '전쟁'이라는 극한의 폭력 앞에서 조금씩 다른 방향으로 전화해 간다. 그리하여 지영은 먼저 그 자신이 떠나온, 생명과 생활의 욕망, 그 욕망의 태가 묻힌 '집'으로 향하게 되고, 예전엔 거들떠보지도 않았던 부엌 살림살이를 몹시 간절한 눈빛으로 바라보며 갖고 싶어하는 것이다. 이러한 변화는 지영이 외부의 폭력 앞에서 그 존재가 위태로워진 '가정'이라는 공간을 향해 피워 올리는 그리움이며, 그것은 곧 폭력의 외상에도 온전히 살아남아 소박한 시장의 평온을 되찾고 싶어하는 지영의 절박함의 발로이리라.

이러한 그네의 절박한 희구에도 불구하고 폭력적 외부는 지영의 가정을 와해시킨다. 자신을 '순수한, 정치하고는 아무 상관이 없는' 엔지니어로 자부하는 기석은, 가족의 보호를 위해 마음에 없이 낸 입당원서가 문제가 되어 민청원이 물러가고 한청원이 득세하는 이남에서 생사를 알 수 없게 되고, 윤 씨는 가족의 식량을 구하러 달려간 강가에서 비참하게 목숨을 잃는다. 지영의 집은 '빨갱이'라는 낙인이 찍히며 이제 어린아이들의 생명을 지킬 이는 지영밖에 남지 않게 된 것이다.

한국전쟁 당시의 불행한 가족사의 한 전형으로 설정된 지영의 일가는 내게 큰 아픔과 분노를 느끼게 했다. 인민군 점령시절엔 '살기 위해' 부역을 나가고, 그로 인해 코뮤니스트와는 거리가 먼 그네들이 국군치하에선 빨갱이가 되는 것이다. 이런 어처구니없는 불행 속에서 지영을 비롯한 많은 민중들의 소박하나 간절한 꿈은, 아무런 폭력 없이 시장 속에 소요하는 군중으로 온전히 서 있을 수 있기를 바라는 것이었으리라.

시장과 전장이 맞닿은 지점에서 지영의 또 다른 변화는, 그 자신 끈질긴 '잡초'가 된 것이다. 그리하여 결벽증적으로 민감하고 예민하던 그가, 남의 밭에서 감자를 캐는 피란민들을 향해 던지는 윤 씨의 비난에 냉정하고 담담하게 반박하고, 인민군이 버리고 간 밀가루 포대에서 붙은 밀가루를 떼 내며 기뻐하는가 하면, "… 난 잡초야" 하고 중얼거리며 이 비참한 현실 속에서, 그러나 살고 싶다는 강한 열망으로 끈질기게 생명의 끈을 부여잡는 것이다. 이러한 지영의 변화는 지영의 본래 성품과도 연관된 것이기는 하나, 비참한 현실에 자신을 수동적으로 방치하지 않고 그 자신과 아이들의 생명을 지켜나가려는 처절한 노력으로 보여 눈물겹고 아름다웠다. 그러나 그 변화의 요인으로 '전쟁'이라는 외부의 폭력이 작용한 것은, 한 인간의 성숙이란 긍정성 이면에, 인간의 자존 상실이라는 전쟁의 필연적 성격을 보는 듯해 안타까움을 느꼈다.

많은 생명들이 꿈꾸던 시장의 행복은 3년간의 포화로 만신창이가 되고 그러한 시장의 등뒤로는 거기에 막대한 영향을 끼친 공간이 서 있다. 바로, 기훈으로 상징되는 전장이다.

하기훈은 여러모로 복합적인 인물이다. 그는 냉정하고 비정한 코뮤니스트로서의 언행을 보이지만 단순히 그를 냉혈한으로 보는 것은 무리가 있을 것 같았다. 배고픈 돼지에게 남몰래 과자를 먹여주던 학생시절의 기훈, 암살지령을 받고 지령에 충실하면서도 눈 먼 소녀와 그의 동생에게 따뜻한 말을 건네는 기훈의 모습은 비정한 공산주의자와는 거리가 멀다. 다만 이러한 내부의 따뜻한 본성을 묵살하듯, 그는 연약한 한 여인을 한낱 일시적 위안거리로 삼기도 하고, 옛날 북풍의 한설을 맞으며 함께 일 하고 호떡을 구워 먹던 석산 선생 부부에게 냉담한 태도를 취하기도 한다. 그리고 산 속에서 도망친 소년을 총살하기도 하는 것이다.

하기훈의 이러한 복합적 면모는, '사람'보다 '이념'이 먼저였던 한국전쟁의 쓰라린 실체를 확인하게 한다. 기훈이 가화에게, "나는 아무도 사랑한 일이 없다. 나는 내 이념을 사랑했을 뿐이다"고 했을 때, 그 말이 그의 선한 본성을 억누르는 가면에 불과할지라도, 전장은 이념이란 신들이 형성한 어리석은 허상이었음을 다시 생각하게 한다.

기실, 전장의 실체는 '신들의 싸움'이었다. 좌우의 대립은 각각이 지닌 이념의 배타성으로 중도의 여지가 없었다. 그리하여 근로 대중이 주인이 되는 세상을 만들겠다는 명목으로, 또는 개인의 자유를 구현한다는 명목으로, 전쟁은 돌이킬 수 없는 '내전'의 비극을 낳았고 좌도 우도 아닌 평범한 생명들을 죽음으로 내몰았다. 그 평범한 백성뿐 아니라 자의든 타의든 전장으로 향해간 청년들의 죽음 역시 비극적인 것이다. 신들이 공모한 싸움에 총을 들고 나선 이들과, 그들의 총탄에 맞아 죽은 숱한 생명들.

그렇게, 오직 자신의 이념을 신으로 추앙하여 극악한 배타성과 폭력으로 생명을 죽이고 파괴하는, 다만 광기의 향연에 다름 아니던 전장에서, 석산 선생의 말은 의미심장하다. '자운'과 같은 정객이면서 그와는 다른 인품을 보이는 석산 선생은 소설에서 중도파를 대표하는 듯했다. 그러나 '중도 진영'은 역사 속에서 쉽게 기회주의라는 오명을 받았음이 사실일 것이다. 그것은 물론, 자운과 같이 강자 곁에 기생하려는 '진짜' 기회주의자들의 득세와 그들의 행적으로 더욱 불행해진 과거사를 돌아볼 때 얼마간 이해할 수 있는 편견이기도 하다. 그러나 소설 속에서 드러난 석산 선생의 생각은, 단순히 비현실적 이상주의나 우유부단한 자아의 회색 성향이라고 매도할 수는 없다. 석산 선생은 부르주아 독재, 프롤레타리아 독재라는 양극단을 위험하게 여기고 거기 가담하지 않으려 한다. 또한 기훈에게, "명목이 어떻고 다 소용없네. 우리가 숨을 쉬어야 한다는 것, 우리의 영혼이 진실로 해방되어야 한다는 것, 그것뿐이야"라고 단호하게 말할 때, 그의 진정성은 선명하게 드러난다.

석산 선생과 같은 이의 생각을 이상주의로 묵살하고 계속하여 신들의 전쟁을 수행하던 이들은 그러나 전세가 역전을 거듭할수록, 서서히 지쳐갈수록 처음의 거창한 명목과 이념 앞에서 '왜'라는 물음을 던지게 된 것이다. 왜 나는 지금 여기 있는가, 왜 나는 그를 죽이고 있는가, 왜 나는 죽어가고 있는가, 그리고 앞으로 어떻게 될 것인가. … 의문은 꼬리를 물고 의문에 휩싸인 채, 좌에 기운 이념도 우에 기운 이념도 허무하게 죽어간 것이다.

소설은 이러한 전장의 실체를 특히 기훈과 기훈이 속한 집단의 모습을 통해 깊이 있게 형상화하고 있다. 수많은 의문과 회의로 고민하던 코뮤니스트 장덕삼은 결국 산에서 내려가 그가 속했던 집단의 사람들을 잡는 토벌대장이 되고, 기훈은 이념에 대한 사랑마저 희미해지고 가화에게 애정을 느끼면서도 죽음의 현장을 떠나지 않는다. 이러한 기훈의 모습이 당시 빨치산의 전형이라고 이야기할 수는 없을 것이다. 이미 자신의 이념을 수십 년간의 감옥생활로도 바꾸지 않은 코뮤니스트의 모습을 실제 우리는 알고 있으며, 그것은 장덕삼처럼 그저 단순히 낭만이나 스타일의 동경으로 시작된 믿음도, 또 기훈처럼 그 어떤 인간에 대한 사랑도 없이 이념에 대한 집착만 간직한 편협함도 아닌, '평등'이란 신념을 사상으로 육화한 성숙한 인간의 모습으로 보였기 때문이다. 그리고 이러한 모습을 쉽사리 폄훼해서도 안 된다고 생각하기 때문이다.

그러나 그 어떤 이념과 명분도 전쟁을 정당화할 수는 없다. 그것은 오늘날 이라크를 침공한 제국주의의 폭력을 통해서도 똑똑히 확인할 수 있지 않은가. 독재자로부터 선량한 민중을 구해내고, 독재자의 대량살상 무기로부터 온 인류를 구원한다는 거창한 명분을 내세워 선전포고를 한 강대국의 폭력은, 독재자도 대량살상 무기도 아닌 죄 없는 숱한 민중을 향한 것이었다. 민주주의라는 이념으로 독재를 타도하려는 시도는 그러나 엉뚱하게 한 민족, 한 국가를 송두리째 전장으로 내몬 것에 다름 아니게 되었고, 지금도 소중한 생명에 가하는 폭력은 계속되고 있는 것이다.

전장의 폭력은 또한 여성에게 직격탄이 되어 날아온다. 어쩌면 전쟁은 그 공모자와 수행자의 면면을 생각할 때 남성의 그것인지도 모른다. 여성은 생명의 위협뿐 아니라 그와 흡사한 성폭력의 공포에 끊임없이 시달려야 하는 것이다. 그 폭력의 가해자는 인민군이기도 하고, 국군이기도 하고, 또한 미군이기도 하다. 그러니까 결국, 두 아이의 엄마인 지영과 아직 소녀인 상혜의 두려움은, 결코 과잉방어가 아니었던 것이다. 그리고 가화 역시, 상처받는지도 모른 채 상처받고 기어이 죽어간 전쟁의 피해자인 것이다. 어쩌면 가화가 기훈에게, "왜 여자에겐 따로 할 일이 없을까요?" 하고 물었던 것은, 따로 할 수 있는 거창한 대외적 일이 없는 여성의 신세를 안타까워하는 말이라기보다, 남성의 그 할 일이라는 게 과연 할 만한 일인가를 자문하는 말이 아니었을까.

얼음을 깨어 한강의 붕어를 잡아먹으며 자식들과 더불어 온전히 살아가기를 소망하는 지영, 한 사람을 사랑하며 그 사람과 함께하고 싶었던 가화, 그러나 이들의 소박한 꿈은 전장의 형성으로 물거품이 되었다. 전장은 시장의 행복을 앗아가고, 꿈을 앗아가고, 생명을 앗아간 것이다.

지영과 가화, 기석과 기훈 등은 이미 반세기 전의 사람들이다. 그러나 그들의 상처를 경험한 세월이 오늘날 우리에게 평화와 안녕을 보장해 주지는 못했다. 아직 우리에겐 전쟁과 분단의 참화에 몸과 마음을 다친 이들의 한숨소리가 들려오고 있고, 한반도는 여전히 '휴전' 상태이며 지금도 전쟁의 공포는 계속되고 있다. 수많은 실향민들의 눈물은 마르지 않고, 이념의 자유, 사상의 자유는 민주주의를 표방하는 남과 북 모두에서 온전히 보장받지 못하고 있다. 그리하여 범죄자로 몰려 감옥에 갇히기도 하고, 더러는 목숨을 걸고 휴전선을 넘어오기도, 더러는 이국에서 긴 세월을 망명자로 살아가기도 한다. 또한 어느 기업인은 스스로 목숨을 끊었고, 그의 죽음에 비관한 실향민은 농약을 마시고 숨을 거두기도 하였다. 이 비극적 현실, 이것은 전쟁과 분단이 낳은 비극이 반세기가 지난 오늘에도 엄존함을, 남북의 그 누구든 분단상황에서 자유로울 수 없다는 것을 일깨우는 가슴 아픈 현실이리라.

전쟁이 지나가고 평화가 올 때까지 살아남는다면 그때 슬픔이 올 거예요. 비참했다는 것은 아마 그때가 돼야 더 뼈저리게 느낄 거예요. 잃었다는 실감이 사람들을 허탈 속에 몰아넣고, 죄를 범한 사람은 그들대로 상처가 덧나서 몹시 아파할 거예요.

지영의 이웃 의사의 말은 마음을 숙연하게 한다. 21세기가 흐르고 있는 지금도 완전한 평화의 시대에 이른 건 아니지만, 사람들은 비극을 되돌아보고 슬픔을 이야기한다. 삶을 향한 의지를 끈질기게 부여안고 생명을 지킨 사람들과 그들의 자손들이 생각하는 전쟁과 통일에 대한 인식이 같지만은 않다. 그러나 인간 생명의 존귀함에는 반론의 여지가 없음을 다같이 인식하고, 한반도의 통일과 평화에 이르는 길에 관하여 우리는 모두 질문을, 근원의 질문을 제기해야 하리라.

《시장과 전장》은 그리하여 분단 반세기가 지난 오늘에도 여전히 깊은 울림으로 다가온다. 한반도 안에서건 밖에서건 시장의 행복을 희구하는, 생명을 희구하는 사람들을 죽이는 전장의 폭력은 그 어떤 명분으로도 정당화할 수 없다는 것, 전쟁의 파고는 그 후 수 년이 흘러도 깊은 생채기를 남기며 인류를 괴롭히리라는 것, 생명의 존엄함을 해치는 그 무엇도 재연되어선 안 된다는 것, 그것을 이 소설은 나직하나 단호하게 이야기하는 것이다.

사바는 온갖 고통과 번뇌로 가득 차 있다고 한다. 전쟁과 광기는 그 세계의 고통스런 한 면을 차지할 터이다. 그러나 그 고통 속에 아무 저항 없이 함몰해 버린다면 무거운 업의 짐을 얹고 사바에서의 지난한 방랑을 계속해야만 할지 모른다. 허나 그보다 더 무서운 죄업은, 모든 인간의 존엄을 짓밟는 고통의 가해자로 생명 위에 군림하는 것이 아닐까.

고통 속에서 눈물을 멈추고, 고통의 생산을 멈추고, 푸른 바다 위 우뚝 솟은 검은 바위 끝에 홀로 서서 세계와 나를 바라보아야 하리라. 사유의 깊은 곳에 침잠해, 갖가지 명분으로 포장된 전쟁과 폭력의 위해를 상기하고, 그것이 한낱 부질없는 망상과 헛된 몸짓에 지나지 않음을 자각하는 것, 타인도 나도 모두 작고 소중한 생명임을 깨닫는 것, 그것이 오늘날 전장의 형성을 막고 인류가 평화 속에서 공존할 수 있는 근원의 해답이 아니겠는가.

2등 수상작

통영 바다에서 풀어내는 넋두리 · 고지숙

이념과 사랑, 그래도 지속되는 삶 · 차효찬

통영 바다에서 풀어내는 넋두리

고 지 숙(경기도 남양주시)

바닷가에 살고 있어도 바다의 냄새를 맡지 못하는 사람들이 있다. 선착장에 널린 지느러미와 내장의 잔해물이 풍겨내는 악취나 밧줄로 묶어놓은 고깃배들에 묻어 있는 비린내처럼 그저 맡아지는 냄새가 아니라 멀리 바다 한가운데에서 뭍으로 부딪쳐오는 파도처럼 삶의 하얀 껍질 밑에 숨어 있는 냄새 말이다.

나도 바다가 바라보이는 조그만 도시에서 유년시절의 추억을 모조리 묻었으면서도 숨어 있는, 눈을 씻고 찾아내야만 보이는 그러한 바다의 냄새를 맡지 못하고 지냈었다. 그리고 그렇게 무심히 지나온 시간 속에서 내 삶에 무언가 빠져 있다는 것을 감지하게 되었다. 그것은 바다가 전하려고 하는 비밀스런 전갈을 직접 찾아나서지 못하고 부딪치지 못해서 잃어버린 해결의 열쇠 같은 거였다. 삶에 열쇠가 있을 수 없다는 것은 잘 알고 있지만 일단 찾으려는 노력은 해야 한다. 그러한 노력조차 하지 않는 자들은 미리 삶의 원형을 만들어 놓고 그 틀 안에 숨어들려고 한다. 삶을 두려워하기 때문이다.

《파시》에는 바다가 주는 열쇠를 찾지 못해 안타까워하는 사람들이 등장한다. 그들은 의도적으로, 혹은 삶에 대한 무지로 인해 바다의 냄새를 맡지 못하며 서성거리기만 한다. 통영의 조그만 항구에서 부산항 혹은 개섬까지 숨어들어간 바다의 냄새를 맡지 못해 정처 없이 헤맨다. 금방이라도 스러질 듯한 그들의 여정을 보면서 나는 오래 전 집을 떠나던 날

아침을 떠올렸다. 이곳은 아니라고 끊임없이 말했으면서도 손때 묻은 마룻바닥에서 쉽게 엉덩이를 들지 못하고 보풀이 인 낡은 스웨터를 짐 보따리에 넣고서 느릿느릿 대문 밖을 나서던 어느 이른 아침, 안개 속에 묻혀 있는 내 모습을 말이다.

통영의 바다는 고향의 바다였고, 그 바닷가 주변으로 모여든 사람들은 바로 나의 여러 모습, 내가 알고 있는 사람들의 또 다른 모습이었다. 살아가는 시간과 장소가 다르다고는 하지만 어차피 사람들이 발붙이고 살아가는 곳은 감정의 저장소에서 퍼 올린 흙으로 이루어져 있다. 그들의 나약함은 내 가족들이 겪고 있는 고통이었고, 그들의 어리석음은 내 이웃들이 빠져 있는 우물이었다. 언제나 과거나 현재 속에서 치열하게 살아가는 사람들을 통해 깨닫고 자라나고 상처받던 나는 《파시》가 그려 내는 세상에서 살아가는 그들을 그저 소설 속에 등장하는 인물로만 치부해 버릴 수는 없었다. 그들의 눈에 맺힌 눈물은 어느새 내 뺨으로 흘러내렸고, 그들의 가슴에 새겨진 상처는 순식간에 내 여윈 등을 움츠러들게 했다.

그들의 살아가는 삶 위에는 끊임없이 현실의 내 모습이 겹쳐져 있었기에 나는 그들을 외면하지 못한 채 물에 젖은 스펀지처럼 모든 것을 흡수할 수밖에 없었다. 비록 그 시대처럼 한핏줄로 이어진 사람들을 무참히 죽여야만 하는 전쟁은 없지만, 어차피 살아가는 것 자체가 길을 헤매다 맹수에 물어 뜯겨 피투성이가 된 몸을 이끌다가 바다로 들어가는 것이기 때문에 총소리만 들리지 않을 뿐 지금 이곳에서도 전쟁은 계속되고 있다는 생각이 들었다. 그렇기에 나는 먼저 통영의 바다에 발을 살짝 넣었다. 이 바다가 내게 어울리는 바다인지 알아보기 위해서라는 전제를 달고서. 하지만 그것은 구차한 핑계에 불과했고 결국 내가 조바심을 내며 알고 싶었던 것은 '이 바다가 나를 품어줄 것인가' 하는 거였다. 지친 발을 힘겹게 끌고 돌아가도 내치지 않고 받아줄 것인가 하는 거였다. 그리고 슬그머니 무릎을 들이밀고, 가슴과 어깨가 잠기는 곳까지 들어가 보앉다. 바다는 따뜻했고 나는 그대로 《파시》가 그려내는 작지만 진한 바다의 냄새를 풍기는 세계로 빠져 들어갔다.

해질녘, 검푸른 바다 위로 울리는 뱃고동 소리는 상처 입은 눈물을 감싸 안으며 낡은 항구로 스며든다. 통영의 품에 숨어 있던 사람들은 이때가 되면 마음을 열고서 누구에게랄 것도 없는 넋두리를 한다. 넋두리는 아궁이 위에서, 혹은 구들장 아래에서 맴돌다가 지붕 위로 떠올라 마을 어귀에 서 있는 당산나무를 한 바퀴 돌아 넘어 아늑한 바다 속으로 뛰어든다. 바다로 뛰어들지 못한 넋두리는 다시 나온 제자리로 돌아가 풀다 만 실타래처럼 사람의 마음을 헝클어놓는다.

내가 처음으로 잡은 넋두리는 명화의 것이었다. 명화는 불빛도 보이지 않는 깜깜한 바닷가를 걷고 있었다. 명화의 넋두리는 바다로 뛰어들지도 못하고 제대로 뛰쳐나오지도 못한 채 어두운 밤길을 떠돌고 있었다. 자신의 혈관을 타고 흐르는 광기의 역사가 응주와의 사랑을 가로막고 있다고 생각한 명화의 젊음은 시들어가고 있었다.

세숫대야에 채운 물처럼 쉽게 쏟아버릴 수도 없는 혈연이기에 오래 전에 육신이 사라진 어머니의 죽음은 명화에게서 희망이 사라진 삶을 강요하고 있었다. 실은 끈끈하게 이어진 혈연 속에서 자라난 광(狂)이 광(光)이 될 수도 있는 희망이 엿보이는 내면의 의지를 팽개친 명화의 이기심이 자신의 삶을 그렇게 시들게 만들었는지도 모른다. 그리고 연인의 자리에 있던 응주를 자꾸만 바깥으로, 자신이 그어놓은 선 밖으로만 내몰았는지도 모른다.

나는 명화가 참으로 이기적인 사람이라는 생각이 들었다. 과거로 이어진 자신의 삶이 두려워 미래의 삶조차 포기하는 것처럼 애처로운 눈빛을 보내지만 그것은 자기 연민에 지나지 않았다. 굳이 다른 말까지 덧붙여 말하자면, 명화가 자기 자신에게 느끼는 연민은 곧 거울 속에 비친 슬픈 미소의 자신을 바라보며 흡족해 하는 것과 마찬가지라는 생각이 들었다. 응주 역시 명화의 거울에 비친 하나의 상에 불과했기에 결국 그들이 벌여놓은 사랑이라는 감정은 웅주가 자주 인용하던 단어인 '허영'에 불과했던 것이다.

눈앞에 보이는 해초나 암석이 두려워 동반의 배를 타지 못하는 사람은 사랑을 할 자격이 없다. 그들이 사랑이라 여기는 것은 젊음이 가져다주는 일정량의 우울함에 지나지 않을 것이다. 우울이 섞인 사랑은 젊음을 보다 아름답게 그려낸다. 명화는 늘 우울한 거울로 자신을 들여다보며 일종의 만족을 느꼈을 것이며, 그러한 부정적 자아도취는 웅주로 하여금 갈등을 일으키게 한다. 겉으로 보기에는 나약해 보이는 명화지만 사실 그 내면은 강한 힘이 숨어들어 있었다. 자신의 처지를 비관하면서도 결국은 모두의 가슴에 커다란 못을 박고서 사라질 수 있는 강한 힘이 그에게는 있었다.

이에 비해 명화의 오래된 연인인 웅주는 십자로 길 위에서 갈 곳 몰라 하는 까마귀 같은 존재이다. 그의 삶은 명화와 죽희, 박 의사와 조만섭, 안정된 미래와 순수한 마음이 십자로처럼 갈라진 길 위에 서 있었다. 아무리 목을 놓고 울어도 누구 하나 방향을 제시해 줄 사람은 없었다. 안온하게 살아온 그는 자신을 보호해 주던 온실을 경멸하면서도 그곳에서 나오는 온기를 차마 놓기 싫어 망설이고만 있는 셈이었다.

처음에는 우유부단하게 결정을 내리지 못하던 웅주가 못마땅하기도 했지만 시간이 갈수록 그에게 동감하게 되었다. 사람들은 누구나 자신이 길들여져 있는 둥지를 벗어나려 하면서도 밖에 나가게 되면 닥칠, 미지의 세상을 두려워할 수밖에 없다. 나 역시도 언제나 틀에 박힌 일상을 지겨워했으면서도 결국 내 자신이 만들어낸 두려움 때문에 그저 달력 속에 적혀 있는 대로 일상의 순서를 밟고만 있을 뿐이었다. 일상탈출을 부르짖으면서도 막상 대문을 열어주면 미적거리며 다시 집안으로 들어오는 모습은 비단 웅주에게서만 볼 수 있는 것은 아니었다.

명화의 넋두리가 통영으로 들어오는 배가 머무는 선착장에서 들려왔다면 수옥의 넋두리는 사람들의 발길이 닿지 않은 구석진 바닷가에서 들려왔다. 명화의 것이 확실하게 슬픔을 표현하는 것이었다면 수옥의 것은 고개를 숙이며 흐느끼는 것이었다.

명화와 수옥, 이 두 사람에게는 일말의 공통점이 있다. 나이와 생김새, 성격이나 자라온 환경은 다를지라도 둘 다 과거의 일로부터 자유롭지 못해서 괴로워하고 있다는 점이다. 그들은 잊어야만 하는 과거의 망상을 떨치지 못하고 가끔 멍한 눈빛으로 바다를 바라보는 것까지도 닮았다. 하지만 명화가 가끔씩 과거를 꺼내보며 한숨을 쉬는 습관을 가지고 있다면 수옥은 과거의 악몽이 일상의 곳곳에 숨어 있다가 갑자기 자신을 덮칠지도 모른다는 두려움을 가지고 있다. 그것은 기반이 되는 가정이 소멸됨으로써 생겨난 수옥만의 불행이었다.

전쟁이 어찌 수옥의 가정만 앗아갔을까. 그 당시, 소설의 좁은 지면에는 등장하지 않지만 수천, 수만의 처녀들이 가족을 잃고 헤매다가 사람에 당하고 세상에 버림받고 하지 않았던가. 물론 내가 그 시대를 직접 살아본 것은 아니지만 내 어머니, 할머니의 입을 통해 전해들은 이야기는 그야말로 충격이고 고통이었다. 전쟁만큼은 일어나지 않아야 한다는 기도를 날마다 하시는 할머니께서는 그 당시에 남편, 즉 할아버지를 잃고서 오 남매를 키워내셨다. 한창 젊은 나이에 여자 혼자 자식들을 먹여 살리는 일이 어디 보통이었을까. 그때 할머니는 하루종일 쭈그려 앉아 있어 굽어진 허리와 무릎이 쑤시고 살얼음 낀 물에 손등이 터져도 이른 새벽부터 밤늦게까지 일을 하셨다고 했다. 삼십 대의 젊은 과부이다 보니 유혹도 많고 어려움도 많았겠지만 모두 뿌리치고 오로지 자식들만 바라보며 열심히 끈질기게 살아온 할머니는 이제 여든 일곱이 되셨다.

가끔 치매증상을 보이시며 이제는 늙은 자식들이나 장성한 손자들을 당황하게도 하시지만 그분은 진정 삶의 그루터기를 지켜내신 장본인이시다. 누구도 할머니의 어린아이처럼 해맑은 미소 앞에서 얼굴을 찡그릴 수는 없다. 누구도 어려운 역사의 한 장면마다 새겨져 있는 우리의 할머니, 할아버지에게 소홀히 할 수는 없다. 그래서일까. 가녀리고 어여쁜 몸으로 거친 남자들에게 당하기만 했던 수옥이 삶에 대한 강한 애착과 인내를 가지고 묵묵히 살아가는 모습을 보이는 것은. 자신을 진정으로 사랑하는 학수와 개섬으로 가서 살림을 차렸을 때에도 허름하지만 둘만의 보금자리인 그 집을 보며 설렘과 행복을 느끼는 소박한 여자, 수옥은 어찌 보면 삶을 즐길 줄 아는 사람이었나 보다. 학수가 전쟁터로 끌려간다고 할 때에도 수옥은 슬퍼하긴 했지만 희망을 버리지 않았고, 이제 생겨날 뱃속 생명을 꼭 끌어안아 주었다. 조용한 바닷가에 피어난 해당화처럼 수줍은 아름다움을 간직한 수옥을 보니 문득 할머니가 있는 고향집에 내려가고 싶어진다.

사전을 찾아보니 '파시'(波市)는 '풍어기에 어장에서 어선과 상선 사이에 이루어지는 어획물 매매'라는 의미로 나와 있었다. 유독 '어획물 매매'라는 단어에 눈길이 갔다. 그리고 '파시'(波市)의 의미를 내 방식대로 재해석해 보았다. '전쟁시에 공급자와 수요자 사이에 이루어지는 사람 매매'라는 끔찍한 의미로 말이다. 물론 이 소설에서 공급자는 서울댁이고 수요자는 서영래이며 거래된 사람은 수옥이다. 스스로의 의지와는 상관없이 저울에 달아져 다른 배로 옮겨지던 어획물들의 모습은 힘없이 끌려다니던 수옥의 모습일 것이다.

나는 수옥이 학수와 개섬으로 숨어 들어갈 때 아낌없는 박수를 보냈다. 내가 알지 못하는 함정이 도사리고 있을 것만 같아 조바심이 나기도 했지만 부디 잘 살아달라는 기원까지 할 정도였다. 바다 위에 떠있는 외로운 영혼인 섬이야말로 갈 곳 없는 두 사람의 처지에는 가장 어울리는 곳이라 생각했다. 하지만 섬도 육지에서 떨어져 있지만 결국 흙으로 이루어진 땅덩어리였기에 사람의 발이 닿을 수밖에 없었다. 서영래의 광기 어린 집착이 수옥을 두려움에 떨게 하더니 이내 전쟁이 초라하지만 따뜻한 둘만의 보금자리를 빼앗고 만다.

어느 누구도 희망 없는 미래를 위해 자신을 바치려 하지 않는다. 더구나 한 치도 알 수 없는 전쟁이라는 거대한 암흑 앞에서는 자신의 손을 잡은 동반자의 손조차 믿기 힘들 것이다. 하지만 수옥은 학수의 말을 믿었고, 새로 생겨난 생명의 숨소리를 믿었다.

수옥이 어지러운 세상의 복판에 놓인 삶을 한 걸음씩 조심스레 떼어놓고 있다면 학자는 곧바로 복판으로 뛰어들어가 울부짖고 있는 셈이다. 몸에 걸친 옷을 잡아뜯으며 가슴을 쥐어짜며 소리치는 학자의 모습은 언뜻 모든 것을 포기한 사람처럼 보인다. 문성재에게 겁탈당한 후로는 통영의 곳곳에서 손가락질과 비웃음을 받는 것도 괴로운데, 집안 형편은 갈수록 기울어 한숨 소리밖에 나오지 않는다. 학자는 무작정 부산으로 올라가 자신을 타락시키고 다른 사람을 괴롭히는 방식으로 세상에 화풀이를 한다. 그녀의 화는 특정한 대상에게 향해 있는 것이 아니기 때문에 선인과 악인을 따지지 않는다. 첫사랑이었던 응주에게도, 절친하던 명화에게도, 속물인 박 의사에게도, 부잣집 딸인 죽희에게도 마구 화를 쏟아 붓는다. 수옥이 우리 할머니 세대의 순진한 처녀처럼 보인다면 학자는 이 시대를 살아가는, 사회 속에서 키워진 불만을 조절하지 못해 터져 나온 울분처럼 보인다. 수옥이 외딴 시골집에서 밭을 일구며 조용히 살아가는 모습이라면 학자는 상경해서 어느 어두운 지하 방에 살면서 악착스럽게 버둥거리고 있는 모습이다. 여기에서는 두 사람으로 나눠서 표현했지만 어찌 보면 그것은 우리 한몸에 붙어 있는 또 다른 모습들일 것이다. 거창하게 '야누스의 이면'이니 '야누스의 두 얼굴'이라는 말을 빌리지 않고서도 누구나 그러한 사실들을 알고 있을 것이다.

한 번 어긋나면 바로잡기 힘든 것이 인생의 행로인 것 같다. 인생을 순진하게 해석하는 사람일수록 진흙탕에서 빠져 나오지 못해 버둥거리는 것이다. 자기 자신을 동정하는 사람일수록 몸에 쌓인 분노를 풀기 힘든 것이다. 넋두리를 많이 풀어놓는 사람일수록 현실적 계산에는 셈이 느리다. 하지만 넋두리가 없는 사람에게는 진실이 없다. 넋두리가 없으니 눈물이 있을 리 없고, 눈물이 없으니 몸이 따뜻해질 리가 없다.

차가워진 몸에는 영혼이 쉬고 갈 만한 자리가 없다. 그러기에 그들의

몸은 더욱 차가워지고, 그들에게 사람이란 어획물 이상의 것이 아니라
는 인식이 들게 되는 것이다.

　넋두리를 풀지 않는 서울댁이나 박 의사는 가장 냉혹한 사람들이다.
그들은 어지간해서는 상처를 받지도 않고, 행여 상처를 받았다 하더라
도 금세 말끔한 가면으로 감추고 만다. 서울댁은 문성재의 이득을 위하
여 서영래에게 수옥을 제공했고, 박 의사는 자신의 이득을 위하여 죽희
를 며느리로 삼으려 했다. 그들이 내세우는 핑계는 모두 가족을 위해서
라지만 그 밑에는 지독한 이기심과 자기애가 깔려 있다. 이들은 자신에
게 이득이 될 만한 일에는 사람을 그저 한낱 미끼로 사용할 만큼 지독한
사람들이다.

　서울댁도 전처의 딸을 질투할 정도로 자기애가 강하지만 박 의사의 경
우에는 그 정도가 지나쳐 소름이 끼칠 지경이다. 박 의사가 명화를 불러
내서 웅주와의 결혼을 완전히 포기하라는 말을 할 때, 그 이유에 대한
설명은 나를 경악하게 했다. "내가 좋아했던 여자를 아들이 가져서는 안
된다는 그것뿐이야"라고 물어뜯기는 듯한 신음소리를 내며 억지 미소를
띤 얼굴로 명화를 쳐다보는 박 의사의 얼굴은 명화가 세상에서 보았던
어느 것보다도 무서운 것이었다. 자신의 소유가 될 수 없으니 아들이 가
지는 것조차 싫다는 말은 혈연으로 이뤄진 자식보다는 자기 자신의 욕망
이 더 크고 소중하다는 뜻으로밖에 볼 수 없었다.

　이토록 지독한 사람들에 비한다면 서영래나 문성재는 피라미에 불과
해 보인다. 그들 역시 약한 자를 괴롭히는 악취미를 가지고 있지만 특별
히 악한 마음이 도사리고 있어서라기보다는 삶을 체계적으로 이해하지
못한 것에서 오는 무지 정도로 생각된다. 비록 문성재가 술집 여자가 된
학자에게 매달리며 본처의 위치에 있는 선애에게 괴로움을 주고, 서영
래가 남의 부인이 된 수옥을 납치하려 하면서까지 여러 사람에게 고통을
주기는 했지만 그들에게는 약간의 넋두리가 있고, 가볍지만 순진한 영
혼이 남아 있는 편이다. 그들은 서울댁이나 박 의사보다는 몸이 따뜻해

서 영혼이 잠시나마 머물다 간다. 그래서 그들에게서 사람 냄새가 나는 것이다.

나는 지금도 매끈하게 잘 빠진 도회적 몸매보다는 다듬어지지 않는 토속적 몸매를 좋아한다. 물론 도회적인 것이 부럽기는 하지만 정이 가지는 않더란 말이다. 사람도 너무 완벽하게 예의를 차리면서 깔끔하게 다가오는 것보다는 어느 정도 결점도 보이고 허물어진 모습도 보이는 것이 좋다. 사람의 몸에서는 사람 냄새가 나야 하는데, 너무 완벽하고 냉철한 사람들에게서는 아무런 냄새가 나지 않는다. 영혼이 느껴지지 않는 탓이다.

그런 의미로 본다면 박 의사의 몸에서는 소독약 냄새만 나고 반찬 냄새만 난다. 자신이 본래 가진 냄새가 없으니 그토록 감정에 흔들리지 않고 자기 자신만 사랑하며 살아가는 것이다. 그런 사람에게 다른 사람의 냄새에 대해, 그 속에 숨어 있는 영혼에 대해 이야기한다면 과연 이해할 수 있을까 하는 생각이 들었다.

한때 몸에서 감정이 완전히 사라져버린다면 좋겠다는 생각을 한 적도 있었다. 그렇게 되면 슬픔이나 고통이 없어 살아가기가 훨씬 수월할 것이라며 불쑥불쑥 솟아오르는 여러 종류의 감정을 못마땅한 눈으로 바라보던 때가 있었다. 하지만 그러한 생각은 며칠이 지나지 않아 마음 한구석으로 사라졌으며 나는 그곳에 봉인을 했다. 다시는 그러한 생각을 하지 못하도록. 감정이 사라진다면 세상을 살아갈 아무런 의미도 없다는 것을 깨달았기 때문이다. 슬픔도 기쁨을 위한 전주곡이고 고통도 행복으로 오르기 위한 계단이라는 것은 너무나도 당연한 것이기에 솔직히 깨달을 필요도 없는 것이기는 했지만 말이다.

통영의 바다 속에 편안하게 몸을 맡기며 하염없는 넋두리를 풀어내는 것은 어찌 보면 바로 내 자신이 아니었을까 하는 생각이 들었다. 명화의 이기심에 대해, 응주의 나약함에 대해, 수옥의 두려움에 대해, 학자의 분노에 대해 이야기하며 그들이 풀어내는 넋두리를 들어본다는 것은 핑계에 불과했고, 사실은 그 속에서 내게 힘을 줄 수 있는 하나의 실마리를 찾을 수 있지 않을까 하는 기대를 했던 것은 아니었을까. 너무나 넓어서 제대로 볼 수도 없는 세상 속에서 나는 너무나 보잘것없는 존재라는 생각을 참다못해 혹시 그들에게서 위로를 받고 싶었거나 또 다른 희망에로의 출구를 찾고 싶었던 것을 아니었을까.

삶을 대하는 방식의 차이는 어쩌면 아주 사소한 것에서부터 오는지도 모른다. 예를 들면, 저마다 눈에 대고 보는 판유리의 색깔이 그들의 삶을 바꿔놓는 것일지도 모른다는 것이다. 웅주나 명화가 바라보는 판유리가 심연에 가까운 바다색이라면 학수와 수옥이 바라보던 판유리는 개펄 사이로 드러나는 바다색일 것이다. 하지만 판유리는 언제나 불투명하게 가로막혀 있어서 이쪽에서 저쪽을 들여다보기는 힘들다. 서로의 소통을 막는 일종의 수단이며 과정인 것이다.

내 눈앞을 가로막고 있는 판유리는 어떤 색깔로 칠해져 있을까. 너무 눈에 가까이 갖다대면 내가 가고자 하는 삶의 모습이 보이지 않을 것이다. 조금만 살짝 뒤로 물러서서 판유리에 칠해진 삶의 색의 바라보며 그것이 내게 알맞은지 생각해 보아야 할 것이다.

《파시》를 읽고 나서 삶이 조금 잔잔해졌다. 지루해졌다는 말이 아니라 흙먼지 뒤집어쓴 버스를 떠나보내던, 어지러운 넋두리들이 제자리를 찾은 듯 차분해졌다. 통영의 바다로 풀어낸 그들의 넋두리가 서글프고 전쟁으로 흩어진 사람들의 영혼이 안타깝기는 했지만 그것은 어찌 보면 바다가 푸른빛을 띠며 하얀 거품이 인 파도를 밀어내는 것처럼 너무나도 당연한 삶의 섭리라 생각하며 무거워진 어깨를 살짝 털어냈다.

이념과 사랑, 그래도 지속되는 삶

차 효 찬 (부산시 기장군)

　오랜 세월이 흘렀다. 대동강 뱃놀이가 섬진강가 아이들에게 이국(異國)이 됐고, 통영의 물살은 두만강 그치들에겐 상상의 남쪽나라다. 분열, 증오, 가학, 다툼, 살해하고 살해당한, 백의민족 누구도 예상하지 못했던 광란의 학살극이 끝난 지도 반백 년을 경과했다. 누구도 정확히 서로를 증오하는 이유를 몰랐으며 그렇다고 동포와 이웃을 얘기하며 중간지대에서 소리 죽여 흐느끼기엔 들짐승처럼 이리 몰리고 저리 몰렸던 광란, 말 그대로 미친 시대였다.

　압제로부터의 해방은 모든 것을 가져다줄 것이었다. 또한 마땅히 그래야 했다. 어느 여류작가의 그 많던 싱아는 누가 다 먹었느냐는 칭얼댐도 해방의 기쁨 속에 용해되어야 할 잔상일 뿐이었다. 서로의 희미한 얼굴을 확인하는 남북이산가족의 눈물과 절규, 무채색 기억 속 제노사이드적 비극을 상상할 뿐인 새로운 세대가 대다수를 차지했음에도 증오의 상흔과 절망의 내상은 그 시대를 '살아냈던' 사람들에게 지워지지 않는 포말로, 무두질되지 않는 흉으로 남아 있다. 작가 박경리 역시 악몽의 기억을 버리고 달래어 분쟁의 터에서 살아냈던 인간의 삶을, 전장 속에서 시장을 채우고 부딪치며 살아갈 수밖에 없는 인간의 욕망과 삶의 의지, 운명적 사랑을 그리고 있다.

　이미 《토지》라는 민족대하소설을 통해 '1894년 한가위'부터 한국전쟁 전의 해방까지 인간군상들의 삶에 대한 끈질기고도 추악한, 때로는 서글픈 욕망과 일제의 폭압을 다룬 바 있는 저자는 이 기념탑의 말미에 투철한 사회주의자로 변신한 강두메와 국내 민족주의자 이범준의 조우로써 또 다른 피비린내 나는 좌·우 투쟁과 오욕의 역사를 암시했다. 바로 이 불길한 맺음점에서 《시장과 전장》은 시작된다.

이념의 봇물과 차이를 인정치 않는 일방회로의 질식은 따스했던 '인간의 얼굴'을 일그러뜨렸다. 이념이 본능을 먹어치운 미궁. 작가는 해방공간 공산주의 이념으로 무장한 기훈이라는 강철같은 사내와 그의 연인 가화를 중심으로 한 꼭지를 풀어나가는 동시에 삶의 허무에 지친 지영이 생의 의지를 되살려 가는 또 다른 축으로, 무거운 역사적 주제를 다루면서도 인간 내면과 삶의 일상성을 탁월하게 묘사한다. 언젠가 날아가는 새를 보면 자유롭겠다는 느낌이 아니라 살기 위해서 쉼 없이 날갯짓을 해야 하는 생명의 욕망과 그 수고스러움에 눈물이 난다고 했던 작가의 말처럼 《시장과 전장》은 진흙탕 속에 연꽃이 피듯 잿빛 전장 속에서 피어난 생명들의 사랑과 애달픈 삶의 욕망, 의지, 그 속에 질곡으로 남는 이념의 편린을 현재형의 문체로 생생하게 재현시키고 있는 것이다.

전쟁은 고달프면서도 슬픈 것이다. 피란민의 물결에 하얗게 된 바닷가, 이리저리 쏠리는 군중의 물결, 며느리가 내버리고 가 굶어 죽은 노인네의 송장. '웃으면 미치는 참극.' 그럼에도 살려는 생명 붙은 것들의 몸부림, 욕망. 거기엔 슬픔이 있다. 서울 가서 사왔다는 미제양산을 들고 나오며 방안에 남겨놓고 가는 물건 하나 하나를 애착이 가는 눈으로 되돌아보는 피란민. 삶에 대한 슬픈 애착은 누이와 동생, 아들과 딸들에게 선물할 장난감을 고르고 있는 인민군에게도 묻어난다. 전장의 씨줄에 시장 속 삶의 욕망과 의지라는 날줄의 교직을 작가는 시장의 붐빔을 통해 묘사하고 있다. 고성과 흥정, 살과 땀내음이 혼재하는 시장은 목숨 붙이들의 살려는 욕망이 꿈틀대고 비벼대는, 전장의 파리함을 일상으로 굴절시켜 버려 가로지르는 격절점이다. 고달픈 삶의 지도리라고나 할까. 비단피륙이 색동처럼 겹겹이 쌓인 포목점의 가르마가 똑바른 아주머니, 값을 깎고 있는 젊은 색시, 덤을 달라고 조르는 시골 아낙, 수염에 묻혀 잘 보이지도 않는 입술 안으로 국숫발을 빨아들이며 국물까지 다 마신 뒤 아쉬운 듯 대접의 바닥을 들여다보는 노인, 가뭄에 갈라진 논바닥처럼 굵은 주름이 잡힌 검은 얼굴로 시루떡을 먹고 있는 노파. 시장을 채우고 있는 이들은 모두 우리의 이웃들이다. 슬픈 생명의 아우라, 눈물과 한숨, 부활과 재생의 의지. 밟아도 밟아도 다시 솟아오르는 들풀처럼 욕망의 일상성과 삶의 의지는 시장의 붐빔을 통해 지속된다. 아픈 생채기에 돋아나는 새살과 같이…. 이 전장 속 시장 한복판에 지영이 서 있다.

　지영은 글의 두 줄기 축 중 한 갈래를 이루는 코뮤니스트 하기훈의 동생 기석의 처이다. 자신이 이해타산적인 남편에게 '종이인형'에 지나지 않는다는 사실에 세상살이의 허무를 느끼는 지영에게 삶은 어두운 진공이다. 이념의 칼날이 닦아세우는 잘못 만난 시대의 바람도 그녀에게는 의미 없는 삶의 명패일 뿐. 《인형의 집》에서 입센이 그린 노라의 자각에 아직은 이르지 않았다. 그저 '풀숲의 눈깔사탕만큼 작은 새알을 건드리면 어미새가 기절해 버릴까' 하고 걱정하는 따스한 감성만을 저 심연에 부여잡고 있을 뿐. 삶의 의미에 대한 회의와 갈등, 번민 속에, 무의미의 질곡 속에 잠겨 있는 지영에게는 '옷 입는 것까지 나라정책에 따라야 하는' 사상과 이념, 인민의 깃발이 너무 멀다.

　이념의 순교자, 역사의 해방자라는 신념으로 날이 선 공산주의자 기훈! 변절자 암살임무를 띠고 남한에 암약중인 이 강철의 사내 역시 삶의 의미에서 온기를 발산하진 않는다. 이념 역시 인간의 얼굴을 해야 한다고 믿는 지주의 아들이었던 동지 장덕삼은 '자본주의사회에서 자본가에 의한 임금노예나 공산주의 사회에서 국가에 의한 빵의 노예나 뭐가 다른가'라고 기훈에게 반문한다. 그리고 '프롤레타리아는 존재하지만 한 사람 한 사람의 노동자는 존재하느냐고, 인간은 오개년, 십개년 계획과 사회주의 경쟁을 위한 수단으로 전락했다'고 되묻는다. "회색분자!" 기훈의 대답은 단호하다. 가차없이 파괴하는 역사의 소모품으로 혁명가는 사라져야 한다는 것. 해방 전 북만주 땅에서 눈보라 속에 한덩어리가 되어 동고동락한 스승 석산 선생과 같은 중도 민족주의자조차도 기훈에겐 처리돼야 할 역사의 짐일 뿐이다. '북소리에 잠이 깨어 일터로 나가고 북소리에 잠자리로 들어가는 인간기계'를 비판하는 스승에게 기훈은 말한다. "많은 사람들이 죽었습니다. 많은 사람들이 죽어갈 것입니다. 누구의 죄도 아닙니다. 본시부터 그렇게 되어 있으니까요." 기훈에게 역사란 결코 정지하지 않는다. 지구상에서 반동은 모두 말살되어야 하며, 그는 아무도 사랑할 수 없다. 아이를 고구마 찌르듯 대창으로 찔러 죽이는 무한한 살육의 연속에 이 철혈 코뮤니스트는 '이긴 놈 하나가 남는다' 라는 이념을 부여잡고 있다. 그리고 항쟁을 위해 지리산으로 향한다.

이념과 사회구조는 인간의 삶의 지분을 어느 정도 차지할 수 있을까? 아니 얼마나 차지해야 하는가? 올곧은 이념이 좋은 세상과 우리들의 행복을 견인하는가? 인민이 주인인 공화국을 세운 혁명의 불꽃들. 그러나 차가운 불꽃들. 이념의 종말을 선전하는 한 고비 넘긴 이 시점에서 동상에 발가락을 잘려가며 산짐승처럼 투쟁한 그들의 이념은 우리 삶에 무엇이었는가? 작가는 삶의 일상성 속에서 뜨겁고 날카로워 쥘 수 없는 이념의 불꽃을, 한 혁명가를 통해 한 올 한 올 들춰낸다. 나라가 깨져도 강산은 남듯〔國破山河在〕이념의 이름으로 불살라도 재가 되지 않는 인간의 운명은 있다. 살고 싶다는 욕망, 살아야 한다는 의지, 그리고 모든 것을 굴복시켜 버리는 '사랑'. 오래 전 기억, 언젠가 기훈은 홀렁홀렁한 뜨물에서 눈이 잠기도록 건더기를 찾는 돼지새끼에게 먹이를 던져주며 친구로 삼았었다. 생명 붙은 것들의 고달픔과 서러움을 냄새 맡았던 것일까? 부상당한 소년병을 낙오하지 않도록 트럭 위에 몰래 올려주는 기훈. 그리고 그 앞에 나타난 《토지》의 '월선'같은 그의 운명, 가화!

한편 살기 위한 방편으로 인공치하에서 입당원서를 낸 지영의 남편 기석은 수복 후 살 자와 죽을 자의 위치도 이념의 깃발에 따라 뒤바뀌는 광기 속에서 적색분자로 수감된다. '반동은 다 죽여라, 인민의 원수, 미제국주의의 주구'라는 구호가 '빨갱이는 모조리 죽여라! 새끼도 에미도 다 죽여라! 씨를 말려라!'가 된 것이다. '피는 피를 부른다.' 지영의 집이 역산으로 몰려 배급소로 변하고 기석이 형무소에 수감됨에 따라 지영의 삶의 궤는 극적으로 뒤바뀌게 된다. 전쟁 미망인의 모습을 그려왔던 작가는 허무의 무게에 깊이 침잠돼 있던 지영을 통해 삶의 깊이를 조금씩 그러나 끈질기게 추구한다. 인간의 행복은 저 고지가 있어서 모든 일상성을 희생하며 달성되는 것이 아니다. 어쩌면 이념의 기호는 이곳에 존재치 않는 피안의 이데아일지도 모른다. 작가의 말처럼 한 떨기 들꽃의 의미를 이해하는 것이 찬란한 역사적 이념의 번득임보다 더 고매한 삶의 완성이 될 수 있는 것이다.

지영의 노라적 자각 뒤에는 더 큰 불행이 기다리고 있다. 인민군이 후퇴하면서 미처 가져가지 못했던 쌀을 줍던 지영의 어머니 윤 씨가 빨갱이로 몰려 총살된 것이다. 지영은 절규한다. "팔다리가 다 떨어지고 몸뚱이만이라도 돌려준다면… 깡통을 들고 밥을 빌어다가 먹여 살릴 건데… 돌려만 준다면, 돌려만 준다면… ." 피에 젖어 거무죽죽한 쌀자루를 꼭 껴안은 윤 씨의 시체는 꽃상여가 아닌 가마니에 싸여 언 땅에 묻혔다. 장사는 끝났다. 전쟁의 참상은 산 자와 죽은 자의 의미를 모두 바래게 한다. 죽어가는 자가 보통인 시대에는 살아 있다는 게 실감나지 않는 것이다. 일상의 장례식이란 '마을의 아이새끼 하나가 죽어도 까막까치가 모여들어 어이어이 우는' 그런 호사스런 것이었다. '교수가 조그만 껌 상자를 들게 만든' 세상. '깨끗이 이놈이고 저놈이고 내주고 우리 백성은 외국놈들 종살이나 하는 게 되레 속 시원하리라'는 장사치. 그는 이곳이 어디 우리네의 땅이냐고 반문한다. 몇 대를 묵어 내려온 고가(古家)의 높은 담을 뛰어넘고 굳게 닫혀진 큰 대문을 때려부순다. "반동새끼들 나오너라!" 시대의 날은 '짐승의 울음 같은 소리를 지르고, 도망치는 사람의 등을 수박처럼' 찔렀다. 죽이고 뒤집힌다. 달아나는 자는 또 죽이고 승리자 또한 죽는다. 눈먼 진혼곡.

작가는 이 복수의 회전문이 이념의 굴레를 덧씌운 권력자의 어리석음임을 낱낱이 암시한다. 피 묻은 자는 결코 권력자를 배반하지 못하고 피 묻은 자만이 열렬할 수 있다. 백성을 모두 그들의 공범자로 만들려는 권력의 꼼수는 목숨이 붙어 있는 생명의 애달픔에 눈을 대는 작가에 의해 누수된다. 작가에게 삶이란 죽는다, 죽는다 하면서도 그 속에서 살아야 하는 것이며 산다는 그곳에 온 힘이 다 몰리는 것, '시체를 옆에 두고 밥을 먹어야 하고, 젊은 여인이 가슴을 드러내고 식량을 이고 와도 부끄럽지 않은' 것이다.

바위와 같은 체념에 거미줄 같은 희망을 쥔 지영은 비온 뒤 굳어진 대지처럼 어미의 죽음을 계기로 현실 속에서 부활한다. 꿈을 꾼다. 과거 어느 때보다 생명을 꼭 잡고 삶을 신뢰하는 그녀. 오랜 방랑을 끝내고 이제는 안식처로 돌아온 여행자처럼 전쟁이 끝나면 싸리나무 울타리에 초막을 짓고, 꿀벌을 기르고, 돼지를 치고, 덫을 놓아 산짐승을 잡고, 감나무, 살구나무를 심자고 말한다. 수감된 남편 기석에게 환상 속에서 ―그러나 가장 절실한 꿈이기에 현실의 동력이 될 수 있는 환상 속에서 ―그녀는 맛난 산딸기와 솔잎을 먹자고 말한다. "물하고 나무하고 땅만 있으면 살아요. 이 거치장스런 것들, 다 일 없어요. 통나무를 짤라서 그릇도 만들고, 싸릿대로 바구니도 만들고, 머리만 짜내면 뭣이든 할 수 있어요, 여보!" 보리와 쌀을 한 말씩, 단 되씩 나누어 장독 안에 하나 넣고 뒤뜰 작은 방 아궁이 속에 하나 넣고 헛간의 판자를 비집고 하나 넣는다. 그리고 얼어버린 연탄가루를 파내고 그 속에 숨긴다. 살아남으려는 안간힘. 밟혀도 밟혀도 뻗어가는 잡초, 그녀는 잡초가 된 것이다. "살고 싶다! 내 자식들, 내 어머니, 당신은 죽어도 난 죽지 못해요!" 갇혀 있는 기석은 말이 없다.

지리산의 혁명가 기훈에겐 연인이 있었다. 지구에서 반동은 단 하나도 살아남을 수 없게 말살시키리라던 기훈, 그는 이념의 '바람'이었다.

자신의 이념을 사랑했을 뿐, 비정의 혁명가는 아무도 사랑한 일이 없다. 아니, 이름도 성도 모르는 자신을 찾아 만나지 못할 것이 확실함에도 지리산에 입산한 가화를 마주치기 전에는 그렇게 믿었다. 다 해어진 여자 군복을 입은 한 마리의 산짐승이 되어 가화는 왔다. 월남 전 가화의 아버지와 오빠는 공산주의자인 전 애인에게 끌려간 적이 있다. 연인에 의해 자행된 이념의 폭력에 가화는 정신을 놓았었다. 그런데 이제 다시 새로운 연인, 기훈을 찾아 사지로 온 것이다. 이념보다는 사람을 좋아하는 그녀는 이 세상 모든 사람들에게 꽃을 꽂아주고 싶어한다. 그러나 기훈은 이름도 성도 가르쳐 주지 않은 그녀에게 잠시 위안을 받았다고 생각할 뿐….

고매한 이념만큼이나 사랑은 세상을 움직이는 강력한 마술이다. 역사적 사명과 이념의 혼불이 대지 위의 생명들을 채근하고 닦아세울수록 사랑의 뜨거움은 생명의 현 위치를, 이념의 이데아가 아닌 누런 황토 속에 잠긴 인간의 발목에 주목하게 한다. 그 운명 같은 줄다리기, 아무도 어느 편이 올바르다고, 또 그래야 한다고 확언을 줄 수 없는 어찔하고 힘겨운 이 곡예에서 작가는 독자의 선택을 기훈의 빨치산동지 장덕삼을 통해 유도한다. 작가의 이 탐조등은 이념으로 얼어붙어 생명의 온기를 느낄 수 없었던 기훈의 균열된 내면을 세세히 비추고 있다.

새벽 산등성. 눈을 떠야 산 것이 되는 목숨의 절애(絶崖)에서 장덕삼은 앳된 빨치산 소년병이 살고 싶어서 도망가는 모습을 발견하고서도 못 본 체한다. 소년병은 '반역자'로서 기훈에 의해 처형된다. 그러나 반역은 계속되는 잔치였다. 애인이 포로로 잡힌 줄 알고 국군에 투항한 조군관 동무, 그리고 장덕삼의 도움은 '겉치레의 더러운 감상'으로 기훈에게 인지될 뿐이다. 장덕삼은 말한다. '그것도 없는 인간은 바위도 아니고 악마'라고. 기훈에게 중요한 것은 사랑이 아니라 영웅적 이념이다. 그는 '개'처럼 살고 싶지 않다. 그러나 장덕삼은 바로 그 '개'처럼 죽고 싶지 않다고 말한다. '살고 싶은데 죽는 바보는 되기 싫다'고, 본능에 정직할 것을 요구한다. '돌을 쪼개고 흙을 파도 사는 자유는 소중한 것'이다. 비수처럼, 섬광처럼, 이념의 불꽃과 본능의 진실이 서로를 할퀴는 숨막히는 대면은 이념이, 히어로이즘이, 역사가 내게 도대체 뭐였냐는 장덕삼의 밭은 내쏨으로 분출된다. 장덕삼 역시 이념 없는 욕망의 우글거림이 삶의 모든 것이라고 다짐할 수는 없다. 그에게 남한은 '자살을 하고 굶어 죽고 실직하고 범죄가 우글거리는' 곳이다. 하지만 '산에서의 그 무서운 목숨에 대한 위협'이나 '서푼 가치도 없는 명예심'을 위한 삶의 포기는 없다. 이념이나 구호가 없는 것을 오히려 개나 변절자가 아닌 '해방'으로 그는 느끼고 있는 것이다.

이념은 언제나 있었다. 그러나 약속된 해방은 선물상자의 빨간 리본을 풀듯이 다가오지 않았다. 이념을 빙자한 학살과 권력자의 사욕을 채웠던 것이 진실에 더 가깝지 않을까? 이념과 기호의 위선성 말이다. '혁명'이라는 이념의 섬광을 내세워 타도하겠다던 색 바랜 왕조를 세습한 북의 권력자나, 일제에 충성을 맹세하고 독립군을 뒤쫓다 해방공간의 시운을 보고 좌파로 변신한 후 다시 극우반공주의자로 '뱀' 같은 변신을 거듭한 남의 권력자, 이념의 재빠른 변신은 그들의 이념이 개인의 욕망을 감추기 위한 기호의 장막이었음을 반증한다. 이념이 아니라 욕망이 있었던 것이다. '우리는 행복해요'의 위선성. 배반된 혁명. 압제의 시대 광복군을 찾아 대륙을 헤맨 장정(長征)의 학도병이 해방된 조국에서 자유민주주의를 외친 대가로 맞은 의문의 죽음. 어디에도 인간의 얼굴은 없었다. 사십을 넘어 얻은 금쪽 같은 아들 중 하나는 인민군으로, 하나는 국방군으로 보낸 늙은 농부의 비극만이 무엇이 잘못됐던가를 증언할 뿐이다.

웃으면 미치는 이 희비극의 줄타기는 이제 마칠 때가 됐다. 지영은 되뇐다. "아무도 오지 말라! 이 땅에, 아무도 오지 말라! 이 땅에! 내 혼자 내 자식들하고 얼음을 깨어 한강의 붕어나 잡아먹고 살란다. 북극의 백곰처럼 자식들 데리고 살란다! 아무도 오지 말라! 아무도!" 전장과 시장의 두 구도를 통해 역사와 사회의 가파른 흐름 속에서, 전장 속 시장에서 바동대는 생명들의 숨소리를 작가는 들려줬다. 때론 그 숨소리가 거친 욕망의 에너지로, 때론 위선적 이념의 허영으로, 때론 포기할 수 없는 삶에 대한 본능으로 뿜어져 나온 이래 우린 지영이 두 어린 자식과 함께 수감된 남편 기석을 만났는지는 모른다. 그러나 독자의 상상의 몫으로 볼 때 짓밟혀 힘겨울수록 되일어나는 들꽃이 된 그녀이기에 우리는 지영의 신산스런 삶에 안도의 한숨과 조용한 미소를 띨 수 있다.

한편 냉혈의 혁명가 기훈은 옛 동지였으나 전향한 토벌대 장덕삼에게 가화의 생명을 부탁한다. 서로 만나서 껴안고 울 수 있는 그 마음을 거부하지 말라던 덕삼에게 '변절자'의 냉소를 퍼부었던 이념의 자식인 그가 무너진 것이다. "자네 이가화라는 여자 알지? 바보 같은 그 여자 말이야. … 그 여자가 코뮤니스트 아닌 것도 자네는 잘 알고 있을 거야. … 그 여자를 살려주게." 본능은 이념에 승리했다. 곡예는 끝났다. 저 먼 태고적 기억의 화석, 거부할 수 없는 몽상, 억눌렸던 이드의 물꼬가 흘러넘친다. 방울을 흔들며 어미 소와 함께 가는 송아지, 저녁 짓는 연기, 외양간에 소를 몰아넣은 후 흙 묻은 옷을 툭툭 터는 농부. 부엌에서 흘러나오는 풋고추를 넣은 된장찌개 냄새, 아낙은 밥상을 들고 나오고, 가화는 그런 아낙이 되고, 기훈은 그런 농부가 된다. 생명의 본능. 화사한 본능의 몽상은 악랄한 비극의 현실에 오버랩 된다.

달빛 밝은 밤, 가화를 살리려고 내려보내던 기훈은 한 빨치산 파수꾼에 의해 적발되는데 '인민의 적'으로 처형되려는 순간 가화가 총탄에 맞고 파수꾼이 총탄에 맞고 기훈만이 권총을 쥔 채 살아남는다. 대단원을 고의적으로 모호하게 끝맺은 작가에 의해 우리는 가화를 쏜 것이 기훈이 총을 쏘아 죽인 사나이인지 기훈 자신인지 알지 못한다. 죽은 사나이가 가화를 쏘기 위해 총을 들고 있었는지조차 모호하다. 그러나 변절한 '인민의 적'을 용납하지 않겠다는 사나이가 가화를 쏘고 기훈이 사나이를 처형한 것으로 믿어두자. 발각된 현장에서 일신의 명예와 혁명적 영웅주의를 위해 파수꾼과 가화 두 사람을 쏘았다는 것은 기훈이, 이념의 섬광이 너무 섬뜩하다.

《시장과 전장》은 드넓은 역사적, 공간적 배경을 갖고 인간의 사랑과 미움, 원한과 욕망이 끊임없이 흐르는 대해를 그린 《토지》에 비한다면 해방공간 전쟁기라는 제약된 역사적 배경으로 인해 소담하다고 할 수도 있을 것이다. 그러나 한 치 양보 없이 전개되는 기훈과 덕삼의 실타래처럼 얽힌 인간 내면문제, 본능과 이념의 곡예, '그러하기 때문'이 아니라 '그럼에도 불구하고' 버텨내는 시장을 메우는 지영을 비롯한 수많은 생명들의 삶에 대한 연민과 보듬음, 그리고 가화의 조건 없는 사랑에 대한 묘사 등은 《시장과 전장》이 작가의 소설적 인간학에 충분히 값했다고 평할 수 있다. 더하여 모든 역사 속의 이념실현은 고지가 저기에 있으므로 돌진하는 것이 아니라 인간의 얼굴을 해야 한다는 것, 인간의 얼굴, 그것이 중요한 것임을 일깨워 준다.

3등 수상작

전쟁과 인간, 그리고 오늘을 사는 나 · 이민재

역사 속에서 걸어나온 여인들 · 김지영

전장이 낳은 시장과 휴머니즘의 초상 · 조경희

사랑의 기억으로 파시는 선다 · 이영인

당신은 통영에 있었는가? · 김효선

전쟁과 인간, 그리고 오늘을 사는 나

이 민 재 (서울시 용산구)

유명한 작가의 작품을 읽는 것은 더없이 즐거운 동시에 그에 못지 않은 고통이 수반되는 일이다. 내가 그 작가의, 혹은 그 작품의 첫 번째 독자가 될 수 없기에 이미 세상에 널리 퍼뜨려진 일반적 작품평에서 벗어날 수가 없기 때문이다.

박경리 선생님의 《시장과 전장》을 읽으며 내가 가장 신경을 썼던 부분은, 바로 이러한 제약에서 벗어나 자유로운 독서를 하는 것이었다. 내 호흡으로 읽고, 내 가슴으로 느끼고, 내 감정대로 아우르고 싶었다. 독서를 모두 마치고 그에 대한 감상을 정리해 보는 지금도 내가 완벽하게 자유로운 독서를 하였는지에 대해서는 단정지을 수가 없다. 다만, 지금은 아니더라도 언젠가 뇌리를 스치는 이 소설 속의 어느 한 이미지가 나의 독서가 어떠했는지를 말해 줄 수 있을지 기약 없는 기대를 해볼 뿐이다.

소설을 모두 읽고 나서 나는 아팠다. 아프고 괴로워서 내가 서 있고, 내가 누워 있는 이 공간이 더없이 갑갑하고 불편하게 느껴졌다. 어머니의 뱃속에 누워 있는 태아처럼 온몸을 웅크리고는 가만히 시계의 초침이 넘어가는 소리를 나누어보면서 이대로 흔적이 남지 않는 한 줌의 시간이 되고 싶다는 생각을 해보았다. 누군가의 상처를 들여다본다는 것은 이윽고 내 안에 담겨 있는 상처를 발견하게 하는 잔인한 일이다. 그들이 느끼고 있는 아픈 자리가 지금도 사라지지 않고 핏줄로, 혹은 시간으로 나에게까지 이어지고 있다는 사실만으로도 감당하기 힘들 만큼 가쁜 숨이 차 올랐다. 꼭 집어 표현할 수 없는 어느 부위가 멈추지 않고 아려오는 고통을 느끼면서 많이 울기도 했다. 지금은 다만 보이지 않을 뿐, 내 몸 어딘가에 남아 내가 자랄 때마다 함께 자라고 있는 그 상처의 흔적에 나는 아팠다.

독서를 마치고 나서 가장 오래 잔상으로 남았던 장면은 지영이 남편인 기석에게 길고 긴 편지를 쓰는 6 · 25 전야와 다음 날 전쟁이 발발하여 지영이 서울에 있는 집으로 도망쳐 나오는 과정이었다. 전쟁을 실제로 겪어보지 못한 나로서도 그 세밀한 묘사에 마치 내가 그 상황에 처해 있는 것 같은 두려움을 여러 차례 느꼈다.

소설의 첫부분에서 놀랄 만큼 남편에게 냉소적이고 제멋대로인 것처럼 보이던 지영의 속내를 바로 그 6 · 25 전야의 편지를 통해 읽을 수 있었다. 남편의 자잘한, 도덕을 무시한 행위에서 혐오감을 느꼈다는 지영의 고백은 '남지영'이라는 인물에 대해 여러 가지 생각을 하게 만들었다. 어떻게 보면 지나치게 결벽적 성품을 지닌 '남지영'이라는 인물이 부담스럽게 느껴지기도 했고, 다른 한편으로는 그래서 이 독특한 인물에 대해 관심을 가지고 끝까지 지켜보고 싶은 오기도 생겼다. 그리고 후에 급변하는 절박한 상황 속에서 빛을 발하는 강인한 그녀의 생명력의 원천이 바로 그것이 아니었을런가 하는 생각이 들었다. 지영 스스로는 시류에 편승하여 일관성을 지키지 못하는 자신의 모습에 염증을 느꼈는지도 모르지만, 그녀의 깊은 곳에 자리잡은 본인에 대한 확신과 믿음이 있었기에, 그토록 강인한 그녀가 존재한다는 것을 알기에 나는 그녀를 비난할 수 없었다. 소설에 들어가기 전에 이 소설의 작가는 긍정적 여성상인 '이가화'라는 인물을 만날 수 있었던 것에 대한 즐거움을 이야기한 바 있다. 그리고 '이가화'라는 인물에 결코 뒤지지 않는 긍정적 생명력을 지닌 '남지영'이라는 인물이 우리의 전통적 여성상을 그려내고 있다는 사실에 대해서는 나 역시 추호도 이의를 제기하고 싶은 생각이 없다.

6 · 25 전야의 편지를 다 쓴 다음날 드디어 전쟁이 발발하게 된다. 이

부분을 읽으면서 내가 이제까지 6 · 25라는, 어떻게 보면 나에게 아주 멀게 느껴지는 이 비극적 전쟁에 대해 너무도 피상적으로 의식하고 있었다는 생각이 들었다. 이 전쟁을 떠올릴 때 내가 영상화시킬 수 있는 것은 포탄이 터지고 경고음이 진동하는 대표적 전쟁의 상황밖에 없었다. 이것은 대개 영화나 TV드라마에 의해 형성된 이미지들이었다. 말로 다 표현할 수 없는 끔찍한 전쟁을 가장 자극적으로 만들어놓은 그 극중상황을 보면서 커오는 가운데, 나는 그것을 너무도 절대적 사실 전부로 의식하고 있었던 것이다. 때문에 전쟁이 발발하던 당시의 상황을 이야기하는 장면을 읽어내려 가면서 나는 충격에 휩싸일 수밖에 없었다. 왜 이제까지 이러한 것들을 생각할 수가 없었을까. 나는 전쟁이라는 거대한 괴물과 맨 처음으로 대면하게 된, 아니 그래야만 했던 공포에 질린 다양한 인간상을 바로 이 소설에서 만날 수 있었다. 믿을 수 없는 사실, 인정하고 싶지 않은 사실 속에서 우왕좌왕하던 나약한 인간을 보았다. 혹은 끝까지 그 사실을 인정하지 않고 전쟁 전의 자신의 모든 것을 지키려 하다가 너무도 부질없이 사라지고 마는 안타까운 인간도 볼 수 있었다. 그리고 눈앞의 현실을 냉정히 받아들이고 자신이 가야 하는 길을 찾아내고야 마는 의지적 인간도 보았다. 혼란의 시작만큼 다양한 인간상을 보여줄 수 있는 상황이 또 있을까? 그리고 또 전쟁만큼 무서운 혼란이 존재할까? 자칫 시끄러운 역사의 전면에서 소외당할 수도 있었던 이 장면들을 몸서리쳐질 만큼 세밀한 필치로 잡아낸 작가의 안목에 감탄할 수밖에 없었다. 때때로 이 상황들이 바로 나에게 일어날 수도 있다는 가정을 해볼 때마다 절래절래 도리질이 쳐졌던 것은 바로 작가가 그려내고 있는 이 상황에 대한 전달이 그만큼 사실적이었다는 것을 말하는 것이 아니고 무엇이겠는가.

이 작품에 등장하는 인물들은 모두 매력적이다. 코뮤니스트인 '하기훈', 가장 소시민적 기질을 지니고 있는 그의 동생 '하기석', 기석의 아내이자 격변하는 삶에 대해 카멜레온 같은 변화로 대응하며 끝까지 자신이 지닌 것들을 지켜가려 애쓰는 강인한 여성상인 '남지영', 그리고 기훈을 사랑하여 끝내 죽음을 맞이하게 되는 '이가화'라는 어쩌면 조금은 모자란다 싶은 인물까지 독특한 향기를 뿜어내지 않는 이가 없다.

그 중에서도 '하기훈'이라는 인물이 지닌 매력은 절대적이다. 그는 만일 그가 현대에 살아 돌아온다 해도 충분히 많은 이들로부터 지지를 받을 수 있는 여러 가지 요소들을 충분히 갖추고 있다. 우선 그에게는 우리가 말하는 이른바 카리스마가 있다. 함부로 범접할 수 없는 그를 둘러싼 그만의 공기와 그가 절대적으로 믿고 있는 신념이 존재한다는 것, 또한 그는 그 신념에 의해 조금도 흔들리지 않는 냉정함을 보여준다는 것에서 그를 확인할 수가 있다. 그는 그러한 그의 신념으로 인해 자신이 사랑하는 사람, 혹은 자신을 사랑해 주었던 사람에게까지 얼음장처럼 냉정해질 수 있었다. 시종일관 뻣뻣한 긴장감을 유지하는 그의 말과 행동에서 그의 사상과 관계없이 '하기훈'이라는 인물의 무게를 느낄 수가 있다.

그러나 다시 생각해 보면 그것은 타인에 대한 냉정함이라기보다는 자기 자신에 대한 냉정함으로도 이해할 수 있을 것 같다. 그것은 그가 바로 갈등 아닌 갈등에 휘달리고 있었기 때문이다. 만일 그가 조금도 인간적 고뇌가 없는 인물이었다면 무게 있는 품위에 대한 우러름을 불러일으켰을 망정, 그 차가운 인물을 향한 연민은 불러일으키지 못했을 것이다. 소설에 직접적으로 드러나는 그의 사상에 대한 갈등은 전혀 없었다. 오히려 기훈 주위의 인물들이 자신들이 믿고 따르는 사상에 대해 갈등하고 있는 모습을 찾아볼 수가 있다. 기훈의 고뇌는, 그리고 기훈의 갈등은 좀더 깊숙한 곳에서 끄집어내야만 한다. 그것은 바로 인간적인 것, 인간에 대한 질문이다. 어쩌면 기훈이라는 가장 힘이 있는 인물이야말로 단단한 철갑 안에 감추어진 아주 부드러운 속살일는지 모른다. 그가 중간중간에 보여주는 너무도 인간적인 태도, 눈먼 여자아이의 새들을 위해 먹이를 가져다주는 장면이나 전쟁 도중 부상을 당한 어린 병사를 보듬어주는 모습은 그 어느 인물보다도 인간적이랄 수 있다. 자신이 강인한 인물이라고 스스로 믿고 있고, 그리고 언젠가는 필요에 의해 제거될 수도 있다는 비운의 운명을 인정하고 있었기에 기훈은 오히려 더욱 인간적인 사실에 목말라 했을 것이다. 때문에 그의 고뇌를 독자의 입장에서 이해할 수가 있었다.

'하기석'이라는 인물은 한마디로 안타깝다. 자신이 부양하고 있는 가족이 있다는 사명감으로 움직이는 가장의 모습. 때문에 아등바등하는 그의 모습에서 더 없는 동정을 느낀다. 특히 인민군 치하에서는 공산당 입당을 시도했다가 다시 국군 치하에서는 공산당과의 무관함을 밝히려 애쓰는 그의 모습은 웃지 못할 희극이다. 그게 어디 그 인물 하나의 이야기이겠는가? 실제로 엄청난 수의 사람들이 그 같은 길을 걸었고, 또 그 때문에 어이없는 죽음을 맞이해야 했던 사실이 바로 야만성이 깃든 우리의 역사로 기록되고 있지 않은가. 오히려 코뮤니스트인 기훈에게는 선택의 자유가 있었다. 그러나 기석은 달랐다. 기석, 그리고 기석으로 대변되는 대부분의 소시민적 인물들에게는 어떠한 사상을 선택할 권리나 자유가 없었다. 또한 넘치도록 교활하지도 못한 탓에 자신에게 불가항력적으로 닥친 위기를 모면할 만한 힘조차 그들은 가지고 있지 못했다. 기석의 행로를 좇는 내내 헤아릴 수 없는 수의 '기석'이 실제로 존재했다는 사실이 떠올랐던 것 자체가 나에게는 바로 비극이었다.

기석의 아내인 '남지영'에 대한 이야기는 이미 앞에서 하였다. 그녀를 단 한마디로 표현한다면 그것은 바로 '생명력'이다. 가족에 대한 사명감으로 움직이던 기석은 수감됨과 동시에 각박한 현실과는 어느 정도 단절될 수 있었다. 그런 맥락에서 보자면 기석은 지영보다는 덜 치열할 수 있었다. 기석은 자신의 한 목숨에 대한 전투를 벌였을 테지만, 지영은 그녀가 없으면 살 수 없는 어린 두 아이와 늙은 어머니의 목숨까지도 쥐고 있었기 때문이다. 오죽하면 전투기의 공습이 이어질 때 지영이 자신이 죽게 된다면 차라리 두 아이도 함께 죽게 해달라고 기도했을까! 품위 있는, 그리고 아주 도도하게 느껴지기까지 했던 지영이라는 인물은 자신에게 닥쳐오는 위기와 함께 그 본능적 생존력과 모성을 유감없이 발휘한다. 그녀에게서 우리의 전통적 여성상을 발견할 수 있다고 하는 이유를 일축하면 바로 그것일 것이다. 본능적 생명력과 모성애. 그로 인해 유발될 수 있는 집념과 끈기. 그것이 바로 소설이 끝나가도록 그녀와 그녀의 두 아이를 살게 했으며, 그녀의 그러한 희생 위에 바로 지금의 내가 숨쉬고 있다.

'이가화'는 처음부터 연약하고 의지 박약한 인간으로 나에게 다가왔다. 수도 없이 죽고 싶다는 말을 내뱉는 그녀의 삶의 목적은 어디에 있는 것인지 아주 근본적인 질문을 하게 만들었던 난해한 여성이었다. 그녀의 존재는 한마디로 부실했다. 책을 읽어나가는 전반, 나는 가화에 대한 고찰이나 이해를 하려 하지 않았다. 그런 것 자체가 무의미하게 느껴지는 여자였기 때문이다. 이러한 내 생각은 소설의 후반에 가서 역전되었다. 그 빈약한 여자가, 그 나약한 여자가 오로지 사랑의 집념 하나로 전장에 뛰어든 것이었다. 비록 그렇게 고생해서 기훈을 만나고도 똑바른 말 한마디를 하지 못하는 그녀가 답답하기도 했지만, 가화는 내가 처음에 생각했던 것처럼 힘없는 존재만은 아니었나 보다. 가화는 사랑이라는 목표가 선 후에는 삶과 죽음을 넘나드는 전쟁터도 두려워하지 않았다. '이가화'라는 인물의 가능성을 나는 바로 여기에서 찾아보려 한다.

언뜻 보면 소설이 진행되는 내내 '시장'과 '전장'으로 대변되는 '하기훈'과 '남지영'이 소설의 큰 주축이 되는 듯 보인다. 그러나 이 주축이 되는 두 인물의 행동과 판단이 모두 다른 인물들과 연계하여 결정된다는 사실을 감안하면 이 소설을 이루고 있는 수많은 부수적 인물들에 대해서 결코 가볍게 생각해서는 안 된다는 것을 알 수 있을 것이다. 나는 이 점을 간과할 수가 없었다. 일명 부수적 인물들, 한마디로 그다지 비중을 차지하지 못하고 있는 여러 인물들의 존재야말로 우리가 살고 있는 삶의 구성이 아니겠는가? 역사는 몇몇의 이름난 인물들만을 기억할지 모르지만, 그 저변에는 이름 없이 삶을 연명하고 또 죽어가는 그 수를 헤아릴 수 없는 민중들이 존재하고 있다. 잠시 기훈이 스친 눈먼 소녀에서부터 시작하여, 전쟁을 맞이한 상황에서도 끝없이 살아야 하는 거대한 삶과 맞서는 우리 시장의 많은 사람들, 혹은 전쟁이 벌어지는 가운데 싸우고, 다치고, 갈등하는 모든 인간들이 바로 우리의 삶 자체인 것이다. 내 좁은 가슴으로는 이름조차 다 외울 수 없는 그 많은 인물들을 모두 아우르기 힘들었다. 그러나 나 역시 그 이름 없는 삶의 한 부분인 것을 인정하는 순간, 그렇기 때문에 그것을 내가 가슴으로 끌어안아야 한다는 것을 인식하는 순간, 미친 듯이 요동치는 가슴을 진정시킬 수가 없었다. 소설을 읽어나가며 내 머릿속의 세상은 점점 더 넓어져가고 있었지만, '나'라는 명료하지 못한 존재는 오히려 더 작아져만 가고 있었나 보다.

내가 맨 처음 이 책에 시선을 돌렸을 때, 《시장과 전장》이라는 두 공간이 상당히 거리가 있으며 이질감이 존재하는 공간이라는 생각을 했었다. 하지만 이 소설을 읽는 동안 내 예상은 보기 좋게 빗나가고 말았다. 전쟁 와중에는 그것이 시장이든지, 전장이든지 똑같이 치열한 삶의 공간이었던 것이다.

활기가 넘치는 시장은 전쟁의 후방에 있는 대다수의 민중들의 끝까지 살아남고자 하는 욕망을 반영하는 공간이다. 그러나 내가 느낀 이 소설 속의 시장이라는 배경은 참으로 잔인한 곳이었다. 여기에서의 시장은 살고자 하는 욕망이 꿈틀대는 가장 원초적인 곳이다. 어린 자식들에게 먹일 식량을 구하기 위해, 혹은 늙은 부모를 부양하기 위한 식량을 구하기 위해 어떠한 초라한 꼴이나 수고도 감수하는 사람들의 모습을 보며 지금의 내가 얼마나 호사를 누리며 사는 것인지 새삼스럽게 깨닫게 되었다. 아픈 어린 자식을 병원에 데리고 가도 치료할 의사가 없고, 의사가 있다 해도 아이를 구제할 수 있는 약이 없다는 절박한 상황은 꼭 내가 아이를 낳아 기른 어머니의 입장이 아니더라도 충분히 이해가 가고도 남았다. 약 한 병, 주사 하나에 모든 것을 거는 인간은 강한 듯싶으면서도 부질없이 작은 존재였다. 소설 속에서 지영의 어머니가 쌀을 배급해 준다는 이야기를 듣고 길을 나섰다가 찰나에 죽음을 맞이하는 장면을 보면서, 전쟁이라는 상황 속에서는 한 인간의 생명에 대한 권위와 존엄성을 따지는 것 자체가 상식으로 인정될 수 없다는 것을 알게 되었다. 더구나 그 공간이 전장과는 아주 먼 시장이라는 공간이라는 사실을 상기해 볼 때, 오히려 시장은 전장보다도 더욱 외롭고 야만스러운 공간이었던 것이다.

차라리 전장의 한가운데는 의지와 소명이 존재했다. 자신들의 신념에 의해 하나의 사상을 선택한 전장의 인간들이 아무런 까닭이나 이유를 통보받지 못한 채 상황을 그저 받아들이기만을 요구받았던 시장의 인간들보다는 여유 있는 것이 아닌가? 단적으로, 적어도 전장에서 싸우는 군인들을 위해서는 어느 정도의 일정한 식량과 약품이 배급되었다. 쌀 한 줌을 얻으려다 비명도 지르지 못하고 죽어간 인간들에 비하면 그나마 행운이었다. 전장에서의 죽음은 적군이든지 아군이든지 그의 죽음에 가치가 부여되고, 혹은 이름 없는 죽음이라 할지라도 전쟁터에서 죽어갔다는 명예를 건질 수가 있었다. 그러나 시장에서의 죽음은 그야말로 아무것도 아니었다. 시장에서의 그들은 전장의 인간들에게 많은 것을 빼앗긴 채 그저 살아남아야 했던 것이다. 결국 전쟁의 전면에 존재하는 전장에 서든지, 좀 멀리 떨어진 시장에서든지 나는 똑같은 야만성, 비극, 치열함을 읽어낼 수 있었다. 더구나 시장과 전장은 서로가 서로를 위한다는 명분 아래 많은 것을 수탈당해야 했던 지독한 악순환의 고리에 연계해 있었다.

그러나 나는 이 비극성 가운데서도 아름다움과 희망을 이야기하고 싶다. 참으로 신기한 일이다. 이 야만스러운 공간에서도 사랑이 싹트고, 그것을 지키기 위한 몸부림이 존재한다는 것. 그리고 자신에게 주어진 하나의 의무를 희망으로 여기면서 끊임없이 운명에 맞서는 눈물겨운 인간들의 모습은 절로 가슴을 떨리게 만들었다. 기훈이 전쟁 와중에 가화를 생각하면서 이 여자가 죽었을까, 살았을까를 염려하는 밋밋한 장면에서 나는 차라리 소리내 울고 싶었다. 절박한 운명에 놓인 인간의 사랑은 숭고함 그 자체에 다름 아니라는 것을 느꼈기 때문이다. 사랑하는 이의 생사를 자신의 일상처럼 걱정하는, 결국 전장터에서 사랑하는 가화를 만난 기훈의 냉소적 태도 이면에 숨겨져 있었던 그 뜨거운 열정의 흔적을 발견할 수 있었던 것은 그야말로 행운이었다. 만일 내가 그 차가운 가슴 속의 불덩어리를 발견하지 못했더라면 전쟁터에 존재하는 이 두 남녀의 사랑을 이해하지 못한 채 책을 덮었을 것이기 때문이다.

지영의 희망은 어린 두 아이들이었다. 지영은 그 두 아이로 인해 살아야 한다는 악착같은 끈기를 지닐 수 있었고, 자신의 존재를 희생해서라도 두 아이의 안위를 지켜주어야 한다는 일념으로 매번 일어서곤 한다. 지영에게는 그 두 아이가 희망이었을지 몰라도, 나에게는 바로 그러한 지영의 모습 자체가 희망이었음을 고백한다. 눈앞의 작은 시련에도 번번이 무릎이 꿇고 마는 나에게 지영은 얼마나 희망적인 인간상으로 다가왔는지. … 소설이 끝날 때까지 지영과 두 아이들은 죽지 않았다. 나의 바람이지만, 그의 남편 기석 역시 죽지 않았기를 빈다. 아무리 지독한 전쟁이라 할지라도 그 끝은 있는 법이다. 분명히 전쟁은 끝났을 것이고, 지영은 그의 남편을 만났을 것이다. 전쟁이 일어나기 전에 남편에게 지대한 실망과 염증을 느끼던 지영은 전쟁을 겪고 위기를 헤쳐나가면서 수감된 남편을 구출하기 위해 냉혹한 삶의 무게에 대적했다. 그러한 지영의 노력 때문이라도 그의 남편이 죽지 않았을 것이다. 그들은 전쟁 후에 다시 만나 폐허 위에 처음부터 삶을 가꾸기 시작했고, 그것이 시간과 세월을 거치면서 지금 내가 존재하는 이 공간이 된 것이다. 만일, 그때 전쟁 한가운데에 버려진 인간들에게 어떠한 희망이 없었다면, 지금의 내가 존재할 수 있었을지 자문해 본다. 때문에 멈추지 않는 전쟁, 그래서 끝이 결정되어 있는 전쟁을 그리고 있는 이 소설에는 희망이 있다. 그래서 아름답다.

책을 다 읽은 지 벌써 수 주가 지난 지금도 나는 이 소설이 느끼게 했던 형언할 수 없는 두려움과 아픔, 그리고 아름다운 희망의 이미지에 빠져 있다. 이 소설을 읽을 때에 맡았던 내음, 들었던 소리, 비슷한 분위기에만 직면해도 내가 읽었던 그 부분에 대한 심상이 떠올라 견딜 수가 없다. 원인을 알 수 없는 막연한 이 아픔은 바로 내가 지니고 있는 상처로부터 기인한다. 아직 내가 찾지 못했지만 내 어딘가를 구성하고 있을 나의 상처, 그리고 그 상처의 크기가 덜할는지 몰라도 여전히 그 상처를 치유하기 힘들다는 공감대를 형성하고 있는 현대를 사는 나와 우리들. 이처럼 나는 핏줄로, 그리고 뼛속으로 전해 내려오는 상처를 지니고 있기 때문에 이 소설을 읽고 아팠을 것이다. 이 소설을 만나기 전까지, 나는 한동안 내 상처를 잊고 있었다.

전쟁은 끝난 것이 아니라 잠시 중단되었을 뿐이라는 거대한 두려움은, 나에게 쉽사리 피부로 느껴지지 않는 것이었다. 그것은 벌써 내가 태어나기도 훨씬 전에 있었던 일이었고, 살면서 한 번도 전쟁이라는 상황에 대해 깊이 고찰해 본 적이 없었기 때문이었을 것이다. 그러나 고백한다. 50여 년 전 한반도에 터졌던 무서운 전쟁의 뿌리를 나는 인정하고 싶지 않았던 것이다. 그 착잡하게 드리워진 뿌리로부터 수많은 줄기가 뻗어내려 나를 옭아매고 있다는 사실이 너무도 두려운 나머지, 받아들일 수가 없었던 것이다. 그러나 나는 이 소설을 통해 그러한 '나'를 발견했다. 그리고 너무도 오래 잊고 있었던 나의 상처를 발견했다. 앞으로 얼마나 오랜 시간이 걸릴지는 모르지만, 나는 이제 이 상처가 더 이상 곪지 않도록 치유하고 싶다. 내가 만난 인물들, 하기훈과 이가화, 하기석과 남지영이라는 인물은 허구이지만 결코 허구가 아님을 알고 있다. 이 땅위에 실제로 존재했을 그들. 그들의 욕심과 그릇된 믿음에서 비롯된 전쟁이라는 사건 속에서, 비록 멀리 떨어져 있으나 나 역시 하나의 피해자인 동시에, 그들의 희망과 노력으로 일구어진 새로운 삶의 터전을 밟고 서서 자라고 있는 수혜자였던 것이다.

역사 속에서 걸어나온 여인들

김 지 영 (서울시 마포구)

얼마 전에 우리의 땅에서 일어나지는 않았지만 우리의 군인들이 전후 복구와 구호라는 이름으로 참여한, 그래서 우리를 참전국으로 만든 전쟁을 겪었다. 멀게만 느껴지는 이라크에서, 그리고 그 이전에 아프가니스탄에서 일어난 전쟁들의 기억은 아직도 생생하다. TV화면을 통해 아이들의 검고 투명한 눈동자들과 처참한 국민들의 현실이 투영된다. 공포와 무기력과 슬픔이 묘하게 엉겨붙은 그들의 얼굴을 바라보다 보면 가끔 나는 속이 콱 메이는 것만 같아서 채널을 돌릴 엄두도 못 내고 그대로 고개를 돌리곤 했다. 그 표정들을 보면 내가 느끼는 무기력이라던가 슬픔 같은 건 그럴싸하게 스스로 위안하는 가식 같은 게 아닐까 라는 생각이 들었기 때문이다.

그 눈동자들에는 전쟁에 대한 의도도 도발도 없었지만 상처는 결국 그들에게 남겨진 것이다. 본 것이라고는 단지 화면뿐인 나에게도 이리 깊이 박혀 잊혀지지 않는데, 직접 그곳에 살고 있는 사람들의 가슴에서 전쟁이라는 것이 시간이 간다고 쉽게 잊혀질 수 있는 일일까.

우리나라 사람들의 가슴은 그래서 모두들 멍이 든 채로 태어나는 게 아닐까 한다. 그것은 전쟁을 직접 몸으로 겪지 않아도 한국인으로 태어나 살아간다면 저절로 생기는 그런 상처인 것이다. 우리 어머니로부터 할머니로부터 그 이전부터 전해진 전쟁의 기억들은 우리 몸 어딘가에 그런 멍 자국으로 남아서 전달되는 것이다.

이렇게 가슴에 새겨진 멍 자국은 철이 들고 자라날수록 점점 더 커지고 진해지는 것만 같다. 이 멍 자국은 때때로 이 나라의 찢어진 국토 안에도 그리고 끊임없는 외부 세력의 간섭과 전쟁의 공포, 핵 문제 등의 사안들로 우리 앞에 구체적으로 나타나기도 하지만 나타나지 않더라도 가슴을 내려앉게 만드는, 오래 전부터 각인된 기억들인 것이다.

그러나 이런 전쟁들의 기억 속에서 전선(戰線) 이외의 사람들은 그리고 여성들은 쉽게 소외되고 만다. 총을 겨누는 것만이 전쟁의 모습이라고 착각하기 쉽다. 폭음이 들리고 피가 흐르고 사람의 죽음이 눈앞에 있는 것만이 전쟁의 참혹함이라고 생각하기 쉽다. 무수한 전쟁의 스토리들은 소설에서, 영화에서, 미술에서, 그리고 그 밖에도 수많은 예술 속에서 거대하고 참혹하고 파괴적인 모습으로 우리에게 다가온다. 그러나 전쟁은 전선에만 있는 것이 아니다. 전쟁이 만들어내는 비극은 전쟁터에서의 아픔보다 훨씬 더 아프고 광범위하며 오래도록 지속되는 것이다.

《파시》에는 전선의 이야기는 나오지 않는다. 전황이나 전쟁에서 돌아온 사람들의 이야기도 실리지 않는다. 소설 속에는 전쟁의 참화와 총성은 지워져 있다. 오히려 이 소설 속에는 이것이 과연 전쟁중인가 싶은 사사롭게만 때로는 여유 있는 것처럼 보이는 개인들의 일상들이 나오고 있다. 꼼꼼하게 읽는 버릇이 없다면 이것이 전쟁중의 이야기인지도 모르고 넘어갈 법도 하다. 그러나 이렇게 소소해 보이는 개개인의 일상 저 너머에는 전쟁의 그림자가 짙게 깔려 있다.

개개인은 실상 생활에서 전쟁을 끊임없이 의식하고 있으면서도 살아간다. 그러한 그들의 모습은 처절하고 애처로우나 그들의 그런 노력에 대해 작가는 냉정함의 내시경과 메스를 내려놓지 않는다. 예전에 에밀 졸라의 《제르미날》을 읽으면서도 이런 느낌을 받은 적이 있다. 냉정한 현실에 대해서 아무리 발버둥치고 살기 위해서 노력해봐도 현실은 좀더 가혹하게 그들을 내몰기만 한다. 개인의 힘이 변혁의 주체임을 말하지만 그런 개인들은 그러나 그렇게 쉽게 힘을 얻고 사회를 바꿀 수 있기보다는 거대한 사회 앞에서 끊임없이 좌절한다. 인생은 그들의 노력만큼 얻어지는 것이 아니라 그들의 노력을 비웃을 때가 더 많다. 그런 노력들이 너무 안타까워서 가슴속을 무거운 압축기로 눌러대는 듯했다. 그러나 바로 그런 것이 실제로 우리가 살아가고 있는 현실인 것이다.

파시의 개개인들은 이런 냉정한 현실 속을 살아가고 있었다. 그들은 생생하게 살아가고 있는 것이었고 그 삶의 과정들이 바로 실제의 전쟁이었던 것이다. 이런 현실에 대해 작가나 독자가 가볍게 분노를 나타내기는 오히려 쉽다. 또한 그들을 동정하고 연민하면서 아름답게만 그리기도 꽤 마음은 편할 것이다. 그러나 그러한 태세라면 그것은 자신의 기분에 도취되어 현실을 바라보지 못하는 것일 테다. 그러나 박경리의 눈은 매섭다. 잔인하더라도, 아프더라도 바라보아야 하는 것은 이런 아픈 현실이고 이런 현실을 좀더 정확히 보여주는 것이 바로 작가가 짊어져야 하는 천형이라는 것을 작가는 잊지 않고 있는 것이다. 쓰는 고통과 읽는 고통을 작가와 함께 독자가 가짐으로써 우리가 진정한 현실을 바라볼 수 있게 되는 것이라는 걸 말이다.

이런 냉정한 현실을 가장 잘 보여주는 인물은 수옥이었다. 당시로서는 비교적 고등교육을 받고 곱디곱게 양갓집 규수, 막내딸로 자라났지만 전쟁의 참화는 그녀의 인생을 생각지도 않은 방향으로 끌고 가고 만다. 전쟁 속에서 여성은 직접 총칼을 들지 않아 당사자가 아닌 주변인인 것만 같다. 그러나 전쟁의 폭력은 여성을 비껴가지 않는다. 오히려 더 가혹한 방법으로 그녀들에게 폭력을 행사한다. 그리고 그러한 폭력은 여성에게 일상적으로 가해진 폭력의 연속선 위에 있다. 이미 이전까지 행사되었던 유교의 잘못된 받아들임으로 인한 가부장제의 폭력은 다시금 전쟁이라는 형태로 모양을 바꾸어 여성들에게 행사된 것이다.

지금까지 곱게만 자라왔고 순종적 삶을 사는 것만으로 보장받았던 삶은 수옥의 피동적 모습에서 극단적으로 나타난다. 아마도 전쟁이 없었더라면 그녀의 삶은 미모와 순종성, 좋은 집안과 교육의 덕택으로 순탄하기 그지없었을지도 모르지만 전쟁은 바로 그녀의 그런 조건들 때문에 그녀를 불행의 심연으로 밀어 넣고 마는 것이다. 그녀는 하나의 인격체가 아닌 그녀의 몸을 바라보는 폭력적인 남자들 틈에서 자신의 인성 같은 건 인정받지 못한다.

또한 그녀 스스로의 삶을 지켜낼 수 있는 힘도 그녀에게는 없던 것이다. 전통적으로 보호받아야만 할 것이고 스스로는 아무 것도 하지 않아도 되는, 할 수 없는 여성의 모습은 그녀를 구원하지 못했다. 그녀를 구원한 것은 갑자기 나타난 행운이나 다름없는 남성에 의해서였다. 그것도 그녀의 의지가 개입되었다고는 볼 수 없는 그 남자의 의지만으로 말이다. 학수가 만약 좋지 못한 의도를 가진 사람이었다면 그녀의 삶은 다시 한번 불행의 질곡으로 빠질 뿐 구원되지 못했을 것이다. 그것은 그나마 그녀에게 마지막으로 주어진 선물 같은 삶이었다.

수옥이 그녀의 순종적 성품으로 인해 전통적 여인의 모습을 고수하는 것을 살아가는 방식을 삼았다면 그 반대편에는 학자가 있다.

학자의 선택은 모두 그녀 스스로 결정한 것처럼 보였다. 그러나 그 스스로의 선택이라는 것도 결국은 이미 결정된 인과 안에서의 몸부림일 수밖에 없다. 여성 스스로가 나서서 자신의 처지를 개척할 수 있는 길 따위는 피란지의 수도나 다름없는 부산에서조차 없었다. 결코 그녀는 스스로 몰락하려고 한 것은 아니었다. 그녀는 오히려 구원받고 싶었다. 스스로를 자신의 힘으로 구원하고 싶었을 지도 모른다. 여성 스스로는 자신의 집안을 일으킬 수 없다는 것을 깨닫고 그래서 스스로만이라도 구원받고 싶었던 것이다. 그러나 그녀에게 주어진 길 같은 것은 없었다. 순종하지 않고 개척하고자 해도 현실은 그런 그녀에게 힘을 주거나 길을 만들어주지 않았다. 그녀에게 주어진 길은 결혼이 아니면 가혹한 현실 속에 무너지는 것뿐이었다. 그리고 결국 그녀에게 주어진 길은 현실에 순종하지 않은 대가로서의 몰락이었을 뿐이다.

명화는 이런 현실들에 대해 어찌 보면 한 발자국 벗어나 있는 것만 같은 인물이다. 명화는 직·간접적으로 전쟁을 접하고 있지도 않고 넉넉한 형편에 대학을 다니고 있는 엘리트 여성이다. 사람 좋은 아버지에 비교적 건실해 보이는 가정 등 그녀가 현실의 풍화를 직접 맞고 있다는 생각은 들지 않는다. 외부로부터 흔들리고 외부의 시선으로 인해 보이는 것이 학자나 수옥의 모습이라면 명화는 스스로가 스스로의 상념에 의해 흔들리고 스스로 내부에서 자신을 바라보는 것에만 빠져 있는 모습이다.

그녀의 고뇌는 스스로의 문제이고 자칫 시대의 흐름 같은 건 영향을 미치고 있지 않은 것 같지만, 그녀 역시 우아한 모습 뒤에 감추어진 그녀의 현실은 학자와 다를 바가 없다. 스스로의 힘으로 선택할 수 있는 것은 단지 결혼을 하느냐 마느냐 뿐인, 그것도 스스로의 선택의 힘이 아닌 남자들의 힘에 의해 좌우되는 것이라 스스로의 상념은 도움이 되지도 않는다. 결국 그녀 역시 할 수 있는 선택은 이런 선택이 불가한 세상에서 사라지는 방식으로 도망치는 수밖에 없었다.

《파시》에서는 이렇게 여성들이 가지고 있는 각기 다른 정체성과 위치들은 전쟁의 와중에서 묻히고 만다. 전쟁의 시기를 살아가고 있는 '여성'은 그 어떤 방식으로 살아가고 있다 하더라도 사회적 약자이며 소수자이다. 또한 여성은 전쟁에서 직접적 참여자가 되지 않으면서 직접적 희생자가 된다. 그녀들의 어쩔 수 없는 삶의 궤적들이 그렇다고 단지 전쟁에만 문제를 돌릴 수 있는 것일까? 단순히 전시가 아닌 때를 '평화'라고 이야기할 수만도 없는 것은 일상에서 우리가 살고 있는 하루하루 역시 또한 '전쟁' 같은 상황들로 가득하기 때문이다.

지금도 여성들이 살아나간다는 것은 여전히 전쟁과 마찬가지인 것이다. 그것은 여성뿐만이 아니다. 이 사회를 살아가면서 소수자의 입장에 선다는 것은 바로 전쟁과 마찬가지인 것이다. 끊임없이 가해지는 공포, 그리고 무기력함일 것이다. 자신이 세상에서 받는 것에 대해 노력한다고 해도 벗어날 수 없다는 무기력함은 전쟁의 공포에서와 마찬가지로 소수자로서 살아간다는 것에서도 느껴지는 것이다.

소수자란 단지 숫자만의 소수를 말하는 것이 아니다. 사회의 거대한 흐름 속에서 힘을 갖지 못하는 것이 바로 소수자, 마이너리티(*minority*)다. 일제 시대 때 우리나라에 아무리 우리 국민들이 많았더라도 힘을 가진 일본인들에게 우리 국민들은 소수자, 마이너리티인 것이나 마찬가지다. 목소리를 낼 수 없다면 힘에 의해 억압받는다면 그것이 바로 소수자의 입장인 것이다.

소수자들에게 부당한 억압이 가해지거나 사회로부터 배제하려는 움직임만으로 그들은 삶 전체에 대한 뿌리깊은 공포와 불신으로 힘들어지게 된다. 어디서고 폭력에 노출될 수 있다는 사실은 그 사실만으로도 삶의 상태를 얼마나 불안하게 만드는가 말이다. 지금도 신문을 펴면 얼마나 많은 여성들이 자신의 남편에게, 얼마나 많은 외국인 노동자가 이유 없이, 동성애자라는 이유만으로 얼마나 많은 사람들이 살해되고 있는지를 눈으로 확인할 수 있지 않은가. 그런데도 이것을 전쟁이 아니라고 누가 말할 수 있을까.

이런 전쟁의 와중에서 개개인의 일상이 평화로와 보인다는 것은 오히려 불안한 징조일 수도 있다. 치열함은 감추어지고 수면의 부드러움만 보일 때 정작 아픈 이들은 아픔을 말할 수도 없는 그런 상태가 될지도 모르는 것이다.

작가 박경리는 이토록 아픈 전쟁의 이야기를 오히려 전선의 뒤에 물러서서 하고 있다. 처참함을 보여주는 것은 순간적 충격을 주지만 그 처참함이 미칠 파급을 보여주는 것은 끊임없이 전쟁에 몸서리치게 만드는 것이다.

또한 박경리 소설의 특징은 등장인물 모두가 주인공의 역할을 할 수 있다는 데 있을 것이다. 《토지》만 하더라도 주인공인 서희의 역할뿐만 아니라 아버지 최치수와 윤 씨 부인, 그리고 마을 농부 용이 등 개개인의 인물은 분명 주인공을 뒷받침하기 위한 인물들이 아니라 그 스스로 주인공으로 존재하는 인물들이다. 물론 대하소설에서는 많은 사람들이 나오고 그 사람들의 일상도 모두 세세히 기록된다. 하지만 박경리 소설처럼 그 하나하나의 사람들이 존재감을 가지고 스스로 공간을 확보하고 있기는 힘들다.

《파시》의 경우는 아예 주인공이라고 한 명만 골라 칭할 만한 인물이 없다고 볼 수 있다. 수옥, 명화, 학자, 학수, 응주와 같은 젊은 사람들뿐만 아니라 조만섭, 서영래, 박 의사에 이르기까지 어느 인물 하나도 자신이 다른 사람을 보조하기 위해 존재하지 않는다. 내가 박경리의 소설을 좋아하는 이유는 바로 이것이다. 실제의 사회에서 아무리 보잘것없어 보이는 삶이라도 다른 사람의 삶의 보조하기 위해서 존재하는 삶은 없다. 개개인은 개개인으로서의 존재 가치가 있다. 이것을 작가 박경리는 확실하게 알고 있다.

게다가 파시(波市) 아닌가. 파시란 온갖 종류의 어물들이 나오는 시장이기도 하지만 바로 온갖 사람들이 쏟아져 나오는 곳이 바로 파시일 것이다. 시장은 물건들이 마치 주체인 것처럼 보이기도 하지만 정작 중요한 것은 사고 파는 '사람'인 것이다. 우리는 역사라는 흐름을 위해 존재하는 떨거지가 아니라 우리 자체가 역사를 만들어가고 있다는 것을 박경리의 소설은 새삼 깨우쳐준다. 정말 소중한 교훈이다. 역사는 어떤 특정한 정치나 왕가, 지배자에 의해서만 존재하는 것이 아니다. 우리들의 삶 그 자체가 바로 역사의 흐름 속의 하나의 물방울이며 물방울이 모여야만 흐름이 되는 것이다. 이렇게 여긴다면 내 삶을 그냥 흘러가는 대로 맡기고 싶은 생각이 없어진다. 그저 다른 사람들이 정해놓은 삶의 모습에 맞추기 위해 노력하고 그런 삶이 나에게 어떤 의미를 갖는지 고민하지 않는다는 것이 부끄러워진다. 스스로 만드는 사람의 입장에 있는 것은 물론 그냥 흐름에 맡기는 것보다 힘들며 많은 고민을 해야 할 것이고 많이 아파해야 할 것이다.

하지만 역사를 만드는 것은 그런 개개인의 고민과 아픔이 쌓여가면서 좀더 바른쪽으로 흘러가야 한다고 믿는다. 흘러가는 대로 맡기는 혹은 오류가 많은 인간 몇 명에게 의지하는 역사가 과연 궁극적으로 바르게 흘러갈 수 있을까. 고민 없이 얻어지는 역사라면, 사람들의 힘없이 이루어지는 역사라면 그것은 그냥 흐름이지 올바른 곳을 향해 힘차게 뻗어나가는 물살이 되지는 못할 것이 아니겠는가. 그렇게 노력하지 않는 흐름은 그저 외부의 힘이 주어지면 주어지는 대로 어디고 사람에게 아픔을 주고 상처를 주는 방향으로 또 흘러가고 말 것이 아닌가. 늘 찢기고 상처 입는 부분은 또 찢기고 상처 입게 되고 말이다.

그토록 아파했으면서도 반성하지 못하고 내가 노력할 수 없다면 역사란 것은 기록도 필요하지 않은 것일지도 모른다. 도대체 뭐 하러 그 많은 사람들과 시간과 노력을 투자해서 남겨두겠는가. 사람이라면 좀더 생각하고 다른 방법을 시도할 수 있기 때문이 아닌가. 그리고 그 시도는 모두에게 주어지는 의무와 같은 것이 아니겠는가. 왜냐하면 우리는 모두가 역사를 만들어가고 있는 주체이기 때문이다.

우리는 쉽게 전쟁을 잊는다. 역사책에 전쟁이라고 기재된 것만이 전쟁이고 우리의 일상은 전쟁과는 상관없는 '평화'라고 쉽게 안주하고 만다. 그러나 우리의 일상 가운데도 얼마나 많은 전선(戰線)이 있는가. 전쟁을 총성이 울려 퍼지는 무력분쟁 상태로만 보지 않고 일상적 폭력이 극대화된 상태라고 정의할 때, 비로소 평화의 개념도 단지 총소리가 멈춘 상태를 넘어 억압받는 약자의 입장에서 적극적으로 재구성될 수 있다. 여성, 성적 소수자, 이주 노동자, 장애인, 혼혈인 등과 같은 마이너리티(minority)에게 가해지는 일상적 폭력과 차별이 사라지지 않는 이상, 그들의 생존 현장은 전쟁터와 다를 바 없기 때문이다.

우리가 책을 통해 읽어낸 아픔이 단지 문자의 형태로 머리에 머물기만 한다면 그 독서는 얼마나 값없는 것이 되겠는가. 이와 같은 일상의 전쟁들에서 개개인의 아픔을 읽어낼 수 있도록 노력하고 또 노력해야 하는 것이 지금 우리의 몫이 아닐까 한다.

문학이란 단순히 역사를 좀더 다르게 나타낸 창작적 기록물이 아니다. 시대를 넘어서 현실을 비춰볼 수 있는 거울이 되어야 하는 것이 문학의 이름이 이어지는 까닭일 것이다. 한 시대에 읽히고 말 것이나 그 시대의 풍경을 기록하는 것은 오히려 사실적 기록물들만 못할 수도 있다. 하지만 문학에는 우리의 모습을 비춰볼 수 있는 맑은 거울이 있다. 우리는 끊임없이 그 거울에 우리를 비추면서 반성해 나가야 하는 것이다. 윤동주가 《참회록》에서 말했듯 거울을 끊임없이 손바닥으로 발바닥으로 닦으면서 말이다.

전장이 낳은 시장과 휴머니즘의 초상

조 경 희(인천시 부평구)

눈을 감아본다. 전쟁, 전쟁의 소용돌이가 머릿속을 휘감는다. 귀청이 찢어질 듯한 비행기 소리와 함께.

지영의 허공에 뜬 듯한 표정으로부터 시작하여 두 눈에 불을 켜고 악문 입, 빙판에 굳건히 선 지영의 모습, 언덕을 굴러 내리는 지영, 좌판에 앉아 옷을 파는 그녀, 아수라장 같은 형무소 광장 안에 줄 서 있는 지영의 모습이 차례로 흘러간다.

나와 비슷하다고 생각되는 부분이 많은 지영의 성격 탓일까? 예전에 처음 이 소설을 읽고 나서 떠오는 것은 '지영'이라는 인물뿐이었다. 그런데 독후감을 쓰기 위해 작품을 다시 읽었을 때, 인물 외의 또 다른 소설적 구도가 눈에 들어왔다. 나도, 묵었던 책의 물리적 시간과 함께 성숙한 것일까….

박경리 선생님을 노장작가로만 여기던 내게 이 소설의 너무나 치열한 삶에의 열기는 의아하게 여겨질 정도였었다. 다시 본 이 책의 집필 년도는 1964년, 의문은 풀렸다. 이제는 노장이 된 작가의 젊음이 한창이던 30대에 이 작품은 완성되었던 것이다.

나 또한 이 글을 쓸 당시 작가의 나이에 근접한, 그리고 주인공 지영과 흡사한 모성을 지닌 한 여자로서 지영의 생에 너무나 공감한 나머지 다시 한번 글 속으로 빠져들 수밖에 없었다.

처음, 서점에서 이 책을 대했을 때, 그 제목에서 받았던 설명할 수 없는 끌림을 떠올려본다. 난 결국 그 자리에서 책을 읽어야만 했다. 《시장과 전장》이라니. 각운을 사용하여 너무나 극명하게 대비되는 두 단어. 전장 속의 시장과, 전쟁과 대비되는 개념으로서의 시장.

이 두 가지 개념이 모두 이 소설 속에 녹아있다고 나는 생각한다. 결국, 아이러니컬하게도 전쟁이라는 폐허 속에서 오히려 삶의 에너지를 꽃 피워내는 지영. 그리고 전장을 상징하는 기훈과 시장을 대변하는 지영이라는 인물 구도에 이르기까지. 어쩌면 이 소설의 주된 테마는 아이러니가 아닐까. 죽음이 닥쳐오는 상황에서 삶을 갈구하는 인간의 본능적 모순 말이다.

전쟁은 어떤 것일까? 나는 전쟁 세대가 아니고, 경제가 승승장구하던 풍요 세대에서 자라난 까닭에 진정한 의미의 전쟁을 알지 못한다. 그러나 전쟁은 여전히 계속되고 있다는 생각이 든다. 꼭 휴전선 때문만은 아니다. 아니, 어쩌면 그 때문인지도 모른다.

어제 저녁 뉴스를 통해 대북사업을 담당하던 현대 아산 대표, 정몽헌 씨가 자살로 생을 마감했다는 비운의 소식이 들려왔다. 허나 더욱 충격적인 소식은 그 다음이었다. 더 이상 북에 두고 온 고향 땅을 밟아 볼 희망이 없게 되었다는 좌절감에, 정 회장의 자살 소식을 듣자마자, 팔순의 한 노인이 농약을 마시고 자살을 감행했던 것이다. 가슴 한 구석이 아려오는 것을 느낀다. 단언컨대, 이것은 충동적 자살이 결코 아니다. 오히려 준비된 죽음이리라. 그 노인에게, 단지 밟아 볼 수만 있을 고향 땅은 무슨 의미인가? 그럼에도 불구하고 밟아 볼 수조차 없는 그 땅은, 노인에게 삶의 전제 조건이었던 것이다. 이러한 사건의 원인이 전쟁이 아니고 무엇이랴.

전쟁 후유증은 여전히 우리 주변에 널려 있고, 또 다른 조용한 전쟁을 빚어내고 있는 것이다. 내게는 타계하신 노인의 죽음이 연정을 위한 로맨티시즘처럼 느껴지지만, 전쟁 세대에게는 이 또한 얼마나 처절한, 소리 없는 전쟁인가 말이다.

우리는 아직도 잃어버린 반쪽에 연연해 있다. 50년의 세월을 훌쩍 넘겨버리고도 접어버리기엔 너무 큰 미련과 비련이 남아 있는 것이다. 노인의 죽음에선 숭고한 느낌마저 들었고, 전쟁과 그 비극을—가뜩이나 전쟁을 소재로 글까지 쓰고 있는데 말이다—다시 한번 생각하게 하는 계기가 되었다.

그러나 한 배에서 태어나, 같은 하늘 아래 존재했음에도 불구하고, 서로 다른 전쟁을 경험한 기훈과 기석이 함께 만나 오순도순 전쟁을 이야기 할 수 있을 것인가. 서로의 아픔과 상처를 어루만지며 달래 줄 수 있을 것인가. 그들의 핏줄이 과연 서로를 끌어당겨 줄 수 있을 것인가. 섣불리 결론 내리기 어려운 질문들을 나는 스스로 만들어내며 번민하고 있다. 이 또한 또 하나의 시대적 아픔이리라.

당시 소수의 골수 분자들을 제외했다면, 민간인 대다수는 그저 난민이었고, 이념과 사상이 무엇인지도 모르는 순박한 사람들이었을 게다. 그저 한 목숨 부지하기 위해 상황이 요구하는 대로 비굴해졌던 것이 죄라면 죄였던 시절이었다. 위협에 못 이겨, 혹은 정에 이끌려 굶주린 채 밥을 찾는 인민군에게 또는 연합군에게 밥 한 덩어리 준 것을 이유로 번갈아 가며 곤욕을 치렀던 불쌍한 농민들. 힘없는 자들의 슬픔과 원성에 마음 한 구석이 젖어온다.

소설에서는 장덕삼이 이렇게 혼잣말하는 장면이 나온다. "흠, 사흘만 지나면 내려가라 해도 안 갈걸. 사흘만 지나면, 빨갱이가 되어버린다. 내려가면 잡혀 죽는다는 공포가 빨갱이를 만들어버리지." 선택의 여지 없이 사람을 몰고 가는 그 공포에 전율이 느껴진다. 참 무서운 일이다. 이렇게 하여 이념도 사상도 없는 행동주의 빨갱이가 탄생되는 것이다. 왜, 무엇을 위한 것인지도 모르는, 그저 피 맛을 본 짐승과도 같은 살육은 이렇게 해서 저질러진 것인가. 맹신은 결국 야만을 불러들인다.

그러나 소설은 또한 공산주의자들의 인간적 면도 확인시켜준다. 죽창으로 사람을 찔러 죽이거나 갓난아이들을 도살하는 현장을 보고 회의를

76

품는 장덕삼의 모습에서, 그가 어린 소년을 빨치산에서 탈출시키기는 모습에서, 또는 인화를 놓아주고 다른 한편 그녀에게서 구원을 맛보고자하는 기훈의 모습에서 이른바 코뮤니스트 역시 인간이구나 하는 생각을 하게 된다. 이런 대목들을 대하면서 인간적 따뜻함이 존재하는 이 세상에서야 무언들 가능하지 않겠는가 싶기도 하다. 그러나 소설은 박경리답게 끝을 맺는다. 결국 소설은 지영에게 시장이 남긴 아이러니와 똑같은 방향으로 파국을 맞는다. 기훈이 인화를 품에 보듬고자 했던 바로 그 순간, 인화는 싸늘한 시체가 되어버렸던 것이다.

마음속에 실낱같이 자리잡았던 해피엔딩에의 기대를 무심히도 저 버리듯 두 발의 총성이 독자의 가슴에, 아니 나의 가슴에 와서 박힌다. 피 흘리는 합일. 이렇게 하여, 결국 국토는 분단되고 우리의 조국은 두 동강이 나는구나. 어지럽다.

소설 속의 예기치 못했던 복병의 출현이 휴전선의 내막을 모두 설명해 주는 것만 같다. 논리적 개연성 없이 그어진 분단의 아픔을 그저 묵묵히 받아들일 수밖에 없었던 당시의 절박했던 상황이 드라마틱하게 연상되고 분노마저 느끼게 된다. 허무한 죽음, 허무한 분단. 기훈은 허무함에 담배를 문다. 나 역시 허무함에 마지막 책장을 덮고는 망연자실했다. 순간적 어긋남이 남은 평생을 지배하는 비정한 현실에, 유한 존재 인간의 오만함과 무력함에.

역사적 현실 역시 그 비정함을 그대로 따르고야 말았다는 사실에 기가 막혔다. 도대체 어느 누구에게 이 많은 사람들을 이리 큰 슬픔으로 끌고 갈 권리가 있단 말인가?

■ 전쟁을 통한 존재의 변화와 개인의 성장

이 소설 속의 전쟁은 온갖 참담한 상황과 살아남기 위한 처절한 몸짓에도 불구하고 지영이라는 여인을 통해 내게 정신적으로 다가오는 부분이 있다. 살을 부대껴야 살아남는 '가족'이라는 울타리를 통한 인간애, 상이한 인격체로 낯설게만 느껴지던 남편에게 갖게 되는 본질적 동정심 같은 것들 말이다. 전쟁은 지영이라는 한 인간을 갇혀 있던 자아관에서 탈피시켜 주는 정신적 촉매제라고나 할까? 사람은 누구나 감당하기 힘든 물리적 상황을 겪고 나면, 그 이전으로는 되돌아 갈 수 없는 너무나 큰 강을 건너게 되는 것인지도 모른다.

우리 외가에는 전쟁과 관련된 이런 일화가 있다. 약간씩 조는 병을 가지고 있고 천생 기력이 약하여, 제 식구 살림도 가누지 못하시던 우리 외조모께서는 전쟁(6·25) 통에 오히려 자리를 박차고 나서 심신이 건강해지셨다는 얘기다. 지금도 우리 외가식구들은 이런 얘기를 하곤 한다. "니 외할머니, 전쟁 아녔으면 벌써 돌아가셨지….".

어쩌면, 눈이 번쩍 뜨이고 그 살기로 에너지를 위로 위로 솟구치듯 상승시키는 것이 전쟁인지도 모른다. 지영도 그러하지 않았는가. "살아야 한다. 살아 남아야만 한다. 구차하지만, 나는 정말 살고 싶다." 소설 속에서 전쟁은 삶을 어색하고 수줍게만 훔쳐보던 지영에게 존재의 가치를 제공한다. 그녀에게는 전쟁에 의해 비로소 거두어야 할 아이들과 돌보아야만 하는 노모, 그리고 그녀의 길을 기다리는 남편이 생긴 것이다. 그녀가 죽으면, 모두가 구심점을 잃게 된다. 그리하여 전쟁은 '살아야 한다'는 막대한 일념의 사명을 부여하고 악착스럽고 질기게 살도록 그녀를 삶의 한가운데로 이끌어낸다. 누구나 경험했을 일이지만, 나 역시 이러한 위기 속에서 이상하게도 침착, 담대해지는 나 자신을 발견하게되는 경우가 있다. 해결해야만 하는 난제들이 산더미처럼 쌓여 있는 그런 상황 속에서 오히려 슬기로워지고, 본능적으로 해결의 방향을 찾아 나아가는 나 자신을.

박경리 선생님의 전장 속에는 끈적끈적하고 치열한 삶이 있었다. 그 어느 때 보다도 열렬한 생에의 집착이 도처에 산재해 있었다. 구차하다 표현하기엔 차마 너무나 고결한 생에의 본능적 갈구. 사실 나의 문필로는 표현해 낼 수 없는 그런 본능적 갈구가 소설 속에 흐르고 있다. 제 자신, 너무나도 징그럽게 느껴져 울고 마는 — 지영과 김씨네의 큰 딸 상혜는 여러 차례 존재 자체를 구차하고 섧게 느끼며 울지 않았던가 — 소설 속의 또 다른 우리들. 그 처절한 자기 연민은 전장의 살기와 대비되는 또 하나의 삶의 방식이었다.

본문에 이런 대목이 있다.

> 꾸부린 지영의 등에 달빛이 비친다. 유리같이 맑은 밤. "밟혀도, 밟혀도 뻗어 가는 잡초, 난 잡초야! 끈질기고 징그럽고 지혜롭고 민감하고 무서운 여자야!" 소리는 다시 울려 퍼진다. "살고 싶다! 내 자식들, 내 어머니. 당신은 죽어도 난 죽지 못해요." "신비합니다. 하나님, 신비합니다. 이렇게 신비하게 살 수 있는데, 왜 그 힘이 그(기석)에게는 미칠 수 없었을까요? 그냥, 그냥 없어지고, 없어지고… ."

자의식 강하고 부조리를 견뎌내지 못했던 지영에게는 존재 그 자체가 신비였던 것일까? 결국, 그녀에게 전쟁은 삶을 가능하게 했던 신비였던 것이다.

소설 속에는 전쟁을 겪는 인물들의 입을 통해 "없어지고… 다 없어졌으면 좋겠어요"라는 표현이 여러 번 나온다. 전쟁에 의해 선택되어지는 삶이라면 — 사실 그랬다. 겨우 목숨만 부지할 수 있었던 삶이 아니었겠는가 — 차라리 무차별적으로 존재를 부정하고 싶었는지도 모른다. 절망에 빠진 비탄의, 체념의 목소리를 나는 소설에서 들었다.

■ 시장에 대한 추억

페르시아의 시장. 나는 무척 그곳에 가 보고 싶었다. 대형 상점들이 아닌, 작고 보잘것없는 좌판. 소상인들의 가지가지 물건들이 늘어서 있는 그런 시장.

언젠가 가 본 남인도의 한 시장이 떠오른다. 올드 고아의 시가지에 있는 아담한 시장이었다. 사원에 바칠 소박한 자스민을 파는 좌판. 빨강, 노랑, 초록, 주황의 파프리카들이 열 맞추어 쌓인 싱싱한 상점. 크지 않은 열대 과일들이 늘어선 이국의 시장.

나 역시 그곳에서 지영이 느꼈을 익명의 자유와 혼자 거니는 감미로운 외로움, 삶의 조용한 활기를 만끽하고 있었다.

활기가 넘치고, 생의 비릿함이 함께 풍겨나는 시장을 싫어하는 사람은 아마도 거의 없을 것이다. 나 역시 어려서부터 유난히 시장 거닐기를 좋아하였고, 시장의 사진이 들어 있는 책이라면 황홀해하며 한 장 한 장 넘기기를 아쉬워 할 정도였다. 그래서 다른 곳을 여행하면서도 박물관보다도 오히려 시장을 먼저 찾게되는 버릇을 가지고 있다.

얼마 전 앙코르와트를 보기 위해 캄보디아의 씨엠리업을 다녀오게 되었는데, 그곳 재래시장에는 탁류에서 잡아 올린 탓인지 유난히 악취를 풍기는 생선터가 크게 자리잡고 있었다. 저녁이면, 그곳에서 지저분한 오물들과 더불어 역시 지저분하기 짝이 없는 시장 내의 식당에서 버려진 밥을 손으로 게걸스럽게 먹어대는 주린 거지아이들을 볼 수 있었다. 그런 곳에서 우리는 생각하게 된다. "저 아이들에게 내일은 어떤 의미일 것인가? 저들에게도 내일은 '희망'이라는 이름을 가지고 있을까?"라고 말이다. 우리의 전후가 그랬을 것이다. '희망'이라는 단어가 낯설고, 내 손안에 들어오기에는 너무나 머나 먼, 마치 너무나 달콤한 미국인들의 초콜릿 상자처럼 느껴졌을지 모른다.

정찰제가 아닌, 그곳 재래시장들을 경험해본 나에게 흥정은 이런 느낌이었다. 물건에 연연하지 않는 여유 있는 마음으로 상점 주인과 물건들을 대할 적에, 나는 그 상점 모든 물건들의 주인이요 상인의 친구가 될 수 있었다. 그러나 정작 물건에 집착하여 상품을 원하고 갈망하는 그 순간부터는 오히려 물건에게 주인의 자리를 내주게 되어 나는 거기 끌려가는, 눈을 희번덕거리는 소유욕만을 지닌 또 하나의 물건의 모습에 다름 아닌 것이다.

소설 속에서도 비슷한 논리의 상황이 재현된다. 지영이 살아 있음을 확인하기 위한 통로로써 연안에서 시장을 찾던 시절에는 지영은 자기 감정의 주인이었다. 시장은 그녀에게 생에 대한 자신의 감정을 추스르고 되돌아 볼 수 있는 공간이었던 것이다. 허나, 전쟁통, 한 줌, 한 끼니의 양식을 얻기 위해 옷가지를 싸 짊어지고 그녀 자신이 물건을 팔기 위해 노점 한 쪽에 자리잡고 앉아 있을 때에, 그녀는 정작 옷 한 가지 팔지 못하는 소득 없는 현실에 부닥치고 만다. 놓아 줄 때는 따라오고 잡으려 하니 이제 도망하는 이 인간심리의 기막힌 논리가 삶에 그대로 그려진 것이 아닌가. 이 논리는 소설의 파국에서 기훈과 인화를 통해 다시 나타나고 소설은 결국 아이러니라는 테마를 충실히 따르고 있다. 이렇게 해서 지영은 전장 속에서 삶의 한 가운데인 시장에, 그리고 그 시장의 한 가운데에 놓이게 된다.

■ 소설 속의 인물들을 추억하며-우리의 삶을 지탱시키는 무수한 휴머니즘

소설 《시장과 전장》에는 장편소설답게 수많은 인물들이 등장한다. 다양한 성격을 지닌 인물들에 얽혀 소설을 읽노라면, 마치 우리네 살가운 마실 끄트머리에 앉아있는 듯한 느낌이 든다.

지영의 모친 윤 씨가 대표하는 물욕에 어두운 인물상들로부터 살 부대끼는 냄새를 느끼게 하는 김씨네 일가까지. 아이 다섯 딸린 피란민 살림에서 나온 귀하디 귀한 계란 한 개가 그만, '탁'소리를 내며 깨트려져 밀가루와 섞여 희야의 얼굴에 발라지는 장면에서, 나는 그 진한 살 냄새에 눈시울이 뜨거워졌다. 그뿐이랴. 남쪽의 감옥에서 골수 코뮤니스트였던 남편을 잃은 여의사는 또 어떤가. 마지막 남은 주사약을 내 가족, 내 자식을 위해서 쓸 수도 있으련만, 지영의 식구를 위해 선뜻 마지막 남은 밑천을 내놓는 그녀의 휴머니즘 또한 코끝을 찡하게 한다. 손님들의 주

머니에 들어 있는 한정된 돈을 끄집어내야 하는 시장바닥에서는 지영의 옆에서 옷을 팔던 아저씨도 지나가는 술집 양공주에게 자신의 물건이 아닌, 지영의 옷가지에 흥정을 붙여주었다.

빨치산들의 행군에서도 휴머니즘은 여지없이 나타난다. 한 팔을 부상당한 채, 나머지 팔로 동지를 부축하는 부상병들. 무겁게 짊어지고 온 군화를 맨발의 동료를 위해 내놓는 눈물겨운 동지애.

〈피아니스트〉라는 영화에서 나는 또 다른 전쟁을 보았었다. 유태인들에게 가해진 대학살. 영화는 아우슈비츠까지 진행되었던 그 죽음의 행진에서 살아남은 한 예술가의 실화이다. 기억에 남는 한 장면은 전쟁통의 한 광장에서 어떤 꼬마아이가 파는 작은 캐러멜 한 개를 여섯 등분하여 온 식구가 한 조각씩 감격과 기쁨을 보태어 먹는 장면이었다. 전쟁의 참담함이 은유적으로 표현되어 가슴을 울리는 장면이었다.

또 한 장면은 신분과 이념을 초월한 그야말로 순수한 휴머니즘을 보여주는 대목이었다. 적국인 독일의 한 장교가 유태인인 주인공을 우연히 만나게 되지만, 그 지역을 철수할 때까지 오히려 식량을 몰래 공급해 주어 살아남도록 보호해 준 장면이다. 그 장면과 기훈의 모습이 자연스럽게 겹치면서 이런 물음이 떠오른다. "누구나 대의 명분이라는 거추장스러운 옷을 벗어버리게 되는 그 순간에는 가슴 깊은 곳에 있는 인간애가 고개를 드는 것이 아닐까?" 그것이 이른바 '양심'이라 불리는 것인지도 모르겠다. 이 영화의 감독도 사람 사는 세상에서의 무시할 수 없는 휴머니즘을 부각시키고 싶었을 것이다. 그리고 그것이 사실 또 하나의 살아야 하는 이유일 것이다.

남으로부터 끊임없이 무언가를 받고, 그러기에 또 무언가를 내주면서 살아야 하는 세상. 영화에서도 전쟁은 끝나고 포로의 신분으로 바뀐 독일군 장교는 자신이 도움을 베풀었던 유태인의 이름을 부르며 도움을 바란다. 그렇다. 이 끈끈한 인간애가 있어 살만하고, 또 살아야 하는 세상이 아니겠는가.

이 소설에는 혼잡한 전장과 시장이라는 공간 안에서 뿜어져 나오는 인간애라는 메시지가 있다. 그것은 마치 바람에 흔들려 넘어지려는 어린 나무를 여기 저기서 버팀목처럼 든든하게 지영이라는 존재를, 그리고 서로 서로를 받쳐 주는 역할을 한다.

사실, 삶이 힘들 때 주위에서 열심히 사는 사람들을 보는 것만으로도 큰 위로가 될 때가 종종 있다. 내겐 이 책이 그랬고, 이 책 안의 지영이라는 여인이 더욱 그러했다. 사는 것이 귀찮고 이렇게 더 살아서 무얼 해라는 생각이 들 때도 이 전쟁통의 여자들은 도무지 살기를 멈추지 않았고, 내게도 그런 생각들이 얼마나 사치스러운 생각인가를 느끼게 해주었다.

모든 소설 속의 인물들은 현실과 가상을, 그리고 현재와 과거를 넘나들며 숨쉰다. 6 · 25는 역사 속에 묻힌 전쟁이지만, 현재에도 계속되는 전장을 이 땅에 만들어 놓기도 하였다.

순정과도 같은 한 맺힌 기다림을 자살이라는 비극적 파국으로 마감한 노인의 죽음은 오늘날 실재하는 전장의 한 단편이기도하다. 이 외에도 또 얼마나 많은 억울한 가상의 전사자들이 이 순간에도 줄을 잇고있을지 모를 일이다. 나는 그런 숭고한 죽음 앞에서 이렇게 되뇔 따름이다. "내게 미치지 않은 불행을 행복으로 치부하지 말아야 한다." 전쟁에 대한 스토리를 접할 때마다 나는 '살아남은 자의 슬픔'이라는 기형도 님의 시제가 떠오른다.

전쟁의 전반부에서 소설 속 윤 씨는 이 아까운 비단 이불, 저고리를 어찌할꼬 하며 운다. 전쟁의 화마가 우리 집에만은 미치지 많고 비껴갔으면 하는 소박한 이기주의가 엿보인다. 먹을 것이 없어 죽어 나자빠지는 다른 사람들의 이야기를 읽을 때면, 윤 씨와 형부 최 씨 영감, 지영의 남편인 기석 등 가족 이기주의에 빠진 사람들의 그 소박한 이기심이 그리 얄밉고 부질없게 느껴질 수가 없었다.

작가가 전쟁을 그리 소상하고 자세하게 그린 것이 단지, 전쟁의 비참함을 독자들에게 상기시키거나 그 자신 전쟁을 그리면서, 그 고통을 되씹으려는 자학적 의도 때문은 아닐 것이다. 아마도 미리 언급한 나의 몇 가지 감상들, 평화로운 일상에서 느끼는 삶의 고통이 전쟁이라는 극한 상황에 비한다면 얼마나 보잘것없는 것인가. 당신 역시 극복해야 하지 않겠는가 라는 메시지. 그리고 나만이 잘 먹고 잘 살면 그만이라는 소시민적 이기주의가 무차별적 전쟁 앞에서 얼마나 우스운 것인가 하는 것에 대한 진지한 고찰을 요구하는 것이 아닐까.

모든 것을 움켜쥐고 싶어하던 윤 씨도 한 자루 쌀을 받으러 갔다가 무참히 살해되지 않았던가. 지난 주 서울서 사 온 자주색 공단 양산을 쓰고 고생을 마다하며, 구원의 지프차를 기다리던 정혜숙 선생의 나풀거리는 치맛자락을 우리는 결코 다시 볼 수 없었다.

삶은 살아 내는 자의 몫이다. 자살이 비겁한 자의 것이라는 사실을 예전에는 이해하지 못했었다. 그런데, 박경리 선생님은 소설을 통해 내게 이렇게 외치고 계셨다. "살아, 살아. 그래, 무조건 살아라. 희망이 네게 있고 살 터전이 있는 한, 너는 살아야 한다. 전쟁이라는 칼날이 네 목에 들이대어진다 하더라도 구차하게라도 살아라. 살아남는다면 이기는 것이다." 나의 친구 지영도 이렇게 외치는 것 같았다. "그러니까 당신도 살아." 어느 일본 작가의 책 제목처럼 말이다.

소설의 많은 인물들이 자신의 선택에 의해서가 아닌, 우연의 선택에 의해 살아남았다. 그러나 어느 누구도 손가락질할 수 없는 소중한 생존이었다. 마치 밀물에 의해 밀려나온 것 같은 그들이 또 다시 살아냈을 전쟁 이후의 삶을 상상해 본다. 아마도 그것이 우리 독자들의 몫이리라.

또 다른 치열한 삶. 또 다시 서로 할퀴고 물어뜯는 삶이라 할지라도 그들은 결코 포기하지 않고 감사할 것이다. 이미 거슬러 올라온 바다가 너무 험했던 그들에게 나약함은 이미 죄악이 되었을 것이므로.

강해져야 한다는 전율이 온 몸을 감전시킨다.

양분된 소설의 인물 구도에서 매력적인 기훈보다도 자꾸만 지영의 모습만이 부각되는 것은 내가 처한 상황 탓인지도 모른다.

전쟁을 통해 강인해지고 모성을 확인하고, 가족을 결속시킨 지영처럼, 나도 주어진 상황을 감내하고 나를 키워내는 계기로 삼아야 한다는 사명감마저 느끼게 된다.

친구는 위급한 때를 위하여 난다고 했던가? 내가 지영에게서 연민을 느끼는 한 가지 이유는 그녀에게서 동지애를 발견하기 때문이다. 좋은 시절, 수다 떨며 차 한 잔 할 만한 친구야 왜 없겠느냐마는 내 속을 훌훌 속 시원히 털어 보이기엔 너무나 낯을 심하게 가리는 나의 성향이 그녀와 꼭 닮아 있었던 것이다.

그 때문에 나는 책에서 친구를 찾는 경우가 많다. 때로 좋은 책의 금언 한 구가 삶의 지침이 되거니와, 이 책에서는 지영이라는 소탈하고도 강인한 친구 하나를 얻게 되었다.

성격적으로는 결벽증이 있다시피 예민하고, 그 명민함이 가냘프기까지 하나, 모성으로 무장한 그 강인함이 오래도록 내 안에서 향기를 피워낼 것이다.

사랑하는 내 딸, 라나. 모든 어린 생명들은 엄마에게 삶의 이유가 된다. 또 그것이 엄마자신의 존재를 지탱시키는 자양분 역할을 하기도 한다. 지영은 이 땅의 모든 모성의 구체화 된 이름인 것이다.

작가는 이 작품을 쓰고 나서 이불을 뒤집어쓰고 울었다고 한다. 나 역시 묻어놓은 감정들과 언어들을 쏟아놓는 것이 얼마나 힘겨운 작업인가를 어렴풋이 느끼면서, 조금씩 기진해 가고 있다.

인간적 냄새 가득한 글 한 구절 한 구절마다 박경리 선생님의 글 쓰는 숨결이 느껴지고 파란만장한 삶의 깊이가 배어 아껴 읽게 하는 부분도 셀 수 없이 많았다.

짧은 시간 글을 읽음으로써 이런 크나 큰 역사의 맥을 음미하면서, 동시에 이러저러한 개인의 잡다한 인간적 고뇌들을 함께 나눌 수 있는 기회를 가질 수 있다니… 그것만으로도 큰 선물을 받은 것이나 다름없다는 생각이 든다. 더구나, 글쓰기를 통해 남북의 본질적 문제들에 대한 생각을 정리해볼 기회까지 갖게 되어 일석삼조의 기쁨을 누리게 되었다.

더욱 더 많은 사람들이 이 책을 통하여 더 넓고 더 큰 시점에서 자신의 삶과 시대를 조명하여 삶에 대한 더욱 깊은 애착과 감사를 느꼈으면 하는 마음 간절하다. 거기에 아울러 잘 짜여진 창작된 소설을 읽는 문학적 감동과 소설 속의 삶이 주는 재미도 물론 빼 놓지 않고 누려보길 권해 마지않는다.

이제 이 책은 개인의 책장 비치용 도서가 아닌, 이 집 저 집을 기웃거리는 대여용 도서가 되길 자처하는 입장에 놓였다. 박경리 선생님의 소설이 갖는 힘이다.

소설 《토지》 1부가 나오던 시절부터 서울-부산 간을 오가며 박경리 선생님의 책을 돌려읽는 우리 집안내력 덕에 어쨌든 나는 무척 정이 가는 친구 한 명을 누구에게인가 소개해 줄 수 있게 되었다.

사랑의 기억으로 파시는 선다

이 영 인 (경기도 광명시)

유장한 호흡이 스르르 멈추었을 때, 나는 책의 마지막 페이지를 넘기고 있었다.

한 사람의 내력을 다 알아버린 듯하여 책을 다 읽고 난 후에도 쉽게 책을 놓지 못하고 몇 번이고 책을 뒤적이다 책의 표지를 손등으로 쓸어보았다.

처음 '장편소설'이란 작은 글씨가 오돌뼈처럼 박힌 걸 표지를 봤을 때 나도 모르게 중압감을 느꼈다. 그것은 한 손에 꽉 차게 들어오는 책의 무게 때문이기도 했지만 박경리 선생님의 소설만이 가지는 유장한 흐름에 내 몸을 완전히 맡겨야 한다는 하나의 의무 때문이기도 했다. 사실 박경리라는 작가의 이름을 발음하노라면 나는 이상하게 삶의 중량감 같은 것을 느낀다. 삶의 중량감이란 과연 구체적으로 어떤 의미일까?

철학가도 사상가도 아닌 소설가. 소설가의 이름에서 느껴지는 추상적이면서도 떨쳐 낼 수 없는 그 진지함이란 소설을 읽는 내내 나의 뒤를 쫓는다. 나는 이미 그의 소설에 도전한 적이 있다. 《토지》는 1권을 읽다 말았지만 《김약국의 딸들》은 다 읽었다. 그 소설을 읽은 후부터 나는 박경리 선생님의 소설을 어느 정도 이해할 수 있게 되었다. 무엇보다 그는 자신이 살아온 삶의 역사를 지나쳐 버리지 않고, 자신만의 곧은 필지로 세상에 내놓는 성실성을 가진 작가이다. 한민족의 삶에서 잊혀질 수 없는 역사적 사건들을 소설 속에 배경으로 등장시킨다. 그것은 직접적 사건의 중심에 놓여있기도 하지만 이번에 읽은 파시의 경우는 조금 사정이 다르다. 인간에게 역사란 인간의 삶을 거대하게 펼쳐놓은 하나의 세계와 같다고 그의 소설은 말하는 듯하다. 그러니까 어떤 작은 소재나 신변잡기적 주제를 다루는 다른 소설들과는 그 무게감에서 확연히 차이가 난다. 그렇다고 작은 이야기들을 무시하는 것은 아니다. 그것은 소설가의 취향일 뿐이다. 작은 이야기에 강한 작가가 있는가 하면 박경리 선생님 같이 장편소설로 대표되는 작가도 있는 것이다.

중요한 것은 현대의 많은 작가들과 이 작가의 이야기 스타일이 확실히 다르다는 느낌이다. 요즘 소설가들은 가공할 만한 상상력으로 놀라움을 자아내거나 재기와 위트를 무기로 이야기꾼의 재능을 발현한 경우가 많다. 또는 섬세한 감수성과 예민한 촉수를 한껏 들어내는 경향도 있다. 그런데 박경리 선생님의 소설은 그런 요즘 소설과는 차별성이 있다. 그것은 앞서도 말했지만 역사적 인식, 유장한 흐름과 그 속에 녹진하게 펼쳐지는 인간의 모습들로 함축되는 삶의 무게감이다.

《파시》 역시 박경리 선생님의 이런 매력을 이어간 의미 있는 작품이라고 생각한다. 처음 책을 집었을 때 파시라는 제목이 참 상징적으로 느껴졌다. 그리고 '파시'라고 되뇌어 보면 왠지 시원한 청량감이 느껴졌다. 소설의 주무대가 되고 있는 통영과 부산. 모두 바다를 끼고 펼쳐지는 이야기의 흐름 속에 몸을 맡기다 보면 '파시 파시'하고 파도가 출렁이는 소리가 들리는 것이다. 이 짧은 두 음절에 소설의 가장 핵심적 주제가 담겨있다고 생각하면 그냥 지나칠 수 없다. 제목은 늘 독자가 책을 읽는 동안 꺼내보아야 할 돋보기 내지는 거울과 같은 것이다. 책의 이야기 속에 무한정 자기를 담갔다가도 번뜩 정신을 차려 돋보기로 의미를 확장시켜 보거나 투명한 거울로 자신이 책을 읽고 있는 동안 어떠한 감정을 느끼고 생각했는지 비추어 보는 것. 그런 지혜가 바로 제목을 품고 작품을 읽어 가는 데 필수 불가결한 요소라고 나는 생각한다.

《파시》라는 거울은 그런 의미에서 나에게 참 소중한 지침이 되어 주었다. 이야기의 대가 앞에서 어쩌면 나는 소설을 그냥 읽어나가기에 바빠질 수도 있다. 워낙, 이 작가의 입담은 많은 인물들을 내세워 독자들을 매혹시키기 때문이다. 그러나 작가가 정작 이 소설을 통해 무엇을 이야기하고 싶었을까는 친절하게 소개되어 있지 않다. 작가는 단지 보여주고, 들려줄 뿐이다. 인물들이 짜 놓은 얽히고 설킨 생의 무늬들을 그저 감각적으로 느끼고 그치는 것은 현명한 독자의 태도가 아니다. 앞서도 말했듯 박경리 선생님의 소설은 무게감과 질량감을 앞세운 그 무엇이다. 그 진지한 이야기의 테두리 속에 우리가 분명 찾아내야 할 의미와 진실이 있을 것이다. 작가가 독자에게 원하는 것도 그런 것이다. 나는 《파시》를 읽으면서 늘 그런 점을 염두에 두었다. 나에게 책을 읽는다는 것은 작가가 바라보는 세계를 함께 응시하는 모험이다. 독자도 작가가 소설을 쓰면서 흘린 땀방울의 노력을 함께 체험해 봐야한다는 것이다. 다행히 《파시》라는 거울을 가슴에 품고, 한 인물 한 인물의 이야기 속을 동행하다 보니 어느새 그 노력은 깊이 있는 소리로 나의 가슴을 울렸다.

파시(波市)는 고기가 한창 잡힐 때 바다 위에서 열리는 생선시장을 의미한다. 이 소설의 배경을 이루는 통영과 부산은 바다를 등에 업고 있는 고장이다. 많은 소설 속에 이른바 공간적 배경이라는 것이 등장한다. 그러나 이 작품 속에 등장하는 두 고장은 배경 이상의 의미를 지니고 있다는 생각이 든다. 바다는 커다란 생명의 보고이다. 아무리 시대가 우울하고 힘들더라도 항상 바다의 생명력은 인간과 함께 했다. 그런 의미에서 통영은 인간의 회귀성을 상징적으로 보여주는 공간이라고 할 수 있다. 부산으로 건너 와 표류하는 인간들의 혼란은 바로 통영으로의 회귀를 꿈꾸게 한다.

또한, 이 소설은 배경 설명이 아주 탁월하다. 소설을 읽고 있으면 내가 수옥이 되어 너울이 심한 바다를 건너고 있는 느낌이 든다. 또 밤바다의 묘사를 바라보고 있노라면 쓸쓸함과 아름다운 서정의 느낌이 내 안으로 스며들어 온다. 그래서 나는 이제 '통영'이란 이름을 들으면 그저 우리나라의 한 고장이라고 지나칠 수 없게 되었다. 그것은 하나의 '의미적 존재'로 나에게 다가온다. 나는 작가의 이런 놀라운 묘사력과 관찰력을 높이 평가하고 싶다. 그리고 배우고 싶다. 자신이 바라보고 느끼는 외부의 세계를 이렇듯 섬세하고 생생하게 표현할 수 있는 것은 놀라운 축복이 아닐 수 없다.

《파시》속에 드러난 자연과 바다에 대한 탁월한 묘사력은 또 하나의 독특한 의미를 가지고 있다. 그것은 이런 사물이 소설 속의 인물들의 감정과 내면의 상태를 매우 효과적으로 드러내주고 있다는 점이다. 그러니까 수옥이나 명화, 응주 같은 인물들이 느끼는 아득한 고통과 슬픔, 혼란을 간접적으로 표현하고 있다는 말이다. 독자들은 섬세한 묘사가 그저 작가의 재능을 드러내기 위한 심미적 차원의 것만이 아니라는 사실을 깨달을 수 있다. 이 소설 속을 읽는 백미 중 하나는 바로 인물들의 말로 표현되기 힘든 감정이 자연과 바다를 통해 어떻게 묘사되고 있는가를 찾아보는 것이다. 따라서 소설을 읽고 있으면 한 편의 시를 읽는 느낌이 든다. 자신이 느끼고 생각한 것을 다른 사물에 대치하고 투사해서 드러내는 '시인의 손'을 소설가인 작가는 이미 가지고 있었다. 날씨와 자연 상태를 통해 암시적으로 드러나는 소설의 사건과 분위기는 이미 그 전통이 오래되었고 이 소설 또한 그러한 명맥을 유지하고 있다.

'안개가 자욱이 깔려 있다'는 소설의 첫 문장은 파시의 운명을 결정하고도 남을 힘을 지니고 있다. 안개가 끼어 시야를 확보할 수 없는 상황, 바로 혼란과 슬픔의 사건들을 떠올리게 하는 이 한 문장의 암시를…. 또 넓은 의미에서는 6·25라는 시대적 아픔을 이렇게 표현한 것일 수도 있겠다. 6·25는 안개처럼 포진하여 우리 민족을 상처와 애환의 응어리 속으로 몰고 간 참상이 아닐 수 없다.

다시 '파시'라는 두 음절을 곱씹어 본다. 그리고 나서 나는 소설의 그 유구한 숨소리를 떠올려 본다. 결국 '파시'는 희망의 소리였다. 고기가 한창 잡힐 때 바다 위에서 열리는 시장이란 얼마나 신명나고 활기차겠는

가. 작가는 6·25라는 비극 앞에서 깨지고, 넘어지는 인물들의 거대한 하모니를 우리에게 선사한다. 하지만 결국 이들의 아프고 굴곡진 삶들도 생의 한 단면이자 축제의 장이었다. 인간들 개개인에게 부여된 단 하나의 목숨. 우리는 마지막 시점에서 삶을 터득한다. 자신이 살아온 생은 한바탕의 시장판과 같은 것이었다는 걸. 죽음에 직면해 자기에게 남은 마지막 숨을 내쉬는 순간 다시 찬란한 파시는 시작된다. 그때서야 비로소 내가 살아온 삶이 하나의 희망이었다는 사실을 깨닫기 때문이다.

작가가 정작 말하고 싶었던 것은 아픈 인물들이 저마다 품고 있었던 '파시'의 조짐이 아니었을까. '이 사람들 이렇게 힘들고 혼란스럽지만, 언젠가 그들의 생에도 한번씩의 파시는 온다우.' 가만히 귀기울이면 살짝 들린다. 그러고 보면 파시라는 말은 딱 한 번, 소설의 마지막 부분에 나온다. 파장이란 말이 소설에 자주 등장했던 걸 떠올려 보면 마지막 부분에서야 '파시'가 등장하는 것은 우연이 아니다. 몇 번의 파장을 넘겨야 눈부신 멸치의 등을 바라볼 수 있다. '파시 파시'하고 쉴새 없이 내 귓전을 때리던 통영 앞 바다의 파도 소리. 삶에 지친 우리들에게 파시의 때를 꿋꿋이 기다려 보라는 외침이었다.

이 소설에는 참 많은 인물들이 등장한다. 하지만 인물들은 결국 제 자리를 찾아가게 된다. 이야기의 흐름이 혼란스럽지 않은 이유는 두 가지로 요약될 수 있겠다. 우선, 인물들이 하나하나 개성적이고 다들 비중 있게 그려지고 있다는 것이다. 주인공을 받쳐주는 주변 인물은 거의 없다. 다들 각자의 목소리를 내고 있다. 작가는 다양한 인간군상의 모습을 통해 혼란스러운 한국인의 자의식을 표현하고자 했던 것 같다. 수옥, 명화, 응주, 박 의사, 조만섭, 서영래, 학자…. 이런 이들은 모두 개성이 다르고 가치관이 다르다. 그 사이에서 갈등이 생기고 이야기가 생겨난다. 하지만 이들은 모두 하나의 인물로 보이기도 한다. 즉 모두 다른 삶을 살아가고 있지만 이들의 생각과 삶은 한민족의 어둡고 고통스럽던 전쟁중의 삶을 하나로 엮는 통합을 꾀한다. 그렇기 때문에 우리는 이들이 짜 놓은 씨실과 날실이 교차되는 삶 속에서 하나의 거대한 생의 편물을 받아보게 된다. 그러나 소설을 읽는 동안에는 그것을 인식하기란 쉽지 않다. 명화를 괴롭히는 저주스러운 피의 공포, 서영래로 대표되는 억압으로부터 상처받는 수옥과 어느새 나는 한 배를 타고 아파하고 있었으니까.

응주와 명화 사이의 미묘한 갈등이나 그 시대 있었던 결혼관과 남성과 여성의 불평등 같은 가치관들을 새삼 오늘날의 모습과 비교해 보면서 의식과 가치관의 빠른 변화를 느낄 수 있었다. 요즘처럼 혼전 동거가 더 이상 터부시될 수 없는 시대에 응주와 명화의 순수한 사랑은 답답함보다는 오히려 순수한 정신적 사랑의 부활을 의미한다. 일회용 사랑, 인스턴트식 인간관계에 신물이 나 있는 현대의 많은 사람들. 그 속엔 진정한 인간관계와 진실한 정신적 사랑의 그 무엇이 필요한 것은 아닐까? 결국 응주와 명화의 사랑은 이별로 끝이 나고 말았다. 그러나 그들은 사랑보다 숭고한 이별이란 마침표를 찍었다고 생각한다. 물론, 이별로 끝이 나야 했던 결정적 이유가 박 의사의 놀라운 고백 때문이었다고 해도 말이다. 사실, 박 의사가 명화를 사랑하고 있었기 때문에 응주와의 결혼을 반대했다는 사실은 매우 놀라운 반전이다. 사실, 서양 의술을 가진 그가 명화 어머니의 피 때문에 그들의 결혼을 반대한다는 것 자체가 모순이기는 했다.

어쨌든 '사랑'은 진실 혹은 광기라는 이름으로 인물들의 관계 속에 있다. 작가는 인간관계 속에서 갈등하고 아파하는 본질은 바로 '사랑'의 수많은 파생어였다고 넌지시 일러준다. 수옥을 향한 서영래의 폭력적 광기, 명화를 향한 응주의 순수, 명화를 향한 박 의사의 환상, 성재를 향한 선애의 순애보, 응주를 향한 학자의 미련, 수옥을 위한 학수의 희생.

두 번째는 이야기를 이끌어가는 방식이다. 우선 차례를 살펴보면 다른 책들과는 조금 다른 점을 발견할 수 있다. 대부분의 책들은 소제목만 표시되어 있는 경우가 많다. 그런데 이 책은 소제목 밑에 짤막한 줄거리가 소개되어 있다. 이것은 영화를 접할 때 먼저 읽게 되는 시놉시스를 연상시킨다. 그런데 무엇보다 이야기를 이끌어가는 방식은 더욱 영화나 드라마의 편집 기술을 연상시킨다. 우선 각각의 소제목들에 중심 인물들이 설정되어 있다. 예를 들어 '기항자'에서는 수옥과 조만섭, '등대불'에서는 명화, '박 의사' 편에는 박 의사. 이런 식으로 소제목의 한 마당을 이끌어가는 인물들은 골고루 배분되어 있다. 그리고 소제목의 이야기가 하나의 주체적이고 독립적인 의미를 가지고 있다.

사건은 마치 연극의 발단, 전개, 위기, 절정, 결말의 도식을 연상시키듯 (그러나 인위적이지 않다) 매끄럽게 정점을 향해 달려가고 있다. 그런데 여기서 더욱 특이한 점은 위기와 절정으로 치닫는 사이, 하나의 사건은 일단락되어 버린다는 사실이다. 즉 절정과 결말을 숨기고 다음 사건의 인물을 등장시켜 버린다는 사실이다. 그러면 감질난 나는 다른 인물의 삶 속에 풍덩 뛰어들어 방금 전 사건의 그토록 보고 싶어했던 결말의 단서를 찾느라 분주했다. 어느 때는 다음 사건과 인물에 매료되어 전 사건의 클라이맥스를 찾을 생각도 못하고 있었다.

하나하나의 이야기가 잘 편집되어 깔끔하게 정돈된 이 소설 앞에서 이야기의 흐름을 잡지 못해 갈팡질팡한다면 말이 안 된다. 그런데 더욱 감탄하게 되는 것은 이 각자의 인물, 각자의 사건은 서로가 먹이사슬처럼 연결되어 있기 때문에 분리되거나 공허하게 떠버린 느낌이 들지 않는다. 하나의 유기적 흐름 속에서 각자의 이야기를 이끌어가는 힘은 인물의 힘일까, 작가의 힘일까?

사실 전쟁을 배경으로 한 소설을 읽는다고 하면 대부분의 사람들은 이런 생각을 갖고 책을 읽는다. '매우 무겁고, 축축한 분위기, 우울하고 읽기 힘든 이야기일 것이다. 또 전쟁이란 난리통 속에서 피를 보고, 폭탄이 날아가고 수많은 인물들의 죽음을 보아야 하는 것은 아닐까?' 아마, 대부분의 전쟁소설들은 이런 요소들을 가지고 있을 것이다. 왜냐하면 문학이란 하나의 역사적 고백이며, 그 고백을 들려주고, 보여주어야 하는 의무 같은 것이 있기 때문이다. 그것은 문학이란 인간의 삶의 한 단면이라는 대명제에 접근한 형식의 표현이기도 하다. 그렇기 때문에 《파시》를 읽으면서도 나는 서두에서는 이런 전쟁의 '파편'들이 언제 등장할까 마음을 졸일 수밖에 없었다.

왜 마음을 졸일 수밖에 없는가. 인간이란 상처와 죽음을 피하고 싶어 하고 보지 않으려 한다. 상처와 고통을 응시하는 일, 그것이 곧 진실이건만. 하지만 또 한번 나는 이 책에서 단 하나의 파편도 눈으로 직접 확인할 수 없었다. 소설 속은 분명 전쟁중인 상황이지만 그곳은 부산, 통영이란 유토피아로 우리에게 참혹한 광경을 피할 수 있게 해준다. 그러나 부산, 통영 이곳은 진정 유토피아인가? 책 속의 보이지 않는 전쟁의 참상은 마치 안개가 서서히 도시를 침식시키는 것과 같았다. 그것은 새로운 경험이었다. 눈에 보이지 않고, 들리지 않는다고 해서 그 실체가 없는 것일까? 아니다. 이 소설은 더욱 무시무시한 전쟁소설이다. 전쟁을 보여주고 있지 않지만 페스트가 서서히 사람들을 죽이 듯 전쟁을 상상하고, 느낄 수 있게 하는 무서운 힘을 가진 소설이다. 차라리 눈으로 보고 귀로 듣는 것은 사람의 상상력의 한계를 주기 때문에 오히려 그 편이 낫다. 이것은 눈에 보이지 않는 전쟁과의 싸움이다. 그렇지만 그 싸움은 결코 나 혼자만의 외로운 사투는 아니었다. 왜냐하면 나보다 예민한 감정의 촉수를 가진 작가와 소설 속 인물들이 나의 의로운 동지가 되어 주었기 때문이다.

이렇게 보이지 않는 전쟁의 설정은 내가 생각하기에는 객관적으로 상처를 인식하기 위함이 아닐까 한다. 즉, 6·25로 대표되는 치명적 상처를 어떻게 받아들여야 할까 막막해 지는데 전쟁이 보이지 않는 상황 속에서 전쟁을 객관적으로 받아들이게 되는 것이다. 숲을 보고자 할 때 숲 속으로 들어가면 나무밖에 보이지 않는다. 숲은 멀리서 조망할 때 보이듯이 우리가 가지고 있는 근원적 상처와 아픔도 그러하다. 그 상처 속에 휩쓸리고 아파하기만 하면 그것을 치유하기란 쉽지 않다. 오히려 나의 상처로부터 멀리 떨어져 나와 객관적 입장에서 이성을 찾고 바라보고자 하는 마음을 먹을 때 비로소 상처의 푸른 싹을 바라보게 된다. 전쟁 속에서 피어난 새로운 희망이 '파시'라고 말하는 작가처럼 말이다.

　이러한 의미에서 끝에 학수가 전쟁터로 붙잡혀 가고, 응주가 전쟁에 나가야겠다고 말하는 대목은 참 인상적이다. 멀리서 느낌과 추상으로만 인식하던 상처를 이제는 역으로 들어가 체험하겠다, 살아내겠다는 그 처절한 도전 정신. 그 용기가 바로 희망의 반쪽을 채우는 일이었음을 이제는 알겠다. 연인과 이별하고 죽음을 맞을 수도 있는 극한 상황으로 나아가는 두 젊은이의 등을 따뜻하게 토닥여 주고 싶다. 인간은 때로는 상처와 극한의 상황 속에서 가장 아름다운 희망을 찾게 되나 보다. 얼마 전에 읽은 《운명》이란 외국소설도 그렇지 않았는가. '아우슈비츠'란 극한 상황에서 주인공이 희망을 느꼈던 것처럼 우리의 소설 《파시》도 전쟁의 안으로 들어가 자신의 상처를 견디어 내는 것이 때론 구원이 될 수 있다고 말해준다. 다만, 우리의 전쟁은 히틀러와 같은 전쟁의 하수인이 일으킨 광기가 아니다. 형제끼리 서로의 피를 나누어 마신 뼈아픈 근친상간이다.

　마음이 아프면 몸으로 나타난다고 한다. 마음 따라 몸도 아픈 것. 그것이 생(生)의 이치이지 않나 생각해본다. 과거가 아팠던 우리 민족은 오늘날에도 많이 아프다. 여전히 반쪽뿐인 나라, 빈부격차, 청년 실업…. 어디 우리 민족뿐이겠는가. 얼마 전 이라크에서 큰 전쟁이 있었다. 텔레비전을 통해 수많은 전쟁의 파편을 받아내야 했다. 광기와 폭력 안에서 죽어 가는 인간의 존엄성을 보면서 나는 그때, 파시(波市)의 한 때를 생각하지 못했다. 요즘 나라 안은 북한의 핵 때문에 뒤숭숭하다. 50년 전, 그 악몽은 오늘날에도 우리를 졸졸 따라다닌다. 그 거대한 괴물이 그림자가 아니라 실체로 다가올 때까지 우리는 파시를 그냥 지나쳐서는 안 된다. 아니, 그 불안과 고통의 실체가 우리를 침식시키려 할 때도 우리는 상처를 살아내야 한다.

우리에게 필요한 것은 무엇일까? 상처를 껴안고 세찬 너울을 건너 진정한 행복으로 가는 길은 어디일까? 그것은 '사랑'이다. 사랑하는 사람이 기다리고 있기 때문에 학수는 절망하지 않는다. 웅주도 마찬가지다. 사랑하는 사람은 떠났지만 그녀가 하늘 아래 함께 살고 있다는 사실 때문에 그는 울지 않는다. 우리에게도 사랑할, 사랑했던 기억이 필요하다.

다시, 파시의 거울을 들고 쏟아지는 햇빛을 반사시킨다. 오늘 낮 기온은 30도가 족히 되겠다. 햇살도 따사로운 희망을 안고 제 몸 뜨끈하게 데울 줄 안다. 우리도 하나의 목숨 소중히 부여잡고, 세상을 따뜻하게 반사시킬 줄 알아야 한다. 푸른 통영 바다 앞에서 오늘도 파시가 서겠지. 고등어와 꽁치는 푸른 기억으로, 멸치와 갈치는 은회색 기억으로, 저마다의 파시를 열어 젖히고 있다. 인간은, 상처 많은 인간은 어떤 기억의 프리즘으로 파시를 열어야 할까? 하루하루가 내 인생의 파시가 되도록 무한한 욕심을 부려보는 것도 괜찮을 것이다. 물빛이 모든 색을 투영시키듯 우리의 인생도 물빛 따라 너울지면 그뿐이다.

당신은 통영에 있었는가?

김 효 선(부천시 소사구)

■ 프롤로그 무대 1. 호텔 내 야외 수영장

야외 수영장의 아이들 노는 물소리가 들려오면, 무대 중앙이 밝아진다.

선탠용 비치의자에 비스듬히 누워 있던 나는 《파시》의 마지막 장을 덮는다.

나 　　　(무대 중앙으로 걸어 나와) 올 여름휴가 내내 내 손엔 소설
　　　　　책 《파시》가 쥐어 있었죠. 수시로 날 안타깝게 끌어당겼
　　　　　지만, 사실 난 빨리 밀쳐내고 싶은 마음뿐이었습니다. 가
　　　　　슴에 상처를 안고 사는, 결코 평범한 삶이 아닌 그들을 내
　　　　　내 염려하며 읽어야 했기 때문이죠. 이제 그들을 다시 만
　　　　　나 봐야할 것 같습니다. 그렇지 않으면 불편한 마음이 절
　　　　　괴롭힐 것 같으니까요. 그럼, 그들을 이곳으로 불러 볼까
　　　　　요?

그때, 갑자기 비치볼이 나의 가슴을 때리고 '공 좀 던져주세요'하는 아이들의 음성이 들린다.

나 　　　(비치볼을 가슴에 안고 무대를 잠시 다시) 아무래도 제가 그

들을 만나러 가야겠죠?

나는 힘차게 비치볼을 무대로 던져준다. '고맙습니다'하는 아이들의 해맑은 웃음소리와 물놀이 소리가 잦아지며 서서히 무대 어두워진다.

■ 무대 2 부둣가

저녁, 파시가 끝난 곳. 불빛마저 꺼진 부둣가. 지저분하고 괴괴하다. 멀리 갈매기 울음소리만 가끔 들려올 뿐이다.

무대 중앙의 가로등이 쓸쓸히 켜지고 긴 그림자가 나타나고, 또 다른 그림자가 뒤따른다.

명화	당신을 잘 알고자 하면, 당신은 되래 멀어지거나 낯설게 굴었어요.
응주	명환 언제나 제풀에 지쳐 동요하고, 절망하고. 언제나 체념할 준비가 되어 있다고 기회 있을 때마다 나한테 보여주지 않았어?
명화	당신처럼 생각이 많아지면, 믿음이 흔들리기 마련이죠. 당신은 머리로만 고민하고 지나치게 매달리기만 했어요. 관념적이고, 사변적인…. 정말 나약한 지식인이에요. 응주 씨 두뇌 너무도 쉽게 주변의 생각에 식민화된 거예요. 응주 씨가 전적으로 비참해지지 않았던 건, 당신보다 덜 가진 자들에 대한 우월감 때문이었어요.
응주	재밌군. 그래도… 난 정말 명활 사랑했어.

두 사람 정지 동작으로 서 있고, 무대 한 쪽에서 두 사람을 바라보던 나에게 조명이 비춘다.

나   사랑이란 감정의 회오리바람을 사유하는 일이 과연 가능
      한지, 그 사랑의 생로병사를 냉철히 인정했는지 응주한테
      묻고 싶군. 당신 안에 서식하는 나르시시즘을 가끔은 이해
      하지만, 가끔은 거슬렸어. 당신은 정말 무엇을, 어떻게 사
      랑했는지 정직하게 말할 수 있나?

응주   사랑은 우물 같다고, 고이지 않도록 물을 퍼 줘야 된다지.
      내게서 어떻게 흘러갔는지….

명화   (아주 쓸쓸한 음성으로) 어디 사랑뿐인가요? 사람들도 유
      령처럼 우릴 통과해 갔죠.

무대 위 어두워지고, 멀리 밤배 들어오는 소리.

■ 무대 3. 조만섭의 집

서영래와 서울댁이 마당의 수옥을 보며 쑥덕거리고, 선애와 성재가
대문 앞에서 히히대고 있다.

서울댁   수옥아! 손님한테 미숫가루 갖다 주랬더니 뭐하니?

수옥, 목덜미라도 잡힌 듯 급히 부엌에서 쟁반을 들고 나와 사랑채로
향한다.
무대 한 쪽의 사랑채가 밝아지고, 두 사람이 손님으로 앉아 있다.

박경리   (수줍어 고개도 못 드는 수옥을 참으로 애잔하게 바라보다 사
         발을 들고 마신다)

나   (박경리의 맞은 편에 앉아서 서영래와 서울댁과 선애와 성재
         를 각각 바라보며) 이들은 천박하지만, 살아 있다. 매우 자

연스럽고 매우 현실적인 인물들이다. 때로, 박제화된 정형성의 명화나 수옥이 답답한 반면, 이들에게는 생기가 있다.

다시, 시끄러워지는 대문가. 히히대던 선애과 성재가 대문을 닫고 나간다.
서울댁의 '쯧쯧쯧' 혀 차는 소리가 들리다, 무대 다시 어두워진다.

■ 무대 4. 방천가

어두운 방천가에서 수옥이 바다를 내려다보며 쭈그려 앉아 울기 시작한다.

수옥   엄마! 엄마! (소리내 울다가 흐느끼고 흐느끼다가 다시 소리
        내 울고)

방천을 걸어가던 학수가 무대로 들어오다 수옥을 보고 걸음을 멈춘다.
검은 머리 흰 적삼에 치마. 방천가의 난간을 잡고 기도를 올리는 듯한 수옥의 뒷모습은 처량하기 그지없다.

학수   여보시오, 처녀. 괜찮소?
나   (무대 한 쪽에서 학수를 보며) 외로움이 힘이 되어 힘없던
        응시가 어느덧 사랑이 된 저 사내. 때로 단 한 번 눈물과
        아픔을 목격한 것으로 그 사람의 모든 걸 이해할 수도 있단
        걸. 난 이 학수를 통해 가슴 절절히 알게 되었다.
학수   이 밤에 왜 이럽니까?

수옥을 내려다보며 말했으나 머리를 감싸 안고 수옥은 그저 울기만
한다.

학수   (어쩔 줄 모르고 난감해하며) 허 참, 밤인데 이 바닷가에서
         어쩔려고… .

나   수옥은 소설 내내 울고 있었다. 영영 어른이 될 것 같지 않
         은, 누가 가지고 놀다 얼결에 놓쳐버린 풍선 같은 수옥이.
         (다가가 달래려 하는 학수를 보며) 사랑은, 이들처럼 아무
         것도 기대하지 않을 때 쉽게 맺어지지 않던가.

수옥의 울음소리, 학수의 달래는 소리도 점점 희미해지고 무대는 서
서히 어두워진다.

■ 무대 5. 박 의사 집

박 의사의 얼굴에 노여움이 넘친다. 무거운 뭔가 터질 것 같은 침묵이
방안에 가라앉아 있다.
박 의사는 기대었던 의자에서 일어나 라이터를 켜고 담배에 불을 붙
인다.

박 의사   (멸시에 가득 찬 눈으로 학자를 보며) 손님이 오셨으니까 자
         리를 좀 비켜주지, 학자?

학자는 억척스럽게 움직이려 하지 않다가 대결하듯 보따리를 들고 일
어선다.

학자   왜요? 제가 있음 안 되는 자린가요? 아님 제가 있음 불편

한가 보죠? 사실, 빈약한 진실보다 화려한 허위를 사랑하는 제가 훨씬 더 인간적이지 않나요?

박 의사   역사는 인간적인 인간을 사랑하지 않지, 아니 경멸해. 단지 패배자의 이름으로 기억할 뿐.

학자   그래서, 죽희를 택하라고 응주 씨한테 강요했군요, 승리하기 위해.

죽희, 그 말에 일어선다.

명화도 이 자리에 있는 게 너무 불편하다.

응주, 신물이 난다는 듯 이들을 냉랭하게 바라보며 담배 연기로 구름만 만들고 있다.

응주   (나가려는 죽희의 손목을 쥐고 제어하며) 항상 이 모양이라면, 어디 다같이 모여 있을 수가 있겠어. 안 그래, 명화?

명화   (난처하게 선 죽희를 막아선 응주를 보며) 제가 아직도 당신 곁에 있는 게 학자가 자신의 부유했던 과거에 한풀이하고 집착하듯, 당신에겐 집착이겠죠?

응주   내 삶, 의식 자체가 점점 무뎌진다고 느낄수록 난 자꾸만 날카로워졌을 뿐이야. 그걸 넌 힘들어했지만, 죽흰 그것마저 호기심을 갖고 명랑해 좋았어.

명화   사실 응주씬 언제나 그런 식으로 자신을 합리화했어요. 당신에게 저항이나 변혁에의 요구도 없으면서 그렇다고 전쟁에 대해서도 얼마나 사변적이었나요? 모두들 당신의 학벌과 배경을 높이 샀지만, 정작 자신은 무엇하나 일구지도, 고민을 실천하지도 못했을 뿐더러, 사랑마저 저울질하지 않았나요? 무수한 고민으로 자신을 변명해 가면서요. 아버지를 비롯한 기성에 대한 저항도 늘 칭얼대는 수

준이었죠. 마음 깊은 곳에선 보수주의가 자리잡고 있는데도, 젊은 진보주의자인 척 할 때 사소한 거에 과격해지고, 본질적인 것에 무관심해지는 거예요.

박 의사   응주의 냉소는 기성에 대한 비웃음 그 이상도 이하도 아냐. 항상 대안을 꺼내는 대신, 싸늘한 비수일 뿐. 그저 뱉어내는 수준밖에 안 됐어. 그러니 책임지는 일에도 별 실천이 보이지 않는 거고. 지극히 자립성이 없는 의존적 인물이란 거 아냐?

응주   이미 타인이나 아버지와의 의사소통이나 대화의 노력은 포기한 지 오래예요. 그래서 즉발적이고 단발마적인 행동이 난무했죠, 인정해요. (무대 중앙으로 걸어 나오며 뭔가 동의를 구하려는 듯) 혈기왕성한 나이에 나의 한계를 깨닫는 게 얼마나 불안한 일이냔 말예요. 다들, 나를 모두 갖춘 전도유망한 젊은이라 칭할 때, 세상을 바라보는 나 자신만의 욕구를 느낄수록 나는 더 초조해졌어요. 울타리가 필요했죠. 박 의사의 배경보다 더 견고하고 단단한, 그렇기에 명화는 내게 답답증으로 다가올 뿐이었어요.

명화   운명은 인생의 환경이나 지위보다 거기에 적응해 나가는 개인적 성향에 좌우되죠. 응주씬 그런 면에서 보다 안정적인 틀을 원했던 거구요.

응주   맞아. 실제 모습 그대로인 날 인정하는 게 굉장히 힘들었어. 본능적으로 자기 과장에 시달리기 마련이야. 그 점에서 명환 날 너무 속속들이 알고 있었어.

응주는 괴로운 듯 담배만 연신 빨아댄다.

응주   (많이 지친 듯 읊조리듯) 프로이트식 살부의식도 일면 깔려 있었지. 박 의사에 대한 적의는 내 스스로 닮아간다는 위기 의식이었어.

나　　　(무대 한 쪽이 밝아지면 손으로 담배 연기를 휘저으며) 감정의 과잉 상태, 망상의 상태. 응주는 사실 현실에 정주하지 못한 채 부유하는 젊은 세대를 잘 대표한다. 그러나 응주의 지나친 사변은 영감을 고취시키고 승화시킬 수 있는 능력을 궤멸시키기도 한다. (학자의 보따리를 내려놓으며) 학잔 때로는 지나칠 리만큼 사회와 인간에 대한 냉소를 가지고 있지만, 그건 바로 자신에 대한, 몰락으로 내려간 자신의 운명에 대한 화풀이란 걸. 학자의 자조가 위악으로 변하는 모습을 지켜보기란 끔찍하면서도 절절했다.

학자　　　(나를 쏘아보며 댁이 뭘 아냐는 듯) 댁이 뭔데 그렇게 다 안다는 식으로 함부로 내게 대해 말하는 거죠? 당신이 가난이 뭔 줄 알아?

박 의사　　(학자에게 그만 하라고 역정을 내며) 가난한 자들의 최대 약점은 지나치게 예민해진다는 거지. (가만히 서 있던 죽희를 이끌며) 손님을 이렇게 세워 두기만 하고… 이게 무슨 꼴이람. 자, 응준 이만 명화랑 학자를 데려다 줘. 죽흰 식당에 가서 저녁 먹고 가구.

다시 웅성거리며 각자 무대 밖으로 나간다.

■ 무대 6. 명화의 하숙방

명화, 학자와 들어서는 응주.

학자　　　(이제 다 알았다는 듯) 겉보기엔 견고하고 빛나 보이지만,

104

속으론 음산한 세계를 품고 있었군요.

응주   그만해. 학자의 그 예열없이 곧장 폭발하는 폭력에 이젠
        지쳤어.

학자   (비아냥거리듯) 신은 선택권을 우리 인간에게 주셨다는 거
        죠. 응주씬 결국 죽희를 택했구요.

명화   (아주 쓸쓸히) 그만 해, 학자야. 몽환적 도피처이며 구원
        의 장소로, 쓸쓸한 뒷바람 이는 내 등을 부드럽게 토닥여
        주던 단 하나의 위안이던 당신의 마음이 이미 그러한 건 알
        았지만 … .

응주   (명화의 넋두리도 지겹다는 듯) 애정은 뜨겁기 때문에 식는
        거야. 다 그만 하라구.

명화   청춘은 미쳐야만 그 숨막히는 상황을 버틸 수 있는 시기가
        아닌가요?

응주   그렇지, 청춘은 사랑이 넘쳐나는 시기지. 넘쳐나는 건 끓
        기 때문에 넘쳐나는 거구.

명화   응주씬 너무 빨리 늙어버린 것 같아요.

응주   고난 없는 안온한 내 꿈을 결코 포기할 수 없어 죽희를 보
        며 열망했고, 취기가 주는 편안함처럼 명화에게 안겨 감상
        에 젖어 삶을 비웃었지.

명화   아, 당신의 그런 마음이 이해가 되면서도 왜 이리 쓸쓸할
        까요?

지쳐 쓰러지듯 명화, 그 자리에 주저앉아 버린다.
응주, 더 이상 있지 못하고 방을 나가 무대 밖으로 사라진다.
학자만이 명화를 쓸쓸히 지켜보고 있다.
무대 한 쪽에 서 있는 나에게 조명이 비춘다.

나　　　　　(학자를 보며) 학자야, 난 네가 걱정이 된다. 녹은 쇠에서
　　　　　　생겨 점점 그 쇠를 먹어버리듯, 네 냉소와 학대가 결국 학
　　　　　　자의 삶을 상처 내버리면 어떡하지?

나를 비추던 조명마저 서서히, 쓸쓸히 꺼지고 무대는 완전히 어두워
진다.

■ 무대 7. 개섬 노파의 안채

널찍널찍한 안채에 비해 다 쓰러질 듯한 초라한 헛간 앞에 가을 햇볕
이 아주 밝갛게 내리쬔다.
수옥과 노파가 햇볕을 담뿍 안고 앉아서 고추를 따고 있다.

나　　　　　(안채의 좁은 마루에 걸터앉아 수옥을 보며) 가다보면 다시
　　　　　　길이 보이고, 다시 가다가보면 또 그 길이던 그 기나긴 길
　　　　　　을 저 가늘고 여린 다리로 걸어왔단 말인가. 사실, 책 어
　　　　　　디에도 수옥의 서정적 심리 묘사는 어디에도 없다. 단지
　　　　　　미루어 짐작할 뿐이다. 그녀의 험난한 과거처럼 유추만 할
　　　　　　뿐. 수옥은 서울댁과 서영래와 그의 처, 그 외 모든 인물
　　　　　　들이 내재적으로 생각하는 백치와 앙큼이 혼재되어 있는
　　　　　　인물이다. 그래서 시련에 대한 동정과 그와 반대로 함부로
　　　　　　대해도 된다는 태도를 동시에 취하는 것이다. 맑은 눈으
　　　　　　로, 때론 겁에 질린 눈으로 수옥이 상대를 볼 때 거기 어른
　　　　　　어른 비치는 자신을 들여다보곤 모두들 애써 외면하고 만
　　　　　　다. 세파에 시달린 영혼의 순수 회복을 외면하는 것이다.
　　　　　　그런데 그것으로 그녀 삶의 면죄부가 주어지고, 그저 가련
　　　　　　하고 묘한 처녀성을 부각하는 건 틀에 박힌 여성에 대한 전

형성이다. (수옥에게 다가가 같이 고추를 따다 이내 손을 털고 중앙으로 걸어나와) 어린 시절, 책상 위에 놓여 있던 화선지. 가까이 갈 때마다 만지지 말라던 아버지. 난 얼마나 곤혹스럽게, 호기심에 가득 차 쳐다보았는지. 흰 화선지는 만질수록 손때가 타 까맣게 된다. 그 금지의 향연, 혐오와 매혹.

그때, 서영래가 무대로 나오며 수옥에게 다가온다. 능글맞은 웃음이 얼굴에 가득하다.
이미 겁에 질린 수옥이 어쩔 줄 몰라한다.

나   (수옥을 얼른 일으켜 세워 내 뒤에 숨기며) 똑같이 음흉해도
         늙은 사람은 늙은 만큼 더 흉측스러운 법이다.
서영래   (내 뒤의 수옥을 확 낚아채며) 얼굴 반듯한 건, 딴 거 하나
         도 없을 때 그나마 힘이 되는 거여. 간지라도 있어야 안허
         겠냐? 그거라도 있어야지. 그게 다 제 몸 편하라는 섭리
         여.
나   (서영래를 경멸하듯 노려보며) 서영래로 대변되는 근대 자
         본의 폭력과 그에 폭행 당하는 수옥의 모습은 나를 심란케
         한다. 그러나 여기에 맞서 대항하는 이는 정작 없다. 조만
         섭도 학수도 괴로워 뇌까릴 뿐.

서영래, 수옥을 끌고 안채로 들어가려 하고, 내가 말려보지만 역부족이고 만다.
수옥은 그대로 발버둥치며 애써보지만, 안채로 끌려가고 만다.
노파는 분위기가 심상치 않자, 고추가 가득 찬 포대를 메고 나가 버린다.

나　　　(혼자 뭔가 너무도 답답하여) 왜 항상 저토록 나약하고 아름답게 포장하는가? 그녀를 짓뭉개고 여기까지 휘몰아 온 그녀의 눈물은 그저 항상 소리없이, 속절없이 흘러야만 하는지…. 눈물과 한숨의 전형성, 여인의 가냘픈 저항, 수옥의 슬픔 역시 과장되고 되풀이돼 연민의 미학이라는 틀에 갇혀 안쓰러움과 동시에 답답증을 느끼게 한다. 너무 획일적으로 환상화하는 거 아닌가? 수없이 많은 소설에 등장하는 매춘부나 순결을 잃은 여성을 인생유전을 거쳐 투사나 성녀로 만드는 그런 환상 말이다. 고단한 인생을 그려온 수많은 신파조의 휴머니즘 말이다. (고개를 흔들며) 아니다. 수옥을 통해 그녀에게 죄지은 이들과 역사가 자기 성찰을 하길 바랬는지도 모르겠다. 인간의 역사에서 수없이 되풀이해 온 여성의 억압 현실을 차라리 대변하는 건지도…. 모르겠다.

나도 무대를 왔다갔다하다 무대를 나가버린다.

■ 무대 8. 강 중턱.

나룻배를 젓는 사공의 흥얼거림이 점점 커진다. 무대가 서서히 밝아지고, 수옥과 학수가 타고 있다. 긴장하고 피로한 얼굴.

나　　　수옥은 삶에 상처를 받으면서도 여전히 삶에 대한 기대를 저버리지 않는 인물이다. 그녀의 상처만큼이나 그녀의 삶의 의지는 모질고 끈질기다. 그런 의미에서 수옥은 박경리의 《토지》의 서희를 생각나게 한다.

108

■ 무대 9. 시장

나룻배 안을 비추던 조명이 잦아지면, 그 옆의 조그만 시장 난전이 밝아진다.

조만섭이 명화에게 줄 스카프를 고르고 있다. 난전의 시끌벅적한 소음이 웅성거린다.

명화, 무심코 지나다 조만섭을 발견하고 잠시 망설이다 퇴장한다.

조만섭은 여전히 이것저것 열심히 고르고 있다.

나　　　　전혀 우연한 장소에서 아비를 봤을 때의 슬픔과 동시에 순
　　　　　간적으로 외면했던 명화. 어미의 든든한 빈자리였으며,
　　　　　희망, 구언, 안식이자 덫이고 짐이란 걸 알고 있었던 명화
　　　　　는 어떻게 이뤄질지 장담할 수도, 기대할 수도 없지만, 짙
　　　　　게 드리운 모호한 희망일지라도 아비를 보며 놓고 싶지 않
　　　　　았을 것이다. 과거와 어머니의 전력에서 부유하다 결국 응
　　　　　주와 아비를 떠나야 했던 그녀는 박경리의 《김약국의 딸
　　　　　들》의 둘째 용빈을 닮았다.

■ 무대 10. 학자의 살롱

난전의 조만섭을 비추던 조명이 잦아지면, 그 옆의 살롱 안 무대가 환해진다.

성재의 맞은편에 앉은 학자, 그린 빛의 아주 선명한 머플러를 두르고 눈부시게 변모해 앉아 있다.

눈썹은 짙게 그리고 입술 연지도 붉다. 몸에 걸친 옷도 아주 값진 것이다.

나　　　　학자는 가족과 여성의 의미를 한 꺼풀씩 벗겨 모순된 삶의
　　　　　실체를 냉소한다. 그건 저항할 대상에 대한 확신이 뚜렷하
　　　　　지 않아 분별력을 잃은 혼돈의 상태다.

학자, 술을 날라온 여급이 무대로 들어오자, 성재를 슬쩍 떠맡기고
일어선다.
조명이 다시 한번 옮겨 혼자 술을 마시던 박 의사를 비춘다.

학자　　　(박 의사 앞에 보란 듯 앉으며) 안녕하세요? 박 선생님? 이
　　　　　젠, 박 선생님보다 제가 세상을 더 잘 알아요. 육체의 병
　　　　　자보다 마음의 병자들이 제 단골이니까요. (자세를 고쳐
　　　　　앉으며 약간 쓸쓸해져서) 언젠가 여름밤 수은등 불빛 안으
　　　　　로 수많은 밤벌레들이 날아다니며 한바탕 소란법석을 떠
　　　　　는 걸 보았죠. 내 삶이 그랬죠. 바보같이 웅주 씨든 박 선
　　　　　생님이든 내 맘에 담으려 애썼죠. 야망을 사랑하고 싶었
　　　　　어요.
박 의사　　벌써 취한 것 같군. 이만 난 가봐야겠어.
학자　　　호호, 내 얘기가 듣기 싫단 말이군요, 네. 가세요.

박 의사가 나가고 나자, 학자는 자학하듯 술을 들이마신다.

나　　　　(학자에게 다가와 학자 손의 술잔을 잡으며) 학잔 더 이상
　　　　　자학하지 말았으면 좋겠어. 학잔 자신의 욕망과 방황을 정
　　　　　직하게 드러냈을 뿐이야.
학자　　　(취기가 많이 오른 목소리로) 그렇게 포장할 필요 없어요.
　　　　　욕망과 자본의 끝에서 날 표현하는 게 육체 말고 더 있나
　　　　　요? 그 육체에 의존하지 않고 통렬히 무너질 수 있던가요?

110

(비틀거리며 무대 중앙으로 걸어 나와) 첨엔 기를 쓰고 대학 졸업장을 따고 싶었고, 가난을 떨치려 발버둥쳤지만, 가난한 나에게 나날은 돌 비를 맞는 것처럼 힘들더라구요. 사실, 가난은 남루에 그칠 뿐 아니라 모욕이죠. 그걸 갚기 위해서라면 뭐든 하겠다고 생각했죠. 알아요, 냉소를 내뱉는 내 나약한 패배감이 돌아설 때마다 습관적으로 느껴져 나도 지겨웠어요. 박 의사 병원을 찾아간 날, 이 사회가 요구하는 대로 얌전히 순응하고 타락하는 것, 시키는 대로 이 사회의 제도에 복종하는 것, 그게 모욕으로부터 벗어나는 길이란 걸 알았죠. (화가 난 듯 악을 쓰며) 영리하고 악착스러우면 됐지 가난하기까지 해야 되나요? 지금 나한텐 싸우는 것 밖에 없다구요.

그 자리에 쓰러져 흐느끼고, 흐느낌 잦아지면서 무대 어두워진다.

■ 무대 11. 멸치 어장막 빈 터

넓고 황량한 멸치 어장막. 수옥과 학수는 쓸쓸한 풍경과는 대조적으로 행복하게 열심히 멸치를 찌고 말린다.

나   (찐 멸치를 같이 말리다 무대 중앙으로 나오며) 사람들의 삶이 고달프고 힘들어도 가끔 저렇듯 아름다운 모습이 우리 몰래 벌어지고 있다는 알게 해준다. 궁핍한 삶과 어려운 시대와 역사와 전쟁의 질곡에서도 한때의 충만한 사랑이 있음을 이 둘을 보며 참으로 기쁘게 느꼈다.

갑자기 어수선한 소리에 놀라는 수옥과 학수, 무대 밖으로 퇴장한다.

나   (뭔가 심상치 않다는 듯) 아, 그러나 이 행복도 너무 짧게
           끝을 맺어야 하나 ….

■ 무대 12 발동선

웅성거리는 소리, 거친 목소리, 둔탁한 구둣발 소리.
소리 점점 커지고, 무대 위 발동선 안에 장정들이 가득 탔다. 다들 불
안한 낯빛.
학수, 울고 있는 수옥을 보며 열심히 손 흔들며 걱정 말라고 한다.

학수   죽지 않고 버티면 다시 만난다, 수옥이!
나   (수옥 옆에서 그녀를 달래며) 이들을 보며 들어야 하는 울
           먹임. 내게 이들의 슬픈 울먹임은 아직도 가슴에 멍처럼
           남아 있다. 포구에서 울던 수옥의 울먹임, 가난한 그들 방
           의 이불 한 채와 옷궤 한 짝, 그리고 끌려가는 학수를 속수
           무책으로 봐야 하는 이 울부짖음. 울어라, 울음은 고통을
           느끼게 해주지만, 동시에 해방시켜 준다.

마을 사람들이 몰려나오고 그 속에 박경리도 보인다.

나   (안경 너머 눈물을 훔치는 박경리에게 다가가) 사실 전 결말
           부분에 서영래를 학수가 살해하는 걸로 끝맺을 줄 알았습
           니다. 권선징악의 전형적인 틀이지만, 카타르시스가 사라
           졌다고나 할까요….
박경리   나쁜 사람이 나쁜 일을 저지르면 이야깃거리일 뿐이지만,
           착한 사람이 저지르면 비극이 되지. 크게 보면, 이들이 산
           지난 역사 그 자체가 비극이지만 난 이들을 비극으로 내몰

고 싶지 않았어.

나　　　　그렇다고 그들이 겪은 상처가 치유되거나 그럴 기회가 오
　　　　　는 것도 아니지 않습니까?

박경리　　그렇지. 어쩌면 그들은 내내 비극의 삶을 살아온 거지. 하
　　　　　지만 죽음이나 죽임은 그 자체로 완전한 단절이고 끝이지.
　　　　　그렇게 마무리 짓는 건 너무 작위적인 것 같아.

이때, 서영래가 무대 위로 올라와 수옥을 발견하고 끌고 가려한다.
수옥은 가지 않으려 발악하고, 닻줄 어미와 동네 사람들이 막으려 한
다.

서영래　　(다들 밀쳐내며) 싸워서 이겨야 살아남는 거야. 사람답게
　　　　　사는 게 뭔데? 많이 가져야 되는 세상, 내가 갖는다면 누
　　　　　군간 없어야 되는 거야.

나　　　　(무대 밖으로 끌려가는 수옥을 보며) 운명의 힘에 속박된 수
　　　　　옥은 얼핏 그리스 비극을 떠올리게 한다. 어처구니없는 세
　　　　　계에 던져진 부조리한 그녀의 삶 ….

무대 밖으로 끌려가던 수옥, 갑자기 학수와 닻줄이 발동선에서 내려
와 서영래를 사정없이 패준다.
학수와 닻줄과 서영래가 뒤엉킨다.
왈츠풍의 음악이 나오고 갑자기 무대는 희극적으로 춤을 추듯 싸움이
뒤엉킨다.

■ 무대 13. 다방 안

고백을 다한 박 의사가 명화 맞은편에 앉아 있다.

명화   (차갑게 박 의사의 안경테를 바라보며) 사실, 당신의 고백
       은 질투에 지나지 않아요. 갖고 싶어도 가질 수 없는 걸 지
       닌 아들에게 보내는 부러움이 차디차게 포장된 거죠. 나한
       테 고백한 건 결국 당신 게 아니란 걸 말하는 탄식에 불과
       해요. 어쩜 착각일지도 몰라요. 그토록 오래 제게 몰입한
       건 너무 비논리적이고 비정상적이거든요.

박 의사 (많이 힘들어하며) 맞는 말이군. 웅주의 자조적 말투나 반
       항심을 보며 질투 느꼈어. 그와 동시에 권태롭던 내 삶에
       명화에 대한 사랑이 찾아온 거야, 미련하게도. 하지만, 이
       젠 정열도 식어버렸고, 치명적으로 난 중년을 넘어섰구 말
       이야.

명화   지상에서 사랑만큼 달콤한 건 없죠. 그리고 그 사랑 다음
       으로 달콤한 건 미움이구요. 아마도… 당신은 이제 절 미
       워하게 될 거예요.

명화가 뭔가를 결심한 듯, 자리를 박차고 일어나 나가 버린다.
박 의사를 비추던 무대 조명은 힘없이 꺼져 버린다.

■ 무대 14. 밀항선

뱃고동 소리 점점 커진다.
   저녁 노을이 물들기 시작한 바다의 거친 파도 소리, 명화가 밀항선의
난간에 매달려 있다.

   나   (뱃전에 앉아 명화를 보며) 이별의 예감은 절대적이면서도

114

순간적인 믿음이어서, 마치 물결처럼 밀려 온다. 박 의사
의 고백은 그녀의 선택을 도왔고, 결국 통영을 떠나는 이
배를 탈 수 밖에 없었다.

명화   (나를 돌아보며 참으로 슬프게) 버림받은 게… 내가 잘못했
           단 뜻은 아닐 텐데도… 견디기 힘들었어요. 난 진실로 웅
           주씰 사랑했는데… 그날 밤, 웅주 씨와 함께 보낸 게 그에
           겐 어떤 미련을 남겼을지 몰라도, 난 정신적 공황에 방점
           을 찍는 계기가 됐을 뿐이에요. 내가 한때 사랑하고 열망
           했던 웅주 씨지만, 그러나 내가 떠나버리면 결국 희미한
           기억의 저편으로 흘러가 버릴 뿐이겠죠.

배는 고동소리를 내며 서서히 출발한다. 허겁지겁 갑판 위로 올라서
는 웅주의 모습이 보인다.
그 모습을 쓸쓸히 명화가 보고 있다. 무대는 노을로 더욱 붉어진다.

■ 에필로그. 무대 15. 아담한 서실

내가 따뜻한 차 한 잔을 내 온다. 맞은편에 앉은 박경리의 수수한 인
상.

나   (차를 권하며) 선생님의 소설은 사회와 개인의 갈등에 대
           한 치열한 관심이라 생각합니다. 상당부분 자전적 체험에
           서 출발하면서도 사회에 관해 풍부한 문제의식을 반영하
           는데요. 그럼에도 사실 《토지》나 《김약국의 딸들》의 연
           장선, 반복이란 느낌이 듭니다. 그들처럼 《파시》에서도
           여성의 비극적 운명이 복제되고, 낡은 관습과 한이 되풀이
           된다는 생각이 듭니다. 우린 이미 개성과 분방함이 낡은

관습을 이겨낸 시대에 와 있지 않습니까?

박경리　사실, 내 작품이 역사와 선악의 강박관념에서 자유롭지 못함을 인정해. 그래서 주제의식의 무거움마저 느끼게 한다는 것도⋯ 날렵하게 세상을 조롱하고, 실험적이지도 않고, 과격하게 말해 도발적이지도 않다는 걸 나도 알지. 사실, 구태여 날렵할 필요를 느끼지 못해. 통제력을 상실한 무방비 상태와 실험성이 뒤섞인 아마추어리즘이 설렁설렁 우리 문학을 배회하지 않는가 말야.

나　전적으로.동감합니다. 빠른 감각의 유격 전사들의 지치지 않는 발랄함이 넘쳐나는 게 사실이죠.

박경리　맞는 말이야. 난 슬프고 괴로웠기에 문학을 했어. 성장기 나의 자전적 체험은 인간에 대한 기대와 회의로 이어졌고 그게 소설로 나타나는 게지. 전쟁을 겪고 난 거역할 수 없는 운명과 숙명에 대해 생각했어. 개인적 비극이든 전쟁이든 각 개인의 삶과 사회와 역사와 얼마나 거미줄처럼 얽혀 있는지⋯ .

나　수옥이 그 역사와 사회의 가장 억압된 존재고 가장 혹독하게 그려지는 인물이구요.

박경리　맞아, 한의 정점이라 할 수 있지.

나　선생님의 소설이 비극성을 사실적으로 조명한다는 점은 인정합니다. 하지만 그래도 논리적으로 이해가 안 되는, 운명의 힘에 지배당한다는 생각도 많이 들었습니다.

박경리　꿈의 실현이 얼마나 어려운가를 경험을 통해 확인했던 거고, 현실의 벽을 인정한 거지. 삶이란 자르고 분석해서 보여줄 순 없어, 특히 소설은 총체성을 띠는 것이며 개념이라는 조박지로 끼워 맞추는 것도 아니고. 난 작품을 틀 짜놓고 쓰질 않아.

잠시 침묵이 흐른다.

나   차 더 드릴까요?

박경리, 옅은 미소에 고개만 살짝 끄덕이자, 나는 일어나 차를 가지
러가다가 무대 한 쪽에 선다.

나   (박경리의 뒷모습을 돌아다보며) 나는 당신에게서 거대한
         운명과 역사의 굴곡을 통과한 자의 신산한 여유를 느꼈다.
         당신의 목소린 젊고 겸손했지만, 끝내 독자를 설복시키고
         마는 흡인력을 지니고 있었다. 그건 바로 스스로 그 삶을
         살아내고 겪어 낸 자만이 풍길 수 있는, 대가라는 칭호에
         걸맞은 문학적 성취 자세가 아니었나 싶다. 때로는 허허로
         이 탄식하듯, 때로는 놓치고 야유하듯 색깔을 바꿔가며 토
         해내는 작품처럼….

무대 중앙의 박경리는 혼자 앉아 있고 무대는 점점 어두워지고 서서히
막이 내린다.

4등 수상작

지난한 과정을 거쳐 그들이 당도한 곳

이 은 옥(청주시 사천동)

여학생 시절부터 박경리는 아주 익숙한 이름이었다. 집에는 언니가 읽고 있던 《김 약국의 딸들》, 《파시》가 있었고, TV에선 지금은 중년부인이 된 배우 한혜숙이 '서희'로 분한 〈토지〉를 보았다.

그러나 어찌된 일이지 나는 좀처럼 활자화된 박경리와 친해지지 않았다.

아직 가본 적도 없는 서양문화에 대한 불분명한 향수를 느끼며, 18, 19세기에 탄생된 유럽의 고전문학들에 훨씬 경도되어 있었다. 여학생의 감수성을 건드리기엔 그것들이 훨씬 매력적이었던 것 같다.

그후 성인이 되어 사회생활을 하고 가끔 주변인들과 문학이나 책에 대해 이야기를 하던 중 어쩌다 박경리의 이야기가 나오면 나는 무언가 남이 모르는 잘못을 혼자 안고 있는 사람처럼 속으로 찔끔하곤 했다. 그건 아마 국민적으로 알려져 있는, 방대한 역작이자 대하소설을 20여 년에 걸쳐 완성한 《토지》의 작가, 해방 이후 문학사에서 보기 드문 성취를 이룬 여성작가, 당연히 교육받은 사람이라면 한두 권쯤은 읽고 있었어야 할 박경리의 문학에 대해 매스컴에서 지적해준 것 외엔 할 말이 없다는 자책감 섞인 강박관념 때문이었을 것이다. 그것을 모면하려 박경리의 책들을 가끔씩 들추고 했으나, 번번이 새로이 쏟아져 나오는 다른 책들에 밀려 읽기를 끝내본 적이 없었다.

그러다가 결국 서른 중반이 훨씬 넘어서야 박경리의 소설을 오롯이 읽을 수 있었다. 우연히 박경리의 약력을 보다가, 《시장과 전장》, 《파시》가 내가 태어난 해쯤에 씌어졌고 그리고 그것을 발견한 내 나이가 그 두 소설을 지어낼 때의 박경리의 나이와 맞닿아 있다는 것을 알게 되었다. 삶을 어떻게 대할 것이냐의 새로운 국면에 돌입해 있던 나는, 이미 고희를 훌쩍 넘기고 이제는 삶의 대가가 되어 있을 것 같은 노 작가가, 내 나이쯤에는 어떤 생각을 하고 있었을까 라는 생각이 문득 들었다.

나는 박경리를 비로소, 그녀에 대한 첫 인식을 하고 나서 20여 년이 훨씬 지나서야 마주 대할 수 있었다. 그래서 내가 읽은 최초의 박경리의 작품이 《시장과 전장》이었다. 서점의 서가에 특별 코너를 마련하여 꽂혀 있던 그녀의 책들 중, 《시장과 전장》이 나의 시선을 먼저 끌었다. 내용을 일별 하기도 전에 '시장'과 '전장'이라는 상반된 개념의 이미지, 언뜻 추측해 낼 수 있는 연상작용이 그 당시의 나의 마음 상태와 닿아 있었는지도 모른다.

어쨌든 드디어 나는 박경리의 소설을 읽어내려 갔고, 마침내 사람들 앞에서 떳떳이 내가 읽은 박경리의 소설들에 대한 이야기를 할 수 있었지만, 그 안도감은 《시장과 전장》을 읽으면서 내가 느낀 반성에 비하면 아주 미미하고 자취도 없는 것이었다.

《시장과 전장》의 배경은 6·25전쟁이다(지금은 한국전쟁이란 용어로 훨씬 객관화해서 부르고 있지만). 그리고 작가가 이 작품을 써나갔던 시기는 1960년대 초반, 내가 이 소설을 읽은 시기는 21세기의 초였다.

그동안 시대적 배경이 다르거나 역사와 세월을 뛰어넘어 씌어져 특별히 시대적 이해력을 가지고 대해야 할 동서의 소설들을 접하지 않았던 것도 아닌데, 이상하게도 이 소설을 읽는 동안은 앞의 세 시점이 의식, 무의식적으로 혼재되어 나타났다. 겨우 50여 년 된 이야기를 소재로 40여 년 전에 출판된 것인데 마치 500년은 건너뛴 역사처럼 쉽게 현재로 불러들여지지가 않았다. 그만큼 세상의 형편은 현저히 바뀌었고 전쟁과 이데올로기라는 소재는 낡았다기보다는 잊혀지고 있다는 생각이 들었다.

그것은 또한 1980년대에 대학을 다닌 까닭으로 꼭 운동권이 아니더라도 이데올로기와 민족문제에 대한 인식을 외면할 수 없었으며, 한동안은 이런 소재들과 주제를 바탕으로 한 서적들을 읽었으면서도 이제는 이러한 의식으로부터 멀어진 채 진부한 세상 사람이 되어 있는 한 사람의 세월을 보는 것 같아 일순 자괴감마저 들었다.

작가의 말처럼 나도 늙어 가는 것일까. 새 세기와 함께 회자하는 새로운 패러다임에 이미 익숙해져 간극을 느끼는 것일까. 어쨌든 《시장과 전장》은 오랫동안 잊고 살았던 어떤 주제에 대한 사유를 다시 안겨준 책이었다.

흔들리지 않는 일관성으로 무장한 인텔리겐치아 코뮤니스트 기훈, 개인주의에 바탕한 지식인의 허영으로 방해받지 않는 소시민적 삶을 누리고 싶어하는 그의 동생 기석, 세상에 대해 낯가림을 심하게 하는 웅크린 자존심을 가진 기석의 아내 지영, 그리고 아버지와 오빠를 공산주의자인 애인의 손에 잃고 남하한 가냘픈 여자 가화. 그리고 이들의 삶에 직·간접으로 관계하는 민족주의자(혹은 아나키스트) 석산 선생과 김 여사, 프티 부르주아 출신의 코뮤니스트 장덕삼, 지영의 어머니 윤 씨, 더 멀리는 맑스와 바쿠닌까지….

이념의 첨예한 대립 끝에 다다를 수밖에 없는 전쟁 상황 속에서, 이들이 자신들의 이데올로기를 어떻게 지켜나가고(굳이 남북의 대립이 아닌 삶의 이데올로기) 그 육화를 통해 어떤 결론에 이르는지를 보여주는 소설.

《시장과 전장》의 면면은 지워지지 않는 화인 같은 한국 현대사를 관통해 살아온 작가에게는 당연할 수밖에 없는 소재요(그 연배의 세대에게는 누구라도 그렇겠지만) 주제일 것이다. 더구나 시대적 불행과 함께 개인적 고통을 남김없이 치른 — 일제 치하와 6·25 전쟁, 사상적 의심은 물론이요, 아버지와의 극단적 불화, 전쟁의 희생양이 된 남편의 죽음, 또 어린 아들의 죽음, 타고난 그녀의 고독 등이 그녀를 지나갔다고 한다 —

작가이고 보면, 그래서 줄곧 전쟁의 상처와 시대 상황의 불합리성에 희생당하는 사람들을 그려온 작가이고 보면 당연히 천착할 수밖에 없는 대상들일 것이다.

서문으로 쓰인 집필후기에서 《시장과 전장》을 끝내고 난 후 가족 몰래 이불을 덮고 울었던 심정, 이후 다시는 작품을 쓰지 못할 것 같은 심리적 탈진감을 느낀 것은 아마도 이 책을 통해 작가가 한번은 반드시 통과해야 할 작가 자신의 자서전을 투과해버린 것은 아니었을까 하는 생각이 든다. 그것은 또한 가장 많은 청사진을 가지고 있는 이유로 삶에 가장 적극적이며 반항 의식을 가진 20대 중반의 나이에 전쟁을 겪은 작가임을 생각하면, 소설 속 인물들이 맞이하는 상황이나 시련, 내면의 발현들은 많은 부분 작가의 실제 상황이나 내면의 반영이 아닐까라는 생각을 하며 인물들을 작가와 동일시해보며 책을 읽어 나갔다. 어느 문호가 말한 '모든 소설은 자서전적이다'라는 의미에서.

그러나 비록 전체적 틀이 전쟁이고 인물군상들이 이데올로기로 고민하거나 전쟁에 대항하는 본능적 삶들을 보여주지만, 《시장과 전장》이 반드시 전쟁의 고발이나 이념성을 목표만으로 하고 있진 않은 것 같다. 오히려 이러한 외연적 비유를 통해서 작가가 말하고자 하는 내포는 '삶, 고통과 대항하면서 발견한 자기 진실'인 것 같았다.

엄연한 삶의 한 복판에 놓여 있는 자신의 존재론적 인식에서 시작해 어떤 과정을 거쳐서 결국 어느 지점에서 자신의 삶을 이끌어갈 마지막 태도에 귀착하는가의 문제. 그것이 — 민중이라는 이미지의 전체 목표를 위해 민중 개인에게 냉엄할 수밖에 없었던 이데올로기 — 결국 그 개인의 사랑에 의해 바뀌어지는 것이든(기훈), 개인의 타고난 감수성 속에서 스스로를 어쩌지 못하고 고립감으로 몸부림치다 본능적으로 대처할 수밖에 없었던 강제적 상황 속에서 자신의 내면만을 들여다보던 연민에서 벗어나 주변부로 그 시야를 넓히게 되는 전환이든(지영) 간에 말이다.

소설 안에서 가장 함축성을 가진 인물은 물론 '지영'과 '기훈'일 것이다. 소설 제목인 《시장과 전장》의 두 개념을 대표하는 인물로서의 상징성도 그렇고 내용의 편성으로 보아서도 그렇다. 그 중에서도 지영은 상당부분 작가 자신일 것이란 생각이 든다.

명랑하고 축제 같은 삶이 살아 있는 현장으로서의 '시장', 또한 날마다 위기에 찬 생존으로 겪어내야 하는 전쟁 속의 '시장'은 지영이 꿈꾸는 또 다른 구원의 세상일 것이고, 인간을 진보시키기 위한 발상이면서도 결국 인간을 억압할 수밖에 없는 모순의 이데올로기가 극단으로 치달았을 때의 정점인 '전쟁'이 이루어지는 곳 '전장'은 기훈의 이념을 현실화하는 공간일 것이다.

그리고 이 두 사람을 통해서도 다 피력하지 못한 삶의 문제들은 다른 구성 인물들 — 휴머니즘을 코뮤니스트의 덕목으로 간직하며 한때는 만주 벌판에서 초인을 꿈꾸던 바쿠닌의 흠모자이자 소년같이 순수한 민족주의자(나는 당연히 민족주의자라는 생각을 했었는데 어느 해설에서 보면 아나키스트로 — 아마도 바쿠닌 때문이겠지만 — 해석하고 있었다) 석산 선생, 이데올로기의 투철함에서 보자면 회의주의자요, 자기 변명의 변절자로 치부되겠지만 결국 역사의 영웅심을 버리고 살아 숨쉴 수 있는 자유를 택한 부르주아 계급 코뮤니스트 장덕삼, 남편이 남한에서 처형당하고 인민군 점령하에서 담담한 회의적 비판을 하던 여의사, 그리고 애인에 의해 코뮤니스트가 되고 빨치산에 은거하며 혁명에서의 낭만성을 필수로 생각하던 여인 — 을 통해 녹여낸다.

소설의 서두는 지영의 심연으로부터 시작한다. 기석과 두 아이를 낳고 살면서도 그의 지식인적 개인주의에 바탕한 속물성에 어찌할 수 없는 괴리감을 느끼며 상황으로부터의 탈출을 꿈꾸는 지영. 그것은 '시장'이라는 이미지로 나타난다. 그것도 이국적인 페르시아의 시장.

태양 빛을 담뿍 담으며 펼쳐져 있는 향연의 현장. 경쾌한 축제의 가락이 울려 퍼지는 곳, 지구의 온 세상으로부터 유입되어 현란한 색상으로 융단 위에 펼쳐져 있는 꿈의 물건들, 그 속에서 생의 열기를 발산하는 각종 고함소리가 넘쳐나는 거리. 아랍의 페르시아 시장은 삶의 환희가 충만한 한 절정처럼 느껴진다. 시장은 아마도 가족에게조차 깊은 상처의 감수성을 보이지 못하며 이질감을 감추고 사는 지영이 익명으로 활보하며 자연스런 자신을 드러내고 싶은 은밀한 해방욕구인지도 모른다. 그래서 그녀는 차라리 무슨 엄청난 사건이 일어나 버리길 바라는 파국적 사건에 일종의 기대감마저 가지는 심정이 된다.

바이칼 호수, 사하라 사막, 페르시아의 시장, 아를르의 여인… 한번도 방문한 적이 없었을 지영이 막연한 향수를 통해 동경하는 이런 이국 취향은 그러나 나름대로 삶의 진지함을 구축하고 있다하더라도, 아직은 껍질을 다 벗은 것 같지 않은 안일함이 느껴지기도 한다.

그러나 전쟁은 아직은 이런 소녀 같은 '향한 곳도 없는 그리움'을 가지고 세상과의 관계를 거북해하며 혼자 조용히 꽃이나 가꾸며 살고 싶다는 그녀의 소극적 바람을, 시장에서 집착하는 얼굴로 시루떡을 입에 넣는 노파처럼 '먹을 것만 찾는데도 짐승 같지 않고 도둑질을 하는데도 도둑놈 같지 않은' 상황 속으로 내몬다. 그리고 그녀는 '화장도 안 하고 누추한데 가장 여자다워 보이는' 모성을 발휘하여 자신과 가족을 지켜나간다.

자신의 면역성 약한 자아를 인민군과 국군이 번갈아 장악하고 파괴하는 서울에서 온 몸으로 버티며 남편 기석을 기다리고 자식과 모친을 보호하는 지영. 그녀는 그토록 견딜 수 없는 실망감을 느꼈던 기석이 오직 목숨만이라도 부지하고 살아 돌아오길 바란다. 이제 그녀는 버텨 내고 있는 자신의 질긴 마음을 다독이며 잡초같이 자신을 단련시켜 한 겨울의 시린 눈 속에서 자식들을 보호하는 백곰처럼 살 것이라고 누군가를 향해 외친다. 기석의 생사확인을 위해 새벽 눈밭을 걸어 형무소의 끝날 것 같지 않는 차례를 기다리고, 생계를 위해 종이 바닥에 딱딱하게 굳어진 밀가루를 긁어낸다.

이미 그녀에게 나르시시즘적 자아 몰입은 없고 세상의 불합리와 대면하는 질긴 한국 여인의 전형이 나타난다. 그리고 그녀는 다시 전장 속에서도 사라지지 않는 시장을 찾는다. 시장은 이지러진 현실 속에서도 그녀에게 삶의 생동감을 열어주는 유일한 비유이기 때문이다.

사실 지영이란 인물이 지금의 우리에겐 너무 익숙한 여인의 전형, 어찌 보면 평범하기도 해서 작가가 그녀를 통해 특별히 무엇을 더 바라보고자 했을까 라는 생각에 골몰하기도 했다.

전쟁 전의 그녀는 일면 고답적 자존심과 순결성을 간직하고 있었지만, 전쟁의 한복판에서 선 그녀는 본능적 삶의 자존심, 환경에 굴하지 않고 버텨 이겨내는 근성으로 자신을 유지해 나간다. 1960년대의 정서 속에서 씌어진 소설 속 인물로서는 아마도 특별히 굳어진 전형이 되기 전 인물로 새로운 형태의 가치가 있었을 것이다.

작가는 지영보다는 오히려 '가화'라는 인물에게 애정을 표현한다. 부정적인 인물만을 그렸던 작가가 처음으로 긍정적인 여자로 그린 가화를 창조한 것에 대해 기쁨을 드러내는 것이다. 서문에서 밝힌 그 명백함 때문에 책을 읽기도 전 가화라는 인물에 대해 많은 기대감을 가졌었다. 그녀의 어떤 점을 염두에 두고 그렇게 자신했을까, 무엇이 특별한 인물이기에….

육체나 태도가 바보 같을 정도로 허술하고 약한 여자. 그저 자신을 상대방에게 모두 할애하듯 맡기는 여자. 어떤 포석도 절규도 없는 여자. 오히려 미미한 존재인 것 같은 인물.

지영이 모르는 남자에게서 받은 연애편지로 인해 생길 소문과 평판을 미리 저어하며 자존심과 결혼을 교환하는 그림자진 열정의 인물이라면, 아직은 남녀간의 내외가 엄연했을 1950년도에 처음 만난 남자에게 자신의 허약한 신체보호를 요청하며 집까지의 동행을 부탁하면서도 일반적으로 그 제안이 어떤 도발성을 가지는지조차도 생각하지 않는 여자가 가화이다.

그러나 일면 거의 맹종적 순종처럼 보이지만 이름도 모르고 있는 곳도 모르는 기훈을 향한 마음 하나를 이루기 위해 **빨치산**에 합류하는 결정을 내리는 여자가 가화이다.

아주 순일한 욕심, 거의 무욕하다고 할 수 있는 백치의 욕심을 가진 여자라고 밖에는 말할 수 없는 것 같은 가화에게 작가가 불어넣은 긍정성은 결국 그녀가 사랑하는 남자, 냉혹한 코뮤니스트이면서 여자를 취급하지 않는 기훈에게서 '여자가 남자의 마음을 바꾸어 놓는 수가 있어'라고 말하게 하는 순간이 아니었을까. 그녀는 의도적 투쟁심도 정염을 쟁취하기 위한 지나친 열의를 내비치지도 않았지만 자신이 견지하는 한 시선을 통해, 기훈이 냉혹한 코뮤니스트의 이상 속에서 억압해 두었던 휴머니즘을 이끌어내고 행복한 완성의 순간에 글의 손을 통해 죽음으로써 영원을 보상받았다.

기훈은 전형적 인텔리겐치아 코뮤니스트로 보인다. 언제나 냉담한 표정의 얼굴 속에 자신을 감추고 마음을 보이지 않는 그이다. 코뮤니스트로서 조직의 비중 있는 위치에 있으면서도 자신의 생이 소모될지도 모르는 암살지령을 행동에 옮기고 — 어쩌면 심연에서는 인간본성의 그가 죽음을 두려워했는지도 모르겠다. 배반자를 저격할 계획을 세우면서도 그는 항상 무사한 탈출을 무의식적으로 염두에 두지 않았는가 — 여자라는 존재를 이데올로기 실현의 걸림돌로 생각하고 함몰되지 않으려 의도적 바람둥이가 되었으며 항상 냉소로서 세상을 대한다. 오히려 기훈은 드러나지 않는 마음의 피곤과 움직임 없는 동요로 햇볕 강렬한 거리에서 일사병 증세로 비틀거리듯이 힘겨워하고 있었는지도 모르겠다. 좁은 골목에서 그가 빈혈로 쓰러진 가화를 도와주었을 때 어쩌면 그 자신도 이미 내부의 정신적 어지럼증을 느끼고 있지 않았을까. 그러나 의지가 그것을 막고 코뮤니즘 이데올로기에 대한 안간힘을 쓰고 있지 않았을까. 소녀에게 캔디를 주고 싶어하고, 눈먼 소녀에게 친절하고, 꿈속에서 조카들을 만나고, 어린 인민군을 슬며시 감싸안던 그는 빨치산 탈주자 어린 수일에게는 직접 두 발의 총알로 응징한다. 그것은 혹 자신 속에서 고개 드는 회의에 대한 스스로를 향한 경고사격은 아니었을까.

석산 선생과 기훈과의 관계는 해방과 6·25를 거치는 동안에 이데올로기가 인간 사이의 소통을 어떻게 배반하는지를 여실히 보여주는 것 같다. 일면 순진하기까지 한 민족주의자 석산 선생과 오버랩되어 말해지는 휴머니즘을 강조한 아나키스트 바쿠닌은 단지 석산 선생의 숭배자로서보다는 작가 자신이 염두에 둔, 사상가는 이런 태도를 지녀야 하지 않을까 라는 숨은 그림이 아닐까. 또 지식인의 낭만성으로 혁명을 추종하던 코뮤니스트 장덕삼이 줄곧 회의하는 휴머니즘과 코뮤니스트론, 빨치산으로 입산한 여자 코뮤니스트를 통해 말해지는 혁명에 필요한 로맨티시즘의 역설 등은 이데올로기에 대해 작가가 가지는 사유의 깊이와 관조를 가늠케 한다.

내가 가장 공감을 표시하고 싶은 인물은 장덕삼이다. 굳건한 이데올로기 의식이 없는 젊은 시절을 보냈다거나 아니면 세상의 흐름에 굳이 거역하지 않는 나이가 되어서인지 몰라도, 부르주아 출신의 그가 본능적 코뮤니스트가 될 수 없는 이유를 말하면서 진로를 회의했던 많은 발언들이 ― 문구와 혁명가의 스타일과 이상적 동경심으로 출발한 이념주의를 토로 할 때, 어린 빨치산을 도망시키고 변절자로서 빨치산 토벌대의 대장이 되어버린 그의 변명, 자유로이 생명을 보존하는 것이 훨씬 자신에 솔직하다고 항의하듯 말하는 그의 심적 변화 등 ― 기훈의 코방귀와 조소를 받았을지라도 가장 솔직한 인간의 심정이 아닐까라는 생각이 들었다. 단단한 외피를 가진 한 사람의 코뮤니스트 기훈의 반대편에 석산 선생, 장덕삼이 있다.

만주에서 이념과 가난을 나누며 '쌓인 눈에 허름한 집이 무너질까봐 같이 밤을 꼬박 샌' 기억을 가진 사상적 스승과 제자, 석산 선생과 기훈은 인민군 점령하에서 이제는 서로 충돌할 수밖에 없는 이념으로 만난다. 그들은 전쟁이 발발하기 전까지도 서로에게 사랑과 존경의 연민을 보내던 사이다. 석산은 기훈의 냉엄한 회유를 맞받으며 그와 나누던 순진한 이념논쟁으로 도리어 그를 설득하려하지만 현실을 받아들일 수밖에 없다. 그의 현실은 자신의 사상을 고수하며 인민재판을 요구하는 일 뿐이다. 기훈은 또한 장덕삼과의 대화에서는 언제나 경멸하듯 그의 논리를 비웃으며 흔들리지 않는 코뮤니스트의 모습을 보인다.

그렇다면 이념적 인간으로서의 기훈이 아닌 자연인 기훈으로서 그는 가화만을 마을로 내려보내고 싶었을까. 가화를 자신의 총으로 쓰러뜨리고 그는 다음에 스스로 어떻게 처신하였을까. 동생 기석이 공산당 입당원서를 냈다는 말을 듣고 '너는 코뮤니스트가 될 자질이 없다'면서 '살고 싶으면 자신의 이름을 들먹이지 말라'고 경고하는 기훈은 그의 이데올로기에 대해 어떤 내밀한 속마음을 가지고 있었던 것일까. 그는 판단할 수 있는 인물임과 동시에 또한 그 반대편에 서 있는 인물 같다.

《시장과 전장》은 자못 대립적, 감정적이 될 수 있는 이념문제를 많은 사유를 통해 객관화시킨 작가의 힘에 우선 경의를 갖게 한다. 전쟁이 끝난 지 10년이 겨우 지난 시점에서 이런 소설이 씌어졌다는 것이 또한 작가 박경리의 역량을 우러러보게 한다. 또한 자칫 무거워질 수 있는 주제 속에서 여성작가 특유의 삶의 감수성들이 묻어나는 것, 그것을 1950, 1960년대의 정서와 언어로 읽을 수 있다는 것이 새롭기도 하다. 조금은 고풍스러운 어미처리를 가진 대화들, '슈트케이스'나 화장도구 '퍼프'라는 단어, 특별하게 취급되는 커피, 전장의 시장에 팔려나온 리치몬드 사의 그릇제품들 등에 대한 묘사는 여성작가의 시각이 아니면 쓰기 어려웠을 법도 하다. 전쟁으로 폐허가 된 서울이 지영의 시각으로 보여지는 풍경들은, 삶은, 그리고 삶을 살아내는 사람들의 일상은, 어떤 상황에서도 아름다움을 배반할 수 없다는 점을 여실히 보여준다. 그곳에도 햇볕은 있고 하얗게 내린 눈밭의 투명함이 있고, 유리창 안의 인형처럼 예쁜 아이들이 있고, 시린 겨울 아침 굴뚝으로 조심스레 올라오는 연기처럼 따뜻한 인정이 있는 것이다.

한반도의 굴곡진 역사를 온몸으로 겪으며 관통한 그들. 각자의 가치에 경의를 표하고 싶다.

상처, 아물지 않는 그리움

김 진 순 (서울시 강동구)

■ 수옥과 나의 엄마

"엄마! 엄마 고향은 어디야?"

"저어기, 저기 황해도."

"어디 있는 건데. 멀어?"

"북쪽에. 죽기 전에 갈 수나 있을는지."

"그렇게 멀어? 어떤 곳인데?"

"엄마 고향은 노을이 세상에서 제일로 고운 곳이야. 지금껏 그렇게 아름다운 노을은 어디서고 본 적이 없지. 아직도 그렇게 고울라나?"

엄마가 빨리 김매는 것을 끝마쳤으면 싶어 밭두렁에 두 무릎을 쓸어안고 앉아 몸을 옆으로 흔들며 물었다. 무심코.

엄마는 호미질을 멈추고 지는 해를 바라보았다. 마치 고향의 노을을 눈앞에서 보는 것처럼 그녀의 얼굴에 미소가 번졌다. 허나 점점 쓸쓸해 보이더니 종내는 서리가 내려앉은 듯 파리해졌다. 나는 어린 나이였지만 뭔가 잘못을 저질렀구나 싶었다. 빨리 집에 가자고 졸라대던 것도 쏙 들어가고 머쓱해진 나는 애꿎은 잡초만 돌멩이로 짓이겨 댔다.

수옥은 엄마를 닮았다. 엄마는 수옥을 닮았다. 똑같은 삶을 살았다고는 할 수 없지만 전쟁이라는 큰 길을 함께 걸어온 운명으로부터 갈라져 나왔으니 그 험난한 세월 속의 수많은 수옥이들 중의 한 사람이 나의 엄마다.

어쩌다 가족이 흩어지게 되었는지 엄마는 말이 없다. 말로 할 수 없는 그런 비참한 상황이었는지도 모른다. 오빠들만 줄줄이 있는 집안의 막내딸로 살다가 어느 날 갑자기 찾아 온 불행, 이것이 내가 아는 전부다. 전쟁은 내 엄마의, 그리고 많은 수옥이들의 가족을 잃게 했고 기억을 지워버렸고 끝내는 자신마저도 잊어버리게 만들었다. 과연 그 전쟁통에 혈혈단신인 어리고 가냘픈 여자가 무얼 할 수 있었을까. 지치고 무서운 피란살이. 폭탄을 피해, 총알을 피해, 낯선 이들을 피해 휩쓸리듯 내려온 남쪽 땅. 그렇게 많은 수옥이들은 전쟁이라는 참혹한 현실을 온 몸으로 느끼며 살았으리라.

어떤 면에서 보면 수옥이는 나의 엄마보다 낫다는 생각이 든다. 남자들의 늑대근성이든 세상이 어수선해서든 간에 사랑을 받았으니 말이다. 말도 안 되는 소리라고 손사래를 친다 해도 상관없다. 외롭고 지친 피란 길에서 만난 사람, 같은 황해도니 전쟁 끝나면 같이 고향으로 가자며 시작한 결혼 생활. 그때 엄마 나이 열 여섯이었다.

'차라리 전쟁통이 나았지. 그 사람 폭력에 시달리는 것은 견디기 힘든 지옥이었어.'

자식 셋을 남겨두고 만신창이가 된 몸을 간신히 가누며 집에서 도망쳐야 했던 나의 엄마보다는 비록 학수를 전쟁터에 보내지만 그의 2세를 잉태한 채 시댁으로 들어가는 수옥이가 나에게는, 아니 나의 엄마에게는 훨씬 행복해 보였으리라.

잉태는 희망이다. 수옥이의 꿈. 아이를 가진 수옥이의 앞날을 밝게 그리면서도 한편으로는 내 마음이 불안한 것은 간절하게 행복을 원했지만 죽는 날까지 그러지 못했던 엄마 때문이다. '언제쯤이나 이 지겹고 힘든 전쟁이 끝날는지.' 엄마는 늘 그런 말을 했었다. 영원한 잠 속에 빠져들기 몇 시간 전에 손을 꼭 잡은 나를 바라보며 희미하게 웃었던 엄마. 이제는 힘겹고 외로운 피란살이를 끝낼 수 있어 차라리 편안하다는 그런 웃음이었다. '그래, 이제는 편히 쉴 수 있을 거야. 그 동안 너무 힘들었지? 이젠 노을을 보러 갈 수 있겠네.'

엄마는 죽으면 새가 되고 싶다고 했다. 펄펄 날아 삼팔선을 넘어 노을이 고운 고향 하늘을 휘휘 날아 보고 싶다고 했다. 시를 좋아해서 시인이고 싶었던 미소가 어린아이 같았던 엄마, 지금쯤은 소원대로 고향하늘을 자유로이 날고 있을까. 전생에 지은 죄가 많아 평생을 힘겹게 살았는데 그 업의 무게로 날지 못하면 어쩌나 걱정하곤 했었다. 정말 전생의 죄 때문이라면 나는 그 값을 충분히 치렀다고 믿는다. 엄마는 자유로이 날고 있을 것이다.

나는 가끔 북쪽 하늘을 하염없이 바라보곤 한다. 노을이 고운 날은 마음속까지 스며드는 그리움에 슬퍼지기도 한다. 엄마가 이런 마음으로 바라보았을 북녘의 하늘. 나는 엄마의 고향이 그립다. 그곳에 가서 세상에서 제일 고운 노을을 보고 싶다. 나의 가슴에 엄마의 그리움이 쌓인다. 아물지 않은 상처를 건드린 듯이 피가 스미는 것은 나도 어쩔 수 없는 반쪽의 북녘이기 때문이리라. 전쟁은 상처다. 아물지 않는 영원한 그리움이다. 전쟁이 일어난 이 땅에 사는 모든 이들이, 그의 후손들이 아파할 것이며 그들의 어머니, 아버지가 그러했듯이 갈 수 없는 땅을 향해 그리움의 목을 늘릴 것이다. 나처럼.

엄마를 닮은 수옥이가 앞으로는 슬픈 일 없이 행복했으면 정말 좋겠다고 한다면 너무 평범하고 유치한 바람이라고 하려나. 수옥이의 앞날이 곧게 뻗은 고속도로처럼 펼쳐지길 나의 엄마를 대신하여 간절히 빌어본다.

■ 광녀의 딸과 무당의 딸

"세, 세상에는 얼마든지 있는 일, 백정도 무당자식도 서로 좋으면 호, 혼사하는 세상에."

"오히려 그편이 낫죠."

나는 책을 잠시 덮고 눈을 감았다. 가슴이 답답했다. 혈통문제만은 당대에서 그치는 게 아니니 받아들일 수 없다는 박 의사의 말이, 그 혈통이라는 말이 마음을 아프게 했다.

명화 어머니는 어찌하여 미치게 되었을까. 이미 세상에 없는 자신 때문에 딸의 앞날이, 사랑이 흔들리고 있다는 걸 알기나 할까. 명화를 아는 사람이라면 누구라도 그녀를 표현하는 많은 수식어 가운데 '광녀의 딸'이라는 명칭도 들어있을 것이다. 딸에게 어머니는 연민도 안타까움도 있는 존재이겠지만 평생 발목을 잡고 놓아주지 않을 그 불길한 꼬리표를 달아준 원망의 대상일 수도 있을 것이다.

나는 '무당의 딸'이다. 전쟁도 엄마의 보잘것없는 힘으로는 어찌 할 수 없는 거대한 물살이었듯이 평생의 삶을 피란 길처럼 고되고 힘들게 만들었던, 눈물로 받아들였던 운명이었다. 어느 날이던가. 엄마와 둑길을 걸어가고 있는데 개울가에서 물놀이를 하던 아이들이 나를 보며 무당의 딸이라고 말한 적이 있었다. 엄마는 금방이라도 어찌 할 듯이 무서운 얼굴로 화를 냈다. 당장에 냇가로 뛰어 내려가는 시늉을 하자 아이들은 혼비백산하여 도망을 쳤다. 엄마가 그렇게 심한 욕을 하는 건 그때 처음 보았다. 엄마가 무당이니 그렇게 말하는 게 당연할 터인데 왜 화를 낼 일인지 그때는 잘 몰랐었다. '피는 못 속인다.' 이 말은 내가 어릴 때부터 듣던 말이다. 그리고 나의 아버지가 제일 싫어하는 말이었다.

명화의 슬픈 아버지를 본다. 딸 가진 죄인이라서, 허물이 있는 부모를 둔 딸이라서 그저 애처롭게 바라보며 가슴 태우는 슬픈 아버지. 나의 아버지도 그랬다. 딸들이 커 갈수록 불안은 점점 커져 엄마의 삶을 더욱 힘들게 하곤 했다. 하지만 엄마도 마찬가지였다. 딸들에게 자신의 불행이 대물림될까봐 얼마나 노심초사했던가. 신을 거역하면 죽을 거라고 주위에서 말렸지만 자식을 위해서는 죽음을 받아들이겠다고 했다. 이유 없이 아프고 말라 가는 엄마에게 나는 무당이라는 거 창피하지 않으니 그거 하면서 제발 건강하라고 간곡하게 말했지만 결국 많지 않은 삶을 엄마는 마감하고 말았다. 엄마가 세상에 없다고 해서 내가 무당의 딸이었다는 사실도 함께 묻혀버리는 것은 아니다. 아직도 내 고향에서 나는 석공의 딸, 혹은 무당의 딸로 기억하고 있다. 이만큼의 세월이 흐르고 고향이 재개발되어 마을이 사라지고, 그때의 사람들이 하나 둘 세상을 떠난 지금에야 아무도 나를 기억하지 못한다. 하지만 나는 영원히 무당의 딸이다. 가끔 꿈속에서 엄마를 본다. 한복을 곱게 차려 입고 쪽을 진 모습, 그녀의 손에 들려 있는 칠금령 소리가 나를 부르는 것 같아 떨어지지 않는 발걸음으로 도망치다 깨는 날은 정말 깊은 슬픔이 밀려오기도 한다. 내게 그런 엄마가 있다는 게 부끄럽지 않다. 그런데 나는 왜 도망치는가. 알 수 없는 노릇이다. 엄마의 피가 내 속에 스며든다 해도 내가 보듬어야 할 상처인데.

명화는 기억상실에 빠지지 않는 한 끝까지 광녀의 딸이다. 다른 사람보다 자신이 잘 알고 있는 일이다. 자신의 엄마이기에 받아들일 수밖에 없는 숙명인 것이다. 명화는 좀더 당당할 수 없었을까. 어머니를 떨쳐버리려고 하거나 얽매여 숨으려 하기보다는 어쩔 수 없었던 상황을 이해하고 그녀의 울타리가 되어 줄 수는 없었을까. 이미 세상에 없는 그녀로 인해 자신을 낮추려고 할 게 아니라 더 씩씩하고 당당하게 살았더라면 또 다른 미래가 있었을 텐데 하는 아쉬움이 있다. 그렇게 밀항으로 인연을 끊으려고 해야만 했는지 마음이 무겁다. 도망을 친다면 어디로 갈 수 있을 것인가. 일본도 현실에 존재하는 세상인 이상 명화는 그곳에서도 광녀의 딸일 수밖에 없다. 아무도 모른다하여 사라지는 것이 아니다. 내 마음속에 엄마가 살아 있듯 그녀 또한 운명으로 어머니를 간직하고 살 수밖에 없다. 사랑은 모든 아픔을 치유할 수 있는 마력이 있는데, 어쩌면 명화는 사랑이 부족했었는지도 모른다. 모든 걸 감싸 안을 만큼의 사랑이 서로에게 있었는지 명화와 웅주에게 묻고 싶다.

혈통이 진짜 방패였을까. 아니면 엉뚱하게 튀어나온 박 의사의 사랑

고백이 진짜 방패였을까. 둘 다 일지도 모르지. 이기적인, 너무도 이기적인 박 의사 때문에 분노가 치민다. 그런데 차가운 금속성 갑옷을 입은 그의 안쪽 어딘가에서 외로움이 새어 나오고 있는 듯한 느낌은 나만의 착각일까.

■ 표류하는 사람들

나도 그들처럼 표류한다. 그래서 난 그들이 친구처럼 느껴진다.

무언가 하고 싶어도 못하는 사람, 할 수는 있어도 하고 싶은 게 없는 사람. 힘있는 자와 그 밑에서 굽실거리는 자. 부유한 이와 가난한 이들. 세상은 예나 지금이나 전쟁시나 평화로울 때나 있는 사람은 살만하고 그렇지 못한 자에게는 죽지 못해 살아가는 것이리라. 그래서 학자의 밑바닥으로 추락하는 발악이 결코 밉거나 추하게 느껴지지 않는다. 젊다는 것은 아름답다. 그리고 슬프다. 세상을 다 가질 수 있지만 직면한 현실에 때론 무릎을 꿇어야만 한다. 한번도 가 본 적이 없는 부산, 통영의 거친 바닷바람이 나의 얼굴을 훑고 지나가는 느낌에 정신을 차렸다. 어디선가 작은 소리가 들려온다. 뭇 사람들의 얄팍한 계산 속에서 이리저리 휘둘리며 상처를 입는 여리고 가냘픈 수옥이의 흐느낌일까. 아니면 한순간에 모든 걸 잃고 정체성마저 찾지 못해 방황하는 학수, 학자 남매의 울부짖음일까. 그것도 아니면 자신의 운명 때문에 애틋한 사랑마저도 접어야 했던 명화의 한숨소리일지도 모른다. 통영의 바다가 나의 가슴속으로 밀려들어 온다. 비릿한 아픔이 온몸 구석구석 스며든다. 왜 이다지도 가슴이 답답해 오는가. 내가 무엇이기에, 전쟁에 대해 무얼 알기에 이리도 잘난 척 궁상을 떠는가 말이다. 알 수 없는 노릇이다. 닻줄이 사는 섬에 가고 싶다. 길바닥에 짐을 아무렇게나 벗어놓아도 아무도 주워가지 않는, 순수한 사람들이 모여 사는 곳. 세상 돌아가는 일과는 전혀 상관없이 해가 뜨고 지는 그곳에서 살아보고 싶다. 수옥이와 학수가

136

잠시나마 행복을 느꼈던 섬. 그러나 그곳도 사람이 살고, 배가 드나드는 이상 세상과 단절될 수는 없는 것, 세상의 더러움이 덕지덕지 묻은 사람이 발을 들여놓는 순간 평화는 깨어져 버렸다. 더 이상 갈 곳이 없다. 전쟁의 상처는 어디에나 있고 그래서 젊은 사람들은 갈 곳을 잃고 방황한다. 현실은 늘 잔인하다.

군에 간다는 건 전쟁중인 그때에는 아마 돌아오지 못할 강을 건너는 사람처럼 두려웠을 것이다. 피할 수 있는 사람은 무슨 수를 써서든 도망치고 돈도 권력도 없는 이들은 울며 겨자 먹기로 가야 하는 우리나라의 군대가 아니던가. 그런데 지금도 변함없이 미꾸라지 빠져나가듯 외국의 시민권을 취득하고, 권력의 이름을 빌리거나 하다못해 문신을 새겨서라도 군대에 안 가려는 청년들이 있어 슬퍼진다. 세계 유일의 분단국가. 차라리 그때처럼 총이나 제대로 쏴 보고 죽는다면 낫겠지만 요즈음엔 슬프게도 사고나 자살로 젊은 생을 마감하는 이들이 있어 안타깝다. 나도 아들이 있다. 어린 그 녀석을 보며 벌써부터 군대에 보내지 않을 방법을 구상하는 걸 보면 나는 제대로 된 애국자는 분명 아니다. 하지만 난 가진 게 아무것도 없으니 영락없이 나의 아들은 군대에 가야 한다. 웅주의 외침이 귓전에 맴돈다.

'넌 애국자냐? 넌 애국자냐? 넌 영웅이냐? 거룩한 몸짓은 으레 거짓이거니와, 누구에게나 존경을 받을 수 있는 사람은 우리 박 의사님이다. 학자만 예외로 한다면 말이지. 그는 결코 호들갑스런 몸짓을 하지 않거든. 감당 못할 비약적인 말도 한 일이 없어. 내가 지껄이면 난 미친놈이 되고 내가 흥분하면 난 미친놈이 되고 내가 행동하면 어김없이 나는 어릿광대가 된다. 젊은 놈들은 어떻게 하면 기피하느냐, 어떻게 하면 신분증의 나이를 속이느냐, 어떻게 하면 해외로 달아날 수 있느냐, 그게 전쟁이 몰고 온 현실이다. 그래서 어쨌다는 거지? 너는 무엇이냐?'

너무 오랫동안 책을 읽지 않았다. 그래도 한때는 책벌레라는 소리는 들었던 나인데 어느 순간 책은 내 주위에서 자취를 감추고 말았다. 옛말로 강산이 변했다. 그 동안 무얼 했나 뒤돌아보니 텅 빈 어둠만이 나의 뒤를 따라온다. 수많은 좌절과 절망, 사회를 바라보는 삐뚤어진 시선, 냉소적으로 변해버린 메마른 가슴, 끝나지 않은 방황. 하소연 할 곳조차 없는 현실에 나는 항상 패배자일 뿐이었다. 먼 길을 여행하고 돌아온 지친 나그네가 되어 책을 찾았다. 가슴이 벅찼다는 말을 하면 아무도 믿지 않을 것이다. 나는 분명 흥분하고 있었다. 마치 어머니 품에 안기는 어린아이처럼 책에 나를 안겼다. 그리고 또 하나의 슬픔. 책을 읽을 수가 없다. 웬일인지 내용이 머릿속에 들어오지 않았다. 눈은 열심히 읽어내려 가건만 눈을 떼는 순간 어디를 읽었는지 기억할 수가 없는 것이다. 책마저 나를 외면하는구나, 책마저 나를 배신하는구나 싶은 허탈감이 밀려들었다. 그렇게 책과의 숨바꼭질을 몇 년 동안 하다가 《파시》를 손에 잡았다. 단편조차도 제대로 소화하지 못하는 내게 이 책은 사실 국어대사전만큼이나 두꺼워 보였다. 자신 없이 시작한 이 책을 나는 단숨에 읽고 다시 한번 읽는 즐거움을 맛보았다. 이제야 잃었던 감각이 되살아난 듯이 책의 맛을 느낄 수가 있었다. 놀랍기도 하고 한편으로 기쁘다. 《파시》를 만난 건 별로 재미없는 내 생활에 한 가닥 기쁨이었다. 또한 간신히 되살아난 독서의 즐거움을 유지하기 위해 다시는 책을 놓지 않을 생각이다.

언젠가 통영으로 여행을 다녀와야겠다. 내 어머니 같은 수옥이를 느껴보고, 방황의 끝에 서 있던 젊은이들을 생각해보며, 파시가 있는 바다의 철썩이는 파도를 보고 싶다.

희망이 부대끼는 생의 다른 이름, 파시

김 정 민(성남시 분당구)

늦은 오후의 탑골공원. 생의 무게를 지고 온 노인들의 주름진 이마 위로 천진난만한 햇살이 가볍게 스치며 지나간다. 오래된 고통 사이를 지나가는 저 한줌의 빛나는 가벼움. 만약 그것이 없었다면 우리는 어떻게 이 생을 버티며 살아갈 수 있었을까. 방금 전까지 소음 속에 파묻혀 있었던 나는 이 고요함이 의심스럽기까지 하다. 어쩌면 우리의 삶에 이 고요함은 어울리지 않는 정적에 불과할지도 모른다는 생각에.

하루 동안 내게 묻어 있는 낯선 인파 속의 흔적들, 그 수고로움을 잠시 털어내면서 나는 생각한다. 살아 있음의 이 피곤함, 그 끈질긴 희망이라는 생의 다른 이름. 이곳은 파시(波市)라고.

《파시》, 오래 전에 나를 스치고 지났던 박경리 씨의 소설. 오 년 전 이 소설은 나에게 말 그대로 하나의 치욕이자 반감의 기억이었다. 자신의 생에 대한 최소한의 자존심마저 지니지 못한 것처럼 보이는 소설 속의 인물들은 하나같이 내 이해 밖의 대상이었고 매력 없는 구시대의 환영들에 지나지 않았으니까. 착한 심성으로 인해 순응과 복종밖에 배우지 못한 수옥과, 현실에 맞부딪칠 용기보다는 체념을 택하는 나약한 명화, 비겁한 불평분자에 지나지 않은 학자. 같은 여성으로서 이런 세 여인의 삶은 내게 생에 대한 모독처럼 느껴졌으니 말이다. 인생에는 반드시 정확한 공식과 해답이 있으리라 믿었던 시절, 타인의 삶을 저울질하고 비난하는 것은 시험지에서 틀린 답을 찾아내는 것처럼 너무도 쉬웠으니까 말이다.

하지만 소설은 인간과 함께 같이 자라는 진정한 인생의 이야기가 아니었던가. 어른이 되는 과정에서 인생은 내게 좌절이란 쓴맛을 보여주기 시작했고 그것은 성장의 아픔 속에서 이해라는 또 다른 이름을 가르쳐 주었다. 아픔을 먹고 자라는 이해라는 또 다른 빛…. 소설 속의 인물들이 이제 내 삶에서 더 이상 거짓 환영이 아닌 진정한 인간으로 되살아나기 시작했고 《파시》는 새롭게 술렁이며 시끄러운 소리를 내기 시작했던 것이다.

전쟁이라는 격변의 시대. 바로 이 암울한 시대적 코드가 먼저 나와 이 소설의 세계 사이에 있는 멀고 먼 거리였을 것이다. 동시대를 살아가고 있지 않은 이상, 한 인간이 어떻게 다른 시대의 인간을 향해 인생에 대한 가장 현명한 충고를 해줄 수 있을까. 오히려 그들의 생을 통해서 지금의 눈으로도 발견할 수 있는, 또 발견해야 할 귀하고 값진 어떠한 가치가 존재할 뿐이었다.

물질과 권력놀이의 결과물인 전쟁. 그 전쟁 속에서 인간을 치유하는 것은 바로 물질이나 권력 따위가 범접할 수 없는 영혼의 가치, 바로 사랑일 것이다. 인간을 가장 소외시키는 전쟁의 아픔을 치유할 수 있는 것은, 가장 인간적인 모습인 사랑밖에 없기 때문에….

통영과 부산을 무대로 펼쳐지는 인물들의 삶. 그 속에서 내가 발견한 것은 바로 네 가지 모습의 사랑이었다. 그리고 이 사랑은 서로 다른 모습들로 한 시대를 진정 인간적으로 물들여놓고 있었다.

수옥. 여리고 아름다운 순수미를 대표하는 여인. 험난한 시대는 결코 이러한 여인을 보호할 수 없었지만, 역으로 험난한 시대였기에 이런 여인이 존재할 수 있지 않았을까. 의심보다는 먼저 믿음을 배웠기에 당연히 그녀의 삶은 어두운 손길이 닿을 수밖에 없었다. 여인이 하나의 소유물로 인식되고 그들의 권리라는 것은 찾기 힘들었던 시대, 그러므로 수옥 또한 운명에 순응하는 것을 최선이라 믿고 살았던 것이다. 수옥은 호색한 서영래의 손길까지도 끝끝내 운명으로 여기지만 체념하지는 않았다. 그녀는 종래에는 자신을 진심으로 생각하는 학수의 마음을 받아들이고 그와의 밀행을 택할 만큼 자신의 생에 당당한 주인이 되었던 것이다.

이것이 바로 수옥이 보여준 사랑이다. 참담한 상황을 생의 전부라고 여기고 체념했거나 자결을 택했다면 그녀에게 끝내 진실한 사랑이 찾아올 수 있었을까. 그녀의 순수함에 내재된 믿음이 없었다면 다시 세상을, 그리고 학수를 믿고 함께 할 수 있었을까. 그녀의 그 순수한 생에 대한 믿음이 결국 사랑으로 귀결된 것이었다. 바로 수옥이 보여주고 있는 이 사랑이야말로 무엇보다 순수하고 강한 인간미의 결정체였던 것이다. 그녀만이 유일하게 사랑의 결실인 새 생명을 잉태한 여인이었던 것은 바로 이러한 믿음을 지녔기 때문이 아닐까.

그러나 또 다른 여인, 학자는 다른 모습의 사랑을 보여주고 있다. 몰락한 지주의 딸로 인생을 항상 비관적으로 바라보던 불평주의자인 학자. 그녀는 주위 사람들에게까지 항상 자신의 불행을 인정받으려 애쓰는 소모적 삶을 살고 있었다. 끝없는 비관은 희망이 아닌 자기 학대라는 타락의 길로 이어지고 말았고 결국 창부의 생활로 이어지게 되고 말았다. 과거와 같은 질곡의 시대가 아니라도 이러한 학자와도 같은 삶은 존재하고 있다. 지금 오늘날도 이런 수많은 학자들이 어두운 곳에서 분명히 신음하고 있는 것이다. 하지만 중요한 것은, 나락 속에 있다고 해서 인간까지 나락이 되지는 않는 법. 누구나 언제든지 그 속에서 빠져 나올 수 있으며, 그 나락 속의 과거는 그 어둠을 빠져 나오는 동시에 용서받을 수 있는 것이다. 바로 우리는 인간이라는 눈부신 존재이기 때문에….

비록 술집에서 일을 하고 창부 생활을 했다고 해도 우리 중에 누가 그녀에게 손가락질할 수 있을까. 어떠한 누구도 그러할 자격이 없다. 바로 그 모두가 그녀 자신의 선택이었을 뿐이고, 그 선택은 실수라고 깨닫는 순간 곧은 인생보다 더 값진 생의 깨달음을 가져다줄지도 모르기 때문이다. 학자는 술집에서 여러 생을 부대끼면서 타인을 이해하게 되고 비로소 자신을 이해하게 되었다. '일부러 불행을 청할 필요는 없다'라는 그녀의 말처럼, 불행이 다가온다면 할 수 없지만 굳이 그 속에 빠지려 자학하던 과거는 잘못이라는 것을 말이다. 이제 그녀에게는 자신의 삶을 스스로 바라볼 수 있는 소중한 눈이 생겼고 그보다 더 중요한 생에 대한 이해라는 마음이 생긴 것이었다. 자신의 생에 대한 이해라는 현명한 사랑을 보여주고 있는 학자의 그 환경이 단지 나락에 불과하다고 과연 누가 함부로 말할 수가 있을까.

그러나 사랑은 누군가 하나의 대상을 향한 맹목적 모습으로도 나타나기도 한다. 그것이 비록 아둔할 정도로 무조건적 사랑일지라도 말이다. 한 사람을 통해서 세상을 사랑할 수만 있다면 이러한 맹목적 사랑을 누가 탓할 수 있을까. 그것이 완전한 원을 이룰 수 있다면 우리는 한 사람을 통한 맹목적 사랑부터 시작해야 할지도 모른다. 바로 이 사랑의 주인공이 천하의 백수건달 성재를 바라보는 선애라는 여인이다. 자신을 아내로 인정하지도 않고 밖으로만 나돌며 그녀를 내모는데도 선애의 마음은 일편단심 성재에게로 향한다. 이것이 그녀의 사랑에 대한 표현이며 방식이기 때문에 그녀는 그것으로 행복한 것이다. 마냥 기다리는 것이 아니라 직접 찾아 나서고 대항하고, 배신을 당해도 굴하지 않고 다시 사랑을 갈구하는 선애. 사랑을 과감히 표현할 수 있고 그것을 쟁취하려고 애쓰는 그 모습이 생을 대하는 그녀만의 당당한 방식이었다.

마지막으로 나를 시종일관 안타깝게 만들었던 것은 명화의 사랑이었고 그녀와 웅주와의 관계였다. 생의 주인인 두 사람이 서로 사랑하는데 왜 그녀 어머니의 과거까지 문제가 된다는 것인지 답답해했지만, 그것은 오늘날에도 문제가 되고 있는 비슷한 현실에 다름이 아니었다.

사랑은 두 사람만의 것이 아닌, 그 두 사람의 배경과 함께 어우러져야 가능하다는 것. 그러나 그것은 실로 사랑에 대한 오해였음을 이 두 인물이 종래에 보여주게 된다.

명화의 어머니는 정신질환을 앓았고 그것은 명화와 웅주의 결혼에 큰 장애가 되었다. 그로 인해 명화와 웅주는 더욱더 절망에 사로잡혀 인생에 대한 자신감을 잃어 갔고 결국에는 사랑에 대한 확신까지 잃어버리게 되었다. 더욱이 웅주는 격변의 시대를 살아가고 있는 대한의 남아로서 군 입대문제를 포함한 자신의 진로와 정체성 때문에 힘들어할 수밖에 없었던 것이다. 이 모두가, 믿음에 대한 배신투성이인 시대를 살아가기에는 너무 맑았던 젊음의 고통들이었을 것이다.

그러나 그들이 과연 진정으로 고뇌를 하는 모습을 보여주었던가. 오히려 현실을 피하고 고통에서 도망가기만 급급하면서 가장 중요한 용기와 자신에 대한 신뢰를 잃어버렸던 것이다. 시대를 스스로 살아가는 것과 그 시대에 먹히고 시대에 의해 살아가는 것은 엄연히 다르지 않을까. 진정으로 자신을 잃지 않고, 그 시대를 당당히 살아가는 사람이야말로 진짜 사랑을 할 수 있기 때문이다. 이렇게 자기 스스로를 잃어버린다면 결코 타인을 받아들이고 사랑할 수 없다는 불변의 진리를 이들은 보여주고 있었다.

진정으로 사랑한다면 자신의 고통에 앞서 상대방의 고통을 먼저 헤아리는 것이 아닐까. 그리고 실제로 박 의사는 명화 어머니의 과거가 아니라 명화를 사랑하기 때문에 결혼을 반대했던 것이라고 고백하지 않았던가. 이러한 상황에서 명화는 모든 것을 알아버렸던 것이다. 이미 그들의 문제는 과거나 상황에 있는 것이 아니라, 그 둘 당사자들의 관계에 있다는 것을 말이다.

수옥과 학수는 사랑을 통해서 더욱 강해졌지만 반대로 명화와 웅주는 서로를 잃어버리고 더욱 나약해졌다. 결국 명화와 웅주의 사랑은 이미 용기와 신뢰를 잃어버린, 예전에 끝나버렸을지 모르는 사랑에 대한 추억과 집착의 연장이었을지도 모르는 것이었다.

결국 그렇게 명화는 웅주를 떠난 혼자의 길을 택했고, 그녀의 앞으로의 삶은 그 누구도 예측할 수 없게 되었다. 그러한 결심을 내리기까지의 그 고통은 그녀밖에는 어느 누구도 모를 것이다. 그러나 나는 이러한 판단을 내릴 수 있었던 명화라면 앞으로의 새 삶도 충분히 멋지게 살았으리라는 생각을 했다. 이미 한없이 나약해져버린 사랑을 붙들고서 자신의 인생까지 시들어지기보다는 더 환하고 밝은 삶을 향해서 떠났으리라는 믿음이 그녀를 통해 생겼기 때문이다. 명화의 떠남이 보여주고 있는 것은 어쩌면 결정되지 않은 삶과 사랑에 대한 새로운 희망일지도 모른다.

질곡의 삶 속에서 가장 핍박받는 것은 여인과 아이들이라고 누군가가 말했었던가. 한 시대를 동강낸 것은 남자들이었지만 그것을 이어간 것은 바로 우리의 여인들이었으며 어머니들이었다. 그녀들은 그 자체로 완벽할 수는 없었지만 완성을 향해 가는 따스한 사랑을 지니고 있었다. 박경리 씨의 소설에 등장하는 이 여인들은 여러 가지 모습들이었지만 그들이 모여 하나의 아름다운 여성을 이루어내고 있었다.

수옥의 순수함과 믿음, 인생을 받아들이고 시인하는 학자의 대범함, 그리고 선애와 같은 지고지순함, 그리고 명화가 보여준 인생에 대한 결단력. 비록 이 여인들은 하나같이 어떠한 결핍을 지니고 있었지만 앞서 말한 미덕들로 자신의 생의 주인이 될 수 있었던 것이다. 이 여인들을 통해 나는 내 어머니를 떠올릴 수 있었다. 자식과 남편을 위해 모든 것을 희생하며 한평생을 살아오신 분이지만 이런 그녀도 어떠한 시각에서는 자신의 권리를 찾지 못한 어리석은 여인으로 보일 수 있는 것이었다. 나 또한 가족을 위한 희생을 전부로 알고 살아온 내 어머니의 삶이 내 스스로 한 여성으로 커가면서 못마땅하게 느껴질 때가 한두 번이 아니었으니까.

그렇지만 어머니 스스로가 행복으로 여겨온 자신의 삶을 그 어느 누구도 쉽게 판단할 자격은 결코 없는 것이다. 오히려 그녀의 그런 삶의 토양 위에서 건강하고 당당히 자랄 수 있었던 우리는 어리고 약한 나무들일 뿐이었다. 《파시》에서 그려지고 있는 여인들의 삶이 내 어머니의 삶과 같지는 않다고 해도 그 아래 면면히 내려오고 있을 여인들만의 아름다운 가치가 없다고 누가 단정지을 수 있을까. 어쩌면 나에게도 그녀들의 삶으로부터 이어진 그 무엇이 내재되어 있을지도 모를 일 이다. 인간의 생은 하나의 강물처럼 이어지는 것이고 나도 그 흐름 속의 물살이기에 말이다.

나는 하나의 여성으로서 그녀들의 삶을 보았고, 사랑이라는 이름으로 그녀들을 이해할 수 있었다. 여인이 그 생의 끈을 놓을 수 없는 이유는 본연에 내재된 너무나 깊은 생명에 대한 사랑 때문이라는 것을 말이다. 그녀들이 비록 운명에 순응하였다 해도 질곡의 삶의 끈을 놓지 않고 자신의 짐을 꿋꿋하게 지고 있었으므로 우리는 그녀들에게 희망이라는 것을 읽어낼 수밖에 없는 것이다.

이렇게 여인들의 사랑과 인생의 모습들이 서로 각기 다른 울림으로 전해져오는 동안, 그녀들의 고통에 가담한 어느 누구 중에서도 철저히 미워할 만한 인물을 찾을 수는 없었다. 상처를 입은 시대 속에서 그리고 그 시대적 현실 위에서 그 인물들은 각기 자신의 인생에 최선을 다했을지 모르기 때문에….

명분을 앞세웠지만 나름대로 지고지순하게 명화를 사랑했던 박 의사와 비열하지만 그 모두가 자식을 가지고 싶은 욕구에 비롯된 것이라면 다소 안쓰럽까지 한 서영래, 남의 인생을 살듯 방탕하고 꿈 없는 세월을 보냈던 성재. 사랑에 나약할 수밖에 없었던 지성인 웅주.

이 모든 이들이 그 시대를 살아간 안쓰러운 인간군상이기 때문인 것이다. 또한 인생은 결코 하나의 모습, 하나의 빛깔로만 표현될 수 없듯이 우리도 때때로 명화의, 웅주의, 서영래의 모습들을 띠고 있을지도 모르기 때문에…. 이 세상에서 아름다운 삶만을 살 수 있다면 그보다 더한 축복은 없을 테지만 때때로 그렇지 못한 생을 사는 이들을 통해서 우리가 배울 수 있는 것이 또 너무나 많다는 것도 인정할 수밖에 없었다.

인생이 평탄하기만 하다면 그것보다 재미없는 일이 또 있을까. 고통과 장애가 있을 때 그것을 넘으면서 오히려 극복의 방법이란 것을 하나씩 알아간다고 생각하면 또 얼마나 눈물나게 인간적인 것이 우리의 생인가.

희망이 부대끼는 생의 다른 이름, 파시 / 145

전쟁으로 인해 통영이라는 한자리에 모두 모인 인물들, 그들은 시대의 무게와 함께 각자의 생의 무게를 지고 있었을 것이며 살아 있기에 아름다운 생명들이 아니었을까. 모자라고 비겁한 시대가 보듬어주지 못한 인간들이 함께 어울려 비록 서로를 물어뜯고 상처를 내었다 해도 어쩔 수 없는 인간, 함께 살아가는 우리들이 아니었을까. 미워하기에 앞서 쌉쌀한 연민이 다가오는 것은 바로 그 때문이리라.

소설의 마지막 단락. 웅주는 명화를 찾아 부둣가로 나간다.

'바다 냄새와 사람의 냄새, 기름 냄새와 시궁창 냄새, 각가지 냄새가 찌든 부둣가에는 차츰 사람의 무리가 불어나기 시작한다. 다 자기 나름의 벅찬 삶을 안고 시간의 흐름의 한 토막을 위해 그들은 모두 움직이고 있는 것이다. 지게꾼, 부두 노동자, 떡장수, 국수장수, 선원들, 가지각색의 용모와 직업과 신분을 지닌 여행자들, 소음과 진구렁창… .'

이때 이미 웅주는 명화와의 이별을 직감했으리라. 마지막으로 명화가 떠난 바다를 바라보는 웅주의 눈물 고인 눈 속에는 이제 자신만의 아픔이 아니라 생에 대한 이해에서 오는 더 큰 아픔이 한가득 담겼으리라. 결국 우리들은 벅찬 삶을 안고 살아가는 하나의 인간들. 삶을 스쳐 지나는 만남과 이별 또한 시간의 한 막일 뿐이라는 것을.

문득 내 어린 날의 한 풍경이 떠오른다. 할아버지 댁은 영덕의 바다였고, 어부이신 할아버지는 어둔 새벽에 나가셔서 아침이 밝아오면 배에 한가득 생선을 싣고 오시곤 하셨다. 그물 속에서 퍼덕이는 이름 모를 생선의 비늘들이 환한 햇살 아래서 하나같이 아름답게 빛나는 광경은 아름답다는 말로 밖에는 더 설명 할 수 없었다. 햇빛 아래서는 모두 아름답게 빛날 수 있는 그 생명, 생명들.

할머니를 따라 시끄러운 부둣가에 가서 수많은 생선들을 보는 것은 정말 신기하고 재미난 구경거리였다. 진동하는 비린내와 도마 위에서 생선이 퍼덕거리는 소리. 상인들과 손님들이 흥정하다가 싸우는 소리. 욕설도 웃음도 모두 하나의 음악처럼 고스란히 담아내던 장내의 억센 사투리. 그 징그럽게 정겨운 사람 냄새들. 그곳은 그렇게 때로 냄새나고 시끄럽고 어지러운 곳이었지만 무엇보다 살아 있는 곳 그 자체였던 것으로 기억한다. 힘들고 고되지만 또 다시 갈 수밖에 없는 곳. 저버릴 수 없는 생의 무대.

그리고 곧 희로애락의 한바탕 춤이었던 나의 길지 않은 인생의 장면 장면들까지도 조용히 떠오르기 시작한다. 비록 행복한 기억보다 인생의 절벽에 기대 울었던 기억들이 더 많았다고 해도 결국 이 많은 생의 장면들이 함께 모여 누구와도 바꿀 수 없는 내 인생의 추억이라는 한편의 그림으로 놀랍게 완성되는 것을 말이다.

이렇게 지금 내가 이 소설 《파시》와 함께 이 모든 것을 동시에 떠올릴 수 있는 까닭은 무엇일까. 바로 우리가 살고 있는 여기 이곳은 지상천국이 아니라 생이 살아서 퍼덕거리는 삶의 현장, 파시에 다름이 아니기 때문일 것이다. 그리고 우리가 살고 있는 이곳의 시끄러운 부대낌 소리도 사실 생을 살아가는 희망의 변주곡일지 모르기 때문이다. 생에 대한 긍정은 고요한 음악이 아니라 시끄러운 소음일지도 모른다는 것….

박경리 씨의 소설 《파시》. 그 한 권에 담긴 시끄러운 생의 리듬은 이제 나의 인생을 향한 무한대의 희망으로 퍼져나가고 있다.

삶에 관한 짧은 필름

한 송 희(서울시 강서구)

내가 처음 《파시》를 접했던 때는 한창 문학에 열을 올리던 고1 늦은 봄이었다. 수많은 책들이 꽂혀 있던 넓은 도서관의 한 귀퉁이에서 《파시》를 발견하고서는 첫 장인 '기항지'를 단숨에 읽어 내려갔던 기억이 있다. 소녀 시절이었던 그때는 《파시》의 배경이 되는 통영 바닷가의 분위기를 마냥 동경했었다. 바다와 항구를 묘사한 부분은 몇 번씩이나 반복해서 읽고는 빨간색으로 밑줄까지 쳐놓을 정도였으니 말이다. 하지만 몇 년이 지난 지금 대학생이 되어 다시 이 책을 읽어보니 소설 속의 낭만적 배경보다 그 안에서 살아가는 사람 냄새 나는 풍경들, 크게 작게 벌어지는 생활 속의 사건들이 더 눈에 들어온다. 《파시》의 배경이 되는 통영의 바닷가는 사랑과 꿈이 담긴 낭만적 공간이 아닌, 살기 위해 투쟁해야 하는 생존의 공간이라는 생각이 들었기 때문일까?

배의 발동기 소리, 고함 소리, 파도 소리가 메아리치는 부둣가에 처음 등장한 인물은 조만섭과 수옥. 수옥의 두려움이 담긴 눈망울을 보면서 나는 이내 그녀가 앞으로 살게 될 인생이 결코 평탄치 않을 것임을 예감할 수 있었다. 그리고 그 예감은 '서영래'라는 인물을 통해 현실화된다. 《파시》에서는 서로 얽히고 설켜 애증의 감정을 갖고 있는 여러 인간관계가 묘사되는데, 그 중 서영래와 수옥의 관계는 나의 양미간을 찌푸리게 했다. 마치 바보인 것 같이 순진한 수옥과, 수옥의 아름다움을 탐하는 영악한 서영래의 모습은 비뚤어진 인간관계의 단면을 보여주는 듯했다. 수옥을 향한 서영래의 탐욕은 거의 집착에 가까운 비정상적 모습이었다. 서울댁에게 물건을 주고 수옥을 데려와 강제로 범하고서는 처녀가 아니라는 사실에 약올라 하며 불같이 화를 내는 그를 바라보면서 나는 인간이 얼마나 자기본위적이고, 탐욕스러운 존재일 수 있는지 다시 한번 생각하지 않을 수 없었다. 의지할 만한 구석도 하나 없이 서영래에게 붙잡혀 안타깝게 살아가는 수옥의 처지가 안쓰러워 보는 내내 가슴이 아팠다.

다행스럽게도 '학수' 역시 나와 마찬가지로 수옥을 바라보며 가슴아파했고, 연민의 감정을 뛰어넘어 그녀를 사랑하게 된다. 바람 소리와 물결 소리만 들려오는 온 마을이 잠든 겨울 밤, 수옥은 알 수 없는 이끌림에 의해 두려운 마음에도 학수를 만나러 향한다. 그리고 그 밤, 학수는 수옥에게 자신의 진심을 털어놓는다. 수옥을 향한 사랑을 고백하는 이 장면은 내가 가장 재미있게 읽은 대목 중 하나이다. 서두르는 듯, 당황한 듯 떨리는 마음으로 서투르지만 진심 어린 표현을 하는 학수의 모습은 사랑에 빠진 청년을 꾸밈없이 묘사하는 것 같아 읽는 내내 입가에 미소를 짓게 했다. 결국 학수와 수옥은 서영래를 피해 개섬으로 떠나 새로운 삶을 개척하기로 결심한다. 아무도 모르게 떠나는 한밤중의 그 배 안에서 그들은 하늘에 떠있는 쏟아지도록 많은 별을 바라보며 무슨 생각을 했을까?

개섬에 당도해 그들은 새로운 삶을 꾸려나가기 위해 궂은 일도 마다하지 않고 의욕적으로 모든 일을 시작해 나가게 되고 힘들지만 서로를 의지하고 사랑하는 마음으로 이겨나가는 모습이 참 보기 좋았다. 하지만 지우고 싶어도 마음 한 쪽에 계속 피어오르는 불안. 학수가 제삿밥을 먹고 배탈이 나서 섬에 대한 두려움이 커지게 되었고, 이 둘을 찾아 서영래가 찾아와 수옥이 다시 붙잡힐 뻔한 불미스러운 일도 발생했다. 급기야 그 불안은 현실로 다가오게 된다. 학수는 군에 징집되고, 수옥은 학수의 아이를 밴 채, 끝도 없는 기다림을 시작해야만 하는 … . 이들의 사랑이 이루어지지 못한 근본적 이유는 '전쟁'이라는 상황 때문이다. 시대의 비극으로 인해 개인의 사랑과 삶이 아픔을 겪어야 한다는 사실이 가슴을 아프게 했다. 나는 '전쟁'을 시대적이고, 이데올로기적인 개념으로만 이해했었다. 하지만 그것이 각 개인의 삶, 폐부 깊숙한 곳까지 스며들어 영향을 끼치고 있다는 것을 이번 기회를 통해 알게 되었다. 전쟁의 비극은 이데올로기의 대립이나 경제적 손실이 아닌 그것으로 인해 깨어져야만 하는 개인의 삶에 있는 것이다. 그들의 사랑은 이렇게 미완인 채로 끝이 난다.

그리고 여기, 미완인 채로 사랑하는 사람을 떠나보내는 또 한 쌍의 젊은 남녀가 있다. 그 주인공은 바로 응주와 명화. 장래가 촉망되는 의학도인 응주와 광녀로 자살한 어머니를 둔 명화 간의 사랑이 이루어지지 못하는 이유는 명화의 혈통 때문이다. 그것은 응주 아버지인 박 의사의 가장 큰 반대 요인이기도 했지만, 동시에 명화 자신도 그것으로부터 자유롭지 못했다. 서로 뜨겁게 사랑했지만 불같은 정열이 휩쓸고 지나간 뒤에 남는 것은 남루한 현실뿐…. 사랑으로 서로를 보듬기에는 너무 많은 것들이 서로에게 짐이 되고 상처가 되었다. 응주에게는 좋은 조건을 갖춘 발랄한 여대생 죽희가 새롭게 다가옴으로써 혼란이 배가되고, 명화와 죽희 사이에서 갈등하지만 그 어느 누구도 쉽게 선택하지 못한다. 더욱더 놀라운 것은 혈통을 내세우며 명화와의 결혼을 반대하던 응주의 아버지 박 의사가 명화를 사랑하고 있었다는 사실. 나는 아들의 연인을 사랑한 것도 그렇지만, 가슴에 얼음을 품은 듯 싸늘하고 냉정한 그가 한 여자를 사랑하고 있었다는 사실에 크게 놀랐다. 그리고 그 이유로 인해 아들을 질투하고 미워하고 있었다는 사실에도 말이다.

결국, 응주와 명화는 하룻밤의 화합을 마지막으로 다시는 볼 수 없는 헤어짐의 길을 걷는다. 처음에 나는 학수와 수옥은 전쟁에 의한 피할 수 없는 이별이고, 응주와 명화는 자의적, 혹은 지극히 개인적 사정에 의한 이별이라 생각해서 응주와 명화의 사랑이 이루어지지 못했다는 사실을

150

시대의 비극성과 어떻게 연관시켜야 할지 알지 못했었다. 하지만 박 의사와 웅주의 대화, 웅주의 독백 장면을 다시 한번 되새겨 보니 웅주가 쉽게 명화를 받아들이지 못했던 이유, 그리고 설렘으로 찾아 온 죽희조차 선택하길 망설였던 이유가 '전쟁'이라는 국가적 상황 때문이었다는 것을 포착해낼 수 있었다. 굳은 신념을 지닌 그는 나라가 위태로운 상황에서 자신의 안일만을 위해 국가를 저버릴 수 없다고 판단했던 것이었다. 그 판단은 보장된 미래를 포기하고 결국 군대에 지원하는 것으로 맺어진다.

또 다른 한 구도로 성재와 선애의 불안정한 삶이 그려진다. 여기서 성재는 웅주와는 대조적인 인물로서, 전쟁이라는 상황에 관계없이 자신의 안일만을 위해 살아가는 모습으로 묘사된다. 성재는 '봉화'에서 선애를 만나 결혼식을 올린다. 하지만 그 결혼은 선애에 대한 사랑에서 비롯된 것이 아니므로 그 어떤 책임도 느끼지 못한 채 순간의 쾌락만을 즐길 뿐이다. 그런 성재를 어리석게도 철석같이 믿고 있는 선애. 선애의 그 행동은 정말 어리석다는 말로 밖에 표현할 수 없을 것 같다.

처음 선애가 통영에 왔던 그날은 비가 쏟아지는 날이었다. 선애는 통영의 거리를 머리카락에서부터 치마 끝까지 물방울이 뚝뚝 떨어질 정도로 헤맨 후에야 간신히 서울댁의 집을 찾는다. 그만 하면 화가 날 법도 한데, 성재가 병원에 있다는 한마디에 눈물부터 글썽거리는 선애의 모습에서 그녀의 순수함과 순정을 느낄 수 있었다. 우여곡절 끝에 성재가 입원한 병원에 도착하게 되었지만 성재가 다른 여자의 손목을 잡아끄는 모습을 발견하고서는 그만 서러움에 소리내 울고 만다. 성재가 선애를 보고서 당황해 하는 모습도 장관이었다. 갑자기 찾아온 선애가 성재에게 결코 달가운 존재가 아니었기 때문이다. 울고 있는 선애를 오히려 다 그칠 정도였으니 말이다. 어색한 재회 후, 잠시 동안 성재와 살을 맞대고 지낼 수 있었지만 얼마 가지 못하고 선애는 다시 혼자가 되어 성재를 찾아 헤매게 된다. 신기루처럼 사라져버린 남자를 찾아 헤매는 그녀가 처음에는 안쓰럽기도 했지만 책장을 넘길수록 알 수 없는 웃음이 나왔다. 숨바꼭질을 하듯 한 사람은 도망치기에 급급하고 한 사람은 찾기에 급급한 그들의 묘한 인연이 우스웠기 때문일까? 답답한 마음으로 성재를 찾아 다시 헤매는 선애. 때마침 한 키 작은 사나이 역시 성재를 찾아 다니고 있었고, 선애는 그와 함께 성재를 찾아 부산행 배에 오른다. 사실 키 작은 사나이는 예쁘장한 선애를 보며 딴 맘을 품고 있는 상태였다. 같이 오른 배 안에서 그는 은근슬쩍 선애를 껴안으며 파고들었으나 순경을 부르던가 물 속에 차 넣어 버리겠다고 말하는 강경한 선애의 태도에 결국 손 끝 하나 건드리지 못한 채 포기하게 되었지만 말이다.

그 후부터 성재의 누님 집에 가기까지 서로 티격태격 싸우며 성재를 찾는 장면은 파시 전체에서 가장 재미있는 부분이다. 마치 희극 영화에서 두 코미디 배우의 연기를 보고 있는 듯한 느낌이 들 정도이니 말이다. "부평초같이 떠돌아다니는 게 뭐가 그리 소중하다고, 지가 값이 나가믐 얼마나 나갈 기라고", "꼴에 꼴방망이 차고 남해 노량 간다고, 난쟁이 주제에 사내 값 할라카네. 묵은 것이 거꾸러 넘어오겄다." 같이 걸어가면서도 눈을 까뒤집으며 욕설과 반말로 아이들같이 싸움을 하는 그들을 보며 한참을 웃었다. 우여곡절 끝에 서울댁의 집에 도착한 사나이와 선애. 귀찮은 짐짝 쳐다보듯 보면서 당장 내쫓으려는 서울댁과는 달리 사려 깊은 조만섭은 하룻밤을 자고 가도 만리성은 못 쌓을망정 만리 정은 든다 했다며 선애를 집에 머물게 한다. 며칠 후, 서울댁에 찾아온 성재. 선애는 눈물을 뚝뚝 흘리며 그의 무심함을 탓하지만 성재는 멋쩍게 히죽히죽 웃으며 받아넘길 뿐이다. 선애에게 돈 몇 푼을 쥐어주고서는 그 발로 다시 나가 그가 향한 곳은 학자가 있는 다방 한 구석이다. 성재는 학자를 진심으로 사랑하고 있는 것일까? 그의 마음은 나도 알 수 없다. 하지만 설사 성재가 학자를 사랑한다 하더라도 학자는 성재를 진심으로 대하지 않는다. 처음 학자의 마음속에는 응주가 자리잡고 있었고, 사랑을 완성하지 못한 그녀에게 남은 것은 타인에 대한 증오와 적개심뿐이었으므로….

152

온당치 못한 방법으로 벌어들인 돈마저 몽땅 학자에게 쏟아 부은 뒤 성재는 다시금 빈털터리로 경찰에게 쫓기는 신세가 된다. 아무런 계획도 없이 흥청망청 돈을 쓰고 생각 없이 하루하루 살아가는 성재의 모습이 답답했다. 당장 콩밥을 먹을 것 같은 위태로운 상황이었기에 서울댁은 자기 돈까지 줘가며 성재를 대구로 떠나보내려 한다. 그런 찰나에 성재가 내뱉는 한마디. "안성맞춤이야. 마침 돈이 떨어진 판에 저절로 굴러 오잖아. 대구 가서 한밑천 잡지. 거긴 군수물자가 노다지야. 사람이란 다 살게 마련인가 보지?" 참으로 한심했다. 성재의 삶에 관한 묘사는 여기까지가 끝이었지만, 미루어 볼 때 남은 그의 삶 역시 계속 비슷한 방식으로 진행되지 않았을까 싶다. 관념 없이 부당한 방법으로 돈을 벌어들인 뒤 흥청망청 쓰고 마는 것으로 말이다.

사람들에게는 각각의 삶의 방식이 있다. 그리고 평생 동안 그 방식을 고수하며 쉽게 변하려 하지 않는다. 개인의 삶의 방식은 타인에게 피해를 주지 않는다면 존중해 줄 필요가 있다고 생각한다. 하지만 그 방식으로 하여금 타인이 피해를 입게 될 때에는 판도가 달라진다. 소설 속 성재의 삶이 그러하다. 선애의 삶을 고달프게 했고 그의 누이인 서울댁이나, 겁탈 당할 뻔했던 학자까지…. 그와 관계 맺고 있는 주변의 많은 사람들에게 나쁜 영향을 끼치면서도 죄책감을 느끼지 않고 마치 당연히 주어진 권리를 누리는 듯한 모습을 보면서 한 사람의 삶의 방식이 그가 속한 작은 공동체 안에서 얼마나 중요한 것인지를 다시 한번 깨달았다.

다음으로 학자에 대한 느낌을 적고 싶다. 그녀는 가슴에 상처를 안고 살아가며 결국은 슬픈 결말을 맺은 인생이다. 학자는 한때, 지주의 딸로 풍요롭고 권세 있는 집안에서 남부러울 것 없이 자랐지만 모든 것이 무너져 내리고 난 후 감당하기 벅찬 가난을 경험한다. 최고가 되기를 원했던 자존심 강한 그녀는 사람들의 무시하는 눈초리에 그만큼 더 괴팍해지고, 사나워지고, 자학적으로 변한다. 개인적으로 그녀에게서 희망을 거두게 된 장면은 바로 박 의사와 다투는 장면이었다. 처음 그녀가 부산으로 향했을 때는 병원 일을 도와주며 박 의사의 집에 머물 계획이었지만 냉담한 박 의사의 태도에 그만 참았던 분노가 폭발하고 만다. 악을 쓰며 박 의사에게 덤벼드는 학자의 모습은 당돌하다기보다는 오히려 애처로웠다. 발톱도 이빨도 다 뽑혀버린 맹수가 온몸이 꽁꽁 묶인 채로 으르렁거리는 모습을 보는 듯했다. 갈 곳 없는 학자가 결국 향하게 된 곳은 명화의 방. 내심 그곳에서 학자의 상처가 치료되길 바라는 마음이었다. 하지만 그 상처는 쉽게 아물기에는 너무도 깊었던 것일까? "전 세상 사람이 미워서 견딜 수 없어요. 무슨 천지이변이라도 생겨서 한꺼번에 다 없어졌음 싶어요. 그럼 행복한 사람도 불행한 사람도 없어질 것 아니에요?", "남이 미워서 그런가? 너 자신이 미워서 못 견디는 거지. 널 상대하고 있다간 그 병적인 자학 때문에 너보다 낫다는 게 모두 죄악이라는 환각에 빠지겠다. 좋지 않어." 비록 짧은 대화였지만 그녀의 마음 상태가 가장 잘 표현된 부분이 아닐까 싶다. 그녀는 세상에 대한 강한 불신과 동시에 이렇게 자학할 수밖에 없는 자신에 대한 증오심도 느끼고 있었던 것이다. 결국 그렇게 학자는 타락의 길을 걷고 만다. 가슴이 아팠다. 상처를 안고서 자신을 닫고 살아가는 그녀에게 남다른 마음을 쏟고 있었기 때문이었다.

바르게 살아야 한다는 신념보다 당장 예전처럼 화려한 삶을 살고 싶었던 그녀는 절망에 대한 반작용으로 오히려 더 밑바닥으로 자신을 몰아부쳐 부산의 한 술집에서 일하게 된다. 학자는 현실의 어려움을 이겨내지 못하고 굴복하고 마는 인물로 그려진다. 학자를 보면서 배운 점이 참 많았다. 인간이기에 자신의 화려했던 과거를 잊고 다시 시작한다는 것이 쉽지 않겠지만, 현실을 받아들이지 못하고 헛된 망상에 사로잡혀 자신과 주변 사람들을 힘들게 하는 그녀가 불쌍했다. 그리고 내가 이런 상황에 부닥친다면 과연 어떤 선택을 하게 될지도 곰곰이 생각해보았다. 사람에게는 각자가 감당해야 할 인생의 몫이 있다고 본다. 학자의 눈에는 응주나 명화, 죽희, 박 의사가 자신과는 다른 부러운 삶을 살고 있다고 생각했겠지만 그들 역시 나름의 고뇌가 있고 그것을 극복하기 위해 노력하고 있는 것이다. 학자는 젊음과 웃음을 팔아 쉽게 돈을 버는 방법을 택했지만 만약 이러한 진리를 알고서도 같은 선택을 했을까? 나 역시 내가 감당해야 할 인생의 과제가 있다. 다른 이들이 부러워할 만한 요소가 나에게도 있을 것이고, 나 역시 부러워하는 또 다른 대상이 있다. 하지만 타인과 나를 비교하면서 열등감에 시달리는 것은 좋지 않다고 본다. 가장 중요한 것은 나에게 주어진 상황에서 내가 할 수 있는 최선의 방법으로 가장 합리적인 길을 가는 것이기 때문이다.

마지막으로 《파시》에서는 두 가지 유형의 아버지의 모습이 그려진다. 명화의 아버지인 조만섭과, 응주의 아버지인 박 의사의 모습이 바로 그것이다. 세상의 모든 아버지들이 그러하듯, 그들 역시 자식을 사랑하는 마음은 다 같을 것이다. 하지만 자신의 삶의 방식이 있기에 자식들에 대한 사랑 또한 다른 방식으로 표현한다. 유일한 핏줄인 명화에게 남다른 정을 갖고서 오직 잘 되기만을 바라는 아버지 조만섭과 아들인 응주를 사랑하지만 표현하지 못할 뿐더러 가치관의 차이로 늘 부딪치는 아버지 박 의사. 그들의 삶과 내면을 들여다보면 자식에 대한 사랑을 좀더 자세히 알 수 있다.

먼저 조만섭의 됨됨이를 가장 잘 보여주는 것이 수옥과 선애에 대한 따뜻한 배려가 아닐까 싶다. 다들 무시하는 힘없는 그녀들에게 언제나 가장 포근히 대해주는 인물은 조만섭이다. 갈 곳 없는 수옥을 딸처럼 여기며 보살피려는 아량이며, 성재를 찾아 무작정 쫓아온 선애를 며느리처럼 살갑게 대하는 조만섭. 그 모습에서 그가 도량이 넓은 인물임을 알 수 있다. 그런 조만섭에게 딸 명화는 늘 특별한 존재다. 유일한 핏줄일 뿐더러 곱고 착한 딸을 금지옥엽처럼 아끼고 명화가 사랑하는 응주와도 내심 잘 되기를 바란다. 하지만 광녀로 죽은 어머니를 두고 있다는 흠 때문에 혼사가 잘 이루어지지 않는 것에 대해 조만섭은 울분을 토한다. 딸에 대한 사랑이 가장 잘 나타난 부분은 직접 박 의사를 찾아가 결혼문제에 대해 얘기하는 장면을 꼽을 수 있을 것이다. 망설이듯 어정어정 찾아가 쉽사리 입을 떼지 못하면서도 자존심을 버리고 딸을 위해 굽히는 모습이 가슴 아플 정도였다. 하지만 그런 그에게 박 의사는 한 치의 동정도 없이 냉정하게 대했고, 자기가 무시를 당한 것보다 딸의 결혼이 원만하게 이루어지지 않음을 한탄하며 눈물을 술로 삼키는 그의 모습은 처량하기 그지없는 한 아버지의 모습이었다. 술 취해 비틀거리며 걸어가는 그의 뒷모습에는 분명 나의 아버지에게서 발견할 수 있는 쓸쓸함이 묻어났을 것이다.

사람이 일생을 살아가는 동안 무엇을 통해 가장 많이 배울 수 있을까? 난 아직 결혼도 하지 않았고 아이도 낳지 않아서 실감하지 못하지만 사람들은 자식을 낳아 기르면서 정말 어른이 되어 간다고들 한다. 나도 생각해보건대 정말 자신의 분신을 낳아 사랑하고, 기르면서 가슴 아파하고, 떠나보내면서 아쉬움을 참는 그 모든 과정에서 다른 무엇을 통해서도 배울 수 없는 많은 것들을 느끼고 깨닫게 될 것 같다. 《파시》를 읽으며 가장 많이 배웠던 부분이 바로 이것이다. 조만섭이 딸 명화를 말없이 사랑하고 아끼는 모습을 보면서 나의 아버지에 대해 다시 한번 생각해보았다. 나의 아버지 역시 조만섭이 술 취해 비틀거리면서 느꼈을 그 심정을 나를 기르며 느끼셨을 것이다. 그리고 그런 아버지의 사랑을 헤아리지 못한 채 일본행 밀항선을 탄 명화처럼 나 역시 아버지에게 많은 상처를 주었을 것이다. 더 늦기 전에 아버지가 내게 쏟으신 그 사랑에 보답하고 싶다. 그리고 나로 인해 가슴 아파하실 일이 없도록 내 삶에도 최선을 다해야겠다.

그런가 하면 박 의사처럼 왜곡된 방식으로 자식을 사랑하는 아버지도 있다. 우선 박 의사는 그 자체로도 메말라 있다. 비록 의사로서 성공한 인생을 살아가고 있지만 그는 자로 잰 듯한 인생관을 가지고 차갑고 답답하게 살아가며 타인에 대한 배려를 전혀 하지 않는다. 사람과의 관계를 맺는 일은 언제나 그에게 귀찮고 성가신 일처럼 보인다. 그는 명화와 응주의 사랑을 일관되게 반대할 뿐 아니라 국가에 대한 관념도 매우 이기적이어서 자신의 안일만을 추구하며 살아간다. 남다른 애국심을 갖고 있는 웅주와 그런 이유에서 많이 부딪치며, 웅주를 이해할 수 없는 그는 자신의 방식대로 웅주가 따라오기만을 다그칠 뿐이다. 박 의사가 웅주와 명화의 결혼을 반대하는 이유는 사실 명화를 사랑하기 때문이지만 그것은 거론하지 않기로 하겠다. 내가 주목했던 부분은 웅주에게 죽희와의 결혼을 권하는 이유였다. 그는 웅주가 보장된 미래에 안착하길 바랬다. 집안좋고 학벌 좋은 어울리는 여자와 결혼해서 의사로서 성공한 삶을 살길 바라는 마음이었던 것이다. 물론 그런 삶도 웅주가 원한다면 웅주에게 가치 있게 작용했을 수도 있을 것이다. 하지만 웅주는 그런 삶을 원하지 않았고, 그렇다면 박 의사는 웅주에게 그것을 강요할 권리가 없다고 생각된다. 아들의 행복을 바란다면 비록 보장된 미래는 아닐지라도 아들이 원하는 방향으로 갈 수 있도록 돕는 것이 가장 좋은 아버지의 모습이 아닐까? 박 의사를 지켜보면서 느낀 점은 자식을 절대 자신의 욕심대로 조종하려 해서는 안 된다는 것이다. 그에게 그만의 가치관이 있으며 그 나름대로 살아가는 것처럼 자식 역시 자신이 바라는 삶이 있고, 그것이 바른 길이라면 소신껏 갈 수 있도록 도와야 하는 것이 부모로서 바람직하다고 생각되었다.

이처럼 《파시》에서는 각기 다른 개성을 가진 많은 등장인물들이 존재하고 그 나름의 삶을 살아가는 다양한 이야기들을 들려준다. 꾸며진 소설이 아닌 삶 그대로를 보여주는 것처럼 현실적인 그 이야기는 때로는 가슴 아프고, 때로는 안타깝기도 하지만 우리네의 인생처럼 지극히 자연스러운 삶의 일부이며 살아가는 동안 이겨나가야 할 과제이기도 하다. 이십여 년의 짧은 인생을 산 나에게 이 책은 다양한 사람들의 다양한 인생을 보여주면서 나에게 바른 삶의 푯대를 가지고 살아갈 수 있도록 방향을 제시해주었다. 또한 인생을 살아감에 다른 사람과의 관계 맺음이 얼마나 소중한 것인가도 다시 한번 생각해볼 수 있는 기회가 되었다. 앞

으로 내가 살아가야 할 인생 역시 한 권의 소설처럼 다양한 체험들로 가
득 차 있을 것이다. 때로는 어렵고 견디기 힘든 일들도 닥치겠지만 그런
것들을 이겨냄으로써 조금씩 성숙해지고 인생을 알아갈 수 있게 되길 희
망해본다.

내 마음의 지침서

박 수 정 (대전시 대덕구)

중·고등학교를 다닐 때, 새 학기가 되고 새로운 교과서를 받으면 항상 국어 교과서를 먼저 펴보곤 했었다. 다른 머리 아픈 교과서들과 달리 국어 교과서에는 재미있는 소설들이 실려 있어서 책을 보는 재미가 꽤나 쏠쏠했었다. 수업 시간에 그 부분을 배울 차례가 되면, 선생님께서 그 소설에 대해 이런저런 이야기를 해주시는 것도 좋았다.

박경리 선생님의 《토지》를 맨 처음 만난 것도 고등학생 때 국어 교과서에서였다. 물론 지면 관계상 처음 시작 부분이 조금 실려 있을 뿐이었지만 그만큼으로도 《토지》라는 작품에, 이야기 속에서 살아 숨쉬는 수많은 등장인물들에게 마음을 뺏겨버렸다. 그리고 두 주먹 불끈 쥐고 다짐했다. "수능만 끝나봐라. 이 대하소설을 몽땅 읽어주겠다!" 하지만 의지가 약했던 건지, 소설의 유혹이 워낙 컸던 건지 그 결심은 곧 무너지고 말았다. 수능이고 뭐고 다 포기하고 《토지》를 읽기 시작한 것이었다. 주위 친구들 몇 명과 함께 우리는 경쟁적으로 책을 읽었고, 만나기만 하면 서로의 감상을 이야기하느라 바빴다. 구천이는 왠지 엄청 잘 생겼을 것 같다든지, 서희는 〈바람과 함께 사라지다〉에 나오는 스칼렛보다 더 멋지다든지 하는 일차적 감상들뿐이었지만 그래도 우리는 즐거웠다. 지금도 가끔 그 친구들을 만나면 우리가 수능을 망친 건 다 구천이 때문이라고 농담을 하지만, 그러면서도 우리는 그 시절 《토지》를 함께 읽으며 즐거웠던 추억을 후회하지 않았다.

그리고 그 후로 한참은, 그만큼 절실하게 읽고 싶어서 못 견딜 만큼 마음에 드는 작품을 만나지 못했다. 대학생활의 즐거움에 빠져 책읽기를 소홀히 한 점도 있었지만, 기껏 읽는 것도 내가 골라서 읽기보다 친구들이 추천하는 것들을 우선 읽다 보니 별로 입맛에 맞지가 않았다.

그렇게 어영부영 세월을 보내고 이제 슬슬 미래를 걱정하며 시간을 보내던 4학년 초에, 학교 도서관에서 《파시》를 발견하게 되었다. 오랜만에 접하는 박경리 선생님의 소설이었다. 그 소설이 무슨 내용인지도 몰랐지만, 그토록 간절한 마음으로 재미있게 읽었던 《토지》를 쓰신 분의 또 다른 소설이란 것 하나만으로도 《파시》라는 소설에 대해 믿음이 갔다.

하지만 솔직히 처음엔, 제목이 '波市'라고 한자로 쓰여 있는 걸 뻔히 보면서도 무슨 뜻인지 쉽게 알 수가 없었다. 파도와 도시라. 아니, 시장을 말하는 건가? 파도치는 도시? 파도치는 시장? 사전으로 '파시'를 찾아보고서야 그 의미를 알게 되었다. 하지만 알고 나서도 역시 쉽게 그림이 떠오르지는 않았다. 그래, 책을 읽어보는 수밖에 없겠어. 그렇게 아무 지식도 없이 500쪽이 넘는, 결코 무시할 수 없는 분량의 책을 읽었다. 오로지 박경리 선생님의 이름만으로.

《파시》를 읽고 나서 바로 떠오른 생각은, 역시 거대한 명성이란 괜한 것이 아니라는 것이었다. 아무것도 모르고 읽기 시작했지만, 순식간에 읽어 내려갔다. 이야기 어느 한 부분에서도 빠져나갈 만한 틈이 없도록 짜여져서 도저히 읽던 도중 내려놓고 다른 일을 할 수가 없었다. 수업 시간에도 읽고 밤까지 새면서 읽었다.

그런데 다 읽고 나서 한동안은 우울함에서 빠져 나오기가 쉽지 않았다. 6·25전쟁이라는 암울한 시기와 맞물려 자신의 의지와는 상관없이, 한없이 파도치는 인생을 살아야 하는 주인공들의 처지를 한없이 공감할 수 있었기 때문이었다. 소설을 읽을 때면 전체 내용보다도 등장인물들에게 먼저 빠져버리곤 하는 나로선, 응주와 학수의 절망에 깊이깊이 동화되고 말았다.

그런데 이번에 《파시》의 독후감을 공모한다고 해서 책을 사서 다시 한번 읽어보았을 땐 느낌이 전혀 달라져 있었다. 일년 반쯤 전에만 해도 절망과 우울의 상징이었는데, 어느새 유머와 희망이 가득 찬 소설로 바뀌어 있었다. 소설을 읽는 나의 처지는 일년 전이나 지금이나 다를 바 없이 보잘것없는데도, 소설의 내용은 글자 하나 바뀐 것 없이 같은데도 느낌은 너무나 달랐다. 다시 읽으니 보이는 것은, 웅주와 학수가 아니라 명화와 학자의 인생이었다. 사랑을 잃은 웅주와 학수의 절망이 아니라 새로운 삶을 살아가는 명화와 학자의 당당함이 보였다. 마치 《토지》를 처음 읽었을 땐 구천이와 용이, 길상이의 삶에 더 눈길이 갔지만 다시 읽을수록 서희와 봉순, 월선의 삶이 보였던 것처럼 그랬다.

다분히 개인적 생각이지만 박경리 선생님의 소설에서는 인물이 가장 큰 비중을 차지한다. 그 다음이 시대적 배경이고, 그 뒤에 사건이 온다. 수많은 인물들이 그들에게 주어진 시간을 살아나가는 것 자체가 사건이 되고, 소설이 된다. 소설 속에 나오는 인물들은 무엇 하나 특별한 것이 없고 우리 주위에서 흔히 볼 수 있는 사람들이지만, 그들의 시대와 생각이 그들을 우리와 다르게 만든다.

《토지》도 그랬지만 《파시》에도 인간적으로 너무나 약하지만 동시에 그래서 매력적인 인물이 많이 나온다. 그 중 대표적 인물이 바로 명화와 학자다. 수옥도 넣을까 말까 고민했지만, 수옥의 인생은 그녀 스스로 개척한 것보다 언제나 다른 사람이 개입되어 이끌어간 점이 더 크기 때문에 역시 넣지 않는 것이 낫겠다는 생각이 들었다.

《파시》에 나오는 많은 사람들 중에서도 특히 마음에 들었던 두 사람, 명화와 학자는 서로 닮은 듯하면서도 매우 다른 인생을 살고 있다. 무엇 하나 아쉬울 것 없이 넉넉하게 살던 두 사람. 하지만 학자네 집은 순식간에 몰락하고 빚으로 살림살이까지 몽땅 뺏겼다. 그러면서 학자는 잘 살았던 때와 지금의 차이를 견디지 못하고 비뚤게 나가고 싶어한다. 세상 모든 사람들에게 자격지심을 가지고 그들이 모두 자신을 멸시하는 것만 같은 생각에 빠진다. 명화는 제법 잘 사는 집의 외동딸이다. 얼굴도 예쁘고 공부도 많이 한, 조건적으로 볼 때 완벽하다고 할 수 있는 재원이다. 하지만 어머니가 미쳐서 돌아가시고, 그 때문에 그녀의 인생은 어긋나기 시작한다. 방해될 게 없을 것 같은 사랑이 조금씩 어그러지고, 그게 두려워서 명화는 자꾸만 자기 안으로 가라앉는다.

인생이 탄탄대로 같았던 명화와 학자는 서로 다른 이유로 인해 절망을 맞이하고 그 변화를 쉽게 받아들이지 못해 갈등하고 고민한다. 하지만 그런 마음으로 인한 행동은 다르게 나타난다. 명화는 겉으로 드러내지 않으려 하며 속으로 독해져가고, 학자는 마음이 지쳐갈수록 다른 사람의 눈치를 보지 않고 다부지게 행동한다.

그렇게 엇나가는 두 사람을 바라보며 어느 쪽이 더 잘 한 것이라고 선뜻 손을 들어줄 순 없었지만 확실한 건, 그 두 사람에게 왜 그런 선택을 했느냐고 질책할 수는 없다는 것이다. 명화에겐 응주와의 사랑이 전부였고 학자에겐 당당한 삶을 살고 싶은 자존심이 있었다. 자신이 가장 소중하게 생각한 것이 사라졌을 때 사람들은 상처받고 주저앉는다. 명화와 학자도 마찬가지로 주저앉으려 했고 그럴 뻔했다.

하지만 무릎이 바닥에 닿기 전에 그들은 자신을 정리할 수 있었다. 과감하게 어느 한 부분을 잘라내고 새로운 인생을 살 기회를 찾았다. 명화는 응주의 곁에 있는 사랑을 포기하고 마음으로만 담아두는 사랑을 택했다. 시간이 흐르면 변질될 수 있는 외적인 것을 버리고 그 누구도 건드릴 수 없는 내적인 것을 선택한 것이다. 학자 역시 남들이 보기에 멋지고 성공했다고 하는 삶을 버리고 자신에게 스스로 당당한 삶을 선택했다. 박 의사에게 취직을 부탁하려고 앉아 있거나 약국에서 약을 내미는 학자보다는, 술집에서 손님을 대하고 독설을 내뱉는 학자가 훨씬 더 당당하고 멋있어 보였다.

명화와 학자는 연약하고 예민한 여자들이었다. 하지만 상처를 딛고

162

더 강한 모습으로 일어섰다. 안전하게 닦여 있지만 내키지 않는 길을 포기하고, 거칠고 제멋대로지만 스스로 개척해나가는 길을 선택했다. 그로 인해 자신들이 버려야 할 것들이 많았지만 과감하게 버릴 줄 알았다.

끊임없이 고민하는 것 같았지만 어느새 자신의 길을 찾은 여성 캐릭터에 비해 남성 캐릭터들은 전체적으로 빈약한 편이다. 명화의 상대였던 응주가 대표적인데 그는 매우 우유부단하고 소심한 성격이다. 명화를 업고 현해탄도 건널 수 있을 것 같았던 열렬한 사랑은 이제 희미하고, 새롭게 나타난 발랄하고 조건도 좋은 죽희에게 끌리지 않는 것도 아니다. 명화와의 사랑을 반대하는 박 의사에게는 반항하지만, 그렇다고 그 반대를 뿌리치고 명화를 선택하고야 말겠다는 의지가 있는 것도 아니다. 군대에 딱히 가야 한다는 사명감이나 애국심이 있는 건 아니지만 명화와 죽희와 박 의사 사이에서 고민하는 게 싫어서 군대를 가야겠다고 생각한다.

정말 한심한 인간상이지만, 그런 성격을 그의 탓으로만 돌리기에는 무리가 있다. 응주를 비롯한 《파시》의 사람들이 살아내야만 했던 그 시대 배경을 생각하지 않을 수 없다. 모든 것이 불안전한, 전쟁이 진행중인 조국. 자신이 원하는 일을, 할 수 있는 일을 하도록 허락하지 않는 시대. 남들보다 더 생각이 많고 더 예민한 응주이기에 그런 시대를 살아간다는 게 남들보다 더 힘겨웠을 것이다. 그런 그가 새롭게 태어나려 준비하는 건 명화를 잃고 나서이다. 사랑을 지키고자 스스로 떠나버린 명화를 잃고서야 응주는 자신이 무엇을 해야 하는지 깨닫게 된다.

시대에 휘둘리다가 바닥에서부터 일어선 명화와 학자, 응주와 달리 그 시대적 특수성을 최대한으로 이용하여 약삭빠르게 살아가는 인물들도 있다. 서영래와 문성재가 바로 그들이다. 원래 배경이 좋다거나 가지고 있는 것이 많은 것도 아닌 두 사람은 시대를 잘 만나 마음껏 활개치고 다니는 유형이다. 의기양양하여 자신들이 원하는 것이 있다면 남들에게 피해를 주는 것쯤은 거리끼지 않고 행하고 마는 사람들. 서영래는 수옥을 사랑이라는 욕심으로 잡아 묶었고, 문성재 역시 선애를 결혼이라는 빌미로 무릎 꿇렸다.

두 사람은 나름대로 진지하지만 그런 감정들은 절대로 진실할 수 없다. 서영래는 단지 수옥의 외모에 끌려 그녀를 갖고 싶었을 뿐이다. 아직 욕구가 제대로 충족되기도 전에 수옥이 달아나 패배감과 아쉬운 마음에 집착하는 것으로 밖에 볼 수 없다. 문성재는 그저 오는 여자 안 막고 가는 여자 안 잡을 뿐이다. 그러다 보기보다 끈기 있고 당찬 선애를 떨쳐낼 수가 없어 달래기 위한 수단으로 결혼을 들이댄 듯하다. 소설을 읽으면서 서영래와 문성재가 나오기만 하면 끓어오르는 짜증을 삭이느라 꽤나 속이 쓰렸다. 그들의 행태를 보며 두 사람의 이름을 책 속에서 파내고 싶었지만 그들도 어찌할 수 없는 우리의 과거다. 과장되거나 축소되지 않은 우리의 암울했던 과거. 전쟁이란 상황은 그렇게 다양한 인간상을 만들어냈고 그들이 살아 숨쉬게 했다.

인물들을 이야기하면서 수옥과 학수를 빼놓을 수는 없다. 그야말로 전쟁 때문에 모든 것이 뒤바뀐 수옥과, 그런 그녀를 구원해주는 남자 학수. 소설 속에서는 학자의 입을 빌려 수옥이 불행했기 때문에 학수가 그녀를 차지할 수 있었다고 말한다. 하지만 난 다르게 생각한다. 수옥이 평범하게 조만섭 씨의 집에서 지냈더라도 수옥과 학수는 맺어졌을 지도 모른다고. 모두 다 알고 지내는 통영 바닥에서 수옥과 학수는 우연히 마주친다고 해도 몇 번이나 마주칠 것이고 두 사람은 또다시 맺어졌을 것이다. 단지 전쟁이라는 시대적 불행과, 그 힘을 등에 업은 사람들의 욕심 때문에 두 사람은 더 힘들게 만났을 뿐이다.

단지 안타까운 것은 험한 일을 당한 뒤에도 독해질 줄 모르는 수옥의 바보처럼 느껴질 만큼의 순수함과, 어떤 계략이나 술책을 모르는 학수의 우직한 곧은 심성이다. 순수함과 곧은 심성은 절대 나쁜 것이 아니지만 수옥과 학수가 살아야 하는 그 시대에는 그리 절실하게 필요한 마음가짐이 아니었다. 어느 정도 타협하고 꾀를 부릴 줄 아는 것도 필요했지만, 두 사람은 모두 그럴 줄을 몰랐기 때문에 다른 사람들보다 더 많이 당해야 했고 더 많이 힘들어했다. 그들이 살아가는 시대가 그랬다. 진심이 무조건 통하는 것이 아닌 시대.

앞에서도 말했지만 내가 생각하는 박경리 선생님 소설의 매력이란 인물들의 힘과 시대적 배경이다. 수많은 인물들이 그 시대를 살아간다는 것만으로도 사건이 일어날 수밖에 없는 특수한 상황의 시대. 박경리 선생님은 우리의 과거에서 그런 절박한 시대를 잘 알고 계시고, 너무나도 생생하게 재현해 내신다. 한창 전쟁이 진행중인 우리나라의 통영과 피란 수도 부산에서, 등장인물들의 인생은 마치 실제 인물들의 것인 양 생생하게 펼쳐진다. 그것은 물론 박경리 선생님의 소설을 쓰시는 능력과 함께, 잊을 수 없는 비극인 동시에 이야깃거리가 풍부할 수밖에 없는 전쟁이라는 시대상이 철저하게 반영된 결과이다.

물론 모든 소설들에게 시대적 배경은 매우 중요하다. 하지만 특히 《파시》에서는 한 시대를 살아가는 사람들이 있다는 것만으로 모든 사람들이 공감할 수 있는 운명적 사건들이 일어난다. 시대적 배경 하나가 바로 곧 사건이 되고, 주인공들을 갈등하게 하는 원인이 되며 동시에 해결책이 되기도 한다. 주인공들이 살아가야 하는 시대의 설정 자체가 그들의 운명을 결정짓고, 숙명적 갈등을 부여하는 것이다. 이 소설에서는 그런 극적인 시대의 설정이 바로 전쟁이다. 전쟁중의 우리나라라는 시대적 배경은 운명적으로 등장인물들에게 시련을 부여한다.

그 중에서 전쟁의 영향을 가장 직접적으로 보여주는 이들이 바로 학수와 수옥이다. 겨우 안정을 잡아가던 학수와 수옥의 살림이 한순간에 끝나버린 것은 학수가 군인으로 징집되어 갔기 때문이다. 애초에 수옥이 고향에서 평화롭게 살지 못하고 모진 일을 당하게 되는 것도 전쟁 때문이었다. 그 외 명화와 응주, 학자 등이 직접적으로 나타내는 것은 없지만 그들의 사고와 행동에 전쟁은 지대한 영향을 끼친다. 아니, 소설 속 인물들이 아닌 정말로 그 시대를 살았던 젊은이들 모두에게 전쟁은 이런 저런 영향을 끼칠 수밖에 없었을 것이다.

살아 숨쉬는 인물과, 하나의 의미를 가지는 시대적 배경만으로 소설이 이루어지는 것은 물론 아니다. 박경리 선생님은 결코 가볍지 않은 이야기들을 술술 풀어내는 능력이 있고, 《파시》에는 그런 능력이 십분 발휘되었다. 주인공들이 절망과 희망을 넘나드는 이야기가 전개되는 동안, 읽는 사람들은 그 속에서 한 시도 눈길을 뗄 수가 없다. 거기에다 이야기의 완급조절도 뛰어나다. 명화와 응주의 이야기가 나오다 일단락되면 숨가쁘게 다른 인물들이 나와 사건을 만들어간다. 그리고 또 다른 인물이 또 다른 사건을 만들고. 그 모든 인물들과 모든 사건들은 별개의 것인 동시에 서로 연관되어 있다. 물론 550페이지라는 분량은 절대 적은 것은 아니지만, 《파시》에 나오는 인물들의 이야기를 모두 담기에는 조금 모자라는 듯할 정도다.

많은 인물들의 복잡한 사정이 담긴 각각의 사연들이 얽히면서도 혼란스럽지 않은 것은 박경리 선생님의 이야기의 힘이다. 《파시》에는 《토지》에서처럼 몇 페이지나 되는 한 사람의 설교 없이도 등장인물들의 갈등이나 속마음, 생각들이 알기 쉽게 쓰여 있다. 페이지 수의 제한 때문인지는 모르지만 그 덕에 《파시》는 한결 더 긴박감 넘치고 빠르게 사건 전개가 이루어진다.

정말 오랜만에 가슴 두근거리며 읽은 소설이지만 그래도 역시 몇 가지 아쉬운 점이 있었다. 그 중 하나가 등장인물들의 삶이 고르게 배분되지 못한 점이다. 앞에서도 잠깐 언급했지만, 모든 인물들의 삶을 다루기에 550페이지는 조금 적어 보였다. 그래서인지 마무리는 됐지만 뭔가 미련이 많이 남는 장면이 많았다. 특히 수옥의 문제에서 그런 생각이 많이 들었다. 갑작스레 학수가 군대에 끌려가고, 임신한 수옥은 어정쩡하게 학수의 가족들과 같이 살게 되는 듯한 상태로 더 이상 나오지 않았다. 그 부분에서 가장 걱정스러웠던 것은 앞으로 벌어지게 될 서영래와의 만남이었다. 아직 수옥에 대한 집착성 미련을 다 버리지 못한 서영래가,

학수라는 보호자가 없는 수옥을 다시 만나게 되면 과연 무슨 일이 벌어질 것인가. 한 동네에 사는 이상 둘의 만남은 피할 수 없을 텐데, 아무리 수옥이 학수에 대한 마음과 아기 때문에 마음을 굳게 먹었다고 해도 불안하고 걱정되는 것은 어쩔 수가 없었다. 조금만 더 나았으면 좋았을 텐데 너무 성급하게 수옥의 일을 끝낸 것은 아닌지 불만스러웠다.

또 한순간 언급만 하고 지나가 버린 박 의사의 명화에 대한 마음도 너무 간략한 게 아닌가 하는 생각이 들었다. 박 의사가 명화와 응주를 반대하여 두 사람이 사랑을 이루지 못하는 것은 《파시》에서도 가장 큰 줄기를 차지했다. 박 의사가 두 사람 사이를 반대한 이유가 며느리가 될 명화를 향한 마음 때문이라는 건 실로 충격이었다. 정말 굉장한 반전이었다. 그런데 너무 갑자기 튀어나왔다가 순식간에 들어가 버린 게 아닌가 싶다. 물론 그 일은 명화로 하여금 잘 될 수도 있었던 응주를 마음에 묻고 일본으로 가버리게끔 한다. 하지만 그것으로는 왠지 부족했다. 박 의사의 갈등과 명화의 반응이 너무 약하게 표현된 듯하다.

그 외에도 몇 가지 사소한 불만 사항이 있다. 뭔가 해줄 것으로 기대했던 선애는 결국 성재에게 질질 끌려 다니기만 하다가 맥없이 퇴장하고 말았다. 또, 한 차례 불발로 끝난 경험이 있었던 학자와 성재와의 관계가 갑자기 급진전되어 어느새 성재 쪽에서 더 안달하는 사이로 발전되어 있었다. 마치 선애와 성재의 관계가 역전된 듯해서 고소한 마음에 읽는 재미는 있었지만 너무나 갑작스러웠다.

문예창작학과를 졸업하고 다른 일을 하고는 있지만 그래도 글을 쓰면서 살고 싶은 사람에게 박경리 선생님은 존경하는 대작가인 동시에 따라잡고 싶은 먼 곳의 별이다. 그렇기 때문에 선생님의 소설을 읽을 때면, 앞으로의 전개에 가슴을 두근거리며 기대감에 책장을 넘기면서도 옥의 티 하나라도 잡고 싶은 마음이 든다. 앞에 열거한 몇 가지 불만사항은 그런 마음에서 짚어낸 것이다. 박경리 선생님도 완벽하신 것은 아니라는 걸 스스로에게 납득시키고 싶은 그런 마음에서 말이다.

요즘의 출판계에는 소설이라고 부를 수도 없는 책들이 10대 청소년들의 폭발적 인기를 등에 업고 우후죽순처럼 출판되고 있다. 인터넷에서 연재되고 글자가 아닌 이모티콘으로 가득 찬 그런 글들이 말이다. 어느 한 편도 읽어본 적은 없지만 그 내용만큼은 가히 짐작이 간다. 10대들이 자신에게도 일어났으면 하는 환상들을 꼭 집어 미화해서 그대로 들려주는 가벼운 이야기일 것이다.

　그런 이야기들을 읽으면서 《토지》나 《파시》를 읽을 때처럼 가슴이 두근거릴까. 읽으면 읽을수록 곱씹을 수 있는 내용이 담겨 있어 나 자신을 돌아보게 하는 기회를 줄 수 있을까. 한순간 읽고 끝날 것들에 마음을 뺏겨 진지한 소설들을 읽지 못하는 10대들을 보면 안타깝기 그지없다. 그들도 내가 그랬듯 박경리 선생님의 소설을 읽고 뭔가 느낄 수 있었으면 좋겠다. 처음엔 선뜻 손을 내밀 수 없겠지만 일단 첫 장을 읽기만 하면 단숨에 끝까지 읽지 않고는 배기지 못할 그 재미를 알았으면 좋겠다. 지금까지 오랫동안 내가 그랬듯 말이다.

코 드

안 정 수 (부산시 사하구)

독서 감상문이라 하면 의례적으로 책을 읽은 동기가 첫머리에 따라붙게 마련이다. 이 자리에서 솔직하게 고백하지만 처음에 내가 《시장과 전쟁》이라는 이 소설에 관심을 가지게 된 직접적 동기는 나남출판사에서 내건 현상금을 얻고자 하는 불순한 동기(?) 때문이었다. 하지만 처음의 그 동기야 어찌 되었건 나는 책의 마지막 장을 덮는 순간 흔히들 말하는 소설 속의 벅찬 감동이란 것을 느꼈다. 실로 오랜만에 느껴보는 기분 좋은 느낌이었고 나 자신조차도 무척 놀랐다. 그리고 그러한 감동을 나 홀로 가슴속에 고이 담아두는 것보다는 그 느낀 바를 글로써 남겨 두었으면 하는 막연한 생각을 하기에 이르렀다. 그리고 이후 내가 책을 다시 집어 들고 또다시 책장을 넘기기 시작했을 때는 그것이 강한 의무감으로 바뀐 것을 알 수 있었다. 어불성설이라고 할지도 모르겠지만 그것이 솔직한 나의 심정이었고 이 글을 쓰게 된 주된 동기였다.

소설의 장르를 구분짓는 많은 기준과 잣대가 존재하지만 나는 다소 무례하게도 나만의 기준(주관적 감정에 의한)으로 소설을 분류하고 또 그에 따라 작품을 감상하는 독특한 버릇을 가지고 있다. 그것은 내가 참여하는 세상(내가 그곳에 비록 직접적으로 참여하고 있지 않더라도 내가 속한 현실과 비슷한 세상도 포함)과 내가 참여하고 있지 않은 세상으로 구분된다. 현대사를 다룬 대부분의 소설이 전자에 속할 것이고 고대사를 다룬 소설이 후자에 속할 것이다. 그러나 애석하게도 비교적 현대사를 다룬 소설 가운데서도 내가 참여하지 못한 세계를 그려내는 작품이 훨씬 더 많이 존재하며 《시장과 전장》도 그러한 작품 중 하나이다. 그러한 작품들은 대개가 내가 속한 현실을 다룬 작품에 비해 이해하기가 훨씬 힘들 뿐만 아니라 그 작품에 대해 느낀 바를 쓰라는 것은 프로작가가 아닌 일반인에게 지금 당장 소설을 쓰라고 강요하는 것만큼이나 무리한 요구가 아닐 수 없다.

하지만 《시장과 전장》이란 작품을 읽어나가는 동안 그 속에 담겨진 행간의 의미와 작가의 의도를 완벽히 읽어냈다고 자신할 순 없지만 적어도 책이 전달해주는 메시지만은 어렴풋하게 가슴속에 새겨 둘 수가 있었다. 지금은 그 의미가 많이 퇴색하긴 했지만 반공정신을 유난히 강조하던 시절이 있었다. 당시는 내가 무척 어렸을 때라 아련한 기억으로 남아 있지만 국가에서, 그리고 학교에서 내려주는 지침을 맹목적으로 따르곤 했던 것으로 기억된다. 당시에는 공산주의=무조건 나쁜 것, 자본주의=무조건 좋은 것이라는 모 아니면 도라는 식의 이분법적 사고가 지배적이었다. 숱한 방공영화와 방공만화가 상영됐었고 숱한 방공소설이 난무했었다. 당시 공산주의자는 무조건 악의 화신으로 그려졌고 그에 반해 반공적 인물은 선한 인물로 그려지곤 했다.

그런데 성장해가면서 그리고 세상을 조금씩 알아가면서 그러한 맹목적으로 강요된 사고에 따를 수밖에 없었던 내 자신이 얼마나 순진했었나를 생각하면 웃음이 절로 난다. 이데올로기에 대한 시시비비를 따지기 전에 우선 그러한 판단조차도 허용되지 않았던 현실이 말이다. 그렇다고 지금의 내가 사상체계에 이미 통달해 있고 이 책에 나온 내용을 완벽히 이해하고 있다고 말하는 건 아니다. 책을 읽어나가는 동안 이해하고자 함에 말 못할 어려움이 많았고 나 자신이 얼마나 부족한지 절실히 느꼈으니까…

책을 처음 대함에 독자와 작가라는 미지의 존재들이 최초로 마주치는 곳이 제목이 아닌가 싶다. 아버지가 금지옥엽과도 같은 자식의 이름을 짓듯 작가는 그렇게 책의 제목을 선택하고 독자는 호감 가는 여인에게 설렘으로 다가가듯 그렇게 책제목을 살핀다. 제목에서 우리는 처음과도 같은 설렘을 느끼기도 하지만 제목의 탄생배경에 대해 많은 유추를 하게 된다. 《시장과 전장》이 무엇을 의미하는가? 하고… 이 책이 6 · 25전쟁을 배경으로 하니까 전장을 알겠는데 시장은 무엇인가? 개연성이 전혀 없어 보이는 이 두 가지 요소를 통해 작가가 나타내고자 하는 바는 무엇인가?

우선 나는 시장과 전장이 가지는 공통적 요소에 초점을 맞추어본다. 우선 사람이 많다는 것, 그리고 소란스럽고 정신이 없다는 것. 그래서 무질서하고 혼란스럽고 규칙마저도 사라져 버린다는 것… 거기서 조금 더 생각의 폭을 넓혀보면 개인의 이익을 위해 흥정과 거래가 만연하다는 것(시장은 이윤이라는 개인의 이익을 추구하기 위해 거래를 하고 전장은 이념간의 대립과 갈등 속에서 승리를 쟁취하기 위해 전쟁을 한다), 그리고 마지막으로 그러한 시장과 전장은 눈에 보이지 않는 이념에 의해 지배되고 통제된다는 점 등이 우선 머릿속에 그려진다. 하지만 파고들면 파고들수록 더욱더 오리무중의 상태로 머릿속은 점점 더 혼란스러워지고 나는 너무 많은 시간을 책으로 들어가는 첫 관문에서 머뭇거리고 있다는 것을 깨닫는다. 그 순간 나는 이내 모든 혼란과 내 자신의 무지를 털어 버리기라도 한 듯 서둘러 소설의 첫 장을 열어 젖혔다.

소설에선 모든 요소 중 어느 것 하나 중요하지 않은 것이 없지만 소설에서 가장 눈여겨봐야 할 점은 주제가 아닌가 생각된다. 예전에 어느 칼럼에서 한 소설가가 소설을 왜 쓰느냐는 기자의 질문에 "소설이란 단순히 어떤 스토리를 만드는 작업이 아니라 작가가 사회에 혹은 특정 인물에 대해 무엇인가 아주 절실한 것을 말해주기 위함이다"라는 말을 한 적이 있다. 이 말은 소설이 독자에게 얼마만큼 호소력 있게 전달되느냐 그렇지 못하느냐 하는 점은 작가의 집필술(글을 서술하는 기술)에 의해서 좌우되기도 하지만 작가가 독자에게 전달해주고자 하는 주제의식이 소설의 생명이라는 것을 말해주고 있다. 작가가 사회에 혹은 그 누군가에게 말하고자 하는 절실한 것… 그것이 바로 주제인 것이다.

《시장과 전장》이란 작품 또한 분명한 주제를 가지고 있다. 언뜻 보면 6·25의 참상과 반전의 메시지를 담아내고 있다고 볼 수도 있지만 내가 느낀 바로는 작가는 그보다 조금 더 깊숙한 문제에 눈을 돌리고 있는 듯 보였다. 바로 이데올로기라는 다소 민감할 수도 있는 주제를 통해 당시의 사회를 바라보고 거기에 오늘날 우리의 현실을 비추어봄으로써 독자들로 하여금 우리의 나아갈 길이 어디인가를 생각해보게 하는 것. 이것이 작가가 소설을 통해 얻고자 한 작가의 희망사항이 아닌가 생각된다. 그리고 작가는 자본주의-공산주의의 우월성 내지 열등성에 대해서 언급하지 않고 있으며 시시비비를 가리려고도 하지 않는다. 그리고 작가는 그 어떤 이데올로기에도 동조하지 않고 있으며 지극히 관망자의 입장에서 글을 서술하고 있다. 다만 현시대의 정의로 일컬어지는 자본주의에 대해 과연 그것이 진정한 정의인가에 대해선 다소 의구심을 가지고 있는 듯했다. 작품 속에서 작가는 자본주의는 자유를 전제로 노동자를 임금 노예화하고 프롤레타리아는 영원한 행복을 전제로 인민을 자유노예로 속박해 버린다고 말하고 있다. 그리고 그러한 양극단의 이데올로기 속에서 중도노선을 주장하는 사상들 또한 현실성 없는 허울 속에 이상에 속박되어 버린다고 작가는 등장인물의 대화를 빌어 말하고 있다.

결국 그 어떤 사상이나 이념도 인간이 인간을 지배하는 현실을 벗어날 수 없으며 모든 이를 만족시키는 절대적 이념은 없다는 것이 작가의 생각인 듯하다. 눈먼 장님 소녀와 그의 동생인 꼬마 남자아이가 등장하는 장면에서 작가는 기훈의 눈을 빌어 이념의 본질에 대해 이야기하고 있다. 이 장면에서 작가는 비둘기와 참새의 극명한 대조를 통해 이데올로기의 옳고 그름, 그리고 이념의 우월성이란 결국 상대적이다 라는 사실을 우리에게 알려주고 있다. 그리고 꼬마 남자아이가 땅따먹기하는 광경을 기훈이 지긋이 바라보면서 '이렇게 수월하게 점령한 땅덩어리를…'

이라고 되뇌는 장면은 겉으로 드러나는 물질적 전쟁보다 눈에 보이지 않는 사상적 전쟁이 얼마나 어려운가를 우회적으로 보여주고 있다. 즉 기훈의 눈을 통해 바라봄으로써 남의 땅(물리적 부분)을 가지기는 상대적으로 용이하나 다른 이의 이념/의식세계를 완전히 빼앗고 자신이 가진 사상을 강요함으로써 그들의 정신세계를 장악하는 것은 결코 만만하지 않다는 것을 보여주고 있다. 소설의 초반부에 지영이 정혜숙과 나누는 대화 중에 쳇바퀴 속의 다람쥐를 떠올리며 '바보 같다'고 여기는 지영의 태도는 사상에 얽매여 모든 것을 잃어 가는 인간이 얼마나 미련스러운지, 또 그러한 인간세상이 얼마나 부질없는 것인지를 극렬하게 비판하고 있다. 그리고 작품의 중반부에서는 이 소설의 제목이기도 한 시장과 전장을 직접적으로 언급하면서 극명하게 대비시키고 있다.

그는 수많은 사람과 물자가 오가는 시장과 전장을 통해서 결국은 사람과 사물 모두 하나의 소모품에 지나지 않으며 이념간의 대립에서 진정으로 민중의 마음을 얻기 위해선 일반민중에게 보여주는 현실, 즉 승리만이 유일한 길임을 보여줌으로써 전쟁의 불가피성을 역설적으로 그려내고 있다. 또한 작가는 작품 속에서 공산주의 또한 부르주아 계열과 프롤레타리아 계열로 분리될 수밖에 없는 필연성을 지니고 있으며 이 또한 이념의 대립이라고 말하고 있다. 이는 전자가 이상과 낭만을 쫓으면서 실질적으로 드러나는 수적 결과보다 목적이 이루어지는 그 상황을 더 중시하는 데 반해 후자는 직접적 목적과 현실, 그리고 구체적으로 드러나는 측정 가능한 수적 결과를 더 중시하기 때문에 이들 내에서도 또 다른 갈등과 마찰이 일어날 수밖에 없다는 점을 강조하고 있다.

그리고 소설의 분위기가 전반적으로 절망적으로 그려지고 있지만 작가는 작품 속에 일말의 희망의 여지를 남겨두고 있다. 작품 속에 등장하는 김씨 부부(지영을 인천으로 끌고 가는 사람 중 한사람)의 화합되고 무엇인가를 간절히 바라는 모습은 어떤 이질적 이념이나 사상도 화합할 수 있는 가능성을 가지고 있으며 이는 작가가 간절히 바라는 것이기도 하다.

소설의 여러 구성요소 중 앞에서 언급한 주제 외에도 인물에 대한 분석 또한 매우 중요하다. 작가는 소설 속에 여러 인물을 배치시킴으로써 그들이 내뱉는 말과 행동, 그리고 각각의 등장인물들이 가진 성격을 통해 무형의 주제를 유형의 산물로 탈바꿈시킨다. 우리가 소설 속에 등장하는 사소한 등장인물 하나도 그냥 지나칠 수 없는 이유가 바로 여기에 있다. 소설을 읽어나가는 동안 독자들은 자기 나름대로의 가치기준에 따라 소설 속의 인물들을 구분하고 또 자기 나름대로의 해석에 따라 인물들을 재구성한다. 나 또한 내가 소설을 읽어나가는 요량에 따라 크게 두 가지 기준으로 인물을 재구성했는데 우선 세계(여기서는 이데올로기라고 보아도 무방할 것이다) 에 반응하는 유형에 따라 기훈-지영-기석-가화로 구분해보았다. 이는 그러한 가치판단을 배제하더라도 소설의 외적으로 크게 나타나는 일반적 인물 구분론과도 일치할 것이다.

우선 기훈은 소설 속에 직접적으로 묘사되는 바와 같이 냉철한 코뮤니스트이다. 이는 자신을 '사냥에 미친 사냥꾼'으로 비유하면서 항상 '매' (공산주의 사상) 만 보고 따라간다고 스스로 말할 만큼 기훈이 가진 가장 핵심적 성격 중의 하나이다. 그러나 이에 못지않게 기훈은 소설 속에서 너무도 인간적 약점을 독자들에게 들켜버리기도 한다. '한 여인(가화) 을 사랑하는 마음'과 '자신의 신념(코뮤니즘) 을 신봉'하는 마음 사이에서 그는 겉으론 신념을 선택했다고 큰소리로 말하고 있지만 이는 자신의 마음을 들켜 보이지 않으려는 자기 부정에 불과하다. 그리고 안핵동을 암살하기 전 망설이는 장면이라든지 암살계획중에 자신도 모르게 달아날 방편을 먼저 찾아내려는 모습은 그 또한 두려움을 가진 한 인간일 수밖에 없다는 점을 우리에게 보여준다.

기훈과 함께 소설 속에서 큰 축을 이루는 인물이 지영이다. 우선 남성에 대해 순종적이고 한 남자를 위해 자신의 꿈도 쉽사리 포기할 수 있는 헌신적 여성, 그리고 다소곳하며 나약한 당시의 전형적 여성상과는 거리가 멀다. 그리고 초반부에는 마치 감정이 메말라 버리기라도 한 듯 몹시 차갑게 그려지고 있다. 심지어 자신과 가장 가까운 가족들한테마저도… . 또한 자존심이 강하며 고집스런 면도 가지고 있다. 하지만 사람에게는 누구나 드러나는 감정과 숨겨진 감정이 있다. 지영 역시 앞에서 열거된 드러난 성격이 그녀의 전부는 아니다. 어쩌면 겉으로 드러나지 않은 숨겨진 성격이 진정한 그녀의 모습일지도 모른다. 이는 지영이 혼자 남겨질 때라든지 시련이 다가올 때 분명히 드러나게 되는데 특히 6·25전쟁이 발발한 이후부터는 더욱 확연히 드러난다. 지영이 연안여학교로 부임된 이후 기석이 무심한 아내, 지영의 안부를 묻기 위해 연안에 다녀가는 장면… 소설 속에서의 표현을 그대로 빌리자면 초상집에 찾아온 개처럼 남편 기석을 보내는 장면에서 기동차가 사라질 때까지 오래도록 지켜보았다는 지영의 태도는 애정 없이 이루어질 수 없는 행동이다. 단지 그 사랑이란 것을 표현하는 방식이 서툴 뿐이다. 그리고 전쟁이 터진 뒤 남편 기석을 비롯한 식구의 안전에 노심초사하고 남편이 수용소로 끌려간 뒤 남편의 구명을 위해 전전긍긍하는 그녀의 모습은 독자로 하여금 가슴 뭉클한 무언가를 느끼게 해주며 우리가 기대하는 아내의 모습, 전형적 어머니의 모습을 보여주고 있다.

다음으로 지영의 남편, 기석이 등장한다. 우선 기석은 맡은 일에 충실하고 누구보다도 가정을 사랑하고 책임감 또한 강한 전형적 가장형의 인물로 등장한다. 또 그는 명분과 형식을 중시하고 타인의 눈을 굉장히 의식하는데 지영이 직업여성으로 분한 계기가 기석으로부터 비롯되었다는 점은 이를 단적으로 보여준다. 그리고 기석은 당시 어디에도 소속되고 싶지 않은 그래서 어느 쪽으로부터도 피해를 입고 싶지 않은 일반 소시민을 대표하는 인물로 그려지고 있다. 그러나 그러한 마음과는 달리 양극단으로부터의 위협에 이리저리 휘돌리면서 시대의 피해자인 동시에 기회주의적인 면도 가지고 있다. 우리가 그런 그를 보면서 답답해하고 안타까워하면서도 결코 미워할 수 없는 것은 당시의 현실이 그러했고 기석 역시 대립되고 충돌하는 극단적 이데올로기 사이에서 뜯겨지고 찢겨진 피해자이기 때문이다.

마지막으로 기훈에게 선택받았지만 역시 기훈에게 버림받는 비련의 여인 가화가 등장한다. 소설의 초반 가화는 사회에 전혀 적응하지 못하는 다소 불안정한 인물로 그려진다. 그러나 소설의 후반으로 갈수록 그녀에게 조금씩 끌리는 이유는 바로 사랑이라는 위대한 신념을 그녀가 가지고 있기 때문이다. 어쩌면 이것이 가화라는 인물이 차지하는 양적 비중이 적음에도 불구하고 독자들로 하여금 중심 인물로 느껴지게 하는 주된 이유일지도 모른다. 그리고 작가 또한 모든 이념을 초월하는 사랑이라는 가치를 가화라는 인물에 대입함으로써 우리에게 진정한 평화가 무엇인지 보여주고자 했는지도 모른다. 어쨌든 가화라는 인물은 코뮤니스트인 첫 남자로부터 가족(아버지, 오빠)을 잃고 자신(목숨이 아닌 가화라는 존재로서) 또한 잃게 되지만 역시 사랑이란 이름으로 또 다른 코뮤니스트인 기훈을 선택하게 된다(물론 처음부터 코뮤니스트란 사실을 알고 시작된 건 아니다).

그리고 자신이 가지고 있는 정치적 신념으로도 인물을 구분할 수가 있는데 이와 관련해서는 기훈-석산 선생-자운 선생 등으로 나눌 수 있다. 우선 기훈은 앞에서 언급한 것처럼 과격한 좌파성향의 공산주의를 대변하는 인물이다. 그에게 결코 타협이란 있을 수 없으며 작품 후반부에 한반도에서의 공산주의의 패배를 예감하면서도 결코 신념을 꺾지 않는 강인한 인물로 그려지고 있다. 다음은 석산 선생이란 인물이다. 이야기에 석산의 젊은 시절이 등장하진 않지만 한때는 그도 공산주의자였고 기훈이 냉철한 공산주의자가 될 수 있는 길을 열어준 기훈의 스승이다. 후에 공산주의의 길을 포기하고 자본주의, 공산주의 그 어디에도 몸담지 않음으로써 자신만의 이념을 확립시켜 나가지만 결국은 공산주의자의 손에 목숨이 맡겨진 존재로 전락하고 만다. 그는 바쿠닌을 그의 평생 정치적 모델로 삼고 중도의 길을 걷지만 그것은 현실과 너무나도 괴리된 한낱 이상주의에 불과한 것으로 작품 속에선 그려지고 있다. 마지막은 자운 박상구라는 인물이다. 공산주의의 신봉자이긴 하지만 확고한 신념을 가지고 있지는 못하는 듯하다. 오히려 세력규합을 통해 자신의 정치적 입지를 강화해 나가고 그 세를 과시하기 위한 수단으로써 공산주의에 몸담고 있는 듯 보인다. 이는 작품 속에서 기훈과 대립되는 장면이 여러 번 연출되는 것으로 짐작할 수 있다.

작가의 주제의식을 더욱 선명하게 드러내고 작가의 목소리에 독자들이 더욱 더 귀를 기울이게끔 하는 소설 속의 여러 표현들에 대해서도 생각하지 않을 수 없다. 《시장과 전장》을 읽고 난 후 이 작품에 대해 감히 평해본다면 화려하진 않지만 결코 가볍지 않은 … 고구려의 기백이 느껴지는 그런 작품이라 생각한다. 읽으면 읽을수록 소박한 아름다움이 묻어나고 강인한 문장의 힘을 느껴볼 수 있다. 앞에서 밝힌 바와 같이 다른 문학작품들처럼 유려한 문체라든지 고상하고 난해한 표현들이 이 소설 속엔 그다지 많지 않다. 자칫 약점으로도 비춰질 수 있는 그러한 점들이 오히려 독자들로 하여금 더욱더 이해하기 쉽게, 더욱더 공감할 수 있도록 만드는 점은 이 소설만이 가진 매력이다. 아무리 멋진 문장이라도 독자가 그 문장에서 쓰여진 단어의 뜻을 모르면 작가가 의도한 멋진 수사도 결국엔 허사로 돌아가기 때문이다.

우선 소설 속에 등장하는 전쟁의 참상에 대한 표현은 이 책을 읽어나가는 내내 참 인상적이었다. 전쟁의 참상에 대한 직접적이고 구체적인 묘사는 없지만 시의적절한 비유적 표현과 등장인물에 대한 심리묘사는 가히 일품이었다. 예를 들자면, 지영이 초반에 보여주는 죽음에 대한 무던함 내지 막연한 동경은 소설의 중반을 지나 말미로 갈수록 두려움과 공포로 바뀌어 있다. 이는 결국 눈으로 확인한 전쟁의 본 모습이란 이런 것이다. 전쟁이란 결국 엄연한 현실이라는 냉혹한 사실을 지영을 통해 독자들로 하여금 간접적으로 느끼게 함으로써 전쟁의 참상을 고발하고 있다. 또한 소설 속에서 피란민 행렬은 개미떼에 곧잘 비유되곤 하는데 이는 전쟁터에서 인간의 목숨이 한낱 파리목숨에 지나지 않으며 인간의 존엄이라는 한 국가의 가장 근간이 되는 기본이념도 전쟁이라는 냉혹한 현실 앞에서는 철저히 무시되고 무참히 짓밟힌다는 사실을 보여주고 있다.

그리고 전란중에는 존재하는 모든 것들이 뒤숭숭하고 우울하기 마련이다. 이러한 현실을 반영하듯 잿빛의 색채가 소설 속에 유난히 많이 등장한다. 이 또한 전쟁의 참상을 보여주기 위한 작가의 세심한 배려가 아닌가 싶다. 또 자본주의 이념과 공산주의 이념 간의 주고받는 보복공방전을 메아리에 비유, 피는 피를 부른다고 표현한 대목에서는 섬뜩하기도 하면서도 당시의 상황을 여실히 느낄 수가 있었다. 그리고 야간작업중인 주민을 미군이 B29기로 폭격하는 장면, 조명탄 사이에서 우왕좌왕하는 주민들의 모습은 아마도 공산주의와 자본주의 그 어느 곳에도 편승할 수 없는 일반민중의 암울한 현실을 간접적으로 표현한 것이 아닌가 생각된다.

이러한 전쟁의 참상, 그리고 이념을 빗댄 부분을 떠나서 우리 말 우리 글이 이렇게 아름다울 수 있구나 하는 생각이 들만큼 참 소박하고 살갑게 느껴지는 표현들도 많았다. '낯선 사람을 만나는 것처럼 정거장이 나타나고 꿈의 한 토막처럼 정거장은 사라진다'라는 표현이라든지, '먼 지평선 위에 날이 선 황금빛 칼날 같은 구름이 빛나고 있다'라는 표현은 글로 그림을 그렸다는 표현이 절로 나올 정도로 마음을 풍요롭게 하는 표현들이었다. 그리고 '비가 오신다'라는 표현은 자연을 우러르고 그 속에서 인간이 함께 하는 아름다운 모습으로 아직도 가슴속에 남아 있다.

《시장과 전장》에는 우리의 고유한 멋인 정적인 이미지와 여백의 미가 담겨져 있다. 일반적으로 소설은, 특히 전쟁을 배경으로 한 소설은 소설＝흥미라는 공식을 만족시키기 위해 필요 이상으로 사실적인 전쟁묘사로 인해 소설에서 전해주고자 하는 메시지를 흐리는 경우가 있다. 그러한 소설류는 흥미와 재미라는 독자의 기본적 욕구를 만족시킬지는 몰라도 오래도록 가슴속엔 남아 있지 못한다. 소설은 눈과 머리로 읽는 것이기도 하지만 가슴으로 읽는 것이기 때문이다. 그렇다고 해서 《시장과 전장》이란 작품의 흥미와 재미가 없고 작품의 역동성이 떨어진다는 것은 아니다. 이런 류의 소설이 다소 그러한 위험에 빠질 우려는 있으나 이 소설은 모든 것을 아우르면서 가슴속에 무언가를 아로 새겨놓는 그리고 작품다운 작품을 읽었구나 하는 가슴 뿌듯함을 느끼게 해주었다.

나는 책을 비교적 천천히 읽어나가는 편이다. 그래서 책 한 권을 독파하는 데 남들보다 곱절의 시간과 노력이 필요하다. 나는 그것을 책 버릇이라 일컫는데 수년간 길들여온 탓인지 쉽사리 고쳐지지는 않는다. 게다가 500여 쪽을 훌쩍 넘겨버리는 책이라면 더 길게 말할 필요도 없다. 그러나 《시장과 전장》은 좀 달랐다. 한때 항간에 유행했던 이른바 코드란 것이 통했던 모양이다. 제아무리 국내 내노라 하는 굴지의 작가가 썼다는 유명소설도, 남들이 재미있다고 강력 추천하는 베스트셀러도 그 코드란 것이 맞지 않으면 그 책의 수적 분량을 떠나서 눈에 잘 들어오지 않는 법이다.

이데올로기라는 비교적 무거운 주제를 다루고 있음에도 불구하고 그 이데올로기라는 문제가 이 책에선 그다지 어렵게 느껴지지 않는 이유는 무엇일까? 앞에서 이미 언급했듯이 소설 속의 등장인물을 통해 무형의 이데올로기를 실체화시켰다는 데서 그 이유를 찾을 수 있다. 그리고 이 소설은 국내에서 그 작품성 있다고 인정받는 여타 소설에서 나타나는 화려하고 유려한 그들만의 언어(소설가들에겐 그것이 일상어휘이고 일상적 문체일진 몰라도 일반독자가 읽고 이해하기엔 다소 난해한 점이 없지 않다)가 그다지 많지 않다. 그렇다고 소설적 묘사나 글의 전개가 아름답지 않다거나 고루하다는 얘기는 아니다. 된장찌개를 맛나게 끓이는 데 호박과 두부를 비롯한 부수적 재료를 다 챙겨주어도 된장 그 본연의 맛을 살리지 못하는 사람들이 있다. 반면에 기본재료만으로 끓인 된장찌개 그 본연의 맛을 우려내는 사람들도 있다. 박경리의 《시장과 전장》은 그런 소설이다. 작가 박경리는 그런 사람이다. 소박하고 단조롭지만 결코 가볍지 않은 소설이 바로 이 작품이다. 특히 배경이나 심리묘사는 내가 소설을 읽어 나가면서 밑줄을 그어 나가면서 감복할 만큼 훌륭했다.

여기서 이 소설의 핵심인 이데올로기 문제와 현재의 우리 민족, 우리 국가가 처한 현실에 대해서 짚고 넘어가지 않을 수 없다. 소설 속의 쟁점인 자본주의와 공산주의의 문제. 6·25전쟁의 주된 원인이고 50년 전이라는 꽤나 먼 시간부터 첨예하게 대립된 사상이 최첨단 시대라 일컬어지는 21세기에도 똑같이 반복되고 있다. 냉전이 종식되고 미국의 일인독주가 시작되면서(혹자는 이를 팍스아메리카나라고 부른다), 중국과 러시아가 경제 분야에서 서서히 자본주의 시스템을 받아들이기 시작하면서 그 대립과 갈등의 수위가 많이 낮아지긴 했지만 여전히 눈에 보이지 않는 갈등관계는 지속되고 있다. 현재 지구상에서 유일하게 공산독재국가의 기조를 유지해나가고 있는 유일국으로 북한만이 존재하면서(북한도 사실은 시장경제 시스템의 도입을 서서히 준비하고 있다) 이제는 자본주의가 완벽한 승리를 거둔 것이 아니냐는 섣부른 낙관론이 대세로 자리잡아가고 있지만 그것은 눈에 보이는 수적 허명에 불과할 뿐 아직 그에 대한 판정은 내려지지 않았다.

이념 및 사상의 대립이 갈등과 대립을 유발하기도 하지만 발전을 가속화시키기도 한다. 예를 들어 로켓이 강력한 추진력을 바탕으로 단숨에 우주로 날아가는 괴력을 발휘하기는 하지만 여기에는 반동(反動)이라는 커다란 과학적 원리가 숨어 있다. 이데올로기도 이와 다르지 않아서 그간 많은 발전을 거쳤다. 하지만 우리가 느끼지 못할 정도로 그 속도가 점진적이고 더딘 데다가 그 갈등과 대립의 문제가 더욱더 크게 부각되고 표출됨으로 인해서 그 발전적 모습을 인지하지 못한 것 뿐이다. 이것이 이른바 정반합(正反合)의 원리라는 것으로 모든 사상체계는 이 과정을 통해 사회의 주된 이데올로기로 자리잡게 된다. 이것은 한 집단이 발전해나가는 역사의 한 과정이기도 한다. 얼마 전까지 국내는 정몽헌 씨의 자살사건의 진위여부를 놓고 세력간의 시비가 끊이지 않았다. 그것은 한 개인의 문제로, 더 나아가서 한 경제인의 문제로만 국한시킬 수도 있지만 그 뒤를 따라가다 보면 정치의 문제, 더 나아가서 이데올로기의 문제가 자리잡고 있다. 자본주의와 공산주의라는 상반된 이데올로기가 마주치는 과정, 화합일수도 있고 대립일수도 있는 그 과정 속에서 빚어진 비극적 사건에서부터 이 사건을 이해하고 풀어 가는 것이 참된 해법이 될 것이다.

그리고 더 가까이는 한창 그 합법화 문제로 논란이 되고 있는 한총련의 문제를 생각해볼 수 있다. 이는 우리 사회의 보수와 진보 세력간의 이념 문제로까지 확대해서 생각해볼 수 있는데, 그러한 세력간에 벌어지는 암투는 전쟁과 같은 폭력적이고 물리적인 피해를 직접적으로 동반하지는 않지만 또 다른 형태의 전쟁으로 볼 수 있다. 그들은 그것을 인류의 번영과 국가의 발전이라고 부르짖고 있지만 그것을 바라보는 국민들에게 그것은 더 이상 발전이 아니며 때로 여기에 실망하기도 한다.

우리가 만들어낸 것 중에는 필요에 의해 만들어졌지만 제 역할은 고사하고 그것이 도리어 우리에게 손해를 가져오는 경우를 종종 만나게 된다. 그러한 것들 중에는 이제는 더 이상 쓸모가 없게 되고 처치 곤란한 상황에까지 이르게 되는 경우도 있고 다소 부정적 측면이 있고 어느 정도의 손해가 있긴 하지만 그러한 손해를 감수하고서라도 반드시 고수해야 하는 경우도 있다. 일반적으로 전자에 해당되는 것을 애물단지라 하고 후자의 것을 필요악이라 부른다. 그렇다면 우리가 만들어낸 이념과 사상은 과연 어디에 속하는 것일까?

우선 결론부터 말하자면 필요악이라 할 수 있다. 아니 필요악이 가지는 그 이상의 의미를 지니는 필수악일 수도 있다. 다만 우리가 그것을 통제하고 다스리는 방법을 알지 못할 뿐이다. 세상에 무수히 많은 사람들이 존재하듯, 그들이 얻고자 하는 바가 천차만별이듯 그들이 내세우고 주장하는 가치관과 이념 또한 다양할 수밖에 없다. 이러한 이념과 사상을 다스리고 조정해나가는 과정과 방법은 수학에서 말하는 근사치, 즉 "약~"을 도출해나가는 과정에 비유할 수 있다. 이를 한마디로 표현하면 '발전적으로 나아가는 화합과 조정의 과정'이라 할 수 있다. 다만 그러한 문제에 공식을 대입해서 풀어나가는 과정은 많은 시도와 시행착오를 거치면서 이루어진다는 점이다. 또한 그 과정에서 우리에게 많은 희생과 대가를 요구할 것이다. 그것이 우리에게 주어진 과제이기도 하다.

《시장과 전장》이란 소설은 인류의 번영과 발전을 위해 인간 스스로가 만든 사상이나 이념의 가치가 도리어 인간을 지배해버리고 마는 주객전도의 아이러니한 세상을 그려내고 있다. 인간이 만들어낸 이념이나 사상이 분명 인류발전이란 면에서 혁혁한 공을 세운 것은 사실이지만 그러한 목적을 달성하기 위해서 인간은 너무나도 많은 희생을 치러야만 한다. 그것은 소설 속에 그려진 과거에도 그러했고 현재에도 그러하며 앞으로도 그러할 것이다.

이러한 이념의 난립과 대립 속에서 이 소설은 나로 하여금 진정한 인류번영과 발전, 그리고 평화의 길은 과연 어디에 있으며 그러한 시대를 열어가기 위해 우리는 과연 무엇을 해야만 하는가에 대한 진지한 고민의 시간을 갖도록 만들어주었다. 자본주의, 공산주의, 그리고 중도의 길 아니면 새로운 제3의 이념 중 과연 어느 것이 이 시대가 요구하는 가치와 이념일까? 그것은 내가 내 정체성을 찾고자 수없이 고민하고 번뇌하던 것만큼이나 많은 고통을 요구했다. 그러나 거기에서 어느 것이 옳다는 명확하고 절대적인 해답을 얻을 수는 없었다. 그것은 이념이나 사상이란 문제가 한번의 고민으로 해결될 수 없으며 현재란 시점은 언제나 미래에 앞서 있기 때문이다. 다만 한 가지 깨달을 수 있었던 점은 역사는 한 곳에 머무르지는 않지만 반복되기는 한다는 사실이었다. 물론 그 모습이 완전히 똑같지는 않을 것이다. 앞에서 밝힌 바와 같이 역사는 한 곳에 머무르지 않고 끊임없이 흘러가기 때문이다.

소설 속에 나타난 바와 같이 과거 우리가 살아온 역사적 사실은 우리에게 지난날의 과오를 거울 삼아 발전적 미래로 나아가도록 가르치고 있다. 《손자병법》에서 손무는 과거에 이루어진 역사적 사실이 지금 당장의 해결책을 제시하지 못하지만 가장 비슷한 환경과 가장 비슷한 조건을 제시함으로써 우리가 미래의 위협에 대해 대비할 수 있는 지혜를 준다고 했다.

오늘은 8·15 광복절이다. 우리 민족은 수많은 외세의 침략과 압력에 굴하지 않고 한마음 한뜻으로 이 나라를 지켜냈고 1960년대에는 한강의 기적이라 불리는 눈부신 경제성장도 이룩해냈다. 그리고 1997년 IMF 경제위기 또한 거뜬히 이겨냈다. 1988년도에는 올림픽을, 지난 2002년에는 월드컵대회를 성공적으로 개최했다. 이 또한 화합의 힘이 아니고 무엇이겠는가? 비록 이념의 대립으로 지구촌의 유일한 분단국가로 남아 있고 현 시국 또한 보수-진보의 대립, 노-사-정의 대립 등 어려운 현실에 처해 있는 것도 사실이지만 이 또한 우리가 그간 이룩해냈던 가슴 벅찬 감동과 우리가 가진 역량과 화합으로 반드시 극복해내리라 믿어 의심치 않는다. 기훈이 가진 신념과 지영이 가진 강인함, 그리고 기석의 성실한 자세와 가화가 가진 사랑의 마음으로 간절히 바란다면 계란으로 바위도 깨뜨릴 수 있는 기적이 일어날 수도 있는 법이다.

숨소리

조 재 영 (서울시 동작구)

《시장과 전장》을 한창 읽어나가던 요 며칠 사이 나는 신문지상에서 두 분의 할머니를 만날 수 있었다. '사람과 사람'같은 제목의 난에 실린, 별로 특별할 것 없는 이야기에 굳이 내가 그 두 분을 겹쳐서 떠올렸던 것은 이 책 때문이었을 것이다. '마지막 빨치산'이었다던 정순덕 할머니, 남편을 따라 갓 결혼한 18살 새색시 적에 산으로 들어갔던 할머니는 12년 동안 '진양군 유격대' 대원으로 빨치산 활동을 했다고, 국군에게 체포되면서 총상을 입어 한 쪽 다리를 절단했고, 그 후 전향서를 쓰고 가석방으로 출소했지만 결국 그 전향서 때문에 북송(北送)을 거절당했다는 그런 이야기였다. '옛적부터 드물다'는 뜻의 고희(古稀)를 맞은 그 할머니의 우표만한 사진에는 여전히 북으로 가고 싶다는 할머니의 말처럼 어딘가 먼 곳을 향한 시선이 꽂혀 있었다. 그리고 오늘, 광복절 특집이기라도 하듯 사진 속에 군복 차림으로 실린 오금손 할머니는 한국전쟁 당시 간호장교로 활약하다 총상을 입고 전역했다는 분이었다. 부모님이 독립운동을 하다 숨겼다는 사실을 알게 된 13세 때부터 광복군에 지원해 인민군 6명을 사살하는 공로를 세우기까지, 할머니는 치아와 손톱·발톱까지 뽑히는 혹독한 고문을 당했다고, 최근에는 안보강연 5,000회를 돌파했다는 그런 이야기였다.

나는 학교에서 반공교육을 받았던 막차 세대에 속한다. "공산당이 싫어요!"를 외치고 장렬하게 죽었다던 아홉 살 소년 이승복의 이야기를 선

184

생님께 들었고, 해마다 열리는 반공 웅변대회에 초등학교 1학년 여덟 살의 나이로 참가해 "이 연사, 여러분 앞에 소리 높여 외칩니다!"라고 부르짖었던 기억도 있다. 〈우리의 소원은 통일〉이라는 노래가 교과서에 실려 있었지만 한편으로는 적화통일이 얼마나 무서운 것인지, 제2의 6·25가 일어나지 않기 위해 우리 국군 아저씨들이 나라를 지켜주고 있으니 감사해야 한다는 것들을 배웠던 세대다. 동족상잔이 무슨 뜻인지도 모르면서 분단의 아픔, 동족상잔의 비극이라는 말을 자연스레 6·25 기념 백일장에서 써 낼 수 있을 정도로 말랑말랑한 머리 한 구석에 사상이 싹을 틔울 때쯤, 시대는 변해 있었고 혹을 달고 있는 불사신(不死身)의 괴수쯤으로 여겨졌던 김일성의 사망 소식이 전해졌다. 나보다 세 살 어린 내 동생이 초등학교에 입학하면서부터 더 이상 학교에서는 반공 웅변대회도, 백일장도 열지 않았고 대신 통일염원 글짓기대회가 열리기 시작했다.

처음 빨치산이라는 말을 들었을 때 무슨 산 이름인 줄만 알았던 기억이 났다. 나이를 먹고 나서 빨치산이 무엇인지, 유격대가 무엇인지, 어느 정도 알게 된 후에도 여전히 그 이름은 보도 듣도 못한 지도 속 여느 산 이름보다도 낯설었고 나를 어리둥절하게 했다. 어쩌면 그것은 내 의식 깊숙이 박혀 있었던 어린 날의 교육 때문인지도 모른다. 공산주의, 유격대, 김일성, 이런 단어는 일종의 금기(禁忌)였고 '빨갱이'는 그 무엇보다도 부정적 관념이었다. 그런 무의식으로부터 아직 자유롭지 못한 나였기에 신문의 두 할머니 이야기는 예사롭지 않게 느껴졌었나 보다. 무엇이 옳고 그르냐를 판단하기 이전에 새겨졌던 이야기들이었으므로, 서로 극과 극이랄 수도 있는 이 두 할머니의 인생역정 이야기는 이상한 울림으로 다가왔는지도.

사실 나는 6·25에 대해 늘 호기심과 궁금증을 가득 안고 있으면서도 정작 전쟁을 겪었던 세대인 내 조부모님께 그 당시의 일을 여쭤본 적이 없다. 아니, 솔직히 말하자면 단 한 번의 무서운 침묵 이후로는 질문을 시도해본 적이 없다. 언제였을까, 한창 이산가족 상봉이 TV에서 방영되던 때였을까, 나는 별 생각 없이 "전쟁 때는 어땠어요, 할머니?"라고 여쭤본 적이 있었다. 전쟁 당시 20대 초중반을 한참 겪어내셨을 당신께서는 그 시절을 어떻게 기억하시는지 궁금했다. 피를 토할 듯 울부짖는 실향민들과 이산가족들을 보며 가족 중 아무도 이북에 남아 있거나 생이별을 경험하지 않은 당신께선 참 운이 좋으시다, 내심 그렇게 생각했었던 것 같다. 그러나 나는 대답을 얻지 못했다. 대신 마치 어떤 가면처럼 떠오르던 할머니의 낯선 표정을 보았을 뿐이었다. '그때는 먹을 것도 없어서…'하며 할머니께서는 말끝을 흐리셨고, 꽤 오랜 침묵 후에도 아무런 부연을 해주지 않으셨다. 늘 날 무릎 위에 앉히고 여러 얘기를 들려주시던 할머니의 낯선 침묵과 딱딱한 표정에 질려 나는 두 번 다시 당신께 그런 질문을 하지 않았다. 내심 실망스러웠다. 먹을 게 없었던 거야 전쟁 아니라도 그 시절에 얼마든지 있었던 일 아닐까, 비교적 풍족하게 대지주의 딸로 자라나신 할머니께서는 고생도 덜 하셨을 것이 아닌가, 그런 생각도 들었다. 그러나 나는 그후 10년 넘게 지나도록 아직도 할머니께 그 비슷한 질문을 꺼내본 적도 없고, 아마 앞으로도 그럴 수 없을 것 같았다. 나조차 그 이유를 모른 채로.

박경리의 소설은 문장 하나하나에 세심한 멋이 담겨 있는 것도 아니고, 여타의 대하소설처럼 힘찬 터치와 먹먹하게 터져 나오는 감정을 자랑하지도 않는다. 오히려 밋밋하게 느껴질 만큼 투박한 문장과 간결한 대화들, 마침표 뒤에 숨어 있는 숱한 이야기들을 독자 스스로가 재생산해내야 할 만큼 무뚝뚝한 구성으로 이루어져 있다. 그러나 때로 나의 정신이 스스로 여위어가고 물기 하나 없이 버석거리는 느낌이 들 때, 그럴 때 나는 주저 없이 박경리를 손에 든다. 뼈 마디마디가 툭툭 느껴질 듯한 여윈 몸을 눕혀놓고 따뜻한 손으로 등뼈를 하나하나 세어 가며 어루만져주는 듯한 느낌, 왜 아픈지 무엇 때문에 얼마나 아픈지에 관하여 아무 말도 묻지 않고 그저 살갗에 쓸리는 살갗의 느낌으로 사람을 치료해주는 듯한 느낌을 갖게 하는 소설이 바로 박경리의 소설이다. 그녀가 만든 인물들의 고뇌와 방황의 순간들은 때로 초라하게 느껴질 정도로 작고 나약하지만 바로 그렇기 때문에 위대하다. 아니, 어쩌면 소설 안에서 저희끼리 숨쉬고 살아 움직이고 있는 것처럼 삶을 한 올 한 올 짜 가는 모습은 독자의 가슴을 얼얼하게 만들 정도로 충격적이다. 하여, 나는 책을 덮는 순간 박경리가 그들에게서 뽑아낸 실로 자아낸 한 폭의 거대하고도 아름다운 풍경과 만나게 되는 것이다. 어느 때 어느 부분을 펴더라도 박경리의 이야기는 자신의 뜨거운 숨결을 뿜어내며 삶이라는 것, 세상이라는 것이 얼마나 작고 미약한 것들로 이루어져 있는지 일깨워 준다. 그렇기 때문에 가끔 나 자신이 한없이 보잘것없게 느껴지는 순간 그녀의 이야기 속에서 《토지》의 최서희처럼, 《김약국의 딸들》의 용빈, 용혜처럼, 거센 운명의 파도를 가르고 나갈 힘이 생겨나곤 하는 것이다.

어쩌면 그래서 《시장과 전장》은 내게 무척 낯선 책이었다. 특히 '여태까지 부정적 인물밖에 그릴 수 없었던 작가는 처음으로 이 작품 속에서 긍정적인 여자 이가화를 만날 수 있었다는 데 기쁨을 느낀다'라는 작가의 서문은 책의 중반이 넘어갈 때까지도 쉽게 이해할 수가 없었다. 무엇을 생각하는지, 어떻게 살고 싶은지 도무지 알 수 없는 여자, 이가화. 자신의 존엄을 침해받는 것을 참지 못한다던, 그래서 《토지》의 최치수가 자신의 분신이라고 말했던 이 자존심 강하고 꼿꼿한 작가가 '긍정적인 여자'라고 칭한 이가화는 의지라고는 찾아볼 수 없을 정도로 한심하고 바보 같아 보였다. 사랑하는 남자에게 아버지와 오빠를 잃으면서도 흡사 문장 속 쉼표처럼 띄엄띄엄하게 살아가고 있는 듯이 보이는 여자였다. 오히려 내게 처음 매혹적으로 다가온 것은 '지영'이었다. 남지영, 매사에 머뭇거리는 것 같고 사람들을 좋아하면서도 상처받을까 두려워하기 때문에 냉담하고 무심한 것으로 오해받는 여인, 별다른 목표도 없이 그저 가족과 일상의 굴레에서 도망치는 것만이 목적으로 보이던 지영은 막상 전쟁이라는 비일상적 상황 속에서 그 누구보다도 꼿꼿한 생명력을 보여준다. 천성적 결벽성과 예민함으로 인해 잘생기고 자상한 남편에게서도 정을 느끼지 못하던 지영은, 전쟁 이후 두 아이들과 노모(老母)를 책임지는 가장(家長)으로서 억척스럽게 삶을 헤쳐간다. 국군과 인민군이 번갈아 가며 점령하는 서울에서 남편이 혹시나 돌아올까 피란도 가지 않으며 서울에서 가슴 졸이며 숨어서 살고 있는 모습, 전쟁으로 비틀어져버린 생(生)일망정 그것을 한탄하거나 부정하지 않고 살아가는 여인이었다. 진정 윤동주가 《슬픈 족속》에서 노래했던 '흰 수건이 검은 머리를 두르고/흰 고무신이 거친 발에 걸리우다.//흰 저고리 치마가 슬픈 몸집을 가리고/흰 띠가 가는 허리를 질끈 동이다'라는 시구가 떠오르는 강한 한국 여인의 향기를 가진 여인이었다. 남편에게 전해지리라는 확신이 없어도 떡값을 열심히 들이밀고 어머니의 죽음 앞에서도 끈덕진 삶의 의지를 놓지 않는 모습은 강렬한 파동이 되어 나에게 다가왔다.

《시장과 전장》이라는 작품 어디에서도 용맹무쌍한 국군의 모습이나 반공 웅변대회에서 목청껏 비난했던 '빨갱이'의 모습은 보이지 않는다. 코뮤니스트로서 방황하고 헤매는 기훈의 모습만 언뜻 언뜻 비칠 뿐이었다. 인천상륙작전을 성공시킨 맥아더 장군의 뛰어난 지략(智略)도, 사상의 괴리(乖離)에 괴로워하는 지식인의 모습도 찾아볼 수 없었다. 단지 이 이야기를 처음부터 끝까지 꿰뚫고 있는 것은 그 많고 많은 사람들의 숨소리, 소리였다. 피란을 가야 할지 말아야 할지 짐을 가득 싸들고 서성대며, 국군과 인민군의 우세(優勢)에 따라 아무 때나 말과 행동을 바꿔야 했던 그 숱한 '평범한 사람들'의 이야기, 그런 사람들의 숨 냄새가 활자를 넘어서 내 가슴을 쳤다. 나는 처음으로 전쟁의 포화(砲火) 속에서 닳아졌던 나의 할머니, 할아버지의 삶을 느낄 수 있었다. 그리고 왜 그토록 할머니께서 무서운 침묵만으로 답하셨는지도 어렴풋이 알 것 같았다.

피란 와중 행방을 모르게 된 지영의 동료 선생 정혜숙처럼, 가족을 살리기 위해 써 낸 입당 원서가 목숨을 빼앗는 사형 선고장이 되어버린 것처럼, 내 조부모님의 기억 어딘가에도 그토록 죄스럽고 눈뜨기 싫은 진실이 숨겨져 있으리라. 어쩌면 '여성동맹위원장' 따위의 완장을 멋모르고 휘두르며 동네를 돌던 어린 소녀의 기억이, 국군과 인민군에게 번갈아 식량을 대주던 아버지의 기억이 그분들의 침묵 속에 같이 숨겨져 있는지도 모를 일이었다. 한때 나는 웃지 못할 이야기를 들은 적이 있다. 산골에 사는 평범한 농군들에게는 국군이나 인민군이나 별 다를 게 없어, 국군의 서울 수복 후 '국기를 달라'는 명령에 인공기를 달았다가 빨갱이로 오인받고 총살당하는 일이 허다했다는 이야기를. 나는 그 이야기를 들으면서도 일종의 극단적 비유일 것으로만 지레 짐작했었다. 그러나 아마도 침묵 뒤에는 그런 이야기까지 함께 숨어 있었을는지 모르겠다.

전쟁은 각종 부조리의 온상이다. 삶과 죽음의 교차는 너무나도 간단하고 때로는 헛웃음이 나올 정도로 우연적이다. 그래서 전후(戰後) 세대에게 전쟁이란 항상 비현실적 관념의 집합체 혹은 TV를 통해 이라크나 걸프 따위를 통해 투영해볼 수 있는 일종의 시각일 뿐이었다. 그 동안에도 전쟁은 끊임없이 형상화되었다. 수없이 많은 작가가 전쟁을 썼고, 많은 영화들이 전쟁을 그려냈다. 다시없을 비극이 재연되었고, 극도로 참혹한 광경을 통해 사람들은 평화가 얼마나 소중한 것인지 읽어낼 수 있었다. 그러나 박경리는 바로 그 순간에서 멈춰 선다. 끊임없는 포성을 피해 도망다니며 자신과 가족들의 삶의 물줄기를 틔워나가는 사람들의 얼굴과 얼굴 하나씩에 주목하는 것이다. 이렇게 작가가 빚어내고 생명을 불어넣은 인물들은 제각기의 색깔로 숨을 쉬기 시작한다. 그리고 바로 그 숨결이 그들의 아들 딸, 아들의 아들과 딸의 딸에게 이어짐으로써 우리들에게 이어지는 것이다. 전장을 그린 작품은 많았다. 그러나 이 작품 이전에 어느 누가 전장 속 시장에 눈길을 돌렸겠는가. 너무 많은 전쟁 영웅과 너무 많은 이념의 충돌 속에 잊혀졌던 우리 조부모님의 삶을, 박경리 이전에 그 누가 끌어안았는가. 나는 《시장과 전장》에서 처음으로 역사 속에 묻혀진 수많은 무명(無名)의 얼굴들과 맞닥뜨리게 되었으며 그것은 어떤 상황에서도 인간은, 그리고 삶은 계속되는 것이라는 벅찬 희열과 함께였다. 시장은 각종 물자가 모여 서로의 필요에 따라 교환되는 시간이자 공간이다. 시장은 결코 정지하지 않는다. 스스로의 생명력에 따라 끊임없이 변화하고 꿈틀거린다. 옷이 돈이 되고, 돈이 식량이 되고, 다시 식량이 옷이 된다. 그러한 삶의 응집력으로 인해 결국 '시장'과 '전장'은 불가분(不可分)의 관계로 결합하는 것이다.

지영도, 가화도 한없이 평범한 여자에 불과하다. 그런 일은 늘 일어나지 않는가. 사랑하는 남자에게 배신을 당하는 여자가 어디 가화뿐이겠으며, 때로 안정된 가정을 벗어나고픈 욕구에 시달리는 지영과 같은 여자도 세상에는 얼마나 흔한가. 그러나 전쟁은 그녀들의 삶에 마구잡이로 끼어들어 정돈될 수 있었던 모든 것을 헝클어 놓는다. 가화에게 전쟁은 사랑하는 남자에게 아버지와 오빠를 잃게 되는 잔인한 계기이며, 지영에게 전쟁은 아이 둘을 낳고 같이 산 남편에게 차마 하지 못했던 말들을 담은 편지조차 전할 수 없는 안타까움이다. 많은 이들은 전쟁이 얼마나 끔찍할지에 대해서만 상상하고 짐작한다. 죽음의 동의어라고만 생각한다. 결국 전쟁조차 삶의 일부분이라는 것을, 박경리가 비로소 나에게 일깨워 주었다.

그리하여 가화는 백치가 아닌 것이다. 기훈이 가화에게 어떠한 감정으로 대했든지 간에 그녀는 사랑을 결국 성취했다. 어쩌면 누군가는 처음의 나처럼, 사랑하는 남자에게 목숨을 잃은 가화를 한심스럽게 바라볼지도 모른다. 그러나 나는 책을 덮으며 눈앞에 하나씩 솟아오르는 얼굴 속에서 가화를 발견하고 한없이 기뻤다. 가족을 죽인 남자에게 여전히 '사랑했다'고 말할 수 있는 여자, 또다시 사랑에 영혼을 불태울 수 있는 여자, 그렇게 살아가는 가화의 방식이야말로 우리가 이 끔찍한 세상을 이겨낼 수 있는 원동력이기 때문이다. 세상은 말도 안 되는 것 투성이고 믿지 못할 일들은 자꾸만 일어난다. 그것은 전쟁일 수도 있고 혹은 다른 무엇일 수도 있다. 그러나 그토록 계속되는 불합리한 생(生) 속에서 자신의 운명의 무게를 기꺼이 받아들여 당당히 짊어지고 가화처럼 망설임 없이 한 걸음씩 내딛을 수 있다는 것은 얼마나 가슴 시리는 일인가. 사랑하는 남자를 자신의 힘으로 찾아내기까지, "그건 가화가 바보니까 나도 바보가 된 거야"라는 기훈의 고백까지, 도저히 삶이 아닌 것처럼 보였던 것까지 자신으로 화(化)하여 삶으로 끌어안은 여자, 바로 이가화의 얼굴이었다.

'아무도 사실대로 기억하고 사실대로 쓰지 못한다. … 왜 사람에게 슬픈 이야기가 필요한가, 왜 작가는 피 흘려 가며 슬픈 이야기를 써야 하는가, 왜 전쟁의 비극은 시처럼 아름다운가, 언어와 글이 생김으로써 사랑과 외로움과 예술이 생겨나고 모든 것이 생겨나고 — 그러나 오히려 언어의 장벽에 갇히어 서로 이해되지 못한 채, 때로는 처음 그 세상을 그리워하다가 사람들은 모두 자기 그림자만 밟고 있으며 또 가고 있는 것이다.' 다시금 나는 작가의 서문을 떠올린다. 내가 신문을 통해 읽은 손바닥만한 두 개의 기사, 마지막 빨치산과 간호장교 할머니의 이야기는 사실이 아닐지도 모른다. 실제로 그 분들의 터질 듯이 팽팽하고 거칠었던 삶의 굴곡은 평평한 신문지면에서 단조롭기 그지없게 조율되었을 것이다. 언어가 있기에 전해질 수 있으나 바로 그 언어의 장벽에 가로막혀 진실은 영영 우리가 더듬을 수 없는 곳에 외로이 남겨져 있을지도 모른다는 불안감이 든다. 어린 시절의 반공교육처럼, 겪지 못한 전쟁에 대해 너무 많은 것들을 배워버렸다는 생각도 나를 괴롭게 한다. 그러나 작가 자신의 표현처럼 '피 흘려 가며' 쓴 이야기를 읽고 나는 영혼 깊은 곳에서 안도감을 느끼게 되었다. '사람들은 모두 자기 그림자만 밟고 있으며 또 가고 있다'고 한다. 《시장과 전장》에 짙게 드리워진 그림자는 다름 아닌 내 조부모님의 것이었으며, 그분들이 꾹꾹 밟아오신 삶의 발자국들이 나에게까지 전해지고 있는 것이기 때문이다. 결코 잊혀질 수 없으며 잊을 수도 없는 기억들을 언어의 물레로 풀어내 다시금 가화, 지영, 기훈, 기석과 그 밖의 수많은 사람들의 얼굴로 띄워낸 작가를 통해 우리는 '그 세상'을 그 어떤 것을 통해서도 느낄 수 없었던 생생한 느낌으로 다시 살게 되었기 때문이다. 영원히 손에 닿지 않을 것만 같았던 진실이 오롯이 살아서 떠오르기 때문이다. 나는 이제야 '그 때는 먹을 것도 없어서…' 뒤편에 존재하던 할머니의 침묵이 무엇을 뜻하는지 이해할 수 있을 것만 같다.

역사의 증언

이 형 우(용인시 구성읍)

인간은 혼자 사는 존재가 아니라 사람들과 어울려 사는 존재이다. 처음에는 가족끼리, 다음에는 친척, 친지와 같이, 그리고 여러 타인들과 더불어 살아간다. 그래서 인간을 사회적 동물이라 한다. 옛날부터 인간이 공간적으로 사회적 존재임을 가장 극명하게 보여주는 곳은 마당이다.

고래로 마당의 기능은 다목적이었다. 형제가 많기도 했지만 집안이 한동네에서 모여 살았기에 종형제끼리 노는 장소로 마당은 언제나 북적북적하였다. 마당은 때가 되면 수확의 터전이 된다. 6월이면 보리타작을 하며, 늦가을로 들어서면 온갖 곡식을 털고 추수의 기쁨을 만끽하는 곳이었다. 또한 경조사가 이루어지는 공간이기도 하였다. 장례가 있는 날이면 상주들의 곡하는 소리가 메아리쳤으며, 혼례나 회갑잔치가 벌어지면 온 동네의 잔치가 베풀어지는 축제의 장이었다.

마당이 학교로 옮겨지면 운동장이 된다. 해방 후에 각종 학교가 생겨나면서 운동장은 각종 수업과 학교행사의 요람이었다. 강당이나 체육관이 거의 없던 시절 조회와 체육수업을 하는 곳으로, 교련이 정규과목에 있던 시절에는 군사훈련의 교장(敎場)으로 사용되었다. 초등학교 시절 주로 가을에 거행되는 운동회는, 학생들과 학부모, 주민들이 함께 어우러진 태곳적 우리 조상들이 행했던 영고, 동맹, 무천과 같은 종합예술이었다고 해도 과언이 아니다.

도시화가 가속화되면서 도심에는 큰 마당 곧 광장이 건설되었다. 유럽에서는 일찍이 광장이 있었지만 우리나라는 농업국가였기에 산업화 이후에 광장이 조성되기 시작되었다. 광장은 입장료가 없기 때문에 아무나 부담 없이 자유롭게 즐길 수 있는 곳이다. 아이들은 자전거를 타고 팽이를 치는 등 온갖 놀이를 한다. 연인들은 사랑을 속삭이고 미래를 설계한다. 부부들은 건강을 위해 배드민턴을 치거나 조깅을 한다. 노인들은 이러한 모습을 바라보면서 미소짓고 옛 추억에 잠기곤 한다.

이 외에도 마당이라 이름할 수 있는, 사람이 모여 살며 일하는 곳은 많다. 직장, 작업장, 하치장, 하역장, 공사장, 연병장 등이 있으며 자본주의의 상징인 시장도 일종의 마당이다. 그러나 절대로 있어서는, 생겨나서는, 벌어져서는 안 되는 것이 있다. 전장이다. 전쟁하는 마당이다.

역사는 여러 곳에 흔적을 남긴다. 현장을 직접 겪은 사건의 당사자가, 이를 전해들은 간접 증언자가, 사건을 추적하는 신문과 방송의 기자가, 후세에 학문으로 전해주려는 학자가 여러 모양으로 남긴다. 여기에 또 다른 역사가 있다. 이들이 할 수 없는 영역을 무한한 상상력과 재구성을 통하여 또 다른 역사를 남기는 위대한 흔적이 있으니 바로 문학이다.

삼천리 반도 금수강산을 유혈이 낭자한 살육의 땅으로 만든 1950년 6월 25일, 학자들이 말하는 한국전쟁. 이것은 왜 일어났는가! 당시 육군참모총장이었던 백선엽이 수많은 시체와 냄새의 진동을 두고 "나는 지옥의 모습이 어떠한지는 모르나 이보다 더할 수는 없으리라고 생각한다"고 고백한 것은 무엇인가? 가난하지만 평화로운 땅이, 살육이 가득한 전장이 된 모습을 박경리 선생은 그냥 보고 있을 수 없었다. 어떻게 라도 남기고 싶었다. 반드시 증언하지 않으면 미칠 것 같은 마음에서 평화의 마당 '시장'과 참상의 마당 '전장'을 대비시킨 소설 《시장과 전장》.

먼저 전쟁은 북한의 침공으로 일어났다는 사실을 증언한다.

책상물림으로 논쟁하기를 좋아하는 학자들은 전쟁의 시작을 남침설, 북침설, 유도남침설이라 하여 해괴한 근거를 내세우며 주장해왔다. 이는 오늘날에도 이어지고 있다. 전쟁의 장본인인 김일성도 생전에 한 번도 자신의 소행임을 밝힌 적이 없다. 오로지 미제국주의자의 조종을 받은 남조선 괴뢰도당 이승만의 북침으로 시작되었다고 일관되게 주장하였다.

그러나 어떠한 사건이고 현장에서 이를 겪은 사람보다 뚜렷한 증거는 없다. 곧 삼팔선 부근에서 살았던 사람들이 전쟁의 시작을 똑똑히 보았기 때문에 이에 무엇이 더 필요하다는 말인가! 김일성과 박헌영은 6·25 전쟁이 일어나기 1년 전부터 전쟁 준비를 했다. 이른바 미국의 식민지가 되어서 미제의 압제로부터 박해를 받아 신음하는 식민지 아래의 남녘동포들을 고통 속에서 해방(?) 시키기 위해. 1950년 5월부터는 전쟁의 징후가 본격적으로 나타난다. 당시의 삼팔선은 오늘날과 같지 않아 허술한 틈을 타서 적지 않은 사람들이 왕래하였다. 물론 그들의 입에서 머지 않아 전쟁이 일어날 것 같다는 말이 암암리에 퍼졌다.

주인공 지영은 무능한 남편을 대신해 생계를 유지하고, 자신의 배운 바를 펼치기 위해 남편과 남매를 모친에게 맡기고 황해도 연안에 있는 조그마한 학교로 간다 — 이 선생의 도움으로 결혼한 몸이라는 사실을 숨기고 직장생활을 시작한 지영의 모습에서 우리는 박경리 선생의 페미니즘을 금방 읽을 수 있다 — 이 선생 부인의 친정에 함께 가서 모녀가 나누는 대화를 통해 전쟁이 임박했음을 알 수 있다. 서울로 이사 가자는 딸의 부탁에 모친은 그게 쉬운 일이냐고 거절하지만 딸은 '이북서 밀고 내려오면 그만이에요'라고 말한다. 곧 삼팔선 부근에 사는 사람들은 전쟁을 기정사실로 받아들였다는 말이다.

교감 선생의 도움으로 지영은 학교에 부임하여 교사생활을 시작한다. 교무실에서 또는 사택에서 여교사들끼리 나누는 동료애와 우정을 보면서 인간은 본능적으로 기쁨과 즐거움을 지향하는 존재임을 인식하게 된다. 그리고 여교사들과 장교들의 미팅은 폭풍 속에 고요라고나 할까 전쟁이 임박한 격전지에서 지영이 처음이자 마지막으로 맛보는 낭만이었다. 그것도 유부녀가 처녀행세를 하면서 총각들과 나누는 로맨스.

밤하늘에 퍼지는 '남반부의 국군장병 여러분'으로 시작하는 대남방송은 전쟁의 개시를 알리는 선전포고와 같았으며, 지영의 학급에 마지막으로 전학온, 즉 어머니는 죽고 할머니와 동생은 남겨두고 아버지와 둘이 해주에서 넘어온 학생은 비극의 예고였다고나 할까?

그리고 무시무시한 전쟁은 일어났다. 1950년 6월 25일, 일요일 새벽 기어코 전쟁은 시작되었다. 뇌성 같은 대포소리와 함께. 이 작품 속에는 똑똑히 나와 있다. 지영이 전쟁을 인지하였을 때에 인민군은 이미 배천까지 밀고 내려왔다. 여기에서 어떻게 북침설을 내뱉을 수 있는가. 유도 남침설은 또 무엇인가. 이보다 더한 증거가 어디 있다는 말인가?

지영이 24일인 토요일 밤에 남편에게 보내는 회한과 원망이 어린 편지는 붙여지지 않았다. 물론 남편은 편지를 받지 못했다. 받아서 읽었더라면 기석은 더 슬픈 운명의 소유자가 되었을 것이다.

전쟁의 예감은 공산주의자 기훈에게도 있다. 석산 선생의 집에서 유숙한 기훈이 서성거릴 때 김 여사가 이북에서 밀고 내려온다는 말을 하자 석산 선생은 깜짝 놀라지만 기훈의 얼굴에는 피가 확 몰린다. 무엇을 의미하는가! 그는 알았다는 뜻이다. 이제까지 빈둥빈둥 대던 그가 할 일이 생겼다는 의미이다. 남한에 고정간첩으로 활동하던 공산주의자들은 이미 전쟁이 날 것을 알았다. 미리 지령을 받았기 때문이다. 그리고 잔인한 활동을 시작한다.

다음으로 전쟁은 공산주의의 실상을 고발하고 증거한다.

공산주의는 폭력과 잔인 그 자체이다. 공산주의의 창시자 맑스는 1848년 2월 벨기에의 수도 브뤼셀에서 동지 엥겔스와 함께 정치적 팸플릿인 〈공산당 선언〉을 발표한다. 첫 문장을 읽으면 모골이 송연해진다. '무시무시한 요귀가 유럽을 활보하고 있다.' 이 표현이 지나쳤던지 나중에는 '하나의 유령이 유럽을 배회하고 있다. 공산주의라는 유령이다'로 바꾸기는 하였지만 표현의 차이일 뿐 공산주의의 정체를 적나라하게 시사하고 있다. 마무리는 어떠한가. '지배계급들이 공산주의혁명 앞에서 벌벌 떨게 하라. 프롤레타리아에게 잃을 것은 사슬뿐이요, 얻을 것은 세계다. 만국의 노동자여, 단결하라!' 이의 실현을 위해 노동자는 힘이 없기에 폭력을 사용해야 한다고 절규한다. 이를 종교의 교리처럼 신봉하고 실천한 광신자들은 러시아의 레닌과 스탈린, 중국의 모택동, 쿠바의 카스트로, 베트남의 호치민, 페루의 체 게바라, 그리고 북한의 김일성이었다.

북한에서 공산주의를 실현하면서 이른바 봉건타파와 친일청산을 명목으로 시행한 정책은 토지개혁과 산업의 국유화 두 가지였다. 그런데 이를 〈공산당 선언〉대로 폭력적이며 혁명적인 방법으로 실시하였다. 일제시대까지 억눌려 소외된 삶을 살았던 마름과 소작인, 머슴 등을 선동하여 지주와 부농, 중농에 대한 증오심을 부추겼다. 토지를 무상으로 분배한다는 달콤한 명분으로 의식화시켜 땅을 무조건 빼앗고, 가혹한 방법으로 보복하도록 하였다. 인민재판을 열어 그들을 처참하게 응징하여 공산주의를 단시간 내에 실현하였다. 황순원의 《카인의 후예》와 임옥인의 《월남전 후》를 보면 토지개혁을 단행하는 반문명적이고 몰인간적인 과정이 자세히 나와 있다.

공산주의의 잔인성과 폭력성의 전형은 지영의 시아주버니 곧 무기력한 기석의 형 기훈이다. 그는 자기의 스승 석산 선생을 전쟁이 일어나자 구금한다. 석산 선생도 분명 공산주의 사상을 가졌다 전향한 지식인이었다. 석산 선생은 미국과 투쟁한 적이 있는 전형적 민족주의자였다. 폭력을 반대했으며 급진적 혁명에 찬성하지 않았다. 전쟁이 나자 본성을 드러낸 기훈은 스승에게 공산주의를 강요한다. 회유하다가 안 되니 협박한다. 석산 선생은 의기 있는 사람이었다. 기훈의 온갖 감언이설에 굴하지 않고 인민재판에 붙이라고 일갈한다.

석산 선생을 보면 마치 해방공간에서 민족의 찬사를 한 몸에 받았던 세 분의 선생을 떠올리게 된다. 여기서 선생이라 함은 존경한다, 본받고 싶다는 뜻이니, 몽양 여운형과 고당 조만식, 백범 김구 선생을 가리킨다. 이 분들은 모두 비운에 갔다는 공통점을 지닌다. 이런 스승을….

자신을 친자식처럼 아껴주고 먹여주고 재워주었던, 장가도 안 들어 집이 없어 떠돌며 동가식서가숙할 때 따뜻하게 돌봐주었던 석산 선생의 사모님. 남편의 선처를 부탁하러 갔을 때 기훈의 언행은 제자도 인간도 아니다. 어느 시인의 표현대로 개도 안 먹을 그놈의 이데올로기가 무엇이건대 이리도 비정하단 말인가! 북풍한설이 몰아치는 북만주벌판에서 생사를 같이하던, 스승과 제자 사이를 넘어 혈육처럼 살았던 정리를 하루아침에 내팽개치는 것이 공산주의란 말인가. 그리하여 이룬 혁명은 무슨 의미가 있는지.

김 여사가 기훈을 우산대로 후려치며 마지막으로 울부짖는 외침은 기훈을 넘어서 아니라 공산주의를 향한 저주이다. "이 천하에 의리 없는 놈아! 생벼락 맞을 놈아!"

공산주의 사상은 혈육의 정도 끊어놓는다. 기석이 입당원서를 제출했다고 하자 기훈이 하는 말은 공산주의라는 이데올로기의 포악성을 그대로 노출시킨다. 동생을 반동분자라고 비난하면서 해방이 되면 탄광에 보내겠다고 한다. 그러면서 조카를 보고 싶어왔다고 하니….

공산주의의 본질은 강릉에 간 기훈과 장덕삼의 언행에서 여실히 드러난다. 기훈이 마음이 바뀌기 시작한 장덕삼에게 "남반부에 완전한 해방이 오면 그때부터 오개년 혹은 십개년 계획을 할 일꾼들은 따로 있어. 당신이나 나같은 소모품은 쓸모 없게 된단 말이요. 우리는 가차없이 파괴하는 것, 맑시즘은 행동의 철학이지"라는 말에서 우리는 공산주의의 냉혹함을 엿볼 수 있다.

기훈은 여기에서 자기가 사랑하다가 버린 여자를 우연히 만난다. 사상검사인 남편이 자기 집 대문에서 비명에 간 모습을 지켜본 여자는 기훈을 보자 악마들, 살인자들 하면서 공산주의를 저주한다. 이 소리를 들은 기훈이 아무런 반응을 보이지 않는 것은 일말의 양심이 남아있는 것일까.

이 소설에서 작자가 가장 미련을 갖고 긍정적으로 그린 이가화. 그녀도 공산주의의 희생자였다. 만나는 장면이 분명하지 않고 다소 작위적이지만, 가화는 지순한 사랑의 화신이었다. 정인(情人) 기훈이 공산주의자인 줄 알지만 그녀는 무조건 사랑한다. 모든 것을 다 바쳐 온 몸으로 부도덕한 기훈을 사랑한다. 기훈은 전쟁이 나자 자신의 임무가 본격적으로 시작됨을 알고 그녀를 버리고 떠난다. 기훈은 부상을 입은 몸으로 전선에 투입되는 과정에서 탈출하여 장기전을 위해 지리산으로 들어가 게릴라 활동을 시작한다. 그런 그를 그녀는 천신만고 끝에 찾아간다.

기훈과 강릉으로 같이 갔던 장덕삼은 인텔리였다. 일제시대에 학병으로 나갔다가 해방이 되자 공산주의를 좇아 월북하고 정치공작대원으로 밀파되어 활동한 그는 보통 공산주의가 아니었다. 공산주의의 정체를 이미 간파하고 결국은 실패하지만 아무것도 모르는 소년 수일을 살려주기 위해 탈출을 도와주고, 기훈의 정인 이가화가 나타나자 전향을 결심하고 기훈에게 같이 하산하자고 설득한다. 가화는 공산주의가 무언가 모르는 상태에서 다만 사랑을 위해 장덕삼의 의견에 따른다.

기훈은 인간 이하의, 하나의 몸짓에 지나지 않았다. 죽일 마음을 가지고서 그녀를 품에 안는 악마. 아이 낳기를 원한다는 말을 하면서 본성을 숨기는 야만인. 절 부근에서 장덕삼과 가화는 새로운 삶을 향한 포부에 기쁨으로 충만하였으리라. 그러나 동지와 정인을 향해 차가운 금속탄환을 가슴에 꽂는 살인귀. 소설의 마지막 구절, "이 밤 따라 바람 소리 하나 없이 달은 너무 밝기만 하다"의 밝은 달은 이 참혹한 광경을 다 알고 있었으리라. 또한 공산주의의 실체를 꿰뚫고 후대에 이를 증언하리라. 순애보의 주인공 이가화는 이렇게 싸늘하게 식어갔다.

또한 전쟁은 인간이 어디까지 불행해질 수 있다는 것을 증명한다.

인간은 이성적 존재이다. 그래서 호모 사피엔스라고 명명했던가. 그러나 때로는 이성을 넘어서는 경우가 있다. 탐욕에 눈이 어두워지고, 절망에 가까운 불행 앞에서, 주체하지 못하는 사건을 당하여 인간은 이성을 잃고 광기를 발한다. 개인적으로는 자살과 살인으로, 사회적으로는 집단 광란으로, 국가적으로는 전쟁으로 이를 배설한다.

김일성과 박헌영은 탐욕에 눈이 어두워 전쟁을 일으켰다. 세계적으로는 좌우의 냉전을 본격화시켰고, 국가적으로는 씻을 수 없는 역사적 과오를 범했으며, 민족적으로는 증오와 갈등을 키웠고, 개인적으로는 무수한 살인과 주검, 불행을 남겼다.

연안에서 전쟁이 일어나자 지영이 배를 얻어 타고 서울로 올 수 있었던 것은 장교들과 미팅한 인연으로, 일종의 행운이었다. 그러나 연약한 여자의 몸으로 아슬아슬하게 배를 타고 와서 김포에서 서울까지 걸어오는 길은 얼마나 험난했을까. 지영의 가족들은 일말의 희망을 품고 여는 사람들과 마찬가지로 피란 길을 떠났다. 잠자리와 먹는 모습은 사람이라 볼 수 없다. 그러나 그나마 더 이상 갈 수가 없었다. 아군인지 적군인지 무자비한 폭격 때문에 피란을 가는 것은 죽음으로의 행진이었다.

기석은 무능하고 무기력한 인물이다. 인텔리 여성이기에 별로 사랑하지 않으면서 지영을 부인으로 맞이하여 가정을 이루었으니 모두에게 행복과 만족을 주지 못하였다. 서울이 인공 산하에 들어가자 이데올로기가 무엇인가 잘 알지도 못하면서, 또 형 기훈과의 연관도 없이 다만 자신에게 유리하다고 판단되어 공산당에 가입한다. 그러나 출신성분인지 기석의 방해인지 가입되지 않았고, 이것은 불행의 단초였다. 서울 수복으로 부역자 검거가 있자, 입당원서를 냈다는, 또 형과의 관계 때문에 영어(囹圄) 의 몸이 되고 만다.

전쟁이 발발하자 대통령 이승만과 정부는 서울 사수를 외치고 시민들에게 안심하라고 하면서, 방송으로 국군은 해주를 공격하고 북을 향해 진격을 하는 중이라고 거짓방송을 하고는 몰래 서울을 빠져나가 대전으로, 대구로, 부산으로 수도를 옮겼다. 인민군의 도하를 막는다고는 하지만 결국은 서울 시민의 탈출을 막은 한강 다리의 폭파는 무엇인가! 그러니 인공치하 시민들은 살기 위해 공산당의 지침에 따를 수밖에 없었다.

이렇게 부도덕한 고관들은 서울이 수복되자 부역했다는 죄목으로 사람들을 붙잡아다가 형무소에 가두어 공산주의자라고 처단하니 적반하장이 아닌가! 몰래 도망친 그들이 역적인가, 정부를 믿고 남아 있다가 부역할 수밖에 없었던 무고한 양민들이 역적인가! 입당원서 제출이 징역 15년이라니. 국민을 기만한 높은 사람들은 그렇다면 모두 사형감인데. 《그 많던 싱아는 누가 다 먹었을까》, 《엄마의 말뚝》에서 박완서가 울분을 내뱉는 장면이 연상된다.

그리고 사태는 역전된다. 중국군의 개입으로 인한 1·4후퇴. 기석의 운명은 여기에서 멈춘다. 6·25 발발 직후 서울과 마찬가지로 죄수들을 이송한 것이다. 대전으로인지 어떻게 되었는지 행방불명.

가족의 무사에 안심한 지 얼마 안 되어 남편이 서대문형무소에 갇히자 출소를 위해 몸을 던지는 지영의 모습은 애처롭기 그지없다. 사돈의 팔촌쯤 되는 국회의원에게 굴욕을 무릅쓰고 선처를 부탁하고, 남편의 상사인 정 소장에게 탄원서를 요청하기 위해 고행을 하는 지영. 그러나 아무런 효험도 없었다. 남편은 소식도 없이 이감되었던 것이다. 지영은 이성을 잃었다. 별로 사랑하지 않았던 남편에 대한 죄 씻음이라도 하듯, 대전으로 갔을 남편을 찾아가기 위해 리어카를 만드는 여심. 리어카를 만들 수 없어 남편에 대한 희망은 접어야 했다.

무능한 사위, 헌신적인 딸과 두 손주를 지키기 위해 인내했던 윤 씨. 서울이 다시 수복되자 중국군과 인민군은 도망치기 시작했고 미처 가져가지 못한 식량이 여기저기 흩어져 있었다. 윤 씨는 한강가에서 다른 사람들처럼 쌀을 퍼내 머리에 이었다. 순간 하늘이 진동하고 땅이 꺼지는 듯한 고함 소리, 총성과 함께 윤 씨는 쓰러졌다. 거무죽죽한 피가 쌀자루를 적시고 모래밭에 스며들었다. 하늘도 땅도 통곡할 윤 씨의 죽음. 누구의 만행이건 문제가 되지 않는다. 하나님도 외면한 전쟁이기 때문이다.

박경리 선생님이시여! 왜 이리도 처참한 장면을 설정하여 책을 읽고 글을 쓰는 사람으로 하여금 슬픔에 떨게 하십니까? 전쟁의 비극을 극대화시키고자 하는 의도는 십분 이해하지만 너무 슬프고 손이 떨려 제대로 자판을 두드릴 수가 없군요.

들에도 산에도 하천에도 시체가 즐비한 가운데, 야전병원은 들어오는 부상자, 나가는 시신으로 전장은 아비규환 그 자체이다. 부상이 조금 덜해지면 또 전선으로 보내는 것이 전쟁의 생리인가.

한민족이 오천 년을 오순도순 평화롭게 살았던 순결한 땅이 골육상쟁의 전장으로 변한 것이다. 지하에 누워있는 공산주의의 종주국 독재자들에게 고한다. 1950년 6월의 한국전쟁을 승인하고 지원한 소련의 스탈린과, 침략에 동의하고 대규모 병력을 이끌고 참전하여 결국은 통일을 방해한 중국의 모택동과 팽덕회는 반성하고 다시는 남의 민족의 일에 일체 간섭하지 말라.

분단을 고착화시키고 전무후무한 동족상잔의 비극을 일으켜 국민을 불행의 늪으로 몰아넣었으며, 민족사에 씻을 수 없는 오욕을 남기고 세계인으로 하여금 코미디의 소재를 제공한 김일성과 박헌영은 대오각성하고 역사와 민족 앞에 무릎 꿇어 참회하라.

미국이여! 당신들이 한국을 도와주기 위해 참전하여 5만 명의 희생자를 내면서 공산통일을 저지했으며, 이후 경제발전과 민주화를 위한 안보적 방패와 울타리가 되어 준 것은 고맙게 생각하며 공로를 인정한다. 그러나 중국 내전에서 장개석에게 천문학적 원조를 해주고도 패배한 아픔을 만회라도 하듯, 전쟁이라는 명분 아래 무슨 한풀이처럼 무자비하게 폭격하고 무고한 양민들을 무참하게 학살한 당신들의 잔인성은 여러 곳에서 드러났으니 더 이상 부인하지 말고 진상조사에 성실하게 응하라.

독립된 나라의 첫 단추를 잘못 끼어 발전을 왜곡시키고, 국민을 속이고 몰래 도망을 쳤다가 돌아와 부역이라는 죄목으로 많은 사람들을 범죄자로 만들며, 무수한 살육으로 전국이 도살장이 되는데도 국민들에게 무관심했던 이승만 대통령과 당시의 위정자들이여, 당신들의 과오를 아는가.

그러나 절망의 크기만큼 희망도 부피도 큰 법이니 지영에게는 하늘같은 자식이 둘이나 있었다. 희와 광이라는 두 자식을 보면서 비극을 이겨낼 소망을 찾았다. 지긋지긋한 전장을 떠나 빨간 사과와 술병, 땅콩과 빵이 가지런히 놓여 있고, 노점상의 불빛이 깔린 아래에 음악 소리가 들리는 시장을 지나면서 지영은 불행을 잊는다.

끝으로 사족 한마디. 대전으로 간 기석의 운명은 어찌되었을까? 박명림 교수의 《한국 1950 전쟁과 평화》를 보면 해답이 나온다.

서대문형무소에서 대전으로 이감된 사상범들은 재판 없이 대거 처형되었다. 끌려온 이들은 참호를 파도록 명령받았다. 몇몇 미군 장교들 역시 지켜보았다. 참호파기가 어느 정도 완료되었을 때 남한 경찰들은 등 뒤에서 죄수들 절반을 총살하였다. 나머지 절반은 죽은 자들을 묻으라고 명령받았다. 그리고 이들도 질서정연하게 처형되어 묻혔다.

6개의 큰 구덩이들에 7천 이상의 남녀 시체가 묻혀 있었다는 것이다. 6·25 직후 7월의 일이지만 기석도 이러한 형식으로 총살되었을 것이다. 또한 박명림 교수는 이렇게 전쟁을 결론짓고 있다.

화해와 통일, 생명과 평화의 세기를 건설하기 위해 무엇보다 "인간은 인간에 대해 인간적이어야 한다"(Homo homini Homo).

이를 증언하고 증거하며 증명한 책이 박경리 선생의 《시장과 전장》이다. 여기 저기에 좋은 물건을 쌓아놓고 선전하며 팔고, 이를 사기 위해 오가며 정이 넘치는 시장은 자꾸 늘어나야 한다. 최인훈의 《광장》에 나오는 이명준 같이 조국을 버리고 투신하는 비극적 인물이 나와서는 안 된다. 그러나 광장은 많이 만들어져야 한다. 2002월드컵처럼 '오! 필승 코리아'를 외치기 위해, 그리고 통일의 그날 7천만 겨레가 어깨동무하고 감격을 같이 나누기 위해. 그러나 전장은 절대 생겨나서는 안 된다. 어떠한 경우에든 없어야 한다. 이 책이 주는 뼈저린 교훈이다.

파도, 삶의 생생한 증언

김 은 미(경북 경산시)

스무 권이 넘는 엄청난 분량의 소설 《토지》를 쓰신 박경리 님의 존재는 그간 문학도를 갈망하는 내게 거의 신화와도 같은 것이었다. 여러 번 읽으려고 시도했으나 손에서 놓고 만 《토지》의 파편들은 내가 박경리 님의 소설들을 철옹성으로 여기는 데 가감 없이 기여했다. 사람의 편견이라는 것은 그리도 무서운 것인가 보다. 그렇게 제풀에 지쳐 포기한 기억 때문인지 또 다시 박경리 님의 소설을 잡기란 그리 쉬운 일이 아니었다. 오죽하면 '파시'라는 제목이 처절하다 못해 청승맞기까지 하다는 억지 죄목까지 끌어들여 이 소설로부터 도망치려 했을까.

하지만 막상 몇 장을 읽고 나니, 나는 책을 읽는 것이 아니라 이야기를 듣고 있는 것이라는 감흥에 빠져 그새 책 한 권을 다 읽었다. 경상도 특유의 구수한 입담에, 가슴을 탁 트이게 하는 파도 소리며, 소금기 어린 바다 냄새까지…. 《파시》의 배경은 통영이나 부산이 아니라 내가 발 딛고 선 땅에 다시 펼쳐졌다. 가끔은 이녕(泥濘)에서 뒹구는 싸움닭처럼 다투는 아주머니들의 고함 소리가 들려 오고, 또 가끔은 신비스러운 짐승의 털 같은 잿빛 안개가 뒤덮이기도 하는 부두를 터전으로 살아가는 이들의 이야기, 그것이 바로 파시(波市)였다.

어부가 출항하여 어망 가득히 고기를 낚아 올릴 때까지 여러 번 풍랑을 만나는 것처럼 인생도 내내 순탄하지만은 않다. 인생의 질곡 중 가장 최악의 것을 꼽으라면 그것은 바로 전쟁이 아닐까. 모든 인생의 고난이 그러할진대 특히 전쟁은 개인이 결코 원하지 않은 고난이며, 극복해내기에 개인의 존재는 참으로 미약하기만 하다. 단정적으로 말하자면 나는 이 땅의 전쟁이 살갗으로 느껴지지 않을 만큼 전쟁에 대해 무디어진 세대이다. 전쟁이라고 하면 사람이 피 흘리며 전사하는 모습보다 지난 이라크 전쟁 때와 같이 탱크가 진격하고 최첨단 전투기에서 미사일이 발사되는 장면을 먼저 떠오르니 이것도 기계문명의 폐해가 아닌가 한다. 이 책의 시대적 배경이 되는 6·25 전쟁은 기계가 아닌 살갗의 고난인데 말이다.

그렇다고 해서 나는 이 소설을 본격적인 전쟁소설의 범주 안에 넣고자 하는 생각은 추호도 없다. 그것은 이 책을 읽은 사람이라면 누구나 공감할 수 있을 것이라고 생각한다. 이 소설에서 전쟁은 단지 가장 비극적인 인생의 고난으로서 개개인의 삶에 관여하고 있으며, 그로 인해 더욱 튼튼한 소설적 구조를 갖게 되었다. 예를 들면, 수옥이 홀홀 단신으로 이북에서 피란 온 것이나 학수가 군대에 강제로 징집되고, 응주가 군대에 가기로 결심한 것 모두가 전쟁과 맞닿아 있다. 그러고 보면 전쟁은 참 모순적 존재라 아니할 수 없다. 현실에서의 삶을 송두리째 파괴하는 동시에 수많은 작품 속에서는 영감의 원천이 되니 말이다. 사람이란 생사가 갈리는 인생의 극한에서 인생을 다시 성찰하게 마련인가 보다.

청년기의 복잡 미묘한 심리 상태에 전쟁의 상황까지 얹히게 되면 그 갈등은 질풍노도보다 더한 속도로 걷잡을 수 없이 줄달음치게 된다. 지식인 청년 응주는 명예욕에 가득 찬 아버지 박 의사가 혼인시키려 하는 죽희와 자신이 원하는 명화 사이에서 갈등하게 된다. 자신의 마음이 올곧게 명화를 향하고 있다면 마음을 따르련만 믿지 못할 것은 세상 다른 누구도 아닌 바로 자기 자신이다. 이제껏 명화와 혼인하는 것이 당연하다고 생각했던 것이 무색할 만큼 그는 죽희에게 끌리는 자신을 부정할 수 없다. 그렇듯 청년기의 방황은 도무지 갈피를 잡을 수 없는 것이다.

이러한 그의 성향은 군 입대를 놓고 고민하는 부분에서도 드러난다. 후방에 빠지기를 거부하는 것을 일종의 허영으로 치부하는 박 의사에게 반발심을 느끼면서도 자신의 애국심에는 전혀 확신이 서지 않는다. 후방에 빠져 유학이나 갈까 생각해보지만 그것은 또 양심에 비추어 전혀 마땅치 않은 일이다. 이러한 삶의 문제는 그 시대 아니 오늘을 살고 있는 지식인이라도 한 번쯤은 부딪쳐봤을 법한 난제가 아닐까.

나는 소설을 읽어나가면서 응주를 계속 우유부단한 성격의 전형인 햄릿에 대응시키고 있었다. 그리고 응주에서 햄릿으로 이어진 연결선상의 끝자락에서 어둠에 웅크리고 있는 내 자신을 발견했다. 이른바 21세기의 신세대라 하는 나도 전후 세대인 응주와 똑같은 갈등을 겪고 있었던 것이다.

며칠 전 텔레비전을 통해 미군 부대에서 시위를 벌이는 한총련 소속 대학생들과 이를 제재하는 미군을 보도하는 뉴스를 보았다. 물론 무력으로 해결하려는 그 대학생들의 방법을 옹호하는 것은 아니다. 내가 느낀 바는 바로 그들의 깨어 있고, 열려 있는 지성의 목소리에 있었다. 사회를 비관만 했지 개혁이라는 말에는 도통 무관심한 나에 비해, 그들은 비관은 할지언정 웅크리지 않고, 눈과 귀와 마음을 활짝 열어 두고 있었다. 나도 언젠가는 박 의사처럼 기계문명의 스노비즘에 젖어 부와 명예만 쫓고 있을지도 모른다. 하지만 그 언젠가를 영겁의 시간 밖으로 밀어낼 만한 깨끗하고 바른 지성만 있다면….

한편 명화와 수옥으로 대표되는 전통적 여성상과 학자로 대표되는 현대적 여성상의 대립구조도 이 소설을 읽으면서 고민했던 부분이다. 다양한 가치관을 내재하고 있는 개인을 일부분들로 판단하여 그 사람이 전통적인지 현대적인지 가르는 것은 지나친 흑백논리가 아니냐고 할지도 모른다. 그럼에도 외유내강하며 슬픔이나 한을 내면화시키는 명화와 수옥을 전통적 여인으로, 배금주의를 신봉하며 한을 외부로 표출시키는 학자를 현대적 여성으로 대응시키는 데는 별 무리가 없을 듯하다. 극단으로 치우친 두 유형의 여성들을 보며 비록 페미니스트는 아니지만 나도 무엇이 바람직하고 진실한 여성의 모습일까 고민하게 되었다.

여학교까지 나온 재인(才人)이지만 서영래에게 거의 팔려가다시피 한 수옥의 불행을 오로지 전쟁 탓으로 돌릴 수는 없을 것 같다. 수옥의 불행은 전쟁과 자신의 나약한 심성이 빚어낸 결과물이 아닐까. 누구도 자신의 삶이 절망과 고뇌의 구렁텅이에 내쳐지길 바라지 않으며, 그러기에 힘든 상황 속에서도 한 가닥 희망을 품고 노력하여 스스로 그 상황에서 벗어나려 한다. 하지만 수옥은 학수와 함께 섬에 도망치기 전까지는 스스로 아무런 시도도 해보지 않았고 자신의 신세만 한탄할 뿐이었다. 바닷가에서 달빛을 받으며 눈물을 흘리는 그 모습에 연민을 느끼면서도 일말의 비난이 섞인 안타까움을 표할 수밖에 없었던 것도 그 때문이었다.

학자는 절망의 상황에서 돌파구를 모색하기는 하지만 물질만능주의에 빠져서 창부의 길을 걷게 된다. 그 선택은 누구도 강요한 것이 아니다. 학자에게는 수옥이나 명화보다 옹골찬 면이 있기는 하지만 왠지 떫은 감을 씹는 것처럼 떨떠름한 기분을 지울 수 없었다. 현대의 여성에게도 완전히 자유로운 선택은 없다는 것의 반증일까. 여성, 빈곤, 사회적 약자 등의 어떤 일체의 제약도 받지 않는 선택이란 애초에 존재하지 않는 것일까. 끝없이 이어지는 물음에 나는 분명한 답을 찾지 못한 채 계속 마른침만 삼킬 뿐이었다.

그렇다면 바람직한 삶이라는 것도 인생의 시련을 스스로 슬기롭게 헤쳐나가되 또한 자유로운 선택이 가능한 폭을 넓히는 게 아닐까. 고난과 절망 앞에서 눈물 보이거나 뒤편에 숨지 않고, 당당하고 조금은 여유 있게 그 힘든 상황을 응시하며 희망을 갖고 새로운 길을 만들어갈 때 비로소 닫혀 있던 선택의 문들은 열릴 것이다. 어쩌면 박경리 님이 이 소설에서 말하고자 한 바도 이것이 아닌가 한다. 파도가 아무리 거세도 고기잡이배는 출항할 수밖에 없다. 바다를 일렁이게 하는 파도, 그 안에는 헤아릴 수 없는 눈물방울과 슬픔이 담겨 있지만 동시에 차마 형용할 수 없는 기쁨과 감동의 순간들이 기다리고 있기 때문이다. 그것만이 정녕 생생한 심장박동이 느껴지는 삶이기 때문이다.

우리가 소설 속에서 수많은 인물들과 사건들을 만나고 함께 웃고 울 수 있는 까닭도 바로 '삶'의 문제를 공유하고 있기 때문일 것이다. 녹녹치 않은 그네들의 삶이 우리네 것과 참 많이 닮았기 때문일 것이다. 물질만능주의와 명예지상주의는 정신을 황폐하게 하고, 눈이 멀어 올바른 것을 보지 못하게 한다. 그래서 세상에는 남의 흉을 들추어내는 악담과 비밀스러운 뒷거래가 공공연히 오가는 것일까. 물질로 사람을 사고 팔고, 자기에게 도움이 되면 친구 아니면 적이 되어버리며, 일신의 안락을 위해 사회에 대한 의무마저 저버리려 하는 사람들 … 그 속에서 나는 바다 위 홀로 떠 있는 섬처럼 외로워짐을 느꼈다.

　아직 절실한 사랑의 감정을 느껴보지 못한 탓일지도 모르지만, 가끔은 사랑의 슬픔보다 외로움이 더 비극적인 감정이 아닐까 생각한다. 햇살이 따스하게 부서지는, 아름답다고만 생각했던 세상이 어느 날 너무나 눈부셔 나 아닌 주위의 다른 아무것도 볼 수 없을 때, 눈부실수록 그만큼 더 고독해지는 것이다. 슬픔은 눈물로 해소할 수 있지만 이런 감정은 말로 설명하기조차 막막할 뿐이다. 다만 나는 조만섭이 기울이던 술잔에서, 박 의사의 날카롭게 반짝이는 안경테에서, 명화의 초콜릿 빛 구두에서 그 고독의 감정을 잠시나마 느낄 수 있었다. 삶이 외로움과의 끊임없는 조우라고 한다면 지나친 비약일까.

　그러다가 또 한번 출렁이는 파도 소리를 들었다. 문득 아무리 외떨어진 섬이라도 혼자가 아님을 깨닫는다. 하늘을 날다가 가끔씩 들르는 갈매기 같은 벗이 있고, 무엇보다도 섬과 함께 살아가야 할 파도라는 삶이 있으니 말이다. 명화에게는 응주라는 동반자가 있었지만 어느 날 갑자기 명화는 그에게서 떠나버렸다. 그 동안 잊고 지냈던 삶의 존재를 불현듯 깨닫고 그제야 혼자가 될지도 모른다는 불안감을 극복하게 되었던 것은 아닐까. 그래서 부산을 떠나 일본에서 하나의 섬이 되기로 한 것이 아닐까.

　이제 나 또한 하나의 섬이 되었음은 외려 기뻐할 일이다. 파도를 통해 전쟁의 상흔, 사랑의 슬픔, 외로움, 물질과 부에 대한 부질없는 욕망이 실려 오지만 그것마저 두 팔로 끌어안아야 할 나의 삶이다. 섬으로서 열심히 살다가 틈틈이 시간을 내 저 높은 바위 언덕 위에 등대도 하나 만들 일이다. 밤이 되어 사방이 어둠에 휩싸이면 그때 파도라는 내 삶을 조용히 관망할 수 있게 말이다. 가끔 폭풍우가 찾아와 섬을 위협한다 해도 자신의 자리를 묵묵히 지킬 뿐이다. 생의 한가운데에서 기쁨으로 충만한 생의 다음날을 바라보며… .

이 소설을 읽고 한편으로 마음 한구석이 따뜻해졌던 이유는 순박하고 소탈한 사람들에게서 정(情)을 느꼈기 때문이었다. 아무리 날이 가물어도 절대로 마르는 법이 없는 깊고도 영롱한 정(情)의 샘, 그 맑은 물이 내 메마른 가슴에 촉촉한 단비가 되어 내릴 때 나는 그만 싱긋 웃어버렸다. 섬 사람 특유의 털털함으로 학수와 수옥을 챙겨주던 닻줄이, 명화가 새로운 삶을 살 수 있게 도와 준 대머리 책방 주인… 그들을 보며 사람이 사람에게 하나의 축복이 될 수 있음을, 그리하여 이 세상에서 내가 만난 모든 인연을 소중히 여겨야겠다는 것을 느꼈다. 소설의 결말 부분에서 대머리 책방 주인이 응주에게 건넨 말은 언뜻 듣기에는 별 의미가 없는 듯하지만 곱씹어 볼수록 촌철살인의 경지가 담긴 말처럼 여겨졌다. "바다를 보면서 술이나 실컷 마시자. 상처는 아물어도 좋고, 안 아물어도 좋을 것 아니가? 사실 연애란 흔하지 않은 거지. 잊어버릴 수 있다면 좋고, 잊어버릴 수 없다면 더욱 좋은 거다."

사람이 사람을 해친다는 요즘처럼 무서운 세상에 다른 사람에게 피해를 주지 않고 사는 것만으로도 좋지만 욕심을 내어 다른 사람에게 행복과 사랑을 나누어 줄 수 있는 사람으로 살아가야겠다는 목표를 세워 본다. 대학교에 입학해서 배우고 싶었던 것 중의 하나가 바로 손짓 언어, 수화였다. 평소 수화는 단순한 의사소통 수단이 아니라 손짓으로 말하는 말보다 더 큰 사랑이라고 생각하던 터였다. 하지만 부끄럽게도 아직까지 난 그 다짐을 실천에 옮기지 못했다. 이젠 수화를 배우며, 다른 사람에게 나누어 줄 사랑도 함께 키워 나가야겠다는 생각을 해본다. 그리하여 더욱 성숙한 내가 될 수 있다면 더할 나위 없이 좋은 일이다.

이 소설을 자세히 들여다보면 부족함 없이 모두 완벽하게 갖추어진 가정은 없는 듯하다. 명화네는 명화 어머니가 정신 이상으로 자살을 했으며, 재력에서 남부럽지 않았던 학수네는 한순간 몰락하고 아버지는 몸져눕게 되었다. 자식 없이 외로이 살아가는 서영래도, 딸자식이 벙어리인 병원집도 나름의 어려움을 겪고 있기는 매한가지이다. 어딘가 조금은 일그러진 이들 가정의 모습을 보면서 이것이 작게는 그 시대의 각 개인을, 크게는 사회 전체를 대변한다는 생각이 들었다. 그렇게 부족하고 상처가 있는 사람들이 얼기설기 엮여 살아가는 것이 세상의 가장 진실한 모습이리라.

순탄치 않은 인생 항로의 선상에서 학자가 갑자기 자신이 부쩍 늙어버렸다는 느낌이 든다고 술회했듯이 나도 이 소설을 읽고 그런 생각을 했다. 전쟁을 몸으로 겪어 보지 못하고 풍족함을 누리며 자라온 세대에게 그 느낌은 피상적일 수밖에 없겠지만, 그럼에도 삶과 전쟁, 인간 등에 대해 나름의 생각을 정리하면서 전보다 훨씬 더 깊어진 나를 발견했다. 삶은 살아가는 데 의미가 있는 것이매, 그들처럼 나도 '살아야겠다'는 생각이 든다. 조금은 가난하더라도 마음만은 풍족하게, 일체의 인위와 폭력을 거부하고 파도처럼 자연스럽게 일렁이며 살 일이다.

고민 많고 방황하던 고등학교 시절 일기장에는 그때의 넋두리가 추억이라는 이름으로 남아 있다. '그래도 밤이 되든 낮이 되든 햇빛이 비치든 비가 내리든 바다는 항상 파랗지? 주위 상황과는 관계없이 언제나 푸름을 잃지 않는 바다, 새하얀 파도가 되고 싶다. 비록 그 몸이 으스러져 인어의 포말이 된다고 할지라도 내 진정 희망의 끈을 놓고 싶지는 않다.'

어쩌면 나는 그 시절의 고민을 아직까지 하고 있는지도 모르겠다. 하지만 파도가 내 삶을 증언하는 한 언제까지나 희망을 품고 살 것이다. 홀로 선 섬처럼, 출항해야 하는 고기잡이배처럼….

이 땅의 전후 세대들에게 보내는 메시지

문 귀 영 (부산시 진구)

　두 자녀를 차례로 떨어뜨리고 막내를 안고 투신한 손 씨 아주머니의 기사를 보며 그 끔찍함에 우리 가족 모두는 손으로 입을 가린 채 비명을 질렀다. 저녁 6시 언제나처럼 베란다에 담배를 피우러 나왔다가 그 광경을 목격하게 된 한 아저씨는 지금도 청심환으로 놀란 가슴을 달래고 있다고 한다. 각종 카드 빚에 남편의 가출에 그 아내가 선택할 수 있는 길은 하나밖에 없었다고 언론에서는 떠들어댔다. 하지만 그 내막을 자세히 살펴보면 알려진 바와 달랐다. 남편은 어제 저녁까지 아내와 맥주 잔을 기울이며 요즘 잠이 안 온다는 아내의 고민을 들어주었고, 사건 당일도 일하러 지방에 내려갔다고 한다. 소박하기 이를 데 없었던 한 가정에 일어난 전쟁보다 더한 시련. 남편이 전에 다녔던 가구회사는 IMF 구조조정에 어이없이 정리되고 말았고, 가진 게 목수 기술밖에 없었던 남편은 전국의 막노동판의 일자리를 찾아 떠도는 신세가 되었단다. 기가 차는 것은 남편의 회사를 포함한 여러 회사가 노조의 상여금 반환과 기본급 인하 등으로 충분히 안정적이었는데도 정리되는 희생을 치른 이유는 요즘 한창 시끄러운 굿모닝시티의 자금을 만들어주기 위해서였다고 한다.

　비리로 얼룩져 세상의 돈이 다 없어진 듯한 요즘. 사람들은 최근의 불황을 가리켜 IMF 때보다 더 하다고 한다. 누군가 그랬다고 한다. 잠을 줄이고 먹는 것까지 아껴가며 절약을 해도 생활이 나아지지 않기에 '차라리 다 망하게 전쟁이나 나 버려'라고 했단다. 잘 사는 사람들 억척같이 모아둔 돈이나 건물들이 아무 쓸모도 없어지게.

　2003년 대한민국 국민으로서 살고있는 우리에게 전쟁은 어떤 의미일까? 박경리의 소설 《시장과 전장》은 전쟁불감증에 걸려 있는 우리에게 전쟁은 그렇게 함부로 입에 올리는 것이 아니라고 경고한다. 부시의 이라크 공격도, CNN의 전쟁중계도 전쟁을 겪어보지 못한 젊은 사람들에겐 흥밋거리 이상이 아니었다. 미국의 최첨단 군장비와 잘 짜여진 전쟁 시나리오는 밀리터리 룩과 전쟁 장난감의 유행을 불러오지 않았던가. 특히 CNN의 전쟁중계는 막 시작된 끔찍한 공습조차도 야자수 위로 퍼지는 불꽃놀이처럼 보이게 했다. 부시는 명분없는 전쟁이 될까봐 밤낮으로 대량살상무기를 찾아야 한다고 떠들어댔고, 몇 몇 강대국이 거기에 동조했다. 반전평화시위는 전 세계적으로 일어났지만 전쟁은 기어이 터지고 말았다. 이라크 전쟁이 터지던 날 우리는 그 속에 있는 이라크 어린이들의 맑은 눈동자를 떠올리지 못했고, 밤새 뜬눈으로 TV를 지켜보면서도 허물어진 건물과 피묻은 옷가지를 생각지 못했다. 전쟁은 내 것이 아닐 때 이렇게 무심할 수 있는 것이었다. 최서해가 빈곤을 먹다버린 고등어대가리와 귤껍질로 선명하게 각인시켰다면, 6·25전쟁을 온몸으로 받아들여야 했던 작가 박경리는 작가 자신의 분신이기도 한 여주인공 지영을 통해 독자도 서서히 전쟁 속으로 내던져지게 만든다.

　1950년 6월 25일 새벽, 내일도 어김없이 해가 뜨고 8시까지 회사에 출근하고 학교에 가리라 생각하며 잠들었던 우리 국민들은 다음 날 아침 어느새 전시의 국민들이 된다. 주인공 지영은 북한 연백의 처녀선생으로 부임하느라 서울을 떠나 38선을 넘어 개성을 지나 연백으로 왔다. 전쟁 바로 한 달 전의 일이었다. 북한은 이미 토지개혁과 주요 산업시설의 국유화로 공산화가 착착 진행되고 있었으나 남한은 혼란 그 자체였기에 전쟁 3일 만에 서울은 점령되었고, 북한군은 낙동강 일대까지 진격했음을 사회시간에 배워서 우린 알고 있다. 그 짧은 두 달 동안 지영은 세상 일에 무심한 듯 냉정한 성격인 듯 아이들까지 덤덤하게 떼어놓던 젊은 엄마의 모습에서 시대의 아픔을 대변하는 한 인간으로의 성격변화를 보인다. 지영이 연백으로 가기 위해 아이들과 이별하던 날 어머니 윤 씨는 갓난아이 광이를 등에 업고 역시 어린 희를 걸려가며 지영을 배웅하지만 엄마 지영은 두 아이를 애처롭게 쳐다보지도 않는다. 고방마다 쌀 섬이 차 있고 선산은 아직까지 그 위엄을 지키고 있던 그때, 어쩌면 지영은 친정엄마한테 아이를 맡기기에 그리 걱정이 안 되었을 수도 있었을 것이다.

하지만 우리의 이산가족들은 사랑하는 사람들과의 마지막을 대개 이런 식으로 기억한다. '잠깐 외가댁에 다녀온다고 했는데'라며. 하루 이틀, 길어도 한 달이라 생각했던 이별은 어느새 50여 년이 지났고, 꿈같은 금강산 관광이 시작되고 남북교류가 시작된 지금, 이미 육신의 기력이 다한 어머니들은 아들을 만나는 순간 정신의 끈을 놓아버린다. 아들이 애타게 어머니를 불러보지만 할 일을 다한 듯 기대어 누워있는 연로한 어머니의 모습을 우린 뉴스시간에 수도 없이 봤다. 지영의 남편 기석은 부인을 공부시켜 여학교 선생으로 만들었다는 데에 자부심을 갖는 착하고 소박하지만 자신만의 약간의 허영기가 있는 사람이다. 《시장과 전장》에서 작가 박경리는 전쟁 속에서 고통받는 인간을 대표하는 여성을 제시함과 동시에 이질적 결합의 비극이라 표현되는 남녀관계, 그 중에서도 부부관계에 대해서도 깊이 있게 탐색한다. 부인의 자아실현을 도왔다기보다, 교사부인을 두었다는 남들의 말을 듣고 싶어 안달이 났다는 표현이 더 어울리는 지영의 남편, 물론 그는 악의가 없고 가정적이고 천진난만한 사람이다. 하지만 여성독자들은 남편에 대한 지영의 평가에 동조하고 싶어진다. 부부로 살다보면 다투고 살 수 있지만 상처로 남는 것은 서로에 대해 인간적 존경심이 무너질 때라고들 하는데 지영 역시 남편에 대한 신비감과 존경심이 무너진 것에 대해 괴로워한다.

지영은 남편에게 긴 편지를 쓰며 그들의 만남부터 현재의 섭섭함까지 토로한다. 백화점에서 책 값을 덜 내던 일, 남의 감자밭의 감자를 캐 가자던 일 등을 시시콜콜히 적으며 남편의 미소를 비굴한 미소라고 생각한다. 그러나 결국 그녀의 섭섭함은 언제 어떤 일이 터질지 모르는 38선 근처까지 아내를 보내서 아내가 여학교 선생님이라는 말을 들어야했느냐에 이른다. 새벽은 이렇게 하얗게 밝아오지만 그녀 자신도 몰랐다. 이런 사적 푸념을 하고 있는 시간이 전쟁 전야임을, 이런 넋두리까지도 어쩜 사치일지도 모르는 전쟁이 시작되고 있음을.

지영은 며칠 전 시장에 갔었다. 살아 있음을 확인할 수 있는 통로로서의 시장, 시장엔 생명이 넘친다. 그리고 시장엔 희망이 있다. 물감 장수 옆에 책을 펴놓고 창호지에 담배를 마는 사주쟁이 노인도 해가 지기 전에는 희망을 버리지 않는다. 손님이 올 거라고 믿으며, 오늘이 아니면 내일 또 다시 나오면 되고, 어김없이 내일도 시장은 설 테고 사람들은 몰려들겠지 라며. 수염 달린 노인도 생의 의욕에 넘쳐서 이가 없어 합죽해진 입으로도 열심히 국숫발을 빨아먹는 시장. 살아 있는 것들이 등 푸른 고등어의 탄력처럼 넘쳐나는 시장에서 누구나 생명의 소중함을 느끼고 죽음의 그림자는 근처에 얼씬도 못한다. 지영은 연변 여학교에서 만난 동료 여선생 정혜숙의 잘 꾸며진 방과 생활을 즐기고 싶다는 그녀의 말을 새삼 신선해 하며, 이국적 음악이 넘쳐나는 페르시아의 시장과 바이칼호와 사하라 사막을 떠올리며 시장을 거닐며 낭만에 젖는다. 앞으로 할리우드 블록버스터보다 더한 긴박하고 리얼한 전쟁이야기가 그려질 이 소설의 서두 부분에서 작가는 주위를 환기시킨다. 낮은 목소리로 비전시 상황의 평화로운 분위기를 자세하게 묘사한다. 그리고 책 속에 뛰어들기 전엔 아무도 이 책 속에 생생한 전쟁이야기가 그려져 있으리라 생각도 못할 정도로 각 장의 제목을 아름답게 포장해 놓는다. 비장함을 숨긴 채 ….

《시장과 전장》의 각 장의 제목은 유미주의적 색채를 풍긴다. 푸른 보리, 밀짚모자와 나비, 페르시아의 시장, 비둘기, 꽃상여, 환상, 달맞이꽃 등. 《시장과 전장》의 시작에서 우린 박경리의 앞서가는 감각적 문체를 맛보며, 소설 속에 빠져들게 된다. 작가 가슴속에 품고 사는 한 맺힌 개인사를 이 소설을 읽으며 절절히 공감하며 아파하게 될 것임을 상상도 하지 못한 채, 무방비로 전쟁에 던져지게 된 지영처럼, 멋모르는 우리는 《시장과 전장》에 들어선 우리 뒤쪽 문이 서서히 잠기고 있음을 눈치채지 못한다.

조금 걸어들어 가다보면 주요 인물들이 제 모습을 드러내기 시작한다. 멀리 가버린 것을 하나하나 불러들이는 것 같이 제 이름을 말하는 이가화와 소설 서두에서 묘한 암시를 주며 잠깐 등장하는 석산 선생, 지영의 아주버님이자 남편 기석의 형인 코뮤니스트 기훈. 숨이 긴 작가가 내뱉어야 할 말들을 다 내뱉기엔 책의 분량이 너무 모자라는 듯 기훈은 서두에서 이미 독자에게 강한 인상을 주며 자신을 지켜보라고 주문한다. 저격수로 나오는 그. 그러나 그가 노린 안핵동은 그가 총을 뽑기도 전에 눈앞에서 졸도 후 사망해버리지만, 그의 심리상태는 별다른 변화가 없다. 가화와의 운명적 만남도 서로를 탐하되 감정은 시원하게 정리하는 무기질 청년인 기훈, 가화에게 내뱉은 말이 앞으로의 그의 운명을 암시한다. "난 좋은 사람 아니다."

드디어 6 · 25가 터지고 조금 전까지만 해도 푸르기만 하던 수전지대도, 먹기 좋게 자란 채마밭의 야채들도 부질없이, 사람들은 빈주먹으로 허겁지겁 피란을 떠난다. 간혹 보따리를 인 사람도 있지만, 아이를 업었을 정도이다. 그들의 대부분은 국군의 후퇴가 작전상 일시적인 것이라 믿으며, 고향마을을 영영 떠나게 되리라고 결코 생각도 못한다. 작가 박경리는 석산 선생과 기훈의 대화중에 자기하고 아무 관계도 없는 흥미도 없는 혁명에 뛰어든 바쿠닌이라는 인물을 각인시키며, 맑스는 두뇌로 일을 했지만, 바쿠닌은 심장으로 일을 했다하며 모든 정치조직은 일계급의 이익을 추구한다고 비판한다. 프롤레타리아도 자신들의 이익을 위하여 대중에게 지배적이고 착취적이라고 설파하는 데서 작가가 꿈꾸는 이상적 지도자상을 엿볼 수 있는 부분이었고, 그 당시 지식인들이 맹목적으로 열광했던 사회주의에 대한 냉철한 비판의식도 강하게 느낄 수 있었다.

흔히 우리가 알고 있는 옆집 할머니 같은 노파의 모습이 아닌 깨어있는 의식을 가진 진보적 작가로서의 박경리의 존재를 깨닫게 되는 부분이었다. 종교도 하나의 믿음만으로 그 외 모든 희생은 무관심하다라고 꼬집으며 코뮤니스트 기훈이 갈 길을 암시한다. 가화라는 인물의 설정은 시대의 희생양을 대변하면서 기훈의 앞날을 예고하는 역할을 한다. 가화의 아버지와 오빠는 가화가 사랑했던 사람에 의해 목숨을 잃었다. 그녀가 다시 사랑한 사람 기훈 역시도 나중에 자신의 아버지 같은 스승인 석산 선생을 배반한다. 가화가 길을 가다가도 수시로 의식을 잃고 쓰러지는 이유는 인간성마저 말살되는 전쟁이라는 혼란스러운 상황을 제정신으로는 견뎌내기 힘들다는 작가의 애절한 토로인 듯했다.

지영은 학교 선생님들과 백천온천에 놀러 갔었다. 그곳에서 그녀는 동료교사 정혜숙의 애인인 최전방의 중대장을 만나게 되고, 오래도록 평화가 계속 되리라 생각한다. 그러나 전쟁은 시작되고, 지영은 연백에 와서 잠깐 맺었던 인연들에 의해 목숨을 부지하게 된다. 지영이 피란할 수 있는 마지막 수단이었던 배에 못 탔을 때, 드디어 지영에게 완전히 몰입하여 긴장하게 되니 손에 진땀이 났다. 그러다 오히려 뭔가 방법이 있을 거라는 막연한 낙관론이 고개를 들었지만, 직접 그 상황에 처한 지영은 극단적 위기 상황에서 혼이 나간 듯 처연함을 보였다. 그녀에겐 자식도, 어머니도, 남편도 떠오르지 않는 절대 고독의 순간. 그녀는 '내가 이곳에서 죽어버린다면', '인민군에게 끌려간다면', '시베리아 노동수용소 그것도 무섭지 않고 아름다울 것 같다'라고 생각한다. 잠시 후 지영은 다행스럽게도 배를 타게 되었지만 쉽게 출발하지 않는 배 안에서 속을 끓인다. 그러다 뜨르륵 뜨르륵 하고 누더기 같은 돛이 펴진다. 뭍에 남아 있는 수많은 눈, 며칠 전까지 같이 웃고 떠들었던 동료교사들. 혼자만 살아남을 거라는 죄책감을 느낄 새도 없이, 인민군의 배가 추격해 오고, 지상에서 가장 안전하리라 생각되었던 배는 이제 가장 위험한 곳이 된다. 정말 숨이 막힐 듯 긴박한 상황이었다. 그러다 배는 가까스로 뭍에 닿고, 모르는 사람끼리도 손 잡고 눈물바다가 된다.

그러나 지영의 피란 길은 이제 본격적으로 시작되는 것이었다. 나약하기 그지없는 여인 지영은 다행히 인복이 있어, 위기의 상황에서 도움을 받게 된다. 건빵이며 이동차량을 챙겨주던 눈썹 짙은 군인, 그녀는 이렇게밖에 기억 못한다. 서로에 대해 몰라도 지금 이 순간 서로의 생명을 지켜주는 질긴 인연, 그녀는 갑자기 이렇게 다짐한다. '전쟁이다. 전쟁인 것이다.' 도저히 남의 도움이 아니면 살아남을 것 같지 않던 그녀는 이제 물도 안 마시고 쉬지 않고 걷는다. 유월 뜨거운 햇볕 아래 채마밭은 풍성하기만 하지만, 사람들은 거들떠도 안 보고 목적없는 길을 하염없이 걷는다. 배고프면 건빵을 씹으면서 걷다가 포성이 울리면 정신없이 뛴다. 자줏빛 양산과 푸른 치마를 입고 차를 타야지만 가겠다며 혼자 남은 동료교사 정혜숙에 대한 생각도 그녀가 죽었을지도 모른다는 걱정보다 따라오지 않았다는 미움이 크다.

삶은 문어처럼 탄 사람들을 보며 지영은 절박한 그들 앞에서 실오라기만한 거짓도 찾아볼 수 없다라고 생각하며, 그들에게서 부족 같은 따뜻함을 느낀다. 지영이 인간에 대한 신뢰를 회복하며 생의 의욕이 솟는 대목이다. 폭격이 있어 피한다고 피한 것이 오히려 자신이 보호해줘야만 할 것 같은 작은 나무인 것을 보며 실소하는 그녀. 그렇게 혼란스런 시국에 길가에서 국화빵을 파는 사람들을 보며 지나온 그녀는 시청 앞에서 차를 얻어 타고 그 존재가 더욱 소중하게 느껴지는 가족들이 있는 집으로 향한다. 하지만 다시 피란을 떠나야 되고, 갖은 시련을 겪고 집으로 돌아온 지영과는 달리 아직 피란이 뭔지도 모르는 어머니는 세간을 놔두고 가는데 못내 아쉽다. 지영은 그 와중에 집의 강아지를 놔두고 가야 하는 게 마음에 걸려 광에다 음식을 잔뜩 넣어주고 개를 가두어 놓는다. 그렇게 떠난 피란 길에서 피란민들에게 장사를 해 먹는 절간 주지마누라, 주먹밥을 파는 것을 보며 물질만능의 인간의 추악함에 치를 떤다. 하지만 한 곳에선 피 묻은 군복 입은 군인의 옷을 갈아 입혀 주는 노인의 모습도 보인다. 잠시 피해 있다 서울의 집으로 돌아온 그녀는 개부터 찾는다. 피란 길에 무수한 시체를 본 그녀지만, 그랬기에 생명 하나라도 더욱 소중하게 느껴지는 듯했다. 광에 갇혀 있었던 개는 파란 불덩어리 같은 눈으로 지영을 쳐다보며 슬픈 울음을 내뱉는다. 밥을 주니 개는 씹지도 않고 삼키며 부르르 떤다. 말라비틀어진 개의 모습이 바로 전쟁의 무참함을 나타낸다고 지영은 생각한다.

이렇게 난리통이지만 지영의 식구들은 기훈을 걱정하지 않고 있었다. 독자들도 기훈의 안전을 걱정하고 있지는 않았을 것이다. 왜냐하면 인민군이 지배하고 있던 상황이었기 때문이었다. 그렇지만 기훈에게로 시선을 돌린 우리는 사상에 미친 한 인간의 잔인함에 고개를 내두르게 된다. 기훈은 그의 스승인 석산 선생마저도 자신의 사상에 일치하지 않는다고 하여 그와의 인연을 끊어버린다. 나중에 그는 자기를 찾아온 가화에게 "나는 아무도 사랑 한 일이 없다. 나는 내 이념을 사랑했을 뿐이다"라고 말한다. 어느 권력자건 모두 선량한 백성이 공범자가 되기를 원한다. 영혼이나 순결은 찾지도 않는다. 다 동물들이 되어 가는 것이다. 독하게 스승을 취조하고 나온 그의 앞에 한 아이가 마당에서 비둘기를 데리고 놀고 있다. 그는 그 아이에게 다가가 같이 놀아준다. 그나마 그에게 마지막 인간성이 남아 있다는 희망을 보여주듯이.

지영은 전시의 그곳에서 또 시장에 들르게 된다. 페르시아의 시장이라 상상했던 시장의 흥성흥성함은 사라지고 전쟁이 밟고 지나간 장터에는 음악도 없다. 하지만 장난감 가게 앞에는 인민군들이 몰려 있다. 시장은 죽은 듯 있으나 생명의 활기를 제일 먼저 찾을 곳은 시장임을 말해주려는 듯. 어느 정도 전쟁에 익숙해진 사람들은 비 오는 날이면 거리로 나온다. 비 오는 날에는 공습이 없기에, 손님처럼 머리 위를 날아다니던 B29 전투기 걱정도 잊고…. 난리가 나기 전만 해도 굶는 일이 많았던 어떤 사람들은 전쟁이 나고 나니 살이 포동포동해져 있다. 그들에겐 사상도, 전쟁에 대한 공포도 안중에 없다. 전쟁시보다 더 힘든 나날을 보냈던 그들에게 임자 없는 식량과 집이 중요할 뿐이었다. 마을 여자들은 인민위원회에 나가 밥도 준비해주고, 그 와중에 기석은 가까스로 총살을 모면한다. 한시도 안심할 수 없는 상황, 전세가 역전이 되려는 분위기에서 그들은 조금이라도 의심이 가는 사람은 죽여버린다. 남을 죽이지 않으면 자기가 죽기에. 그것을 지켜보는 늙은 농부의 독백이 가슴을 찌른다. '살이 살을 무니 뭣이 될 거여.' 그러다 인민군이 물러가고 유엔군이 아직 돌아오지 않았던 공백의 시간. 기석은 갑자기 사라진다. 지영은 이제 남편에 대한 사소한 원망도 사라진 지 오래다. 그녀는 '돌아오기만 해라. 돌아오기만 하면 바위굴을 뚫어서라도 그일 숨겨야지. 돌아오기만 하면 어떤 일이라도 난 할 수 있다'라고 기도한다. 전쟁중에 그나마 기댈 수 있는 남편이 없어지고 나니 그녀는 두려웠던 것이다. 그리고 인생의 어느 때보다 남편을 신뢰하게 되었던 것이다.

지영은 숨을 곳 없는 사막에서 적기를 만난 병사의 환상과 회색 벽에 둘러싸인 사형수의 환상과 마주친다. 끔찍한 환상보다 더 끔찍한 현실. 굴러다니는 시체, 아득한 모래밭을 걸으면 지영은 "내 아이들! 우리 어머니! 아아 당신!"을 부르며 한 떨기의 들국화처럼 강해진다. "아무도 오지 마라! 이 땅에. 내 혼자 내 자식들하고 얼음을 깨어 한강의 붕어나 잡아먹고 살란다."

중학교 때 이웅평 대위가 귀순하던 날의 일이 떠오른다. 그날 갑자기 교실 스피커가 울리며 "이것은 실제 상황입니다. 경계경보를 발령합니다"라는 소리가 났고, 우리는 책상 밑으로 숨었다. 다른 데로 피신할 시간도 없었다. 선생님은 교실창문의 커튼을 치셨고, 급기야 우리들은 곳곳에서 흐느끼기 시작했다. 그 순간 난 학교 바로 옆의 우리 집을 떠올렸고, 그곳엔 지금 아무도 없다는 사실이 생각나 서러움에 울었었다. 다들 어디에 숨어있는지, 우린 다신 만나게 될는지 등 전쟁이 난다고 생각하니 제일 무서운 건 폭탄투하도 아니고, 빨갱이도 아니고, 가족들과 헤어질지도 모른다는 사실이었다.

박경리는 우리가 상상도 못할 끔찍한 전쟁의 실상을 묘사한다. 국군 야전병원의 묘사는 압권이다. 살점이 다 떨어져 나간 병사가 물 달라고 소리치다 들것 속에서 죽어가고, 눈알이 흐물흐물하고, 창자는 터져서 파리가 엉겨 붙고, 숨을 쉴 때마다 피가 솟구치고… 거기다 왼팔을 다친 사람들은 전쟁에 나가 죽기 싫어 자기 팔을 직접 쏜 사람들이라고 했다. 나중에는 팔을 자른 사람도 있고, 스스로 목숨을 끊는 경우도 있었다. 이렇게 힘든 상황에 지영의 아이는 볼거리를 하게 되고, 폭격 맞은 집은 형체를 알아보기 힘들다. 아이의 병을 고치라며 마지막 남은 쌀을 주는 옆집 사람의 인간에 대한 애정과 폭격 때문에 찾아낸 밀가루 포대들에서 습기 머금은 밀가루로 며칠은 살 수 있겠다 안도하며 살아 있음에 감사하는 지영. 그러나 그렇게 원초적 욕구인 끼니 해결을 위해 결국 어머니 윤 씨는 죽게 된다. 그녀의 가슴속에는 피 묻은 쌀자루가 안겨 있었다. 인민군이 후퇴했지만, 들어온 유엔군도 위험하긴 마찬가지. 지영은 남자 옷으로 위장하여 험한 꼴을 모면한다. 과연 그들은 평화를 주기 위해 온 천사가 아니었단 말인가. 전쟁은 모두를 미치게 하는가 보다. 사실 우리 아버지도 미군병사들을 피해 고모를 피신시킨 적이 있다고 말씀하셨다. 어머니마저 잃고 남편도 없이 지영은 아이들을 데리고 남쪽으로 피란을 간다. 지영은 잃은 것과 잃은 세월에의 작별보다 닥쳐오는 어둠, 사람, 도시, 전쟁이 전혀 새로운 일처럼 그녀의 가슴을 친다. 모든 것을 잃었다. 칡뿌리처럼 얽힌 눈물의 길, 푸른 보리와 들국화의 피맺힌 길.

　시장의 음악은 트럭 구르는 소리에 들리지 않아도 풍경은 아름다운 그림처럼 한 폭 한 폭 스치고 지나간다. 개미떼처럼 이 도시, 사람 속으로 들어간다. 흐느껴 우는 지영, 작가의 모습이었던 것 같아 가슴이 아팠다. 어미라고 해도 뜨거운 모성은 안 느껴지던 지영이 이젠 한 인간으로서 강해진 모습을 보인다. 그렇지 않으면 두 아이를 키울 수 없기에. 기훈의 모습도 변해 있다. 가화에 대한 사랑을 그녀를 스스로 죽임으로서 인정한다. 빨갱이로 몰려서 남에게 죽임을 당하는 꼴을 안 보게 하려는 최초의 고백. 잔인한 전쟁 속에도 뜨거운 인간애는 살아 있음을 작가는 독자에게 이야기해 준다.

현대를 살고 있는 우리에게 전쟁은 먼 옛날 이야기 같다. 하지만 주위를 살펴보면 우리 가족 중의 누군가는 전쟁을 겪은 사람들이다. 그리고 우리는 항상 전쟁의 위험 속에 살고 있다. 그렇지만 전쟁과 이산의 아픔을 절절히 공감하는 젊은이는 몇이나 될까. 박경리의 《시장과 전장》을 읽으면서 여자라면 한층 성숙되어 가는 자신을 만나게 될 것이고, 남자라면 전투에 나가지 않아도 되는 지금의 현실이 너무 감사하게 생각될 것이다. 《시장과 전장》뿐만 아니라 《파시》에서도 박경리는 인간과 전쟁을 얘기한다. 자기 나름의 벅찬 삶을 안고 사는 인간군상들. 작가의 인간에 대한 세밀한 탐색이 놀랍다. 이십대에 느끼지 못했던 사람에 대한 판단들이 삼십대에 느껴지는 게 많았는데 그 생각들이 작가의 묘사 속에서 발견되곤 해 무릎을 치게 만든다. 혼자 만이 느끼기엔 벅찬 감동. 전쟁의 후유증으로 고생하고 있는 사람들과 전쟁미망인이 있기에 전쟁은 아직 끝나지 않았다.

어저께는 아흔 넷의 외할머니를 모시고 일가족 35명이 피서를 다녀왔다. 외할머니는 자리에 눕지도 않으시고 돗자리에서 꼿꼿하게 하루 종일 앉아 계셨다. 귀가 잘 안 들리고 약간의 치매가 오셔서 손주들도 잘 못 알아보시는 분. 우린 마음속으로 아마 이번이 마지막일 것이라고 생각했다. 그나마 온 식구가 다 한국에 살고 있으니 가끔 이렇게 라도 모일 수나 있지, 저기 북한에 한 가족이라도 있으면 이렇게 다들 모여서 마음껏 웃을 수 있을까! 하루라도 빨리 만나지 못한 가족들이 만나게 되길 기도한다. 남편과 나의 인생 최대의 고비라고 할 수 있는 어려운 시기에 만난 이 책이 그저 고마울 뿐이다. 경제적 어려움보다 더한 것은 서로에 대한 불신이며, 인간에 대한 애정이 사라지는 것임을 다시 한번 상기해보며, 우리 딸아이가 자랐을 땐 더 이상 우리나라가 분단국이 아니길 빌어본다.

마당, 그 어디쯤 사람들은 존재하는 걸까?

고 순 정 (서울시 서초구)

한참을 씨름했다. 그리고 지금도 씨름중이다. 소설 읽기란 이렇게 혼쭐나는 일이었던가? 작가가 만들어낸 이야기를 독자인 난 커피 한 잔 홀짝이며 편히 따라가면 되었다. 짬짬이 웃고, 찡그리고, 안타까워하면서 가볍고 즐거운 기분으로. 차창 너머 다른 사람과 다른 세상을 엿보며 잠시나마 갈증나는 현실에서 벗어나 여행하면 그만이었다. 그리고는 곧장 아무 일 없었다는 듯 일상으로 되돌아오면 그뿐이었다. 당연히 《시장과 전장》도 그래야 마땅했다.

그런데 그렇지 않았다는 게 이 독후감을 쓰게 된 경위라면 경위다. 잡힐 듯 말 듯한 애꿎은 안개가 머릿속을 꽉 메운 것이다. 이걸 어찌해야 할까? 장덕삼은 말했다. "당신의 머리를 짜개주슈." 그의 말에 재청한다. "내 머리를 짜개주슈."

중심에 있는 인물, 남지영과 하기훈 그리고 이가화. 솔직히 그들의 내면을 따라잡기 힘들었다. 전쟁이 뭔지를 겪지 못해서 일까? 역사가 개인을 얼마나 패대기치는지 몰라서 그런 것일까?

먼저 남지영을 따라가 본다.

전쟁 한 달 전. 지영은 내성적이고 소극적이며 사람들을 두려워하는 성격이다. 그녀는 결혼생활에 심한 회의와 잃어버린 자신의 존재 의미를 찾고자 위험이 도사리는 삼팔선 부근 연안의 한 여학교에 취업한다. 하늘 밑 어딘가에 자신이 원하고 자신을 원하는 사람이 있으리라는 꿈을 꾸

223

며. 그러나 결혼을 비밀로 감춰야만 하는 생활은 대학 시절 그랬던 것처럼 한없이 힘겹고 고통스러울 따름이다. '여자란 물과 같아서 그릇에 따라 달라지는 거요. 잘난 남자 만나면 절로 현명해지는 거구 못난 남자 만나면 병신이 되는 거구'라는 정순이 선생의 말처럼 학교 동료들은 부유한 생활의 욕구, 우아한 취미, 시골생활에 대한 염증 등을 결혼이 해결해주는 것으로 믿고 있다. 더군다나 삼팔선 제일 가까운 곳이라는 불안과 위기의식이 이러한 믿음을 더욱더 부채질하고 있는 상황이다. 결혼을 부정하고 거부하는 지영은 그들의 대화에 시큰둥하고, 오히려 이북에 납치되어 가족들과 아주 헤어져버리는 무서운 욕망을 품기도 한다.

시장은 그런 그가 안심하고 기뻐하며 자신을 잊을 수 있는 안식처인 한편 자신의 존재를 깨닫는 도피처다. 수시로 지영이 가는 학교 뒷산은 그녀만의 폐쇄적이고 은밀하면서 비밀스런 공간이다. 일종의 은신처라고나 할까. 지영은 그곳에서 가슴에 맺힌 외로움과 고독함, 슬픔을 응축하여 씻어낸다. 그러던 어느 날 온천에서 지영은 자신의 벗은 몸을 의아하게 쳐다보는 선생들에게 아이가 둘 있음을 밝힌다. 온천에서 묵은 때뿐 아니라 묵은 비밀도 벗긴 것이다. 연안에서의 한 달 남짓한 시간을 보내고 마침내 그녀는 자신의 심경을 담담히 정리한 긴 편지를 남편에게 쓴다. 6월 24일 토요일 밤에.

사람에 대하여 너무 많은 꿈을 가지면서도 그래서 더 사람을 두려워했는지, 이런 성격 때문에 저 자신과 남까지 불행하게 했다는 것을 곰곰이 생각해봅니다. 함께 살아야 할 가족들을 버리고 이곳까지 오게 된 저 자신을 말입니다. 지금도 저는 가끔 꿈을 꿉니다. 짐을 꾸려서 집으로 돌아오는, 그러다가 다시 짐을 꾸려서 학교로 가는데 영영 졸업을 못하고 마는 꿈을 꿉니다. 꿈을 깨고 나서도 내가 학교를 졸업 못했거니 하고 생각하곤 합니다. 그래도 저는 어느 하늘 밑에 반드시 제가 원하고 저를 원하는 그런 사람이 있으리라는 공상 속에 혼자 꿈꾸어 왔습니다. 저를 용납하지 않는 많은 사람에 대한 두려움과 제가 용납할 수 없는 많은 사람들 속에서.

　전쟁이 나자 지영은 신분증 하나 챙겨들고 피란 길에 나선다. 가까스로 배를 얻어 타고 강화에 내려 걸어서 서울로 향한다. 그녀는 지나는 곳곳에서 전쟁을 실감하고 공포와 불안에 떨며 눈물을 흘린다. 점차 아이들과 남편과 어머니의 얼굴을 똑똑히 그려내며. 눈시울에 먼지가 뿌옇게 앉은 병사들의 얼굴과 삶은 문어 빛을 한 김인자의 얼굴을 아름답다고 생각하며. 자신이 절실히 원하고 자신을 간절히 원할 가족들을 향한 그의 쉬지 않는 걸음은 그 동안 그녀의 마음을 떠받치고 있던 큰 바위도 단숨에 굴려버린다. 마치 꿈에서 깬 듯. 여기가 바로 내가 납득하기 힘든 남지영의 모습이다.

　극도의 불안과 공포, 초조가 순식간에 그녀의 마음속 큰 바위를 깨뜨리는 게 자연스럽게 받아들여지지 않는다. 물론 이해가 안 가는 건 아니지만, 그러자니 전쟁 전 그녀의 고민과 방황을 어떻게 봐야 할지 난감했다. 모든 걸 해방 직후 지식인 여성의 비현실적이고 일시적인 충동으로 보면 되는 건가? 아니면 전쟁의 실상, 즉 개인의 삶은 무시될 수밖에 없음을 보여주는 건가? 상대적으로 남편이나 어머니 윤 씨는 어떤가? 그들도 전쟁 전과 전쟁 후에 관계의 변화를 고민한 흔적은 없다.

　대체 내가 놓치고 있는 게 뭐지? 지영의 이후 행동과 사고의 변화를 내가 너무 개별 인간관계로만 보고 있기 때문에 그녀를 이해하지 못하는 것은 아닐까? 어쩌면 그럴 수도 있겠다. 지영은 전쟁을 겪으며 보다 더 적극적이고 굳세게 가족을 지키고 보살피는 울타리 역할을 한다.

　　기석 : 나 내려갔다 오겠어. 아무래도 입당원서가 마음에 걸려.
　　지영 : 안 돼요. 안 돼! 같이 있어야 해요. (혼잣말로) 돌아오기만 하
　　　　　면, 돌아오기만 하면 바위굴을 뚫어서라도 그일 숨겨야지. 아아
　　　　　어쩌다가 그만, 그만 내가.
　　반장댁 : 말씀도 마세요. 세상이 뒤집히니 있고 없고 간에 사람들 창자

를 거울같이 디리다 볼 수 있더구먼요. 너무 걱정 마세요. 악한
끝은 없어도 선한 끝은 있답니다.

여의사 : 전에 애 아버지가 그렇게 됐을 때 산다는 게 참 징그럽더니 지
금은 산다는 게 뭔지 모르겠군요. 참 우습지. 저절로 살아가고
있는 것 같아서 어떤 때는 유쾌해지는 일이 있어요. 죽는다, 죽
는다 하면서도 그 속에서 살고 있는 게 신기하지 않아요? 귀중한
것 같기도 하고, 의식하지 않으면서도 산다는 그것에 온 힘이 다
몰리는 것 같아서, 그리구 여러 가지 죄악도 죄악 같지가 않고,
사는 데 군 더덕지가 없어지구, 빨가벗은 것 같아서 되려 홀가분
한 것 같아요. 전쟁이 지나가고 평화가 올 때까지 살아남는다면
그때 슬픔이 올 거예요. 비참했다는 것은 아마 그때가 되야 뼈저
리게 느낄 거예요. 잃었다는 실감이 사람들을 허탈 속에 몰아넣
고, 죄를 범한 사람은 그들대로 상처가 덧나서 몹시 아파할 거예
요. 지금은 그렇죠 화산이 터져서 한 도시가 매몰된다는 그런 극
한 상태보다도 낫다, 낫다 하고 열심히 위로하지 않으면 안 될
시기 아니에요? 애기 엄마도 용길 내세요. 어떤 짓을 하더라도
지금은 사는 일이 징그러운 그런 때가 아니에요. 시체를 옆에 두
고 밥을 먹어야 하고, 젊은 여인이 가슴을 드러내고 식량을 이고
와도 부끄러운 때가 아니에요. 영혼이나 순결이 무슨 소용이에
요? 모두 동물이 되어버렸는데….

지영 : (절규하며) 살고 싶다! 내 자식들, 내 어머니, 당신은 죽어도 난
죽지 못해요.

　지영은 남편이 서대문 형무소에 있었기에 먼 길, 추위도 마다 않고 매
일매일 찾아간다. 국회의원도 찾아가고 정 소장이라는 사람도 물어 물어
찾아간다. 사정하고 기도하고 많은 눈물을 쏟기도 하지만 도와줄 이 하
나 없는 현실에 절망하면서 지영은 '바위 같은 체념에 거미줄 같은 희망'
으로 긴 전쟁의 시간을 견딘다. 먹을 것을 찾아 빈 밀가루 자루의 습기
찬 덩어리를 칼로 긁어내며 폭격을 고마워하는 자신을 보고는 비참함에

치를 떨면서. '팔다리가 다 떨어지고 몸뚱이만이라도 돌려준다면 깡통을 들고 밥을 빌어다가 먹여 살릴 건데. 돌려만 준다면' 주문을 되뇌며.

남편의 부재에 이은 어머니의 어이없는 죽음. 이제 그녀는 아이들을 위해서라도 악착같이 살아남아야 한다. 모든 것을 잃은 후에야 지영은 지난 시절 우울하고 암담하다고 생각한 그 시절을 좋은 시절로서 간직하며 이모부의 도움으로 마침내 고향에 도착, 시장이 펼쳐진 길을 지나간다. 닥쳐오는 어둠, 사람, 도시 속으로 어쨌든 살기 위해서 들어간다.

나는 지영이 남편을 기다리며 제 집을 지키고 있는 이유가 도대체 뭔지 이 또한 이해가 잘 안되었다. '사랑'이라는 단어로 이해하면 되는 걸까? 지영 스스로 '저는 당신을 사랑했습니다'라고 과거형으로 편지에 적었었는데. 그리고 분명 이질적 결합의 비극이라고 말했는데. 모두 전쟁 때문인가? 머리가 아프다. 그래도 그녀를 따라잡아야 하겠지?

지영은 가족간의 긴밀한 관계에서 소외되어 고통을 겪었다. 그 과정에 개인의 힘으로는 도저히 거부할 수 없는 '전쟁'이라는 거대한 폭력과 혼란을 만난다. 그 속에서 자신이 원하고 자신을 원하는 곳이 어디인지를 명확히 찾은 그녀는 가족을 지키고 보살피기 위해서 억척스럽게 살아남는다. 깊은 상처와 불확실한 미래만 남은 그녀에게 펼쳐질 세상이 암흑처럼 캄캄할지라도 천천히 누비고 들어가야만 하리라. 그래, 이렇게 그녀를 이해해야겠다.

또 다른 주인공을 보자. 남지영은 평범한 소시민이고 하기훈은 공산주의자다.

석산 : 자네 성미도 고약해. 어째 사람이 그 모양이야. 우선은 선의로 사람을 봐주어야 할 게 아닌가?

기훈 : 자기 기만은 선의가 아닙니다. 선생님.

석산 : 그 말 잘 했네. 자네한테 고스란히 돌려주고 싶은 말이야.

기훈 : (웃으며) 언젠가 선생님은 니체의 말이 옳다고 하셨습니다. 동

정에는 덕으로 닦아진 참혹함이 있다고.

석산 : 자네는 공산주의 사회에서 가장 위험한 인물이네. 자네는 시인
이야.

이 소설은 조연이 빛난다, 특히 하기훈을 둘러싼 인물들이. 비유하자
면 그는 양파이고 다른 인물들은 그 껍데기를 하나씩 하나씩 벗겨낸다고
나 할까! 기훈의 드러난 모습은 분명 냉정하고 이성적이고 냉철하다. 철
저히 공산주의자로서 행동하고 사고하는 게 몸에 배인 인물이다. 지금
그는 안핵동 암살 지령을 받고 그 임무를 완수하기 위해 죽을 각오를 하
고 있다.

그런데 난 또 막힌다. 하기훈이라는 인물이 이가화라는 여자를 우연
히 만나 하는 행동이나 말들이 좀 어이없다는 생각이 든다. 예를 들면
"나는 남자를 좋아하지 않았습니다. 남자라는, 분명히 그것은 성(性)에
대해서 말입니다. 여자도 남자를 닮은 건 싫소. 당신은 남자를 싫어하지
않겠지?" 이게 무슨 말인가? 또 한번은 가화를 모래밭에 쓰러뜨리더니
"이런 행위는 혼자 즐기는 게 아니요. 당신은 나무둥치 같구려"라 말한
다. 무례한 행동을 하고는 되려 가화를 나무라는 건 어불성설이 아닐까?
"우리가 만나는 동안 외로워서는 안 돼. 서로 포옹하고 잠자리를 같이
한다는 것은 외롭지 않기 위해, 잊어버리기 위해 하는 짓이야. 언제나
외롭지 않기를 바랄 수 없고 남자에겐 따로 할 일이 있으니까." 이쯤에
선 가화의 말처럼 여자에겐 따로 할 일이 없는가를 묻지 않을 수 없다.
그는 막힘없이 거침없이 자신은 코뮤니스트라고 단언하는 인물이다. 그
런 면에서 석산 선생은 그를 공산주의 사회에서 가장 위험한 인물이라고
한 걸까? 그를 시인이라 부르면서?

이런 식의 말이나 행위는 나를 불쾌하게 하기도 했다. 혹 그의 자유분
방한 기질을 보여주는 거라면, 인간을 사랑하지 않는 대신 이념을 절대
화하는 인물임을 드러내기 위한 장치일지라도, 그리하여 이가화라는 인

228

물이 그의 갈등의 한 축으로 등장할지라도 그래도 쉽게 수긍이 가지 않는다. 공산주의자라면 적어도 정치적 우위뿐 아니라 도덕적, 윤리적 우위를 점해야 할 것 같은데 그는 전혀 그렇지가 않아 당황이 된다.

작가는 이가화를 긍정적인 여자라 했다. 그건 무슨 의미일까? 사실 하기훈의 관점에서 보면 그녀는 그의 결점을 보완하고 완결하는 데 지나지 않는 인물은 아닐지… . 소설에서는 그녀의 과거나 현재가 따로 등장하지 않는다. 그녀는 허름한 아파트에 기훈이 나타나야만 살아난다. 하기훈과는 판이하게 그녀는 감정적이고 비정치적이며 사회적 관계도 없다. 혼자 월남하여 아는 이 하나 없는 생활이고 병약한 몸, 그것만을 가졌다. 사람에 대한 그리움에 목말랐던 그녀는 기훈에게서 상처를 치유받으며 그를 온몸으로 사랑하게 된다. 공산주의자도 아니면서 무작정 그를 찾아서 빨치산 활동마저 한 그 무모함을 '사랑'이라는 말 외에 무엇으로 표현할 수 있겠는가? 자기 주장이 확실하면서 자기 중심적인 하기훈을 변화시키는 힘은 결국 그녀에게서 나온다. 그 바보 같은 사랑의 힘으로. 이런 점이 긍정적인 여자라는 걸까?

안핵동이 머물 호텔에서 미리 암살을 준비하던 기훈은 드디어 기회를 포착했다. 그러나 안핵동은 맥없이 그냥 죽었다. 황당한 나머지 죽어주어서 다행이었다는 생각을 기훈은 조금도 할 수가 없었다. 그 일이 있은 얼마 후 이북이 밀고 내려왔다.

> 장덕삼 : 서울서 하 동무를 처음 만났을 때 이상한 생각이 들더군요. 어떤 형틀 속에 집어넣을 수 없는 무한히 자유로운 사람인 것 같은데 찬바람이 휙 몰아치고 무서웠습니다. 혼자서 병술을 마시는 것을 여러 번 봤지요. 언젠가 한번 모임에서 회의가 끝나고 술자리가 마련되었을 때, 마시고 싶지 않다는 말 한마디로 끝내 술잔에 손을 대지 않고 담배만 피우면서 그 자리를 지키고 계시더군요. 아무도 두 번 다시 권할 수 없는 그 분위기에 나는 그만 질리

고 말았습니다. 그런데 그 눈 먼 소녀하고는 어째서 그리 다정하게 이야기하는지 신기롭게 여겼습니다. (담배를 연거푸 피우며) 나는 처음 동무를 만났을 때 이 산에서, 이가화라는 여자의 이야기는 하지 않으려 했소. 나는 구월 구일이라는 날짜와 이름도 성도 모른다는 말에서 대뜸 하 동무를 생각했지요. 이름도 성도 알리지 않고 여자를 사귈 수 있었던 사람은 하 동무밖에 더 있겠소? 어떻습니까? 이가화라는 여자가 찾는 사람은 바로 당신이요?

기훈 : 지리산은 밀회하는 장소가 아니야! 내가 그 여자 얘길 들었다고 상심한다면 그건 개자식이다!

하기훈이라는 사람은 멋있다. 고독과 우수, 확고한 신념과 의지, 단호한 행동. '여자를 먹고 싶다'는 표현만 빼면 말이다. 전쟁으로 그가 바뀔 건 없었다. 미군이 인천에 상륙하면서 후퇴와 부상 그리고 지리산 입산. 그는 배운 대로 행동했다. 그 어느 때 보다도 강고한 신념과 불굴의 의지가 절대적인 만큼 사사로운 감정, 감상은 잘라낸다. 자주 갈등하는 장덕삼은 그와는 반대로 회의하고 반문하고 의심하는 인물이다. 전쟁 전에는 석산 선생과 그리고 전쟁중에는 장덕삼과 끊임없는 논쟁을 벌인다. 신념을 지키며 인간의 권리를 포기할 것인가? 인간의 권리를 위해 신념을 포기할 것인가? 어느 것이 더 가치 있는 삶인지에 그들은 대립한다. "아직은 내게서 영웅심은 죽지 않았다. 개처럼 살고 싶지 않단 말이야"라고 기훈은 말한다. "모든 것은 없어지고 모든 것은 부서지고 여기서 의상을 벗지 않는 사람이 있을까요? 나는 정말 정직한 동물이 되고 싶소"하고 장덕삼은 답한다. 장덕삼은 하기훈을 용납할 수 없고, 하기훈은 장덕삼을 용납할 수 없다.

기훈 : 넌 참 바보다, 가화. 뭐 할려고 이런 곳에 왔어?
이가화 : 선생님 볼려구요.
기훈 : 여자가 남자의 마음을 바꾸어 놓는 일이 있어. 가화가 바보니까

230

나도 바보가 된 거야. 여자가 똑똑하면 나도 똑똑해지고 여자가 잡스러우면 나도 잡스러워지고. 하지만 빠지지는 않아.

그에게 그녀는 어떤 존재일까? 기훈과 가화의 마지막 장면을 가슴 아프게 여러 번 읽었다. 가화를 살리기 위해 탈출했던 기훈은 평범한 삶을 살고 싶은 속마음을 그녀에게만은 솔직히 내보인다. 있더라도 숨겨야 하는, 있어서는 안 되는 감정, 사랑! 그러나 그의 말대로 빠지지는 않았다. 서로 사랑을 확인하고 가화는 마을로, 기훈은 산으로. 장덕삼과의 약속장소로 이동하는 중에 빨치산 대원을 만나지 않았더라면… 기훈이 변절한 것으로 오해한 빨치산 대원은 가화가 그를 인민의 적으로 만든 것이라며 그녀를 죽인다. 동시에 기훈은 가화를 죽인 자를 죽인다.

왜 여자에겐 따로 할 일이 없는가를 물었던 이가화. 급기야는 빨치산 중심지 지리산도 마다하지 않고 그를 만나려고 나섰다. 아버지와 오빠를 죽인 옛 애인이 공산주의자였던 사실에 고통스러워했던 그녀지만 기훈을 만나려는 일념으로 기꺼이 갖은 시련을 감내, 마침내 그를 만났다. 허나 그는 얼마나 쌀쌀하고 냉혹하게 그녀를 대했는가? 진심은 그게 아니었을망정.

기훈은 신념을 위해 죽음을 각오한 상황에서 감정을 최대한 배제하고 그녀를 만나는 매순간마다 절실하고 절박하게 행동했다. 무엇을 하는지도, 어디 사는지도 심지어 이름도 알리지 않았던 그였다. 때때로 그는 그녀에게 어렸을 적 얘기나 깊은 외로움과 고독함으로 점철된 지난 시절을 고백한 적도 있었다. 그녀에 대한 동정과 연민의 감정도 품었지만 공산주의 사상과 신념으로 뭉친 그는 가차없이 잘라버린다. 시종일관 그는 자신의 이념에 변함이 없었다. 이가화의 그 끝을 알 수 없는 사랑에 기훈은 자신의 날 선 이념, 신념에 배치되는 행동을 하고 그것은 비극으로 마침표를 찍는다.

장황하지만 난 각 인물을 따라잡기 위해서 마구잡이로 자문자답했다.

막힌 부분을 다 뚫었을까? 고백하자면, 아니다. 여전히 시원하게 그들을 이해하지는 못한다. 나로서는 역부족이다. 허나, 그 과정은 소중한 체험이다.

이 소설에 등장하는 주요 인물들은 대체로 고등교육을 받은 인텔리들이다. 근데 하나같이 남자와 여자의 일이 정해져 있다. 여자는 기다리고 남자는 기다리게 만들고. 남자는 능동적이고 여자는 수동적이고. 석산 선생과 장덕삼, 하기훈의 대화내용은 정치 사회적 문제를 이성적이고 논리적이며 자기 주장을 뚜렷하게 나타낸다. 이에 비해 남지영의 학교 동료들 사이의 대화내용을 보면 지나치게 남성의존적이고 소소하며 역동적인 사회적 긴장이나 위기의식에 이렇다할 고민이나 문제의식 등은 거의 전무하다. 그나마 의식적이고 능동적이라 할 수 있는 여의사나 빨치산 이동무도 남편, 애인의 영향이 지대한 인물들이다. 게다가 빨치산 이동무는 하기훈과의 대화를 보면 알 수 있듯이 순종적 여성, 비극적 사랑을 낭만적으로 생각하는 감상적 인물로 나타난다. 소설이 1960년대에 나왔기에 그 시대의 일반적 사회풍토가 작용한 것일까? 작가가 일부러 이런 단순한 배치를 한 것일까? 곱씹어 생각해도, 내가 여성이라서 그런지 못마땅하고 불편하다. 내 생각엔 이러한 이분법적 성적 구별이 격동 시대에 맞는 역동적 인물형상화에 방해가 된 건 아닌가 싶다.

마지막으로 왜 《시장과 전장》인가를 생각해본다. 전쟁(戰爭)이 아닌 왜 전장(戰場)인가를. 전쟁엔 인간이 끼여들 여지가 없지만 전장은 시장처럼 다양한 인간군상이 존재하는 것은 아닐까? 혹 운율을 맞추기 위한 작가의 의도일지라도.

소설의 가장 큰 시공간은 전쟁이다. 분명 그로 인해 등장인물들은 자신이 원하고 꿈꾸던 삶이 아닌 역사의 수레바퀴에 휩싸인 삶을 살 수밖에 없었다. 그렇다면 작가는 다시는 전쟁이 일어나서는 안 된다는 것을 말하고 싶은 걸까? 인간이 산다는 게 이미 비극적일 수 있는데 '전쟁'같은 파괴와 파멸은 그 완결점을 비극으로 운명지어 버림을 말하고자 함인가? 그럴 수도 있으리라. '전쟁'은 없어져야 할 단어니까.

이 책은 내게 아주 생소한 경험을 주었다. 전쟁중에도 시장이 서고 사람들이 그곳에 모여드는, 뭔가 역설적 풍경이 그것이다. 전쟁이라는 죽음의 냄새 속에 어떻게 시장이라는 삶의 냄새가 버젓이 자리를 잡고 있는지 놀라운 체험이었다. 실제로 그랬을 거라고 생각하니 묘한 카타르시스마저 느껴진다. 무슨 일이 있었나 싶으리 만치 장사하는 아주머니와 인민군 병사와의 천연덕스러운 대화라든가 또 인민군들이 장난감 가게에서 누이와 동생, 아들과 딸들에게 줄 선물을 고르는 모습은 상상만 해도 절로 미소짓게 만들지 않는가 말이다.

정리해야겠다. 어쩌면 우리는 모두 보이지 않는 전장에 이미 던져졌을지 모르겠다. 진작 정해진 인간 존재의 무게에 전장의 무게는 그 얼마나 어마어마한 공포인가. 고뇌와 더불어 역사도 엄연한 현실이다. 개인이 지고 가기에는 한없이 버거울 수밖에 없으리라. 그럼 하기훈의 말처럼 전체 역사는 아니더라도 개인의 역사라도 바꿔야 하지 않을까.

미국의 이라크 침공은 내게 직접적이지는 않다. 6·25 전쟁도 내게 실제적이지는 않다. 그러나 그 자리의 상처는 희미할지라도 그대로 전해오고 있고 아마 내 자식에게도 물려주리라 확신한다. 기왕에 그럴 거라면, 내 그럴 줄 일찍부터 알고 있었다면…. 시장에 가야겠다. 아주 오래 전부터 그 어느 한때도 시장이 없었던 적은 없었을 테니까. 게서 나를 버리고 주워담고 역사를 버리고 주워담고 인간을 버리고 주워담고 그리고 희희낙락해야겠다.

사랑의 정의

김 미 선(서울시 금천구)

세상은 '사랑'이라는 이름 아래서 움직인다. 전시나 평화시, 도시나 농촌, 건강한 사람이나 병든 사람, 부자나 가난한 사람 모두 가릴 것이 없다. 모두가 사랑의 노예가 되어 사람을 만나고 또 삶을 꾸려간다. 사람 자체를 사랑하는 사람, 사랑의 결과를 사랑하는 사람, 사랑을 선택하는 사람, 사랑을 포기하는 사람이 있다. 사랑을 나누어 풍족하게 되는 사람, 사랑을 소유하려 하여 모든 것을 잃는 사람이 있다. 사랑을 기다리는 사람, 사랑을 정복하려는 사람이 있다.

《파시》에 나오는 여러 인물들은 '사랑'에 대한 자기 나름대로의 해석을 가지고 자신의 인생을 꾸려가고 있다. 스스로는 그것을 인식하지 못했을지라도 사랑에 대한 내면의 인식이 그 인생을 만들어내는 것이 아닐까? 전쟁 때문에 오갈 데 없는 수옥을 아무 조건 없이 자신의 집으로 데리고 가는 어버이 같은 조만섭의 사랑이 있는가 하면 자식을 얻기 위해 물불을 가리지 않는 서영래식 사랑도 있다. 사랑을 선택해야 할지 현실을 선택해야 할지 갈등하는 박응주의 사랑이 있고, 응주 아버지의 반대에 부딪혀 좌절하는 명화의 사랑도 있다. 어머니가 광녀로 자살했다는 이유를 들어 아들의 결혼을 반대할 수밖에 없는 고매한 지식의 소유자, 박 의사는 아들의 약혼녀를 사랑한다. 자신만 편하고자 하는 문성재식 사랑이 있는가 하면 그런 남편을 일편단심 좇는 한국적 여인 선애의 사랑도 있다. 조만섭의 후처인 서울댁은 돈을 사랑하여 수옥을 두고 거래를 한다.

몰락한 지주의 딸인 학자는 인생의 바닥에서 젊음과 웃음을 팔아 돈을 산다. 학자와 남매관계면서도 올곧게 살아보려는 학수는 구렁텅이 속에 빠진 수옥을 선택하여 진정한 사랑을 나눈다.

이들은 모두 저마다 자기 방식대로 '사랑'이라는 단어를 해석하고 삶으로 표현하며 살아가는 것이다. 자신이 알고 있는 사랑의 가치만큼, 혹은 경험하고 느끼고 깨닫는 만큼의 인생을 누리게 되는 것이다. 그들이 가진 '사랑'에 대한 인식은 여러 가지 모습으로 나타난다. 전시라는 특별한 상황 속에서 그들의 사랑은 어떻게 싹이 나며 꽃이 피는가? 그들의 사랑을 통해 사랑의 정의를 살펴보고자 한다.

사랑의 대상은 사람이다. 톨스토이의 말처럼 사람은 사랑을 받으며 혹은 사랑하며 살아야 할 존재이다. 그런 이유에서 가족을 잃는다는 것은 사랑할 대상과 사랑받을 대상을 잃어버리는 것이다. 전쟁으로 부모 형제를 다 잃은 수옥은 삶에 대한 애착까지 잃어버린 사람 같다. 그녀의 뛰어난 외모는 뭇남성들의 관심을 받을 만한 충분한 이유이다. 처제의 부탁으로 수옥을 맡게 된 조만섭은 딸의 말벗이나 하다가 좋은 자리 있으면 출가시킬 양으로 집으로 데려온다. 그는 자신이 중국에 사업차 떠나 있을 동안 자신을 기다리다 광녀가 되어 자살한 아내가 남긴 딸 명화에 대한 간절한 어버이의 사랑으로 수옥을 거둔 것이다. 수옥이 가진 외모나 성품에는 상관이 없다. 부모형제가 없어 오갈 데 없는 수옥에 대한 관심은 죽은 아내에 대한 애틋함일 수도 있고, 딸에 대한 안타까움일 수도 있다. 어쨌거나 조만섭이 수옥을 받아들인 사랑은 수옥을 있는 그대로 용납하고 인정하는 것이었다. '수옥이 이 다음에 잘 되거든 영화라도 누려 보자'는 식의 보응을 바라는 것은 아니다. 그저 잘 살아 주기를 바라는 어버이의 마음이다.

사랑을 통해 얻어지는 것을 사랑하기 때문에 사랑하는 것은 이미 변질된 사랑이다. 요즈음 주변을 보면 어버이의 사랑조차도 많이 변질되어 보인다. 자식이 마치 자기의 소원을 이루어 주는 대리인이나 되는 것 같다. 자신이 이루지 못한 꿈을 자식을 통해 이루어 보려고 자식의 재능이나 취미에는 아랑곳없이 여기 저기 과외를 보내서 아이들을 곤혹스럽게 한다. 뿐만 아니라 장성한 자녀를 둔 경우라면 '내가 너를 어떻게 키웠는데…' 하면서 양육에 대한 보답이라도 받을 기세이다. 이 정도야 부모로서 그만한 권리가 있을 법도 하다. 그러나 더욱 더 변질되어 버린 부모의 사랑은 우리로 하여금 마음을 아프게 한다. 보험금을 노리고 아들의 손가락을 자른 매정한 아버지가 있다. 살기가 힘들다고 고층 아파트에서 아이들을 밀쳐 떨어뜨리는 어머니도 있다. 이들 안에는 사람에게 마땅히 존재해야 할 '사랑'이 없어서였을까? 그렇지는 않은 것 같다. 사랑의 대상이 바뀌었기 때문이다. 사람을 사랑한 것이 아니라 사람을 통해 얻어지는 결과를 사랑한 것이다. 돈을 사랑하고, 사랑을 통해 얻게 될 자식을 사랑한 것이다.

《파시》의 인물 중에 조만섭의 후처인 서울댁은 돈을 사랑해서 수옥을 서영래에게 넘긴다. 밀수품 장사를 하는 서영래에게서 일제 화장품 얼마를 인수받는 조건으로 수옥을 그에게 보낸 것이다. 또 자식이 없던 서영래는 돈으로 서울댁의 마음을 사서 수옥을 후실로 삼게 되는데 수옥에게 바라는 것은 단지 자식 하나 낳아 주는 것이다. 전쟁의 혼란 속에서 의지할 데 없는 수옥을 돈과 힘으로 정복하고 도망간다는 이유로 기본적 생활고마저도 해결해 주지 않는다. 단지 자식만 낳아 주기를 바랄 뿐이다. 서영래에게는 수옥에 대한 사랑이 아니라 그 결과로 얻어지는 '자식 하나'가 사랑의 의미가 되는 것이다. 요즈음 물질만능주의가 팽배해 있다. 하지만 가끔씩 매스컴을 통해 들려오는 아름다운 소식들을 접할 때 우리는 모두 행복하지 아니한가? 날 때부터 장애인으로 태어난 아들을 지극 정성으로 양육하여 세상에 내놓는 헌신적 어머니의 이야기, 부모 없는 아이들을 친자식처럼 거두는 한 처녀의 이야기, 교통사고로 십 몇 년씩 식물인간이 되어 있는 남편을 뒷바라지하는 아내의 이야기… 이런 사람 사랑에 대한 이야기들은 이 세상에 아직도 허다하다. 그래서 살만

한 세상인 것이다. 부족하면 부족한 대로, 없으면 없는 대로, 약하면 약한 대로 그렇게 있는 그대로 받아들여서 사랑하되 대가를 바라거나 결과를 바라지도 않는 그런 사랑이 진정한 사랑이다.

사랑은 선택하고 그것을 지키는 것이다. 이성간의 사랑의 시작은 오감과 느낌을 통해 시작된다. 그래서 첫눈에 반하기도 하고 자주 만나다 보면 정이 들기도 한다. 그런데 사람의 감정이란 게 처음과 끝이 똑같을 수는 없다. 그래서 연애할 때는 죽자 살자 했다가도 결혼하고 나면 하루가 멀다 하고 티격태격 다투기가 일쑤다. 감정에 의존한 사랑은 오래 가질 못한다. 성격이 안 맞느니, 사랑이 식었느니 해서 쉽게 갈라서는 경우가 많다. 사랑은 감정적 요소를 배제할 수는 없지만 일단 사랑하기로 선택하고 나면 감정보다는 의지가 더 중요하다. 의지는 감정을 지배한다. 성숙한 사람일수록 의지로 감정을 지배한다. 어린아이는 본 대로 느낀 대로 행동한다. 그러나 어른은 보고 느낀 것을 자신 안에서 정리하고 옳고 그름을 분별하여 행동한다. 아이 같은 어른도 있다. 의지가 너무 약해서 감정을 따라 행동한다. 성장은 했지만 성숙하지 못한 어른이다. 그들은 자기의 의지와는 상관없이 사랑할 대상이나 사랑받을 대상을 포기해 버린다. 심지어 자기 자신까지도 포기해 버린다. 이 같은 사랑의 변질은 남녀간의 사랑에도 깊이 파고들어 있다. 결혼을 약속한 두 남녀가 혼수문제 때문에 파혼하는 경우가 있는가 하면 신혼여행을 갔다가 성격이 맞지 않는다고 이혼하고 돌아오는 경우도 있다.

학자는 몰락한 지주의 딸이다. 한때는 서울에서 유학할 만큼 호화로운 생활을 했다. 응주를 사랑해서 그와의 미래를 상상하기도 한다. 그러나 아버지의 사업실패로 가산이 기울자 사랑하지도 않는 문성재를 따라다닌다. 돈 많은 박 의사를 농락하려 들기도 한다. 결국 그는 생존을 핑계 삼아 남포동 술집에서 젊음과 웃음을 팔아 돈을 산다. 자신의 의지와는 상관없이 자포자기한 사람으로 인생의 밑바닥을 선택한 것이다. 그의 오빠 학수는 학자와 환경은 같지만 살아가는 방식은 다르다. 학수는 문성재가 동생 학자를 욕보이려 하자 문성재를 흠씬 두들겨 패준다. 학수는 어느 밤, 서영래에게 당하고 어두운 바닷가에 나와 처절하게 울고 있는 수옥을 본다. 그리고 그는 전쟁의 혼란 속에서 의지할 데 없이 떠돌다가 영자 아버지(서울댁의 제부)와 서영래에게 당한 수옥을 받아들인다. 수옥이가 가진 것을 사랑하는 것이 아니라 수옥이를 사랑한다. 학수는 수옥과의 사랑을 이루기 위해 가족을 포기한다. 어쩌면 인생 그 자체를 포기한 것처럼 보이기도 한다. 그러나 사람을 사랑하기로 선택했기에 외딴섬에서 막일하며 살아도 행복하다고 말한다. 포기한 것 같지만 모든 것을 회복할 수 있을 것이라는 소망을 버리지 않는 것은 바로 변질되지 않은 사랑 때문인 것이다.

의학도인 웅주는 갈팡질팡한다. 사랑을 좇자니 아버지의 반대를 감당할 수 없다. 또한 미래도 희박하다. 장래가 보장되는 윤 박사의 딸 죽희를 택하자니 사랑이 운다. 사랑도 얻고 장래도 얻으면 좋으련만 현실은 두 가지 모두를 허락하지 않는다. 웅주는 아무것도 결정할 수 없어 우왕좌왕한다. 결국 아버지에게서 독립하여 하숙집에 들어가고 거기에서도 결정하지 못하고 술에 취해 방황한다. 웅주에 비해 명화는 더 현명해 보인다. 자신이 사랑하는 사람이 웅주라는 사실을 인정한다. 그러나 어머니가 광녀로 자살한 것에 대해 '자신도 어머니의 뒤를 따르게 되지 않을까?'하는 불안함이 있어 쉽게 결정하지 못한다. 박 의사(웅주의 아버지)의 반대에 부딪치지만 승낙할 때까지 기다리기로 결단한다. 웅주의 독립 이후 박 의사는 명화에게 자신이 명화를 사랑하기 때문에 아들의 결혼을 허락할 수 없노라고 말한다. 박 의사의 청천벽력 같은 결혼 반대의 이유를 알고 난 다음, 명화는 일본으로의 밀항을 결심하고 마지막 밤을 웅주의 하숙집에서 웅주와 함께 보내게 된다. 명화는 선택을 했지만 끝까지 지키지 못하고 유유히 떠나간다. 어쩌면 웅주의 갈등을 이미도 눈치챘기 때문일 수도 있다. 그렇더라도 사랑하는 사람에게 한마디 의논도 없이 훌쩍 떠나 버릴 때 참 섭섭하고 안타까운 것은 그들의 사랑이 아름답게 맺어지기를 바랐기 때문인 것 같다. 박 의사의 사랑이 고백과 동시에 끝나 버린 것은 잘못된 선택이었기 때문이다. 인간이란 얼마나 약한지…. 냉철한 이성을 가졌기 때문에 한 치의 오차도 없을 것 같은 박 의사도 잘못된 선택을 할 수밖에 없지 않은가? 그의 내면에 채워지지 않는 외로움과 영혼이 받은 상처가 있었기 때문이리라.

사랑은 반드시 대상이 필요하다. 사랑이 맺어지려면 선택된 사람은 반드시 선택한 사람에게 반응해야만 한다. 반응하지 않는 사랑은 '짝사랑'이다. 짝사랑은 아무런 관계도 아니다. 사랑하는 사람만 애태우고 힘빼다가 지쳐버리고 만다. 하지만 짝사랑도 짝사랑 자체로 아름다울 수 있다. 그것이 사랑을 배우는 과정일 수 있기 때문이다. 사랑은 반드시 반응하는 대상이 있어야만 한다. 사랑의 관계를 맺는 것보다 더 어려운 것은 사랑의 관계를 지속하는 것이다. 사랑의 관계를 지속하기 위해서는 서로에 대해 알아 가는 것이 필요하다. 좋아하는 것이 무엇인지, 싫어하는 것이 무엇인지, 무엇을 무서워하는지, 어떨 때 행복해 하는지, 원하는 것은 무엇인지… 이런 것들을 알아 가는 것은 사랑하는 사람에 대해 서로가 적응해 가는 것이다. 일방적일 수는 없다. 사랑의 관계가 어릴 때에는 나의 필요만 요구하게 마련이다. 마치 갓난아이가 배고프면 울고 기저귀가 젖으면 우는 것처럼 단순한 필요만으로도 관계가 유지될 수 있다. 그러나 사랑의 관계가 점점 자라게 되면 기본적 필요만으로는 만족할 수 없다. 외적 필요뿐만 아니라 내적 필요가 요구되어 관계는 점점 더 복잡해지고 어렵게 된다. 사랑이 어느 정도 성숙하게 되면 상대방에게 자신의 필요만을 요구하지 않는다. 상대방의 필요에 눈을 떠서 가끔씩 양보하고 필요를 채워주게 된다. 마치 사춘기를 지난 아이가 부모의 마음을 읽고 부모의 필요를 채워보려는 것과 같다. 사랑이 성숙하게 되면 나의 필요는 없어진다. 상대방의 필요에만 관심이 있다. 나는 없어지고 사랑하는 사람만 존재한다.

이와 같이 사랑의 관계는 하루아침에 성숙해지는 것이 아니다. 시간이 필요하고 노력이 필요하다. 내적으로 계속되는 도전을 이겨내야 한다. 나만 손해보면 안 된다는 이기적인 생각을 줄이고 사랑하는 사람이 잘 되고 행복할 수 있도록 배려하는 마음을 키워가야 한다. 그러면서 사랑의 관계는 점점 깊어지고 마치 친구처럼, 다정해진 노부부의 사랑으로 친밀해지는 것이다. 성숙한 사랑의 관계는 친밀한 친구의 관계이다. 남녀간의 사랑이 깊어지면 절친한 친구가 된다. 부자간의 사랑이 깊어지고 성숙해지면 친구처럼 마음을 터놓고 대화할 수 있게 된다. 사랑은 사랑할 대상을 선택하고 그것을 계속적으로 지켜 가는 것이다.

사랑은 나누는 것이다. 처음에는 소유로 시작된다. 내가 가진 것이 있어야 나눌 것도 있기 때문이다. 나누기 위해 소유하는 것이다. 그러나 만약 계속해서 소유만을 고집한다면 그 사랑은 변질된 것이다. 사랑할 상대를 선택한다는 것은 내 것을 나눌 사람을 찾는 것이다. 그래서 시간을 투자하고 돈을 투자해서 관계를 향상시켜 가게 된다. 관계가 점점 향상되어 마음까지 나눌 수 있는 친밀함으로 키워간다.

서영래는 전쟁으로 사회가 혼란한 틈을 타 밀수품 장사를 했다. 그래서 엄청난 돈을 벌었다. 학수의 아버지는 사업의 실패로 가산을 탕진했다. 갑작스런 집안의 몰락은 아버지를 병들게 하고 어머니를 비굴하게 만들었으며 자식들의 앞길을 막아 버린다. 엎친 데 덮친 격으로 빚을 독촉하던 서영래는 아내를 동원해 학수네서 돈 될만한 집기들을 몰수해 가버린다. 돈에 대한 그의 집착은 사람에게 상처를 주게 된다. 돈은 얻었을지 모르지만 사람은 잃게 된다. 나누기 위해 소유해야 함에도 불구하고 소유의 방법 또한 배제할 수 없다. 서영래가 택한 소유의 방법은 정당하지 못하다. '개처럼 벌어서 정승처럼 써라'는 말이 있지만 그것은 옳은 말이 아니다. 돈을 벌 때도 바른 방법이라야 한다. 그리고 써야 할 곳에 잘 쓰는 사람이 진정한 부자이다. 서영래는 자식을 얻기 위해 서울댁과 밀수품 거래를 하고는 아내 몰래 수옥을 후처로 들인다. 그러나 수옥에게 생활비를 제공하지 않는다.

진정한 부자란 소유가 많은 사람이 아니라 다른 사람의 필요를 채워주는 사람이라 할 수 있다. 사랑은 많든지 적든지, 크든지 작든지 간에 다른 사람의 필요를 위해 아낌없이 나누어주는 것이다. 수옥에 대한 학수의 사랑이 참 귀하고 아름다운 것은 수옥의 아픔을 함께 나누는 사랑이기 때문이다. 수옥은 자신의 의지와는 상관없이 부모형제를 잃었다. 사랑하고 사랑받을 대상을 잃어버렸다는 것은 큰 아픔이 아닐 수 없다. 오갈 데 없는 그녀는 뛰어난 미모 때문에 남성들에게 사랑의 대상으로 선택받는다. 그러나 영자 아버지나 서영래의 선택은 그녀의 아픔을 더욱 가중시키는 선택들이었다. 학수는 수옥의 아픔을 알았다. 어머니가 보고 싶어서 바닷가에서 통곡할 때, 서영래에게 당하고 서러워 눈물 흘릴 때, 학수는 수옥의 아픔을 나누었다. 학수의 나누어주는 사랑은 수옥에게 받아들여지고 결국 수옥도 개섬까지 학수를 따라가는 신뢰를 갖게 된다. 그들은 함께 아픔을 나누며 정을 쌓아 간다. 학수는 수옥을 선택하고 부모를 버린 것 같다. 그러나 징병 때 어머니에게 수옥을 맡김으로 그가 가진 부모까지 함께 나누는 아름다운 사랑을 볼 수 있다. 전쟁의 소용돌이 속에서도 살아갈 힘이 있고 소망이 있는 것은 다른 사람의 눈을 의식하지 않고 꿋꿋이 자기의 선택에 책임을 지고 지키는, 그리고 자신의 소유를 나누는 사람들 때문인 것이다.

　사랑은 과정이다. 한 사람에 의해 선택되고 그 선택에 반응하면서 시작된 사랑은 여러 과정을 거쳐 성숙한다. 사랑의 대상을 선택하는 데 특별한 만남을 통할 때도 있지만 대체로 자연스럽게 서로에게 선택되는 경우가 많다. 사랑은 어린아이 때는 부모 자식 간의 사랑으로, 커서는 남녀간의 사랑으로 자라난다. 친구끼리의 사랑을 '우정'이라 한다. 친구간의 사랑은 어린아이 때는 어린아이답게, 자라서는 어른답게 그 질과 양에서 다르게 나타난다. 부모 자식 간의 사랑이 성숙하면 절친한 친구관계가 되는 것을 볼 수 있다. 아들이 자라서 장가들고 아버지와 좋은 관계를 맺게 되면 서로의 고민을 털어놓기도 하고 함께 바둑을 두고 술잔을 들이키며 인생을 나누고, 마음을 나눈다. 또 남녀간의 사랑도 마음을 주고받는 편안한 친구관계로 성숙하는 것을 볼 수 있다. 남녀가 사랑하여 결혼을 하고 아이를 낳고 티격태격 싸우면서 사랑을 키우다 보면 어느새 둘이 닮아 가는 것을 볼 수 있다. 식성에서부터 잠버릇, 생각하는 것까지 참 많이 닮아간다. 박 의사와 박응주의 관계는 한 여자(명화)를 사랑하는 두 남자로서 심한 대립이 있다. 겉으로 드러나지 않는 박 의사의 속내, 밖으로 드러난 결혼을 반대하는 아버지로만 이해하는 응주. 어머니가 계시지 않는 상황에서 더 좋은 관계를 맺을 수 있는 충분한 요인이 되지만 그들은 서로 불목한다.

조만섭과 명화 사이에는 일방적으로 주는 아버지의 사랑이 깊이 존재한다. 딸아이가 잘 되기를 바라서 박 의사가 부산으로 이사를 하자 부산 처제 집으로 이사를 간다. 응주와의 혼사를 성취하려고 박 의사에게 굽실거리기도 한다. 명화의 아버지에 대한 마음 씀씀이는 애절하면서도 막상 응주와의 결혼이 어렵게 되어 밀항을 결심할 때는 아버지와의 의논도 하지 않고 훌쩍 떠나버린다. 학수 역시 부모와의 관계에서 성숙하지 못한 모습을 보여준다. 가산의 몰락으로 엄청난 고통 속에 있지만 부모의 필요를 채워보려는 학수의 노력은 보이지 않는다. 학수에게 부모는 그저 자식의 뒷바라지를 제대로 해주지 못한 못난 부모에 불과한 것이다. 응주와 명화는 서로 사랑하지만 서로의 마음을 충분히 나눌 만큼 깊은 관계는 되지 못한다. 각자 갈등하고 각자 고민한다. 두 사람이 서로에게 보여줄 수 있는 것은 '사랑하는 마음'이고 '이룰 수 없는 아픔'이다. 그들은 어떻게 이 문제를 해결해 나가야 하는지에 대해 마음을 서로 나누려 하지 않는다. 결국 명화는 일방적으로 일본으로 떠나고, 응주는 명화가 떠나자 '군 입대'라는 결정을 내리게 된다. 결국 그들의 사랑은 하룻밤의 정사로 끝나버리는 듯한 안타까움이 있다.

학수와 수옥은 서로의 마음까지 나누는 성숙한 사랑을 보여준다. 사랑은 서로가 서로의 마음을 읽게 되기까지 먼저 자신의 마음을 내놓을 수 있어야 한다. 사랑의 관계에서 그것은 쉽지 않다. 얼마간의 자존심을 버려야 할 것이고, 무엇보다도 자신에게 뿐만 아니라 상대방에 대해서도 진실해야 한다. 수옥이 어렵고 힘든 상황 속에서도 학수의 사랑을 입을 수 있었던 것은 그의 외모 때문이라기보다는 그의 진실함 때문이 아닐까? 사랑에 솔직한 자기 표현은 매우 중요하다. 울고 싶을 때 울고, 웃고 싶을 때 웃고 화내고 싶을 때 화내는 것은 건강한 사랑의 관계를 키워 가는 지름길이다. 늘 그렇듯이 사랑의 관계는 일방적일 수 없다. 서로가 서로에게 진실해야 한다. 그리고 성실하게 받아들여야 한다. 사랑은 결론이 아니고 과정인 것이다.

문성재는 엄연히 결혼을 했음에도 불구하고 가족에게까지 알리지 않고 나름대로 편안한 인생을 사는 것처럼 보인다. 선애의 결사적 노력이 없다면 부부의 관계가 지속될 수 없을 만큼 위태롭다. 거짓과 속임수는 관계를 무너뜨리는 첩경이다. 사랑은 관계를 맺어 가는 과정이기 때문에 거짓을 버리는 것이 중요하다. 사랑의 과정에는 기다림이 있다. 죽음을 초월하여 기다릴 수 있는 사랑, 때로 그것은 어리석어 보이기도 한다. 이제 학수는 징집되어 전쟁터로 떠났다. 어쩌면 전쟁이 학수와 수옥을 영원히 갈라놓을 수도 있다. 뱃속에 있는 아이는 아버지의 얼굴을 알지 못한 채 자라갈 수도 있다. 그러나 그들은 기다릴 것이다. 좀더 성숙한 사랑을 가지고 돌아올 남편과 아버지를 기다리면서 삶을 꾸려갈 것이다. 응주는 가지 않아도 될 군대를 지원했다. 그러나 그는 일본으로 밀항한 명화에 대한 미련을 떨칠 수가 없어서 아버지의 의사와는 다르게 입대를 결정한 것이다. 그리고 그는 기다릴 것이다. 이 땅에 전쟁이 끝났다는 소식과 함께 돌아올 명화를. 그리고 그들은 갈팡질팡하는 사랑이 아니라 확실한 선택과 자신의 선택을 끝까지 지키려는 노력, 기쁨과 슬픔을 함께 나누는 그런 성숙한 관계가 되어 멋진 상봉을 하게 될 것이다.

희랍어에는 사랑이라는 말이 네 가지로 구분되어 쓰이고 있다. 첫째는 본능적, 성적인 남녀간의 사랑, 학문과 예술에의 사랑인 '에로스'이

다. 인간의 의욕적인 삶을 위해 의욕과 욕망을 불러 일으켜준다. 둘째는
친구간의 우정 '필레오'이다. 이 사랑에서 인생은 온정을 가지고 서로 돕
는다. 그러나 지극히 서로가 균형을 유지해야 지속된다. 셋째는 어머니
의 자녀에 대한 사랑 '시돌케'이다. 신의 자비와 사랑이 가장 가까운 사
랑이다. 그러나 자기의 자녀 밖을 넘어가지 못하는 울타리 안에 있다.
넷째는 '아가페'이다. 희랍인과 히브리인들은 '아가페'를 인간에게는 없
는 신으로부터 받아야 하는 사랑으로 사용한다. 조건 없이 무한히 품어
주고 변치 않는 약속의 사랑이다. 인간이 가지고 있는 세 가지 사랑 '에
로스', '필레오', '시돌케'의 사랑은 이 '아가페'의 근원적 사랑 안에서 완
성되는 것이다. '에로스'는 에로스답게, '필레오'는 필레오답게, '시돌케'
는 시돌케답게 된다. 인간의 세 가지 사랑이 아가페 안에서 질서는 찾는
다. 현실에서는 사랑의 많은 변질이 존재한다.

　《파시》에 나오는 여러 인물들 역시 이 모양 저 모습으로 사랑의 대상
을 찾고 또 선택한 것을 지키려는 노력으로 삶을 영위한다. 전시라는 특
별한 환경 속에서도 인간이 있는 곳에는 엄연히 존재할 수밖에 없는 사
랑. 그것의 노예가 되어 어떤 이는 부모로, 어떤 이는 연인으로, 어떤
이는 친구로 각자가 가진 사랑의 인식대로 살아간다. 변질된 사랑의 모
습은 마음을 무겁게 한다. 사람의 어떤 것이 아니라 사람 자체를 사랑하
고 자신이 선택한 사람을 끝까지 지키며 기쁨과 슬픔, 그리고 마음의 아
픔까지 나누는 사랑이 더욱 아름답다. 어떤 결과로써가 아니라 과정 속
에서, 거기에 기다림이 있고 눌림이 있을지라도 인내하며 기다리는 사
랑은 이 세상을 살 만한 가치가 있게 할 것이다.

통곡의 세월 바다에 실어 보내고

정 연 철(대구시 북구)

트란 안 홍 감독의 베트남 영화 〈그린 파파야 향기〉가 떠오른 건 나름대로의 이유가 있어서였다. 사이공의 한 부잣집에 하녀로 들어간 10세 소녀 '무이'의 삶과 사랑이 가슴에 와 닿는 이 영화 속 배경은 1951년 베트남전쟁이 한창 진행중일 때였다. 어쩌면 무이도 전쟁 때문에 양친을 잃고 배고픔에 허덕였던 고아일 수 있다. 하지만 한눈을 팔다 보면 자칫 그 사실을 망각하고 만다. 간혹 동네의 구름 낀 하늘 위로 출현하는 전투기와 잔잔한 폭음이 감미로운 영화 음악과 아름다운 영상에 묻혀버리기 때문이다. 하지만 여주인공의 삶의 역정을 따뜻한 시각으로 고스란히 담아낸 작품으로 기억하고 있다.

《파시》를 읽으면서도 비슷한 생각을 했다. 전쟁으로 피붙이를 모두 잃고 낯선 땅에 피란을 오게 된 수옥과 앞서 말한 영화 속 무이는 똑 같은 처지인 셈이다. 하지만 야비하고 비열한 인간군상과 살벌한 세파로 인해 수옥이 훨씬 더 비참하고 혹독한 삶을 견뎌내야만 했다. 이 사실을 염두에 둘 때 《파시》가 훨씬 리얼리즘에 근접하고 있다는 걸 알 수 있다. 작품의 서술자가 인물의 편에 서서 같이 슬퍼하고 위로하지 않고 담담한 필체로 묘사한 점이 작품의 리얼리티를 확보하는 데 큰 도움을 준 것이다.

《파시》는 한국 문단을 빛낸 대표 작가 박경리가 자신의 고향인 통영과 피란 수도 부산을 배경으로 6·25 전쟁의 상흔으로 얼룩진 사람들의 절망과 사랑을 담아낸 작품이다. 직접적 혹은 간접적 체험의 산물인 이 작품에서 생생한 현장감을 느낀 것은 어쩌면 당연한 것인지도 모른다. 작품 속 인물들은 하나같이 내 곁에서 살아 움직였다. 그래서 같이 슬퍼하고 안타까워하며 애간장을 끓이고 한숨을 쉬기도 했다. 통렬한 객관성이 빚어낸 결과이다. 그런 면에서 볼 때 유난히 독자들의 감정이입이 잘 되는 작품으로 손꼽을 수도 있겠다.

작품을 읽다보면 거의 중독에 가깝도록 인물에 몰입하게 된다. 그 인물과 자신의 처지를 비교하면서 분노를 하거나 위로를 받기도 한다. 때로는 작품 속 불운의 주인공이 주변의 이웃과 너무도 닮아 있어 작품 밖으로 데리고 나와 끌어안고 등을 토닥거려 주고 싶기도 하다. 수옥과 처음 만났을 때도 그랬다. 책을 펴고 몇 장을 넘겼을 때, 갑자기 숨이 턱 막혀옴을 느꼈다. 전쟁으로 인해 생면부지의 땅으로 오게 된 천애의 고아 수옥. 세상 물정 잘 모르는 순진하고 여린 그녀가 이 각박한 세상을 어떻게 헤쳐나갈 것인가를 생각하니 가슴이 답답해졌다. 수옥은 비바람 몰아치는 망망대해에 이리저리 휘둘리는 흰 돛단배였다.

어쩌면 내 어머니의 이야기일지도 모른다는 생각을 했다. 6·25 전쟁으로 말미암아 입학원서는 휴지조각이 되었고, 그 후 외할아버지는 여식의 교육을 아예 포기했다고 했다. 큰오빠를 전쟁통에 잃고 초가삼간은 불 타 없어지고 한 끼 연명도 어려웠던 시절, 어머니는 어린 나이에 철없는 동생들 보살피고 집안 살림을 거의 도맡다시피 하며 한 치 앞도 내다볼 수 없는 암담한 세월을 보냈다. 어렵사리 결혼한 후에도 궁핍한 시집살이에 세상의 온갖 풍파를 다 겪으며 여태 까막눈으로 답답하고 한 많은 세월 보낸 어머니. 박복한 세월에 느는 건 한숨뿐이었으리라.

《파시》 속에 등장하는 수옥이나 선애 혹은 노파가 바로 한국전쟁 세대의 내 어머니이자 이웃은 아닐까? 어떤 면에서는 그들도 박경리에 절대 뒤지지 않은 역사의 산 증인인 것이다. 그래서 넋두리하는 수옥이나 선애, 노파를 내 누이나 어머니 혹은 할머니라고 생각하며 읽었다. 그러자 그들의 좌절과 고통이 더욱 절박하게 다가왔고, 나도 지금 1950년대 통영과 부산에서 그들과 함께 피란 생활을 하며 파시에서 품팔이를 하고 있는 듯한 착각에 빠지기도 했다.

1945년, 해방과 더불어 새 희망과 활기에 들떠 있던 한반도는 피비린내 나는 동족상잔의 비극 끝에 굶주림과 절망과 죽음의 공포로 처절하게 무너지고 말았다. 60년이 지난 지금까지도 긴장의 고삐를 늦출 수 없는 한반도의 정세로 미루어 볼 때, 우린 전쟁의 위협에서 결코 안전하지 못하다. 여전히 전쟁이 남긴 상처와 비극 속에 살아가고 있는 것이다.

《파시》에서 반드시 짚고 넘어가야 할 것이 바로 이 대목이다. 이토록 중요한 쟁점인 '전쟁'이라는 상황이 구체적으로 언급되어 있지 않다는 점이 처음엔 납득하기 어려웠다. 인물 설정이나 사람들의 삶의 방식이 '전쟁'과 일정 부분 관련이 있고, 막연하게 전쟁중임을 알게 해 주는 사실이 없지는 않았다. 하지만 전쟁중 통영으로 피란을 오게 된 수옥, 군대 징집의 문제로 몹시 괴로워하고 있는 학수와 응주를 비롯한 수많은 젊은이들, 그리고 군수물자 유통사업의 호황 등으로 미루어 짐작할 수 있을 따름이다. 살육과 공포가 가슴을 옥죄어 오는 전쟁은 어디에도 없다.

그런 점에서 볼 때 《시장과 전장》은 《파시》에 비해 6·25 전쟁 상황이 좀더 구체적이다. 전진과 후퇴가 반복되는 전쟁의 한복판에서 개인과 가족과 사회의 평화와 안정을 위해 고민하는 사람들의 모습은 시대적 문제에 어느 정도 접근해 있다고 볼 수 있다. 또한 1950년대 서울, 9·28 수복 직후 혼란기 사회의 부정에 대해 신랄하게 폭로, 고발한 《불신시대》 또한 《파시》하고는 사뭇 다른 분위기이다. 그렇다면 작가가 《파시》에서 전쟁의 상황을 거의 배제한 채 작품을 집필한 의도를 파악해볼 필요가 있다.

전쟁소설이라고 해서 반드시 아귀지옥 같은 상황이 현실감 있게 묘사되어야 한다는 법은 없다. 게다가 이 소설의 공간적 배경은 그 시기 전장과는 동떨어진 남쪽이다. 직접적 고통을 받은 사람들만이 그 시대의 주인이나 전쟁의 피해자는 아니다. 전쟁으로 인한 죽음, 굶주림, 그로 인한 정신적 고통, 이념과 사상 문제로 인한 불신 등과 아울러 일상 속에서 생업에 열중하는 모습도 전쟁중 또 다른 삶의 양상인 것이다. 한반도 전역에 걸쳐 전쟁의 상처가 뿌리내리지 않은 곳은 없다. 따라서 외양만 보고 고통의 크기를 비교해서는 안 될 일이다. 이 땅에 전쟁의 피해자가 아닌 사람은 없다. 나라와 양심을 버린 사람도 영혼에 악성 종양을 키우는 거나 마찬가지이니까. 다만, 작가는 전쟁중 통영과 피란 수도 부산에서의 민중의 삶을 담아내고 싶었을 뿐이며, 거기에 대한 직접·간접의 경험이 많았던 탓이리라. 그래서 어떤 면에선 6·25 직후의 부산을 배경으로 동욱 남매의 음울한 불행과 무기력한 삶을 그리고 있는 손창섭의 단편 소설 《비오는 날》과 닮아 있다.

작가 본인이 전쟁중에 남편을 잃고 전쟁 직후에 아들을 잃은 기막힌 사연이 있음을 감안 할 때, 작품 속에서 개인의 감정을 철저히 절제하고 있다는 점도 주목할 만하다. 전쟁을 소재로 한 장르는 대개 불행과 통한을 가슴 깊이 간직하고 살아가는 사람들을 등장시켜 독자나 시청자들의 눈물샘을 자극한다. 〈쉰들러 리스트〉나 〈라이언 일병 구하기〉 등의 전쟁영화나 〈여명의 눈동자〉 혹은 〈머나먼 쏭바강〉 같은 전쟁 소재 드라마의 휴머니즘은 말할 것도 없고, 전후문학으로 일컬어지는 국내 작가의 몇몇 단편소설을 살펴봐도 마찬가지이다. 친할머니와 외할머니가 각각 아들을 적대 관계인 인민군과 국군으로 전장에 보내고 있는 윤흥길의 《장마》라든가, 전쟁의 체험을 생생한 아픔으로 간직한 형과 절실한 체험도 없이 아픔의 허울만 간직한 채 무기력하게 살고 있는 동생을 대립시키고 있는 이청준의 《병신과 머저리》, 혹은 태평양전쟁과 6·25 전쟁으로 인해 정신과 육신의 상처를 입은 부자(父子)의 비극을 그린 하근찬의 《수난 이대》 등에서는 주인공들이 전쟁으로 인해 상처를 크게 입었다. 또한 6·25 전쟁으로 인한 우리의 분단 상황과 민중들의 삶을 거시적 시각으로 심도 있게 그려낸 조정래의 대하소설 《태백산맥》에서의 긴박한 전쟁 상황 묘사나 그 속에서 인물들의 한 맺힌 사연에 독자들은 목이 메여 오기도 한다.

하지만 《파시》는 이러한 시각을 애초에 거부한다. 여기에 박경리의 노회함이 여실히 드러나고 있다. 앞서 언급했듯 서술자의 감정을 개입시키지 않고 있는 그대로 묘사, 서술함으로 해서 객관성을 확보하자는 것이다.

이 글을 읽으면서 처음엔 적잖이 실망을 한 것도 사실이다. 책장을 몇 장 넘겼을 때 끝이 보였다. 앞으로 펼쳐질 수옥의 파란만장한 인생 역정이 파노라마처럼 그려졌다. 돈 많은 수전노한테 팔려가서 정신적·육체적 고통을 받고, 어디를 봐도 구원의 손길을 없고, 도망을 갔다가 다시 들켜 붙잡혀 오고… . 그리고 내 예견은 거의 맞아 떨어졌다. 이처럼 뻔한 이야기 전개와 건조한 문체, 춘원 이광수의 계몽주의를 방불케 하는 작품 분위기와 설상가상으로 꼬이는 사건 등에서 별다른 독서의 재미를 느끼지 못했다. 그럼에도 이 책에는 끝까지 손을 못 떼게 만드는 마력이 있었다. 그건 바로 사실성과 현장감 그리고 경상도 사투리의 완벽한 재현 때문이었다. 비리치근한 생선 냄새가 진동하는 통영의 파시가 눈앞에 펼쳐져 있는 듯했고, 거기에서 서민들의 노동과 대화가 역동적으로 다가왔다. 또한 민중들의 절절한 애환과 탄식을 실은 파도 소리도 들리는 듯했다.

대하소설 《토지》를 읽었을 때도 그랬다. 재미에 푹 빠져 밤새워 읽은 유일한 책이었다. 텔레비전 드라마로 방영되었었고, 그 줄거리가 생생하게 기억나는데도 불구하고 《토지》 전권을 읽어냈다. 그러면서 내가 구한말에서 해방 직후까지 역사의 현장에 발을 내디디고 생체험을 하고 있는 듯한 느낌을 받았다. 저 밑바닥의 인생부터 권세를 누리고 있는 사람에 이르기까지, 땅 파 먹고사는 것밖에 모르는 사람에서부터 역사 인식이 투철한 사람에 이르기까지 수많은 군상과 방대한 규모의 시공간에 압도당했었다. 하지만 난 그때 방관자일 뿐이었다. 작가는 동참하기를 끊임없이 권유했지만 난 망설였다. 그럼에도 불구하고 《토지》에서 내가 얻은 것은 한두 가지가 아니었다. 이념과 사상을 떠나 우린 한겨레라는 것. 그 수많은 인물들이 다 내 부모요 형제나 다름없다는 것. 그래서 앞으론 내 한 몸 안녕을 위해 역사의 일선에서 물러나 있기보다는 사회에 어떤 식으로든 내 의사를 표출하고 동참하리라는 것. 박경리는 《토지》를 통해 내 삶의 방식과 인식에 변화를 주었다. 사실 《파시》라는 작품을 선택했던 것도 《토지》를 읽고 난 후 생긴 박경리에 대해 무조건적 존경심 때문이었다.

지난 2월 말, 매화꽃 핀 섬진강변을 여행하다가 《토지》의 주 무대였던 하동 평사리 최참판댁에 들른 적이 있었다. 난 박경리의 대작 《토지》를 읽은 사람의 여유로 안내 글을 고개 끄덕이며 읽는 잘난 체를 하고야 말았다. 난 그곳에서 "여봐라, 게 아무도 없느냐!" 혹은 "네 이놈 네가 네 죄를 알렸다!"하며 불호령을 내리기보다는 머슴살이하는 실한 사내로 다시 태어나고 싶었다. 아무래도 나약한 지식인보다는 나라를 위해 초개와 같이 한 몸 희생하는 뚝심 있는 머슴이 나을 것 같았다. 우린 여기 저기 활짝 핀 매화를 배경으로 사진을 찍고 코끝을 들이대 향기를 맡았다. 머리를 아찔하게 하는 그 향기에 취해 잠시 정신을 잃다가 넓은 벌을 바라보며 저마다 풍요로운 미래를 꿈꿨다. 살찐 보리들, 물오른 풀과 나무들. 남쪽은 그렇게 봄이 오고 있었다. 젖은 낙엽을 걷어내면 그 속에 노란 새싹이 부끄러워 움츠릴 것 같은. 《토지》라는 책을 읽지 않았다면 이러한 감회에 젖어 행복감을 느꼈을지 의문이다.

《파시》를 덮고 난 후 가졌던 첫 느낌도 같은 맥락에서 이해할 수 있다. 통영 앞 바다에 가면 시간을 거슬러 올라가 1950년대 고달팠던 우리 이웃들의 삶의 모습을 느낄 수 있을까. 《파시》 속 인물들이 발 디디고 땀 흘리며 서로 부대끼고 살았던 곳에서 새로운 감회에 젖을 수 있을까. 그 사람들은 아직까지 그곳에서 지나간 일을 회상하며 눈물 흘리고 난리통에 생긴 애틋한 추억을 생각하며 살며시 미소를 짓고 있을까. 언젠가는 밟아 볼 통영 땅에 대해 이러한 생각을 해 보는 것도 《파시》를 통해 얻은 설렘이었다.

이처럼 《파시》에 등장하는 인물들은 내 속에서 시공을 초월하여 존재한다. 1950년대 초반 통영과 피란 수도 부산이라는 지극히 미시적인 공간에서의 인물과 사건을 거시적으로 파악하여 일반화시켜 보는 것은 독자의 몫이며 그 재미 또한 크다. 이 부분에서 간과하지 말아야 할 것은 《파시》 속에 등장한 사회가 현대 한국 사회를 압축해 놓은 듯한 인상을 강하게 풍긴다는 사실이다.

《파시》는 낯선 땅에 피란 와서 자기의 삶을 운명에 맡겨버린 채 서러운 삶을 살아가는 수옥, 광녀로 죽은 모친을 둔 명화, 명화를 사랑하면서도 부친이 원하는 명문 집안의 딸 죽희를 사이에 두고 갈등하는 그리고 애국문제로 고뇌하는 젊은 의학도 응주, 몰락한 부유층의 딸로 꿈을 잃고 타락의 길로 접어드는 허영심 많은 학자, 강직하고 정의로우며 사랑에 순수한 그의 오빠 학수, 전쟁중이건 말건 자신의 안위와 쾌락만 쫓는 건달 성재, 그만 믿고 억척스럽게 살아가는 선애 등으로 대변되는 젊은 축을 주요 인물로 설정해 놓았다. 하지만 이들은 한결같이 얼굴에 불안한 그림자가 어려 있다. 그것은 바로 독자들에게 전쟁중임을 일깨워주는 작가의 의도일 듯하다.

그리고 기성 세대들의 얼굴에는 교활함이나 허무가 가득하다. 조만섭으로 대표되는 소심한 양심주의자, 무엇이든 돈으로 환심을 사고 해결하려는 기회주의자 서영래와 서울댁, 영자네, 치밀하고 보수적이며 명성과 권위에 집착하는 박 의사나 윤 교수 등은 대개 시대의 상황에 무신경하다. 전쟁통에도 자신의 잇속만 챙기거나 가족의 평안과 가문의 영광만 쫓는다. 분명 그 시대, 통영이나 부산에서도 갖은 억압과 고통을 감내하면서까지 조국의 자주적, 평화적 통일을 위해 발 벗고 나선 사람들이 있었을 터인데 이들은 전쟁의 근원적 문제에 대해 거의 무감각하다. 자기 중심주의적 사고가 골수에 박힌 듯한 느낌까지 받았다. 읽다가 분통이 터져 작품 속으로 들어가 패대기를 치고 싶기도 했다.

하지만 이들은 대체적으로 사회에 잘 적응하면서 살아간다. 여기에서 우리는 당대 사회의 구조적 모순을 엿볼 수 있다. 부익부 빈익빈 혹은 계층간의 격차가 극명하게 드러나는 사회, 돈과 배경이 모든 문제의 열쇠가 되는 사회, 언제나 여성은 약자인 사회, 사기와 비리가 판을 치는 사회. 도무지 개선하려는 의지나 개선될 기미가 보이지 않는 사회 속에서 진정한 의미의 행복이란 과연 무엇일까? 그걸 찾기 위해 작품 속 젊은이들은 고민하고 있다. 하지만 이러한 부정적 모습도 분명 그 시대 우리 사회의 일면이었다. 이것을 포착함으로 해서 작가는 무엇을 지적하고 싶었을까?

기성 세대들도 이제껏 자기들 나름의 고통을 어떤 방법으로든 극복하면서 살아왔을 것이다. 그렇다면 수옥, 명화, 응주, 학수, 선애 등으로 대변되는 젊은 세대들도 사회가 안겨준 모순 덩어리와 그로 인한 고통을 버텨내야만 처세술에 능한 기성 세대의 대열에 서는 것인가? 끊임없이 반복되는 사회의 모순은 언제 정상 궤도를 밟을 것인가? 난 아이러니 속에 빠져 한참을 허우적댔다. 인류의 공통된 관심사는 돈과 여자, 그리고 사랑이다. 이것은 우리의 삶과 직접적 관련이 있다. 《파시》에 등장하는 사람들도 이 전제에서 벗어나지 않는다. 한탕주의, 황금만능주의가 판을 치는 세상이다. 하지만 그것은 시대적 조류에 편승한 것일 뿐이다. 여기서 우리는 영원히 풀기 어려운 사회적 모순의 단면을 엿볼 수 있는 것이다. 잘못임을 알면서도 쉽게 고쳐지지 않는.

난 이 글을 읽으면서 작품 속 작은 사회가 현대 사회와 소름끼칠 정도로 닮은꼴이라는 생각을 했다. 부정부패와 비리가 판을 치는 요즘 사회도 자신의 잇속만 차리고 행동하는 극단적 이기주의자나 기회주의자, 그리고 대의명분 없이 권세를 누리려는 권력 지향주의자, 정신적 파탄에 이른 부적응자도 엄청나게 양산되고 있는 실정이다. 하지만 아직 전쟁의 위협으로부터 안전한 게 아님을 명심해야 할 것이다. 언제 어디서든 폭발음과 함께 전쟁은 다시 시작될 수 있다. 겉으로 보기에는 아무일 없는 것처럼 역사라는 강물이 흘러가지만 그 속을 들여다보면 갖가지 오물이 썩어가고 있다. 이런 의미에서 볼 때 《파시》는 전쟁 불감증에 심각하게 시달리고 있는 혹은 한반도의 통일문제에 냉소적인 현대인들에게 경종을 울리는 작품이라 할 만하다. 하지만 박경리는 이러한 모순을 무색하게 만드는 공간을 하나 마련했다.

개섬! '맑은 하늘에 구름은 어디로 떠내려가는지, 푸른 바다에는 흰 돛배, 푸른 하늘에는 흰 구름, 전쟁도 이념도 금지된 지역도 비극도 없는 평화스러운 고도(孤島) ….'

개섬은 이런 곳이다. 중언부언 필요도 없는 자유와 평화가 넘실대는 곳. 싱그러운 해초와 붉게 터지는 동백꽃, 쪽빛 하늘과 짙푸른 바다. 지금이 전쟁의 기운은 없고 그저 생업에 성실히 임하면서 욕심부리지 않고 이웃과 정을 나누며 살 수 있는 곳. 시기와 질시와 차별이 없는 곳. 누군들 이러한 곳에서 행복한 삶을 꿈꾸지 않으랴. 하지만 율도국처럼 허무맹랑한 이상국은 아니다. 어디까지나 개섬에는 사람들의 삶이 부지런히 움직이고 있다.

그렇지만 결국 이곳에도 전쟁의 그림자가 다가온다. 젊은이들을 전장에 보내기 위해 섬에까지 어둠의 손길이 뻗친다. 하지만 평화를 지키기 위해선 그 정도의 공포는 극복하려는 노력이 필요하다. 평화를 위한 전쟁에 뛰어들어야 하는 것이다. 모순임을 알면서 목숨을 담보로 전쟁터에 뛰어들 수밖에 없는 이율배반은 자가당착에 빠진 식자층의 조작일 수도 있다. '동서고금을 막론하고 역사를 움직인 주체는 민중들이었다'라는 미사여구로 민중들의 한을 잠재우기에는 지배층의 기만과 술수가 위험수위에 있음을 지적하고 싶다. 그렇게 개섬도 전쟁의 손아귀에 잡히고 만다.

박경리는 전쟁에 대해 가타부타 말이 없다. 하지만 개섬, 이곳의 가슴 저리도록 아름다운 평화마저 앗아간 전쟁을 언급함으로 해서 독자들로 하여금 전쟁에 대한 강한 거부감을 일으키도록 했다. 이것 또한 박경리가 만든 치밀한 장치일지 모른다.

《파시》의 배경 통영에 가면 수옥과 명화가 남긴 그리움과 상처의 조각 때문에 가슴이 미어질지 모르겠다. 어쨌든 또 남겨진 사람들은 가슴에 응어리 하나씩 키우며 한 많은 세월, 한숨 속에 묻어버리고 살아가리라.

하지만 이들의 끈덕진 삶은 반복되는 절망 속에 머무르지 않고 새로운 희망을 위해 진일보한다. 응주와의 사랑을 고민하다 자신의 새로운 삶을 개척하기 위해 일본행 밀항선을 타고 떠나는 명화, 허영심으로 인해 타락하고 파멸로 치닫다가 자신의 처지를 객관적 시각으로 바라보고 새로운 다짐을 하는 학자, 군대문제에 대한 불안이 현실화되어 군에 징집되어 가는 학수. 어쩌면 불안과 초조에 허덕이며 살아가는 것보다 어느 쪽으로든 결단이 나는 게 홀가분할 수 있다. 또한 응주가 마지막 부분에서 바다로 시선을 던진 것은 모태 회귀성에 기인한 것처럼 보인다. 진정한 사랑과 애국이 무엇인지에 대한 번민으로 고통스러웠던 삶을 잠시 접고 어머니의 태반처럼 안락한 바다에 들어가 몸과 마음을 정갈하게 한 다음 새로운 삶을 살고 싶다는 의욕의 표현일 수 있는 것이다. 어장배에서 일하는 사내들의 웃통에 번들거리는 땀과 갈매기 소리에 섞여 들릴 것 같은 노동요는 또 하나의 희망일 수도 있다.

어떤 면에서는 예술 애호가이며 낭만주의의 찬양가인 책방 주인의 말이 해답일 수도 있다. 어지러운 세태에 예술과 낭만이 사치일 수는 있지만 떠난 명화를 두고 슬픔에 잠긴 응주에게 책방 주인이 한 말은 이 시대의 젊은이들에게 던지는 메시지인 것이다. "산 사람은 어디서라도 만난다. 만날 수 있다는 희망을 가질 수 있는 것은 만날 수 없다는 것보다는 낫거든… 다 젊으니께 그럴 수 있지… 아름다운 낭만 아니가? 외곬으로 흘러가는 그 순수함 때문이지… 비극은 그런 순수한 것을 잃고 나이 들어 버린다는 그거 아닐까… 바다를 보면서 술이나 실컷 마시자. 상처는 아물어도 좋고, 안 아물어도 좋을 것 아니가?"

결코 염세적이거나 비관적이지 않다. 책방 주인은 응주 아니 젊은이들에게 긍정적 사고방식을 요구하고 있다. 희망을 가지고 정진할 것을 권유하고 있다. 정신적 고통이 극심하면 잠시 묻어두는 것도 좋은 방법일 것이다.

그리고 그날 따라 일찍 판을 벌인 파시(波市). 비릿한 생선 내와 값을 흥정하는 와자지껄한 장터, 일꾼들의 삶에 대한 욕구가 불끈 느껴지는 곳. 거기서부터 우리네 인생은 다시 시작된다. 어쨌든 이 작품 속에서 요즘 여러 가지 문제에서 헤어 나오질 못하는 나의 모습을 발견했다. 잠시 접어두고 일상으로 돌아가자고 스스로 다짐해 본다.

그리고 작품의 마지막 부분, 응주는 앞으로 어떻게 할 작정이냐고 묻는 책방 주인의 말에 "군대에 가야지"라고 대답한다. 예나 지금이나 군대는 방황과 갈등과 고민을 해결해주는 유일한 탈출구인가? 하지만 여기서 삶의 희망이 엿보이는 중요한 단서를 포착할 수 있다. "군대나 가야지"가 아니라 "군대에 가야지."

복잡하고 심란한 상황을 모면하기 위한 탈출구가 아니라 면제나 후방 조치가 가능하지만 자신의 의지에 따라 군대에 가려고 결단을 내린 것은 우리 젊은 세대들에게서 희망의 빛이 보인다는 것이다.

영원히 암울할 것만 같은 작품 속 세상에 빛 한 줄기가 비친다. 이들은 또 역사의 굴곡을 헤치고 다시 버거운 세상을 살아가리라. 통곡의 세월 바다에 실어 보내고… .

빛나는 생선 비늘이 된 그들을 위한 외로운 군무, 파시

이 정 인 (울산시 중구)

책을 덮고 나서야, 그제야 비가 내림을 알았다. 마지막 장을 한숨과 안타까움으로 넘겨버렸을 때에야, 비가 내리고 있었음을 깨달았다. 불길을 뛰어넘고, 긴 벼랑에서 떨어져야만 성인이 될 수 있다는 아프리카의 어떤 이야기처럼, 쏟아지는 저 빗줄기를 기어이 헤쳐 나가다 보면, 그들은 아니 나는 조금이라도 자랄 수 있을 것인가. 빛나는 생선비늘이 되어 바다 깊이 하강하는 그들을 위해 어설프나마 놀아보는 나의 노래가 파시(波市), 그 악다구니 같은 곳에 파도가 되었으면 하는 바람이다.

이 책에서 그래도 가장 인간적이고 따뜻한 인물이 그나마 조만섭 씨다. 다들 무언가 묻어둔 광기처럼 세상을 사는 데 반해 아직은 여유가 있고, 생활이 있는 인물. 그래서 그는 애달픈 아버지로 태어났나보다. 죄 많은 아버지로 태어났나보다. 그런 조만섭 씨가 데려온 인물은, 그래서 불쌍한 인생이다. 남을 불쌍히 여길 줄 아는 마음은 불쌍한 인생을 보듬고 통영으로 데려왔다. 불쌍한 인생이 안타까운 것은, 제 스스로 무언가를 개척할 수 있는 힘도 없이 항시 두려운 낯빛으로 살기 때문이다. 그 두려워하는 모양새가 짐승의 표적이 되고, 먹이가 된다. 아아, 그래서 세상은 그리도 어려운 모양이다. 두렵지 않은 무엇이 있냐마는 태연한 척, 무심한 척 해야 하니, 그래서 세상은 고되고 힘겨운 법인가보다. 놀라워하면 어수룩해 보이고, 두려워하면 말짱 바보 같아 보이니 그냥 되는 대로의 나로 살 수 없고 언제나 칠갑 팔갑 무장한 채로 살아야 하니

윗사람일수록 그 삶의 무게가 무겁다.

박 의사를 보라. 무엇 하나 흔들릴 것 없이 보이지만, 어느 것 하나 거칠 것 없어 보이지만 그의 삶은 기실 못마땅한 것 투성이지 않은가. 그 중에서 박 의사가 가장 눈살을 찌푸리는 것은 아들의 장래다. 앞길이 보장된 미래를 고까워하는 웅주와 박 의사는 아들과 아버지라는 끈끈한 정이 없다. 핏줄의 연결이라는 태생의 보듬음이 없다. 사랑이 없고, 정이 없다. 눈물이 없고, 호소가 없다. 다만 논쟁이 남아 있을 뿐이어서 대세에 대한 다툼만이 공허하게 대화를 메우고 있다. 실지 그들은 정세에 대한 논쟁을 하고 있는 것도 아니다. 서로에 대한 감정의 찌꺼기가 고상하게 나와주는 것에 불과하다. 결국, 부자 사이에는 어떠한 신념도 없고, 열정도 없음을 우리는 알게 되지 않았나. 나는 그것이 무섭다. 알 수 없이 휘감아 쳐 오는 감정은 바로, 연대가 없어짐에 기인하지는 않은가.

공유하는 신념도 없이, 함께 하는 희열도 없이, 어려움과 싸우고 고난에 분투하는 치열함도 없이 이렇듯 우리가 무너져 가고 있는 것이 나는 너무 두렵다. 먼 나라 전쟁의 포성에 내 나라 명분을 세우고, 내 일신의 안위를 세우려는 것이 무섭다. 웅주는 이것을 경멸하였던가. 하면서도 웅주 또한 다가오는 약속된 미래에 야멸치게 얼굴 돌리지는 못하지 않았는가. 그나마 곧고 바른 인물이 웅주라고 할 텐가. 그렇지 않다. 이토록 가슴이 아파 오는 것은 그 또한 연약한 인간군상의 하나에 지나지 않기 때문이다. 활개치고 나아갈 기개가 모자라고, 곧음이 약하다. 냉소가 들이찬 자리에는 부드러움과 따뜻함이 있을 리가 만무하다. 자신의 아버지임에도 경멸을 담아 박 의사라 부르기를 마지않으면서도 윤 박사의 큰딸 죽희와 어울려 자신 또한 밝은 연둣빛에 물들고 싶어하는 바람을 가져보는 것이다. 그 바람은 사랑과 여유에서 나오는 것이 아닌, 회피와 외면에서 나오는 것이라 웅주 자신도 쉽게 그리 가지는 못한다. 이렇듯 약하다. 이렇듯 불쌍하고 안쓰러운 청춘인 것이다. 멀리 펴져 올라오는 노을은 마지막 제 빛을 불사름으로써 아름답다지만, 청춘은 제 한 몸 불사르기가 그토록 어렵다. 응주에게 현실은 결단을 요구하지만, 결단은 쉽지 않은 것이다. 약속된 미래는 응주의 경멸 속에 그의 심장을 파들어가고, 나라를 위한다는 맹목적 애국심은 정직한 불타오름이 아니다. 누구를 위한 전쟁인가. 응주의 하루하루는 고되게 흘러갈 뿐이다.

응주의 사랑이 우유부단하고 결단력이 없다면, 함께 하는 명화의 사랑은 조금 다르다. 같이 하는 사랑인데 왜 그토록 다를까. 둘이 함께인데 왜 함께 한 사랑은 그 아픔이 다를까. 전쟁은 응주를 내리누르는 현실이지만, 명화에겐 문득 문득 덮쳐오는 지난날의 악몽이다. 미쳐버린 모성애. 질린 듯 무심한 눈빛은 어느 틈에라도 울컥 올라올 것 같은 광기의 다름 아니다. 길가는 아무라도 이상타 쳐다보는 기미가 느껴질세라, 미쳤냐고 장난이라도 걸세라 질리고 질린 눈빛. 그것이 명화의 사랑이며, 아픔이다. 전쟁의 포화 속에 녹아버리지 못한 어머니에 대한 기억은 명화의 사랑에까지 손길이 뻗쳐 있다. 뒷걸음치는 명화, 그리고 놓을 수 없는 끈. 터무니없는 미신처럼, 명화 어머니의 잔해는 박 의사에게 그들의 결혼을 반대할 명분을 준 셈이다. 명화는 왜 그 반대를 온몸으로 막아서지 못하는 걸까. 그녀 역시 두려운 것이다. 뒤숭숭한 시대, 어둑한 시대가 만들어낸 광기로 광녀가 된 어머니, 그 피 속에 자신마저 그 광기로 이끄는 무언가가 숨쉬고 있을까봐. 그것이 두려운 게다. 마치 몰락한 지주의 집 딸인 학자가 가난을 두려워하듯 말이다.

슬퍼하는 것들에는 이유가 있다지만 사실 학자의 슬픔에는 동참하지 못하겠다. 왜 나여야만 하느냐는 피해의식으로 똘똘 뭉친 허위자는 아닐는지. 그 시대가 만든 하나의 피해자일 수는 있겠지만, 자기의 입장에서 본 시대는 한갓 자신의 배경에 불과한 것은 아닐는지 말이다. 꼬장꼬장한 딸깍발이 정신도 아닌 것이, 억척스럽게 살아가려는 필부의 생명력도 아닌 것이 어중이떠중이처럼 시대를 부유하는 그이네 삶이 된 것이다. 학자가 미워 보이는 이유는 무얼까. 이토록 그네가 괘씸해 보이는 건 어찌 된 일일까. 아마도 나는 수양을 더 해야 하는가 보다. 이따금 예비 국어교사로서 마련되는 자리가 종종 있는데 그런 이야기가 나온 적이 있다. 어렸을 때 고생을 해본 사람만이 나중에 그러한 상황에 처해 있는 아이들을 더 잘 이해할 수 있다고 하는데 그 반대의 경우도 있다고 말이다. 자신이 어려운 상황을 잘 극복해 교사가 된 사람이라면, 혹여 그러한 자신의 제자가 방황하는 것을 보았을 때 자신은 그랬었는데 왜 너는 못 그러냐고 다그칠 수도 있다는 이야기였다. 자신의 경우로 남의 경우를 똑같이 잴 수는 없는 것이라고 생각했었다. 상황이 같더라도 대처하는 방식은, 삶의 방식은 다를 수도 있다는 것을 이해할 때도 되었는데 아직 덜 여물었다. 학자의 견딜 수 없는 무언가가 나는 참을 수가 없다. 꿉꿉한 걸레 같은 냄새를 맡을 때의 기분이다. 절로 얼굴이 찡그려지는… 인정할 수 없는 인간 본연의 나약함 같은 것들.

이젠 다른 사랑이야기를 하고 싶다. 명화와 응주가 시대와 함께 갑갑하고 답답한 사랑을 하고 있다면, 수옥과 학수는 나름대로 전쟁의 상처를 치유하는 쪽으로 사랑을 키워가고 있다는 생각이 든다. 그만큼 그들의 사랑은 응원을 하게 하고, 마음을 울리게 한다. 그럴 듯한 사탕발림의 말이라도 한마디 할 줄 모르는 꼬장꼬장한 이 남자, 그리고 말 한마디보다 작으나마 진실하고 따뜻한 포옹이 필요한 불쌍한 이 여자. 전혀 연관성 없이 전개되는가 싶다가도 이렇듯 두 사람이 기어코 만나고 마는 것이다. 통영이라는 무대가 좁은 우리네 고향터로 설정된 것도 하나의 밑받침이 되었겠지만 상처 있는 따뜻한 사람끼리 만나 결국 사랑을 하는 것이 가장 큰 전제이지 않겠는가.

전쟁고아로 다난한 인생을 살 수밖에 없었던 곱디고운 수옥이라는 이가 서영래에게 당한 일들은 어찌 보면 전쟁통에 치이고 치여 결국 헌 짚처럼 물기 없이 말라버린 우리네 어머니들의 모습은 아닌가. 간통이니 강간이니 말로만 들어도 우스운 일들이 아무런 보호 없이 그대로 여인네들의 치마폭으로 떨어졌다면 우리는 믿을 수 있을까. 남성들의 모습이라고는 하지 않겠다. 그것은 힘있는 자의 폭력이었을 뿐이다. 남성의 모습 또한 전쟁의 그늘 아래 어이없는 죽음으로 희생된바 그들의 난폭성을 가지고 이야기하기 보단 그저 힘있고 없고의 차이라고, 그저 그뿐이라고 말할 수 있을 뿐이다. 개섬에서 몰래 살아가려던 수옥과 학수가 종내 헤어지게 되었던 것도 국가의 권력이라는 것을 등에 업은 강제 징집인의 힘이었지 않은가 말이다. 날개 꺾인 비둘기처럼 작고 여린 수옥을 안아 들고 있는 학수의 모습은 구원자의 모습도 아니요, 힘있는 자의 모습도 아니다. 그것은 함께 살아가자는 절실한 의지의 표현이요, 결연함이다. 언젠가 박경리 작가의 또 다른 작품인 《시장과 전장》을 읽은 적이 있었다. 전쟁의 아수라장 속에서 삶을 헤쳐나가는 여주인공의 모습이 인상 깊게 그려지긴 했지만 뭔가 부족한 느낌이 있었다. 그것은 그저 한 개인의 고군분투는 아니었는가. 함께 이겨낸다는 것, 서로에게서 힘을 얻는다는 것. 그것이야말로 산다는 것일 게다. 전쟁이 뒤엎고 간 뒤숭숭한 인심과 두려움은 같이 마음을 나누지 않고는 결단코 견뎌낼 수가 없다. 수옥과 학수는 눈물겹도록 슬프게 아름답다.

이런 학수와 수옥의 사랑을 두고 으르렁거리는 이는 초반부터 나를 긴장시켰던 '서영래'이다. 펑퍼짐하고 걸쭉한 조만섭의 이미지와는 정반대로 깡마르고 대가 드세 보이는 듯한 그의 인상은 전쟁의 포화 상태 속에서 언제고 무슨 일이라도 저지를 듯했다. 기어코 조만섭의 부인과의 협잡으로 수옥을 얻어내는 데에 성공한 그. 그가 사랑을 알까. 전쟁이 그네의 불운임을 알까. 전쟁이라는 기회를 틈타 일신의 안위에만 혈안이던 그가 무얼 안단 말인가. 은혜를 알고 바른 길을 알까. 그만한 만류에도 기어코 아들 하나 낳겠다는 핑계로 수옥을 범한 그가 무얼 안단 말인가.

다시 힘 이야기를 하고 싶다. 그가 행한 것은 힘 있는 자의 횡포에 불과하다. 그는 내가 이 정도 힘을 가지고 있는데 왜 안 되는 일이 있는가를 반문해보고 화를 낸다. 왜 수옥이 처녀가 아닌 거냐고. 자신의 재력의 힘으로, 협잡의 힘으로 승리의 기념품처럼 굴려온 것이 금이 가 있다. 고려자기인 줄 알고 장만했더니, 요강이더라는 말이다. 힘있는 자의 눈은 그렇다. 자신의 힘이 온전히 작용하여야지 직성이 풀린다. 자신의 힘을 벗어난 흠은 어찌할 도리가 없다. 다만 짜증이 날 뿐이다. 수옥은 움츠러들기만 한다. 한밤 내내 고향 생각에 뒤척여도, 문득 고향 형제들이 그리워 울음이 쏟아져 나와도, 다만 서러이 운다. 그네는 서영래의 그 집에서 나올 수 없다. 두발이 없는 것도 아니요, 한눈이 애꾸눈도 아니건만 수옥은 물 길러가서, 시장보러 가서 도무지 도망칠 줄을 모른다. 마치 길들여진 짐승모양으로 주인이 풀어주지 않으면 세상으로 나갈 수 없다. 도망치더라도 언제고 다시 끌려올 거라는 두려움, 다시 세상에 나간대도 혼자 살아갈 수 없다는 외로움. 나는 만감이 교차하는 수옥의 마음속에서 분란이 일기를 기다렸다. 나 같으면 아수라같은 세상이라도 우선은 내딛고 볼 일이라고 말이다. 그리고 결국 서영래의 그림자를 떨쳐날 기회가 조용히 다가왔다. 우물가에서, 집 마당에서 속삭이는 학수의 목소리, '약속 잊지 말아요.' 그것은 또 다른 낯설음이다. 하지만 거기서부터다. 진실한 목소리의 울림. 수옥은 그렇게 학수의 손을 잡았던 것이다.

언젠가 전라도 광양의 백운산에 간 일이 있었다. 며칠을 그곳에서 지내다가 일행과 떨어져 새벽에 길을 내려오게 되었다. 산자락을 타고 내려오는 길에서 나는 눈을 비비고 또 비볐다. 우리 옛 선인들이 신선이 되었다는 말들은 거짓이 아님을 알았다. 등성이를 휘돌아 뭉게뭉게 피어오르는 새벽 안개가 그렇게 기가 막힐 수 없었다. 구름 위를 걷는다는 말이 그런 것이었다. 발을 내딛을 때마다 발목을 감아오는 알싸한 느낌이 가슴까지 쓸어 내리는 듯했다. 그렇게 다시 세상을 만난 날은 새벽의 길이 아주 먼 옛날의 일처럼 아득하고 멀기만 했다. 하지만 그날의 햇살을 받으며 느낀 것은 충만함과 즐거움이었다. 시끌벅적한 도시에서 나와서도 아니요, 그 시골에 박혀 맑은 바람 좀 쐬었다고 그런 것도 아니었다. 사람에게 필요한 것은 도시든, 시골이든 하루의 일용할 양식을 구걸하듯 살아가는 삶이 아니라 생에 대한 한 자락의 존경과 감탄이다. 살아 있다는 것에 대한 쾌감. 세상의 일부로 내가, 나의 일부로 세상이 있다는 그것이 주는 짜릿함. 햄릿은 외쳤다. '죽느냐, 사느냐.' 그것이 문제로다. 생은 죽음과 맞먹는 무게를 가지는 것이다.

이렇듯, 삶은 삶답게 사는 모양새가 갖춰져야 한다. '파시'에서의 생(生)들은 하나같이 '딱딱'하고 이 부딪치는 소리가 난다. 그저 삶의 무게에 짓눌려 산다. 새벽 안개 하나에 탄성을 내지를 줄 모른다. 오늘 하루가 더 늘어나 세상살이를 해야 한다는 고달픔이다. 박 의사는 말한다. "선배인 윤 교수는 좋은 부인 만나서 모든 일이 순탄했지, 완전한 가정이야"라고. 응주는 마음속으로나마 답해본다. "완전한 게 어디 있어? 가능성이 있을 뿐이지. 행복한 가정이라고 표현 못하는 그 성격 속에 비극이 있는지도 모르고"라고. 완전해야 한다는 강박감. 다른 이들의 생활 속에서 완전함을 찾으려는 열등감. 그리고 끝내 따로 노는 두 마음. 무엇이 그들을 그렇게 만들었을까. 비린내와 짠 내가 뒤섞인 바닷바람에 맞서며 키운 것은 어찌하여 강인함과 굳건함이 아닌가. 치기 어린 허세와 난동과 칼부림. 신경을 곤두세운 그들은 점화를 앞둔 화약과도 같다. 그 속에는 자기 속에서 심지를 이미 태워버려 새까맣게 되어버린 것도 있고, 기름칠을 싹싹해서 윤이 나는 것도 있다.

하지만 똑같은 화약이다. 처세의 강하고 약하고의 차이일 뿐이다. 언제 어디로 떨어질지 모른다. 그래서 더욱 두려운 삶이다. 전쟁의 접전지는 아니지만, 그 먼 포성 속에서 어떤 삶이든 마음을 놓을 수 없는 상황이다. 돈 있는 사람, 빽 있는 사람은 안 끌려간다는 징집이지만 결국은 이 땅의 청년들을 뒤덮는 공기다. 전쟁이란 것이 그렇다. 누구는 해당 사항이 아니고, 누구는 해당 사항일 수 없다. 이라크 전쟁을 보라. 이라크에 있는 사람들이 겪었던 것만이 전쟁은 아니었지 않은가. 더 치열했던 공간이었겠지만 그 반대편 땅에서도 전쟁에 대한 염려와 공포가 뭉클거렸다. 어느 유명한 장군은 '전쟁은 대(大)를 위한 소(小)의 희생'이라고 했다지만, 기실 무엇이 대이고 무엇이 소인가. 전쟁도 살인이다. 서

바이벌 게임처럼 내가 살아 있다고 해서 승리가 아니다. 적군을 얼마나 죽였느냐에 따라 병장의 직급이 달라짐은 그의 죄목이 하나 늘어나는 것의 다름이 아니다.

한때 부시 대통령이 이라크, 북한 등을 일컬어 '악의 축'이라는 발언을 하여 논란이 일었던 적이 있었다. 이라크 전쟁이 일어나기 전이다. 그때부터 벌써 부시 대통령은 그들을 물리쳐야 하는 적으로 규정한 것이다. 하지만 그전에 생각해보았어야 할 일이다. 전쟁을 일으키는 것이 능사였는가. 기어이 미국은 전쟁이 최선의 해결책이라는 결론에 도달한 것이겠지만, 아직 나로서는 납득이 되지 않는다. 더욱이나 언론사에서 떠들어대는 전쟁이란 것이 최신 무기의 전시장을 방불케 하여 식은땀이 흐르기도 했다. 전 인구의 반 이상이 어린 소년, 소녀들이라는 이라크에서 어떤 유혈사태가 벌어지고 있는가보다는 미국이란 나라에서 어떤 최신 무기들을 개발하고 이용하고 있는지에 더 혈안들이었다. 전쟁은 무기와 무기가 맞서 싸우는 것도 아니고, 이데올로기끼리 싸우는 것도 아니다. 사람과 사람이 대치하고 있는 것이다. 그것을 잊어서는 아니 될 일이다. 하지만 우리 지금, 그 모든 것들을 잊고 살고 있는 것은 아닌지. '파시'의 생명들처럼 어디인지를 모른 채 헤매고 있는 것은 아닌지.

장이 파하기 시작한다. 비명 같은 파도 소리는 어느 사이엔가 자장가처럼 철썩인다. 이제 그들이 헤어질 때이다. 각자의 몫으로 남겨진 짐들을 이고, 지고. 결국은 전쟁이라는 큰 소용돌이 속에서 허공처럼 사라진다. 아프리카 깊은 밀림에 있는 '유츄프라 카치아'는 소량의 물과 햇빛으로만 사는 음지 식물과의 하나이다. 그 식물은 사람의 영혼을 갖고 있고들 하는데, 이는 누군가 건드리면 금방 시들해져 죽어버린다. 그러나 한번 만진 사람이 계속해서 애정을 가지고 만져주면 살아갈 수 있다고 한다. 유츄프라 카치아는 아마 결벽성이 강했다기보다는 고독이 심한 식물은 아니었던가. 세상을 불신하고 사람을 불신하는 그들. 함께 어울려 살 수 없는 그들. 그것은 결국, 그들이 세상에 대한 결벽증을 갖고 있기보다는 그만큼 세상을 원했다는 이야기인 것은 아닐까. 세상의 낯설음과 공포를 한번 느끼고 나서부터, 다시 세상으로부터의 애정을 받지 못한 데서 방황이 생긴다. 박 의사가 웅주와 명화의 결혼을 반대했던 이유가, 그가 명화를 사랑하기 때문임이 밝혀졌을 때 명화는 현기증을 느낀다. 사랑받고 싶어하는 것은 인간의 본능이다. 그것은 끝없는 고독과 외로움을 만든다. 하지만 사랑받고 있음이 따뜻하고 애정 어린 보살핌에서 비롯된 것이 아니라, 충격과 순간으로 다가온다면 그것은 유큐프라 카치아가 단 한순간의 만짐으로 죽어버리는 것과 같다.

　장이 끝났다고 해서, 모든 장의 끝은 아니다. 그것은 다음 장의 기약이다. 명화는 웅주의 사랑이었고, 조만섭 씨의 소중한 딸이었고, 박 의사에게는 가시 같은 아픔이었다. 그런 그녀가 떠났다. 학수는 수옥의 버팀목이었고, 집안의 기둥이었고, 이제 태어날 아기의 아빠다. 또한 그런 그가 떠났다. 자의든, 타의든 그것은 전쟁이 포탄처럼 무섭고 갑작스럽다. 남겨진 사람이든, 떠난 사람이든 묘하게 여운을 남긴다. 오늘의 짐은 다시 내일의 장에 들고 나타나야 할 것이다. 그들은 각자의 몫을 결코 버리지 않았다.

　책방의 주인과 함께 술을 들며, 웅주는 눈물 괸 눈이 바다로 향한다. 체념과 한숨처럼 나오는 웅주의 말 한마디, "군대에 가야지." 누군가는 웅주를 전쟁에 밀린 약한 인간군상이라고 말했지만, 이제 나는 거기에 동의하지 못하겠다. 웅주는 전쟁에 대한 뚜렷한 신념도 없었다. 다만 이 땅 젊은이로서의 대의를 느끼고 있었을 뿐이었다. 그는 힘있는 자의 횡포 같은 전쟁에 염증을 느낀 것이다. 군대에 가느냐, 마느냐로 박 의사와 싸우기도 하지만, 그것은 돈과 권력이 움직이는 사회에, 또한 염증을 느꼈기 때문이었을 것이다. 명화와의 사랑에 책임과 확신이 생겼다고 자신한 순간, 사라진 명화 때문에 자포자기한 웅주다. 그는 아버지의 권력의식에 굴복하고 싶지 않은 것이다. 명화가 떠나고 아버지의 바람대로 완전한 가정을 이룬다는 것은 자신의 위신을 위해 사회를 저버리는 일이 되는 것이다. 군대에 가야겠다는 그의 의지는 이렇듯, 세상을 버리고 싶지 않은 정직함에 있다. 술기운에 취해 탁자에 그려대던 삼각형은 명화와 응주의 사이에 있던 죽희도 아니요, 박 의사도 아닐 것이다. 추측컨대 삼각형의 접점에는 기어이 명화와 다시 만나는 순간이 기약되어 있는 것은 아닐까. 이것은 학수의 경우에 더욱 뚜렷하게 드러난다. 자신이 돌아올 때, 수옥이 없으면 어머니를 보지 않겠다는 결연한 말은 꼭 돌아오겠다는 말의 다름이 아니다. 살아 돌아오겠다는 의지는 세상을 버리지 않겠다는 말이다. 수옥의 손을 잡았을 학수 손의 온기에 눈이 시큰해졌다.

모두가 떠난, 쓸쓸한 막장에서 마지막 해를 걷어내는 사람들의 그림자 뒤로 은빛 생선들의 비늘이 반짝인다. 적을 위협하기 위해 멸치 떼가 만들어내는 군무처럼 그것은 힘차고 격렬하다. 생에 대한 의지는 그처럼 강하다. 그리고 오늘날 그들은 말하고 있는 듯하다. 그날의 공포를 잊지 말라고. 그날의 허무와 아픔과 쓰라림을 기억하라고. 다시는, 절대로 이 땅에서 전쟁이라는 공기가 우리의 생명을 갈아먹을 수는 없다고 말이다.

절망의 역사에서 다시 쓰는 희망 이야기

김 미 숙 (부산시 영도구)

오늘도 어김없이 아침이 찾아오고 파시(波市)가 열린다. 내가 한 참 단잠을 자고 있을 시간, 마당에서 훤히 내다뵈는 영도바다 앞으로 고깃배, 화물 선적들이 부지런히 오가며 사람들을 싣고, 물품을 하역하고 바다 냄새 가시지 않은 고기들을 한 보따리씩 짊어지고 와서는 누군가의 몫처럼 토해내고 가는 새벽시장 ···.

소설 《파시》의 중심무대 중 하나인 부산은 나의 고향이다. 그래서 소설은 읽는 내내 남다른 친근감을 느낄 수 있었다. 뿐만 아니라 소설의 근간을 이루고 있는 바다라는 배경 역시 어릴 적부터 섬에서 살아온 나에게는 특별한 의미로 다가왔다. 지금 내가 있는 곳, 매일 지나치는 크고 작은 거리들, 항구며 바닷가, 언젠가 걸어보았던 새벽시장의 풍경을 떠올려 본다. 그리고 그런 사소한 것들이 다시금 의미 있게 다가오는 시간. 이것이 양서(良書)의 힘이 아닐까 새삼 생각해본다.

누구에게나 삶의 주인공은 자신이기 때문에 그 이외의 삶들을 미처 돌아볼 여유를 갖지 못한다. 특히 나와 구체적 관계를 맺지 않는 사람들과 풍경은 더더욱 그렇다. 나 역시 그러했다. 하지만 오늘 지금 이 순간만큼은 다른 이들이 주인공이 되는 시간을 가져본다. 나는 단지 관찰자로서 소설 속으로 몰입하는 시간 ··· 좀 거창하게 시작한다면, 21세기 살면서 20세기의 반세기 역사를 반추해 보았다고 할까.

이런 소설이 아니라면 별다른 감흥 없이 지나쳤을 일들이 오늘은 왠지 가슴 저 밑바닥부터 묵직한 열기를 전해 준다. 내가 살고 있는 이 땅에서 어떤 일이 있었을까? 아니 이전의 사람들은 어떤 아픔을 가지고 살아간 것일까? 일본이라면 다소의 적대감 혹은 무조건 이기고 봐야 한다는 우리나라. 빨갱이, 공산주의가 금기의 단어로 인식되는 우리 민족의 그 뼈에 사무친 전쟁의 상흔은 무엇일까?

《파시》는 나에게 그런 소설이었다. 과거를 돌아보고 현재를 생각하며 미래를 그리게 하는 … 전쟁이라는 것은 단 몇 줄로 교과서나 역사책을 장식하지만 그 기록의 내면에는 얼마나 많은 인생들이 축약되어 있겠는가? 역사의 상기를 통해 오늘날을 살아간다는 것에 대한 책임감을 느낀다. 내가 존재하는 이 현실이 단지 오늘로 끝이 아니구나 내일이 존재하고 과거가 있었다는 생각. 오늘을 살아가면서 꼭 해봐야 하는 생각들. 이런 생각들을 되새기며 소설의 속으로 들어가 본다.

통영과 부산을 왕래하는 배는 작은 기선에서 큰 여객선으로 바뀌었지만 그래도 바다나 바닷길은 그 수십 년 전 모습을 떠올리기에 충분하다. 변하지 않고 그 자리를 지키는 자연에 비해 그때의 사람들은 지금 어디에 있을까. 소설의 첫 장면은 조만섭이 수옥을 부산에서 통영으로 데리고 오는 장면으로 시작되는데 왠지 이 모든 것들이 실재 존재했었던 것처럼 느껴졌다. 이것이 역사를 배경으로 한 소설의 또 다른 묘미가 아닐까?

《파시》는 전형적 역사 소설이라고 하기에는 그 시대나 한 인물을 의도적으로 부각시키지 않는다. 또 보통의 전쟁소설에서 다루는 가난과 이데올로기의 대립이 주요한 문제가 아니다. 즉 전쟁이라는 소재가 적극적으로 참여하고 있지 않은 듯하다. 왜냐하면 등장인물들의 갈등은 그런 1차적 욕구에 머무르지 않기 전개되기 때문이다. 하지만 그들의 갈등은 내면에서 나타난다. 그러므로 독자들은 외려 소설이 전해주는 이런 내밀한 곳까지 닿기 위해서 시대적 배경을 인식할 필요를 느끼는 것이다.

한국전쟁 시대가 배경이 되는 이 소설은 전쟁이 주는 공포와 불안이 사람의 삶에 어떻게 영향을 미치는지, 그 속에서 사람들이 어떻게 살아갈 수밖에 없는지를 보여주고 있다고 해야 할까? 아마 그럴 것이다. 하지만 작가는 그 현실에서 그들에게 또 무엇을 바랬던 것일까?

주인공들의 삶은 그 시간적 배경을 결코 뛰어 넘을 수 없다. 그것은 그 시대를 살았던 사람들의 운명 같은 도화선이다. 불행의 근거는 어디에도 적절히 설명되지 않는다. 그저 누구도 시간의 흐름을 거스르지 못할 뿐이다. 전쟁이라는 공통의 과제를 가진 사람들, 이것이야말로 그들의 한계인 것이다.

수옥이야말로 소설 속에서 이런 유형의 표본이라 할 수 있다. 통영까지 피란 오게 된 여인, 전쟁이 그녀에게 빼앗아 간 것은 과거의 즐거웠던 기억 몇몇을 제외한 삶 자체였다. 소설 곳곳에서 작가가 환기 시켜주는 그녀의 아름다움은 오히려 그녀의 삶을 행복과 희망에서 멀어지게 한다. 돌아갈 수 없는 고향과 생사를 모르는 가족에다가 조만섭 동서에서 서영래까지, 그녀는 자기 삶에 대해 주체를 잃어버린 듯하다. 마지막까지 예측할 수 없는 운명, 불안정한 시간들의 연속… 누가 자꾸만 그녀를 혼란한 현실 속으로 몰아 놓는 것일까. 학수와 행복한 결말은 쉽게 찾아오지 않고 결국 잠깐의 행복마저도 다시 징용, 전쟁이라는 그 거대한 틀 속으로 사라져버린다.

전쟁이 주는 이런 고통은 다른 이들에게도 각자의 몫으로 주어진다. 사랑 앞에 그 어떤 시련도 이겨낼 수 있었던 학수도 결국 전쟁이라는 나라의 비운 앞에서는 징용될 수밖에 없는 나약한 존재가 되는 것이다. 명화와 응주, 학자와 박 의사도 전쟁 속에서 모두 히스테리적 존재가 변해간다. 그들을 둘러싼 상황들은 그들을 점차 우울하게 만들어갈 뿐이다.

명화는 전쟁 속에서 어머니를 잃었고, 그래서 또 다시 재현된 전쟁을 견딜 수가 없다. 자신의 행복을 위협할 수도 있기에, 그래서 상처받기 전에 자신이 먼저 떠나려는 시도를 하게 된다. 소설을 읽으면서 처음에는 명화의 열등감의 원인을 잘 이해할 수가 없었다. 하지만 명화가 마지막 모든 것을 버리고 일본으로 가고 나서야 작가가 말하려는 명화의 불확실성과 우유부단함 그리고 우울함의 원인을 조금 이해할 수 있었다. 그래 바로 그것, 어떤 명확함도 원인도 없이 한 사람의 삶을 전혀 다른 곳으로 끌고 가는 것, 한 인간의 자유의지를 강탈해 가는 것, 이것이 바로 그 시대가 할 수 있는 힘인 것이다.

응주 역시 전쟁 속에서 미래에 대한 불안을 느낄 수밖에 없다. 소설의 처음부터 끝까지 그가 짊어져야 하는 전쟁의 불안, 군대를 가는 것, 나라를 지키는 것 등 모두 초조하기만 하다. 도피할 것인가 맞서야 할 것인가의 기로에서 많은 갈등을 겪는다. 죽희가 나타났을 때 관심과 새로운 기대를 가지게 된 것도 이런 현실에서의 도피를 꿈꾼 것이 아니었을까? 그의 미래에 대한 두려움은 때론 현실 도피로 때론 타인에 대한 적대감으로 나타난다. 학자와 박 의사 또한 마찬가지이다. 살아남기 위함을 선택한 동시에 날카로운 자기 본능을 드러내는 것이다. 그러므로 주인공의 삶은 근본적으로 행복할 수 없다. 전쟁이라는 재앙으로 모두 하나씩 비뚤어진 자아를 생성할 뿐이다. 하나씩의 분노 혹은 자기 열등감에 사로잡힌 주인공들은 지금껏 읽은 그 어떤 소설보다 침울할 수밖에 없었다. 아니 좀더 사실적으로 말하자면 지나치게 신경질적이고 예민한 주인공의 과민반응에 읽는 동안 화가 나기도 했다.

이런 역사적 비운 때문일까? 모두가 전쟁이라는 공통의 무게를 가지는 것도 모자라 모두 하나 같이 어떤 삶의 분기점에 서 있다. 이 삶의 분기점은, 전쟁이 그랬듯이 인생의 새로운 파국을 맞은 이들에게 상처와 고통을 제시할 뿐이다. 이 모든 것도 거슬러 올라가면 전쟁이 가져온 재앙의 씨앗이겠지만 어쨌든 전쟁과 직접적 상관없이 개개인 모두의 운명과 같은 불행과 시련인 것이다. 그것은 전쟁이라는 공통의 과제 속에서 또한 개개인이 나누어 가져야 하는 불행의 몫이다. 모두 그것을 다 해소해 버리기 전까지는 누구도 감히 행복할 수 없는 것처럼, 어쭙잖은 바람과 희망은 곧 가차없이 더 깊은 늪 속으로 빠져든다.

명화는 개인적으로 전쟁의 비극 말고도 가족사의 아픈 기억을 가지고 있다. 그것은 어머니의 자살이다. 이 죽음이야말로 그녀의 사랑과 가치관을 흔드는 결정적 계기가 된다. 그녀의 이런 불안정한 상황에서 응주와의 마찰은 당연한 것이다. 응주의 불행 역시 쉽사리 끝나지 않고 또 다른 방해자를 만나게 된다. 그것은 다름 아닌 운명의 장난 속에서 같은 여인을 사랑하는 아버지와의 불화이다. 학수와 학자의 역시 전쟁의 참담함과 동시에 집안의 몰락이라는 불행에 부딪치게 된다. 학수에게는 전쟁과 그로 인해 파생된 불행을 막을 어떤 바람막이도 없다. 결국 새로운 생활을 꿈꾸며 수옥과 도피하지만 그곳은 부산이 아니라 개섬이 된다. 그들은 마침내 육지로 가지 못하고 막다른 섬으로 가는 것이다. 이것은 벌써 그들이 사면초가에 놓이게 되리라는 복선일 수밖에 없다. 학자는 몰락한 집안이라는 불행의 씨앗을 가지고 있지만 자신의 처지를 비관하지 않는 오빠와는 달리 자신의 모습을 혐오한다. 결국 학자는 집안의 혼란과 함께 그녀 자신의 정신 파멸을 맞는 것이다. 나이가 어리고 원래 자존심이 센 학자한테는 더욱더 피해갈 수 없는 운명이다. 그녀는 다시 예전으로 돌아갈 수 없다면 차라리 갈 수 있는 데까지 자신을 버려보리라 마음먹는다. 결국 박 의사의 부인이 되는 것을 꿈꾸기도 하고 문성재와 사랑도 없는 관계를 가지기도 하다가 술집까지 가게 된다. 이렇듯 그들은 또 한번 궁지로 몰린다. 그들은 각자의 행복을 찾아 나서지만 오히려 헤어나올 수 없는 현실을 인식하게 됨으로써 더 고통스러울 뿐이다.

작가는 왜 이렇게 잔인한 것일까? 모든 인물들을 날카롭기만 하다. 그들이 이러한 현실에서 선택할 수 있는 상황은 그리 많지 않다. 어떤 미움에 가득 찬 응주나 박 의사나 학자처럼 자신을 갈 수 있는 곳까지 밀어 버리던가, 서영래나 서울댁처럼 아예 영악하던가, 아니면 수옥이나 명화처럼 자신의 운명을 차분히 받아들이는 것, 아니 수동적으로 운명에 자신을 맡겨 버리는 것이 고작이다. 그들은 모두 어딘가 하나씩 비뚤어진 채 세상과 맞설 뿐이다. 이런 어두운 현실과 비뚤어진 자아상은 남녀노소를 불문하고 누구에게나 피할 수 없이 다가온다.

　작가가 주인공들에게 전쟁과 더불어 처절하게 부서지는 불행을 던져주면서 기대했던 것은 무엇이었을까? 무엇을 얘기하고 싶었던 것일까? 소설 속에서 주인공들이 나타내는 날카로운 모습들, 이것은 자기 보호를 위해 진짜 인간이 본능적으로 취하는 모습이었을까? 그래, 그럴지도 모른다. 인간의 가장 진실한 모습, 가장 급박한 사항에서 인간이 취할 수 있는 내면의 모습들을 얘기하고 싶었는지도 모르겠다. 전쟁과 불행한 현실들 속에서 나타나는 인간 모습들. 전시라는 심리적 불안과 공포적 배경 속에서의 인간들의 가장 본능적인, 본래 그대로의 모습을 보여주고 싶었을 것이다. 하지만 작가가 말하고 싶었던 것은 분명 이것뿐만이 아닐 거라는 느낌을 받았다. 이것이 《파시》의 근간을 이루고 있기는 하지만 소설이 전달하는 메시지 속에서 전혀 상반되는 기운이 존재하고 있다는 것을 발견할 수 있었다.

　원래 문학에는 정답이 없듯이 당연히 한 소설에서 독자 개인이 발견할 수 있는 것 또한 모두 다를 것이다. 아니 그런 열려 있는 해석이 가능한 것이야말로 진정한 문학의 힘일 것이다.

　내가 새롭게 전해 받은 것은 이때껏 느꼈던 침울하고 날카로운 기운에서 어떤 어렴풋한 희망이라고 할까? 화해, 굴복, 타협 어떤 단어라도 상관없다. 나는 희망이 보인다. 때론 화해, 타협이라는 이름으로 때론 상대 앞에 굴복할 수밖에 없을지라도 어떤 방식으로든 그들은 자신의 처지를 사실적으로 받아들이고 있는 것이다. 이렇게 먼저 자신을 냉철하게 바라보고 받아들일 수 있을 때 새로운 곳으로 나아갈 수 있는 밑거름이 마련되기 때문이다.

　수옥과 학수를 통해 나타나는 희망의 메시지는 굴복과 화해에서 나온다. 비통한 현실 앞에서 이별할 수밖에 없지만 서로의 그리움과 그들의 2세가 학수를 기다릴 것이다. 또 그러한 사건을 통하여 학수는 어머니와 화해하게 되고 수옥 역시 그런 계기를 맞게 된다. 명화와 응주 또한 결국 도피하기만 하던 삶과 타협하게 된다. 그리고 산 사람은 다시 만나게 된다는 책방 주인의 말처럼 언젠가 만나게 되리라는 희망을 버리지 않는 것이다. 자신의 처지를 받아들이게 된 학자 역시 나에게는 이제 자신과의 화해의 길로 들어서려는 징조가 아닌가 생각해본다. 밑바닥까지 가야 다시 짚고 일어 설 수 있듯이 말이다.

좌절과 방황, 혼돈의 시기를 넘은 주인공들은 이처럼 각자 자신과 새로운 조절을 시도하게 된다. 이러한 의지야말로 절망에서 희망에로의 노력이다. 아니 굳이 어떤 이들의 어떤 선택이 보여주는 훗날의 기약이 아니더라도 작가가 내포하고 있는 희망적 메시지는 존재한다.

> 살겠다는 게 아니라, 다만 죽지 않겠다는 것이다
> 삶을 포기한 지 오래지만, 삶을 포기했다는 것도
> 그러니까 포기한 삶을 살겠다는 것이다

내가 좋아하는 〈산낙지는 죽어도 산낙지다〉라는 시의 한 구절이 이다. 《파시》의 주인공들이 보여주는 삶의 태도가 한편으로 이런 것이 아닐까 생각해본다. 뚜렷한 어떤 희망을 가지고 사는 것이 오히려 그들의 건강을 헤칠 뿐이다. 다만 삶 자체를 포기하지 않으려는 노력하는 것이야말로 그들이 할 수 있는 최선이 아닐까? 살아가는 것에 대해 포기를 하지 않는 그들….

명화도 그런 충격과 고통 속에서도 일본으로 밀항을 택했지 죽음을 택하지 않았고, 수옥도 마찬가지다. 학자 역시 밑바닥까지 자신을 내팽개쳤지만 죽음을 선택하지는 않는다. 그러므로 어떤 것도 끝이 나지 않는다.

원래 삶의 결정적 반의어들은 예리하게 양면성을 가지고 있다. 삶과 죽음이 그러하듯 희망과 절망 역시 그러할 것이다. 그런 면에서 이 소설은 허무하지 않다. 절망하므로 희망을 가질 수 있고 그런 희망이 있는 한 그들은 절대 삶을 끝낼 수 없다. 절망에 힘겨워 포기한다 해도 역시 포기한 삶을 계속 살아갈 것이기 때문이다. 결국은 이러한 절망과 고통들의 삶들이 언젠가는 희망과 즐거움의 삶으로 바뀔 날이 올 것임을 알기에… 그들이 죽지 않고 살아만 있다면 말이다.

파시, 바다, 한국전쟁의 깊은 상흔 속에서도 장은 열리고 바다 길은 개방되어 있다. 누군가가 만들어 놓은 소유권의 분쟁 속에서도 바다는 유유히 흐르듯 각자가 가진 상처와 응어리를 가지고도 삶의 마지막 희망을 버리지 않는다면 언젠가는 자신이 바라던 날들이 찾아오지 않을까?

파시(波市), 바다를 곁에 두고 사는 사람들은 안다. 이곳이 어떤 장소인지 그들의 일터이자, 생산의 소산이고, 활동의 에너지가 넘쳐나는 장소임을….

작가가 파시를 통해 보았던 것은 무엇일까? 그 억척스러운 사람들의 힘. 살기 위함이 아니라 죽지 않기 위해 발버둥치는 생명들. 전쟁만큼이나 치열한 서로의 경쟁 속에서 살아가는 사람들. 작가는 파시뿐만 아니라 통영과 부산을 둘러싼 바다라는 배경을 통해서도 독자들에게 이 같은 생명력을 전해준다. 바다는 뚜렷한 길이 없는 듯하면서도 또한 길이 많기도 하다. 내면에 많은 것을 숨기고 있지만 겉으로는 한없이 자애롭고 포근한 고향이자 어머니 같은 곳이다. 그 넓은 가슴속으로 사람들을 살리고 키우는 곳인 것이다.

잠시 호흡을 가다듬으며 창문을 열어본다. 바다가 내 코앞까지 다가온 듯하다. 언제 저토록 가까이 있었는지 매일 보던 그곳이 저토록 파랄 줄이야. 저 바다 위로 얼마나 많은 사람이 지나간 것일까? 이 땅에 전쟁이 왔었을 때의 저곳은 어떤 풍경이었을까? 어떻게 살았어야 좀더 후회하지 않고 잘 사는 것이었을까? 내 시선 위로 여러 개의 질문이 동시에 떨어진다. 앞에서 내가 했던 20세를 반추해 본다는 말이 너무 건방졌다는 생각이 든다. 저 바다 하나만으로도 쉽게 정리되지 않는 질문들이 끊이질 않는데….

과연 내가 이런 감상에 젖어 그런 걸 생각할 수나 있을까. 그래서 좀 정정해 볼까 한다. 조금 소박한 일부터 해보는 것이다. 소설을 한번 다시 읽어보는 것, 그러면서 좀더 깊게 느껴 보고 싶다. 그들의 아픔을 덜어줄 수는 없겠지만 이해하고 공감하는 것부터. 과거를 차분히 돌아보는 것, 그러면서 현재를 소중히 하는 마음을 길이길이 간직하는 것 그것이 내가 해야 할 첫 번째 과제가 아닐까?

　　다시 한번 바다를 본다. 마침 길게 뱃고동 소리를 내며 배 한 척이 지나간다. 절규인지 희망의 외침인지 모를 소리를 내며 언제 봐도 그리운 바다 사이를 유유히 나아간다.

더없이 아름다운 사람들

이 선 경(용인시 공세리)

■ 갈증이 깊어갈 무렵

언젠가부터 내겐 고즈넉한 기분 속에서 책장을 넘기는 일이란 극히 드문 일이 되어버렸다. 인터넷 같은 전자매체의 영향으로 마음먹고 하는 독서뿐만 아니라, 활자화된 글을 거의 등한시했다는 게 더 솔직한 표현이다. 삼십대 중반의 내가 이렇듯 감각적이고 일회적인 매체에 익숙해져버려 책과 점차 멀어지는 동안, 이 사회는 빠르게 변화했다. 불과 몇년 전까지만 해도 소중히 여겼던 가치관들이 급속히 스러져갔고, 대부분의 사람들은 이전 시대와 다른 개성적이고 자유로운 삶을 살게 되었다. 집단을 지배하던 획일적이고 일관된 가치관은 소멸해버리고, 이젠 선의의 마음으로 타인의 삶에 개입하는 이도 거의 존재치 않는다. 나는 개인성을 존중하는 이러한 시대를 호흡하는 것에 대해 자주 달콤한 자유로움을 느끼곤 했다.

그러나 심리적으로 늘 안온한 것만은 아니었다. 지나치게 확장되어버린 개인성의 존중으로 인해 마음의 문마저 꼭 닫고 사는 폐쇄적인 이웃들을 볼 때면 예기치 않은 고독감이 밀려들었다. 근래의 사람들이 다양하고 자유로운 사고 속에서 개성적 삶을 영위하는 것 같지만, 실상은 물신에 사로잡혀 너무도 흡사한 모습으로 살고 있다는 자각이 일 때면, 현시대에 대한 지독한 환멸감도 느껴졌다. 그것은 내게 사람 냄새에 대한 갈증을 불러일으켰다.

　박경리님의 《파시》를 읽게 된 건 심리적 공허함이 한층 깊어져서였다. 현실 세계에선 좀체 맡을 수 없는 사람 냄새를 노작가의 글을 통해서라도 느끼고 싶다는 갈망으로, 나는 아주 오랜만에 조용한 분위기 속에서 책장을 넘겼다. 박경리님이 풀어놓는 이야기의 재미와, 그 이야기가 내뿜는 살 냄새는, 《토지》나 《김약국의 딸들》을 통해 충분히 맛본 터라, 상당한 기대감으로 첫 장을 넘겼다.

　과연 이 책은 그때와 다름없는 강한 흡입력으로 내 허기진 영혼을 강렬히 끌어당겼다. 속도감 있는 필치로, 모든 인물들의 심리를 섬세하게 묘사해 놓은 《파시》에 나는 이틀 동안 꼼짝없이 사로잡혀 있었다. 각각의 인물들이 품고 있는 애욕과 절망에 대한 연민으로 독서를 끝낸 후 한동안은 심한 마음앓이를 해야만 했다. 마지막 책장은 넘긴 지 한 달여가 지난 지금까지도 내 가슴과 머릿속에는 소설 속 장면과 인물들이 연민의 그림자를 길게 드리우고 있다.

■ 단순함, 그 빛나는 삶과 사랑

　《파시》는 6 · 25 전쟁을 시대적 배경으로 하고 있으나, 전쟁에 관한 직접적 이야기는 다루지 않는다. 전쟁이 벌어진 혼란의 틈바구니 속에서도 개인적 욕망과 절망과 사랑으로 고뇌하는 인물들이 엮어내는 질척한 삶의 모습만 속도감 있게 그려져 있다.

　대개의 경우 국가가 위기 상황에 처했을 땐 시대를 장악하는 거대한 이데올로기가 생산되거나, 그로 인해 상처 입은 인물들이 등장하기 마련이다. 동족끼리 전쟁을 할 수밖에 없는 상황과 남과 북에 각기 다른 형태로 존재하는 이데올로기에 대한 고민, 공산주의 사상에 대한 맹목적 증오심 등이 어떤 형태로든 남쪽 사람들의 마음에 깃들어 있을 수도 있다.

그런데 《파시》 속 인물들은 그런 문제에 대해선 거의 무관심한 채 개인적 삶만을 이어간다. 아내를 잃고 서울댁과 재혼을 한 조만섭을 축으로 하여 수옥과 서영래, 학수, 응주와 명화 등이 그물처럼 얽혀 꾸려 가는 이야기는, 전쟁과는 무관한 지극히 일상적 삶으로만 보일 뿐이다. 이들은 이념분쟁이나 이데올로기에 대한 고민, 혹은 전투적 삶을 요구하는 시대의 그늘에 가려 좀체 맡을 수 없었던 사람 냄새를 물씬 풍기고 있다. 때문에 나는 꽤 묘한 정감을 느꼈다.

전쟁중에 홀로 부산으로 피란을 온 수옥이 서울댁의 여동생 남편에게 육체를 유린당하고 조만섭에게 이끌려 통영으로 들어오는 장면에서부터 나는 생생히 풍겨나는 사람 냄새를 맡았다. 자식이 없는 서영래가 수옥을 보며 흑심을 품자 마치 자신의 딸을 보듬는 심정으로 경계를 하는 조만섭의 인간미가 나를 감동시켰다. 수옥은 서울댁 여동생이 자신의 남편과 영원히 갈라놓기 위해 조만섭에게 딸려 보냈을 뿐, 조만섭이 보살펴 줄 의무가 있는 여자는 아니다. 그런데도 조만섭은 수옥을 불쌍한 아이라고 여기며 순전한 부모의 심정으로 시종일관 따뜻이 감싸 안았다. 요즘 세상에선 보기 힘든 도덕적이고 이타적인 인물이라 호감이 가지 않을 수 없었다.

그런데 수옥은 조만섭의 보살핌에도 불구하고, 재물에 눈이 어두운 서울댁으로 인해 본인의 의사와는 관계없이 서영래에게 넘겨지고 만다. 스무 살 무렵의 수옥을 마흔 살인 기혼남 서영래에게 은밀히 팔아버린 서울댁의 물적 욕망과 인간을 경시하는 마음은 내게 분노심을 느끼게 했다. 수옥을 강제로 겁탈한 뒤 그녀가 처녀가 아니었다는 사실을 알고, 서울댁에게 속았다고 분개를 하며 수옥을 괴롭히는 서영래는 내 울분을 자아냈다.

하지만 서울댁과 서영래의 지극히 이기적인 속성들은 소설을 맛깔스럽게 하는 면이 있어 완전한 거부감이 든 것만은 아니었다. 이들이 저지른 행위의 도덕성에 대한 판단과는 별도로 다양한 인간심리를 여과 없이 맛볼 수 있었기에 오히려 흥미로움을 느꼈다. 수옥에 대한 애정을 갖고 있으면서도 처녀가 아니라는 사실에 분노하며 갈등하고 고통을 주는 서영래의 심리 상태에선 일말의 동정심도 느껴졌다. 인간이란 자기 안의 욕망과 분노, 갈등조차도 뜻대로 다스릴 수 없는 불완전하고 나약한 존재임을, 서영래를 통해 새삼 확인한 데서 오는, 서영래를 포함한 인간 전체에 대한 동정심이었다.

고백하자면 나 역시도 내 안에 있는 욕망과 이기심, 그리고 순간적으로 솟구치는 악한 감정을 쉽게 다스리지 못한다. 하여 나이가 들수록 선악의 잣대로 타인의 행위를 함부로 비판하고 지탄하는 일을 점차 삼가게 된다. 내 존재의 부족함을 인정한 데서 오는 타인에 대한 이해와 관대함이라고 볼 수도 있지만, 그러나 나는 간혹 궁금해질 때가 있다. 인간과 삶에 대한 이해가 깊어져서 이해와 관용의 마음이 생긴 건지, 내 안에 존재하던 선악을 구별하는 가치관이 완전 소멸해버려 분별력이 없어져버린 건지, 혹은 타인에 대한 무관심과 때때로 솟는 악한 감정에 익숙해져 버린 나를 어떤 식으로든 합리화하기 위해 입을 꼭 다무는 것인지, 알고 싶을 때가 있다. 그런 질문이 생길 때면 나는 이내 부끄러워진다. 타인에 대한 이해라는 이름으로 나를 합리화하고 있다고 여겨져서이다. 하지만 소설을 읽는 동안의 나는 여전히 내 존재를 통해 서울댁과 서영래를 이해하려 애쓰고 있었다.

그러나 육체를 유린당하고 어두운 방천가에 앉아 엄마를 부르며 눈물을 흘리는 수옥의 울음 앞에선, 어쩔 수 없이 서울댁과 서영래에 대한 분노를 다시 느낄 수밖에 없었다. 생에 대한 긍정적 시각으로 자신의 꿈을 키워가야 할 꽃다운 나이의 수옥, 그 젊은 영혼이 받은 상처에 대한 연민으로 나는 강한 분노를 느끼며 잠시 동안 속울음을 울어야 했다. 수옥의 아픔은 내게 이해라는 이름으로 용인되는 관용이 얼마나 무책임한지 새삼 깊이 생각케 해주었다. 선악을 구별하는 잣대는 분명히 존재해야 하며, 또한 악행에 대해선 비판의 칼날을 세워야 한다는 것을 나는 그녀의 고통을 통해 확연히 깨달았다. 그렇지 않으면 이 젊은 영혼이 받을 상처는 영원히 치유될 수 없을 것이다. 악행이 우리 삶에 흔연히 스며들어 확대 재생산되며, 더 많은 이들을 고통 속에 빠뜨리는 일도 결코 막을 수 없을 것이다. 이처럼 나는 서울댁과 서영래에 대한 관용을 일체 버리고 수옥의 다음 행로를 따라갔다.

자신에게 닥친 일은 운명이라 여기며 서영래에게 순종하던 수옥은 학수를 만나 자의식을 갖게 된다. 뿌리깊은 가부장제 문화 속에서 순결 이데올로기에 맹목적으로 빠져 있을 청년 학수가 아무런 거리낌없이 그녀의 고통을 이해하고 어루만짐으로 인해 마침내 자신의 감정과 몸을 소중히 여기게 된 것이다. 수옥의 고통을 내재화하며 함께 아파하는 학수의 배려 깊은 사랑과, 그 사랑에 힘입어 일순 깨어나게 된 수옥의 자아는 내 가슴을 따뜻하고 후련하게 했다. 남녀간의 사랑이 흔한 세상이긴 하나 진실한 사랑이란 보기 힘든 각박한 시대의 한가운데에 서 있는 내게 이들의 사랑은 큰 감동으로 다가올 수밖에 없었다. 때문에 나는 서영래에게 과감히 반항을 하고, 학수와 사랑의 도피 행각을 벌이는 수옥을 보며 쾌재를 불렀다. 서영래의 집에서 가정부 일을 하는 할머니가 뒷날 서영래에게 당할 고초는 아랑곳 않고 수옥과 학수를 도망치도록 도와주는 장면이나, 이들의 도피처인 개섬 사람들의 인정 넘치는 모습이 묘사된 장면에선 사람들의 낭만적 온기를 담뿍 느끼며 아주 유쾌하게 웃을 수 있었다. 임신을 한 수옥을 남겨두고 군대에 끌려가게 된 학수가 수옥을 받아들일 수 없다고 한 어머니께 간절한 눈빛으로 수옥을 부탁하자, 고개를 끄덕이고 마는 어머니의 모습에선 가슴 뭉클한 감동도 맛보았다. 수옥과 학수의 사랑 이야기는 이처럼 내게 다양한 감정을 느끼게 하며 끝을 맺었다.

육체를 유린당한 수옥이 받은 상처와 고통, 그리고 사랑하는 학수와 군대문제로 이별을 할 수밖에 없는 궁극적 원인은 6·25 전쟁에 있다. 하지만 《파시》는 전쟁의 비극적 면보다는, 전쟁과 무관하게 살아 움직이는 인간의 온갖 감정과 삶을 더 부각시켜 보여준다. 생존과 직결된 거대한 전쟁 앞에선, 개인적 욕망과 사랑은 미시적 문제에 불과하겠으나, 바로 그 미시적 부분이 삶을 끈질기게 유지토록 한 추동력이기에, 이들의 삶은 지극히 의미 있는 아름다움으로 느껴졌다.

한편 《파시》는 학수가 섬사람들과 함께 군대로 끌려가는 장면이 나오는 끝 부분에 이르러, 전쟁이 일상적 삶 앞에서 얼마나 무위한지 드러낸다. 군인을 징발하러 온 기관인에게, 한창 일할 수 있는 장골을 한꺼번에 쓸어 가면 고기는 누가 잡느냐고 불평하는 섬사람들을 통해서 말이다. 6·25 전쟁이 외세의 개입과 이념 문제로, 동족끼리 죽고 죽이는 허망하고 무의미만 싸움이고 보면, 이들에겐 전쟁이 현재의 생계보다 결코 중요할 수가 없었을 것이다.

하지만 어쨌든 그들은 전쟁에 삶이 찢길 정도의 영향을 받는다. 그들 자신에겐 아무런 의미도 없는 전쟁 때문에 부모를 잃어버리고 겁탈당하고 사랑하는 이와 이별을 하는가 하면, 고향을 등지고 죽음의 전장으로 강제로 끌려가기도 한다. 그들의 목소리에 귀기울이면 시대의 아픔이 핍진하게 느껴진다. 그러나 내겐 전쟁이 주는 고통보다는, 전쟁중에도 계속되는 민초들의 삶과 사랑이 주는 아름다움이 더 크게 느껴졌다. 아마도 그 무렵 사람들의 인정과 단순하고 소박한 삶에 매료되어서일 것이다.

■ 복잡함, 그 고통스런 삶과 사랑

《파시》엔 그러나 순박한 사람들만 등장하는 건 아니다. 표면적으론 명예와 체면을 중시하는 삶을 살면서도 내면엔 이기적이고 위선적인 속성을 품고 있는 박 의사나, 국가와 삶과 사랑의 문제에 대해 번민과 갈등만 일삼을 뿐 결단력 있는 행동을 보여주지 않는 박 의사의 아들 응주와 같이 단순성이나 소박함을 전혀 느낄 수 없는 인물도 있다. 이들에게는 내 마음을 불편하게 하는 면이 적잖게 있었다.

박 의사가 조만섭의 딸 명화와 응주의 결혼을 극구 반대하는 장면에서부터 나는 껄끄러웠다. 박 의사는 정신병으로 죽은 어머니를 둔 명화를 가엾게 여기기보다는 유전적으로 상당한 결함이 있다는 이유를 들어 결혼을 강력히 반대한다. 이타심을 갖고 타인을 보기에 앞서 집안의 가문과 아들의 장래부터 염려하는 박 의사의 모습은, 인간의 보편적 모습이기도 하기에, 심정적으로 이해 할 수는 있었다. 정신병이라는 가족력이 있는 여자를 며느리로 선뜻 받아들이기란 누구에게나 쉽지 않을 것이므로, 명화와 응주를 갈라놓으려는 박 의사를 무턱대고 나무랄 수는 없는 일이다.

하지만 명화와 응주의 결혼을 허락해 달라며 자존심을 버리고 간청하는 조만섭에게 모멸감을 주는 말로 야멸치게 대하는 박 의사를 볼 때는 눈살이 절로 찌푸려졌다. 자신의 딸 경주가 농아이기 때문에 부모의 애절한 심정을 누구보다 더 잘 알 텐데도 명화와 조만섭의 아픈 상처를 들추며 냉정하게 거절하는 박 의사. 나는 그를 포용의 눈으로 바라 볼 수가 없었다. 자존심이 훼손당한 아픔보다는, 딸 명화가 받을 상처로 고통의 눈물을 흘리는 조만섭의 마음과 너무도 다른, 박 의사의 이기적인 모습이 드러날 때는 경악을 금치 못했다.

박 의사는 명화를 만나 결혼을 반대한 진짜 이유가, 사실은 명화를 이성으로 사랑해서라고, 자신이 사랑한 여자를 아들과 결혼시킬 수는 없었다고, 다분히 충격적인 고백을 한다. 통영이라는 좁은 시골 땅에서 의사로서의 명성과 성공에 대한 욕망을 억누르며, 타인의 시선에 민감하게 반응하며 살아온 박 의사. 그가 명화의 그림자를 밟으며 숱한 밤을 갈등과 번민으로 보냈을 거라는 걸 짐작하기란 어렵지가 않다. 하지만 아들의 연인을 사랑하게 된 그 쓸쓸한 중년의 마음을 이해하기란 쉽지 않았다. 부모라면 명화에 대한 사랑은 속으로 삭이고 아들의 행복을 빌어줘야 마땅하다는 생각만 들 뿐이었다.

의사로서 큰 성공을 거두지 못한 박 의사는 자신의 삶에 대한 회의로, 웅주에게 성공 지향적 삶을 살라고 강요한다. 국가에 전쟁이 일어났는데도 불구하고 외국으로 유학을 가서 그곳에 눌러 살라고 종용하기도 한다. 그리곤 윤 교수의 딸 죽희와 결혼해 신분상승의 기회를 잡으라고 부단히 권한다. 박 의사의 그런 태도는 자식을 진정으로 위한다기보다는, 자식을 통해 대리만족을 얻으려는 이기적 행태로만 보였다. 한편 인간에 대한 존중심보다는 성공에 대한 집착이 강한 자가 그렇듯이, 박 의사는 자신보다 못하다고 여기는 이들에겐 가차없는 멸시를 퍼붓는다. 집안의 몰락으로 방황하던 학자가 간호사로 취직을 하기 위해 자신의 집에 오자, 모욕감을 주는 언사로 매몰차게 대하는 박 의사의 모습은 거부감을 느끼기에 충분했다. 하지만 나는 그의 태도에서 약간의 연민도 느꼈다.

　　부끄러운 고백이지만 사실 내게도 박 의사와 유사한 면이 없지 않다. 타인의 삶과 내 삶이 비교될 때, 일찍이 좌절되어버린 꿈이 문득 떠오를 때, 물질적 욕망이 채워지지 않을 때, 나는 비교 대상에 대한 심한 열등감과 함께 현실에 대한 불만을 갖게 된다. 더불어 나보다 낫다고 여겨지는 이들에겐 위축감을, 그렇지 못하다고 생각되는 이들에겐 누구도 알아주지 않는 상대적 우월감을 느낀다. 어처구니없게도 우열을 판단하는 기준은 대개가, 성품의 올곧음이나 인격의 깊이가 아니라, 부와 사회적 지위와 같은 외적 요인이다. 내 존재를 귀하게 여기고 내 안의 욕망을 잘 다스린다면 결코 취하지 않을 마음이고 태도이기에, 나는 그런 순간의 내가 얼마나 어리석고 불행한지 너무도 잘 알고 있다. 하지만 일단 그런 감정에 빠지면 나를 극복하기란 쉽지가 않다. 이는 경쟁 사회를 살아가는 대부분의 사람들이 경험하고 있는 감정일지도 모른다. 내가 박 의사에게 거부감과 아울러 연민을 느낀 건 바로 그 때문이다. 욕망에 휘둘려 스스로를 하찮은 존재로 만들어버리는, 나를 포함한 인간의 나약하고 가엾은 모습을, 박 의사에게서 보았던 것이다.

282

소설은 이처럼 내게 자기 성찰을 이끄는 도구가 되기도 하지만, 인간에 대한 이해를 넓혀주는 수단이 되기도 한다. 나는 소설을 읽는 동안만은 소설 속 인물에 흠뻑 빠져들어, 그 인물의 면면을 이해하려 애쓴다. 이해의 눈으로 바라보면 어떤 인물에게든 크고 작은 애정을 갖게 된다. 전쟁이 일어난 상황 속에서 국가와 사랑 문제로 고민하는 응주에게도 나는 당연히 애정을 느꼈다.

그러나 처음부터 응주에게 마음이 열렸던 건 아니다. 명화를 사랑한다고 하면서도 박 의사가 소개해준 죽희에게 분명한 태도로 거절의 의사를 나타내지 않고, 우유부단하게 대하는 모습은 심한 거부감을 느끼게 했다. 박 의사의 반대로 자신의 감정을 온전히 표현하지 못하는 명화를 이해하지 못하고, 되려 그 사랑을 의심하며 갈등하는 응주. 명화에 대한 자신의 사랑을 확신한다면 그토록 갈등하며 번민하지는 않을 것이기에, 나는 응주를 편한 감정으로 바라볼 수가 없었다.

명화는 박 의사의 사랑 고백을 듣고 그로 인한 충격으로 응주와 하룻밤을 보낸 후 일본으로 말없이 떠나버린다. 응주는 그것도 모르고 감정의 흔들림을 심하게 맛본다. 죽희를 떠올리고 박 의사의 반대를 생각하면서 명화에 대한 자신의 감정을 검열한다. 명화로부터 자유롭고 싶은데, 의무감에 매달려 어쩌지 못한다고 자학한다. 내게 그런 응주는 이기적이고 자기 중심적인 인물로만 보였다. 내가 아는 젊은이의 순수한 사랑이란 단순한 사고 속에서 생겨난다. 대상과 자신의 감정에 대해 지나치게 많이 생각하고 검열을 하다보면, 사랑은 순수성을 잃고 낡고 세속화된 감정으로 전락하게 된다. 사랑의 감정이 갖고 있는 아름다움을 상실케 되는 것이다. 응주의 사랑은 그렇게 과다한 사고 속에서 아름다운 빛을 잃어 버렸다. 명화가 떠나버린 사실을 알게 된 후에야 그는 그녀에 대한 자신의 사랑을 확인하고 고통스러워한다. 명화가 없으면 박 의사도 다른 여자도 의미가 없다고 눈물 괸 눈으로 중얼거리지만, 나는 그런 그에게서 아무런 감흥도 느낄 수가 없었다. 명화에게 크나큰 상처를 주었다는 사실만 원망스러울 뿐이었다.

　하지만 사고의 혼란을 겪는 모습은 다소 애처로웠다. 전쟁의 대의명
분을 전혀 못 느끼면서도, 군대에 가지 않기 위해 국가를 버리고 유학을
갈 수는 없다고 하는 모습 속에선 젊은이의 순수한 정신성을 엿볼 수가
있었다. 아마도 응주가 명화에 대한 자신의 감정을 확신하지 못하고 흔
들리는 것도 시대의 혼란이 얼마큼 작용했기 때문일 것이다. 국가가 전
쟁중이라 자신의 미래에 대해 뚜렷한 방향성을 잡을 수 없어 느끼는 혼
란이 사랑마저도 불확실한 감정으로 만들어버렸을 것이다. 명화가 떠나
버린 후 군대에 가야겠다고 하는 그에게서 일말의 애정을 느낀 건 바로
그런 애처로움 때문이었다. 박 의사와 응주는 그렇게 원망과 분노와 애
정을 동시에 느끼게 했다. 한편 이들 부자의 감정에 상처받아 멀리 떠나
버린 명화는 내 마음을 지독히 아프게 했다. 명화가 응주와의 하룻밤을
자청한 뒤 떠나버리기로 결정을 내린 건 박 의사의 충격적 고백보다는
응주의 머뭇거리며 갈등하는 마음 때문이었다고 여겨졌다. 명화는 응주
의 마음속에 배반과 사랑이 혼재해 있다는 걸 꿰뚫고 있었고, 여러 가지
상황상 배반의 감정을 꺾기가 힘들다고 느껴 떠났을 것으로 보였다.

　명예와 부 그리고 자신의 사랑을 위해 타산적 사고를 하는 박 의사와,
자신의 감정을 수없이 검열하는 한편 명화의 감정까지 의심했던 응주,
그리고 정신병으로 죽은 어머니에 대한 기억의 고통으로 당당하게 살 수
없었던 명화. 이 인물들은 모두 삶과 사랑에 대해 너무 복잡하고 심각하
게 생각하면 생이 고통스러워질 수도 있다는 걸 느끼게 했다. 타인에 대
한 배려나 인간에 대한 존중심이 낳은 깊이 있는 생각은 자신은 물론 타
인의 삶까지 평온케 하지만, 자기 중심적이고 이기적인 욕망들에 의해
유발된 사고의 복잡성은 자신과 더불어 타인의 삶까지 고통스럽게 한다
는 걸 나는 새삼 깨달았다.

■ 이토록 그리운 사람 냄새

《파시》는 단순성과 복잡성으로 대별되는 인물들을 교차로 보여주면서 나를 웃고 울게 만들었다. 내겐 학식을 겸비하고 복잡하게 사고하는 사람들보다는 무식해도 단순하게 사고하는 사람들이 더 매력적으로 느껴졌다. 박 의사보다는 서영래나 조만섭에게 더 깊은 애정을 느낀 건 요즘 사람들에게서 느낄 없는 순박함이 엿보여서였고, 응주보다 학수가 더 매력적으로 보였던 건 근래의 젊은이들과 달리 순수해 보였기 때문이었다.

《파시》엔 이처럼 사고의 단순성 때문에 매력을 느끼게 하는 인물들이 적지 않다. 난봉꾼인 문성재를 자신의 신랑으로 여기며 맹목적으로 떠받들고 따르는 순진한 선애가 내겐 지독히 어여쁘게 보였다. 그리고 집안의 몰락으로 술집에 취직할 정도로 방황하던 학자가, 부모님과 학수의 아들을 위해 살겠다며, 생의 의지를 굳건히 다지는 모습도 대견스럽게 느껴졌다. 《파시》 속 인물은 모두 내가 그토록 그리워하던 사람 냄새를 풍기고 있었다.

언젠가부터 나는 일회적이고 감각적인 매체에 익숙해져 사고의 깊이를 잃어버렸다. 순진성과 순박함은 완전히 상실했고 모든 것을 타산적으로 생각하는 이기적이고 편협한 인간이 되어 버렸다. 그리고 나만의 색깔을 잃어버린 채, 대부분의 사람들과 너무도 흡사한 모습으로, 마음의 문을 꼭 닫고 살고 있다. 인간의 풋풋한 살 냄새를 풍기며 다가온 박경리 님의 소설 《파시》는 그렇게 변해버린 내게 적절한 재미와 함께 자기 성찰을 하는 계기를 마련해 주었다.

지금 나는 《파시》 속 인물이 내뿜는 사람 냄새가 과연 내게 조금이라도 있는지? 문득 질문을 던진다. 그러자 단순하고 순박해서 더없이 아름다운 이들을, 한껏 부러운 눈으로 바라보는, 내 쓸쓸한 얼굴이 머릿속을 빠르게 스쳐간다.

세파가 할퀸 여인들의 삶과 사랑

오 승 훈(서울시 금천구)

■ 여성이라는 이름의 타자

나는 남성이다. 내가 남성이라는 것은 여성이 처한 현실의 비애와 슬픔을 온전히 이해할 수 없음을 뜻한다. 나는 경험주의가 많은 경우, 세상의 진실을 담보할 수 있다고 믿는다. 내가 경험해보지 못한 사건이나 현상을 말하는 일이, 늘 내겐 힘겹다. 장애인의 처지가 되어보지 않고선 그들의 입장과 완전히 하나할 수 없을 것 같다는 생각에, 이주 노동자가 아니고선 그들이 겪는 일상적 차별에 똑같이 분노하지 못하리라는 생각에 난, 두렵다. 다른 사람을 완전히 이해하기란 애초에 불가능한지도 모른다. 태초에 너와 나로 나뉘어, 쉽게 우리가 될 수 없음이다. 그렇지만 난, 여전히 장애인과 이주 노동자와 인권이 보장받길 소망하고, 그들을 차별하는 부당한 현실에 개탄한다. 내 알량한 사회의식이 경험하지 못한 것에 대해서도 말을 하게 하고, 난 그것을 불가피한 일이라 여긴다. 똑같이 나는, 여성이 여성이라는 이유만으로 억압과 차별을 받는 것에 반대한다.

그러나 나는, 더 이상 자신 있게 여성의 권익을 주장하지 못하게 되었다. 장애인과 이주 노동자 문제와 달리, 여성문제에선 나도 그 가해자에 일원일지도 모른다는 서늘한 자각이 나로 하여금 함구령을 내리게 했다. 노모의 수고에 빚진 나의 하루하루는, 페미니즘에 대한 내 지지를 무색하게 한다. 누이들의 이해와 어머니의 배려만을 독식한 내가 여성해방을 말하는 것은 면구스러운 일이었다. 여성해방이 하나의 진보고, 이것이 여성이라는 약자의 일방적 희생을 막는 내용을 담고 있다면, 나는 어느덧 일방적 희생을 향유, 자족하고 있던 셈이다. 어머니와 누이들의 일방적 희생을.

박경리의 《파시》로 인해, 비로소 이러한 각성이 가능했음을 고백하고자 한다. 어느새 '여성이라는 이름의 타자'를 내면화한 내게, 이 책은 꾸지람을 하고 있었다. 어머니와 누이들의 생에서 겪었던 불합리함과 부조리함에 너무도 무심했던 내가, 페미니즘을 운운한 것이 못내 부끄러웠다. 내가 다시 페미니즘을 공공연히 지지할 수 있는 날이 올까. 그날을 위해서라도 다시 《파시》를 읽어내는 수밖에.

■ 아픔으로 아로새긴 여성수난사

박경리의 《파시》는 비극을 비극인줄도 모르고 살았던 우리네 어머니, 누이들의 애달픈 삶이 녹아들어 있다. 작가는 다양한 인물군상들을 통해, 1950년대 전란 속 통영과 부산사람들의 삶을 교직(交織)해내고 있다. "고기가 많이 잡히는 철, 바다 위에서 열리는 시장", '파시'(波市)처럼 전쟁 속에서도 그렇게 인간의 끈질긴 생의 의지는 이어진다. 그러나 물결에 흔들리는 도시, '파시'(波市)처럼 시대 속에서 그렇게 사람들은 흔들리고 스러진다. 즉, 파시는 전쟁 속에서도 피어나는 인간의 일상을 씨줄로, 그 안에서 상처받는 이들의 고통을 날줄로 하여 직조(織造)된 것이다. 물론 그 이야기의 중심엔 불행한 여인들이 자리하고 있다. 《파시》에서 작가는 마치 이웃 같은 등장인물들을 통해, 사회 속에서 여성에게 강요된 모진 삶의 생채기를 선연히 보여주고 있다.

피란 길에 버려져 사악한 인간들에게 유린당하는 수옥. 정신질환으로 자살한 어미를 둔 탓에 사랑하는 사람과의 이별을 강요받는 명화. 한량

인 지아비에게 속고 또 속으면서도 지순한 사랑을 보내는 선애. 부유했던 집안의 몰락을 인정할 수 없어 방탕과 방황의 나날을 보내는 학자. 세상이 한번도 적의를 거두지 않았던 이들. 세파(世波)는 좀처럼 이들을 피해가지 않는다. 이들과 함께 식모살이로 근근히 연명하는 순이와 수옥에게 살가운 연민을 보이는 노파 등은 한스런 인생을 사는 또 다른 여인들이다.

이들을 둘러싼 대개의 남자들은 그 비극의 원인제공자이거나 방조자 역할을 할 뿐이다. 자식을 보겠다는 구실로 수옥을 성폭행한 탐욕스런 영래. 명화와의 사랑과 세속적 출세의 욕망 앞에서 갈등하는 인텔리 응주. 집안 내력을 들먹이며 아들과 명화와의 결혼을 반대하는 속물 박 의사. 아내를 두고도 버젓이 학자를 범한 난봉꾼 성재. 이들은 각기 다른 과정으로 자기가 손 댄 모든 것에 상처를 남긴다.

한편, 어진 인품의 소유자이지만 명화와 수옥의 아픔에 무력한 아비 만섭. 동생을 범한 성재를 두들겨 패지만 여린 수옥에겐 살뜰한 사랑을 보이는 학수 등이 그나마 긍정적으로 묘사되고 있는 남성들이다. 작가는 이처럼 다채로운 군상들을 소설 속에 포진케 하여 각기 살아 숨쉬게 함으로써 그들의 애욕과 갈등의 추이를 쫓는다. 《파시》는 명화와 응주의 애절한 사랑을 한 축으로, 수옥의 아픔을 다른 한 축으로 교차시키며 가족의 결손이 빚는 비애, 삶의 본질적 비극성을 말하고 있다.

■ 독립적 자아와 예속적 자아

응주와 오랜 사랑을 나눈 명화는 현실의 파고(波高) 앞에서, 결혼이라는 단란한 행복을 꿈꾸지 못하고 번민한다. 마치 희망을 잃은 사람처럼 명화는 그저 응주를 응시할 뿐이다. 《파시》에 등장하는 여성인물 중 가장 인텔리계층에 속하는 명화는, 기존 신파소설에서 봐왔던 여성 캐릭터와는 분명한 변별점을 지닌다. 명화는 응주에게 사랑을 구걸하지 않고, 그저 쓸쓸히 그가 멀어지는 것을 지켜본다. 사랑의 소중함을 알고 그것에 아파하지만, 사랑에 맹목적이지 않은 명화는 일종의 독립적 자아의 소유자다.

한편 수옥과 학자를 대하는 명화의 태도로 인해, 작가가 이 소설에서 진정한 어머니상으로 누굴 점지하고 있는지가 드러난다. 자기 집에 몸을 의탁한 가엾은 수옥을 대하는 명화의 태도는, 표독스런 계모 서울댁과 대비되어 더욱 자애로운 어머니의 모습을 띤다. 기울어진 가계 때문에 점점 되바라지고 위악적으로 변해 가는 학자를 하숙집에 누이는 명화의 표정은, 마치 철부지를 막내를 다독이는 살가운 어머니의 모습과 닮았다. 결국 응주와의 사랑의 결말을 예비하게 되는 과정에도, 명화의 사려 깊으면서도 독립적인 자의식이 작동하게 된다.

이런 명화에 비해 응주는 예속적 자아의 현현이다. 응주는 아버지 박 의사의 속물 근성을 염오(厭惡)하면서도, 아버지에 의해 정략적으로 맺어진 죽희에게 묘한 매력을 느낀다. 물론 응주 또한 명화와의 사랑을 좀처럼 저버리지 못한다. 이런 응주의 과단성 없음은 명분 없는 전쟁에 진저리를 치면서도, 징집을 피할 수 있는 자신의 기득권에 불편해하는 이중적 태도로 나타난다. 세태에 영합할 수도, 그렇다고 양심에 따른 삶을 살수도 없는 소시민적 지식인의 모습이 응주에게 투영되어 있다. 응주에겐 명화만큼의 독립적 자의식보다 우유부단하고 심약한 사내의 얼굴이 드리워져 있다.

아들의 정략결혼을 위해 부산으로 병원을 옮긴 박 의사처럼, 딸의 결혼을 위해 조만섭은 그토록 떠나기 싫었던 통영을 뒤로하고 부산으로 거처를 옮긴다. 응주와 명화의 결혼을 허락해달라는 간곡한 청을 건네기 위해 박 의사를 찾아간 조만섭은 심한 모멸감을 겪는다. 명화의 응주에 대한 사랑을 아는 아비이기에 그의 애달픔은 더욱 커진다. 명화의 여리면서 독립적인 자의식을 아는 독자이기에 그녀에 대한 안쓰러움은 더욱 커진다. 《파시》는 연애소설과 시대소설의 범주를 자연스레 넘나들면서,

애틋하고 내밀한 연인들의 감정과 시대의 공기를 적절히 버무려 놓았다.

■ '완전한 가족'에 대한 희구

《파시》에 등장하는 가족은 대개 불완전하다. 작가는 가족 구성원의 결락(缺落)에서 불행이 움텄다고 보는 듯하다. 박경리 소설 전반에서 양각되고 있는 이러한 '완전한 가족'에 대한 희구는 《파시》에서도 예외가 아닌 것이다. 조만섭은 아내를 잃어 재혼을 했고, 수옥은 피란 길에 가족 모두를 잃었다. 응주는 어머니가 없으며, 서영래는 자식이 없다. 조만섭의 아내이자 성재의 누이인 서울댁은 부모가 없다. 단란한 가정 자체가 희귀한 일이었던 해방정국과 전쟁기에 작가의 이런 관점은 일면 타당성을 지닌다하겠다. 거친 세상의 풍파를 그나마 막아줄 수 있는 방벽(防壁)이 가족이라고 본다면, 불완전한 가족의 구성원들이 해방과 전쟁이라는 역사의 거친 소용돌이 속에서 어떻게 파손될지는 자명한 일이다. 또한 통곡의 한국 현대사가 완전한 가족을 파괴하는 과정이지 않았던가.

그렇다면 작가는 가족공동체의 복원만으로 불행의 근본 원인이 제거된다고 보는 것일까. 그렇진 않은 것 같다. 이는 이 소설의 배경이 한국전쟁이라는 점과, 등장인물들의 비극성에 사회구조적 요인들이 작동하고 있다는 점으로 알 수 있다. 그러나 분명 이 소설의 주요 등장인물들이 갈망하는 삶엔, 소박한 가족공동체에 대한 열망이 담겨 있다. 수옥을 성폭행한 영래의 욕망에는 분명 동물적 성욕과 함께, 종족보전을 위한 생물적 욕구도 결부되어 있을 것이다. 조만섭이 딸 명화의 결혼에 가슴 조리는 것도, 자신이 못 가져 본 행복한 가족공동체에 대한 대리만족의 욕망이 자리하고 있는 것이다. 또한 수옥이 미래에 대한 희미한 낙관보다는, 헤어진 가족과 재회를 간절히 염원한다는 점도 해체된 가족공동체의 복구를 상징한다.

이처럼 작가는 아무런 사회적 안전망이 없던 시대에, 가족이라는 안식처도 가지지 못한 사람들의 '결핍'에 귀를 기울이면서, 그 안에서 여성이라는 이유로 더욱 큰 질곡을 겪어야 이들을 위무하고 있는 것이다.

■ 삶의 본질적 비극성

명화는 결국 응주 곁을 떠난다. 마지막 밤을 함께 보낸 채. 다시 시작하자는 응주의 말에 잠시 행복에 겨운 표정을 지었지만, 명화는 이미 그 사랑의 마지막을 예비하고 있었던 것이다. 집에 다녀오겠다는 짧은 메모만을 남기고 명화는 응주에게서, 그 서글픈 사랑에게서 등을 돌린다.

학수와의 꿈같은 행복도 잠시, 수옥은 다시 혼자 남는다. 학수는 징집당하고, 수옥은 학수의 아이를 임신한 채 그를 떠나 보낸다. 소설은 시작에서보다 더욱 큰 아픔을 아로새기며 종결을 맺는다. 삶이란 그저 생채기 하나가 아물 무렵 또 하나의 생채기를 보태는 일일 뿐이라고 소설은 전하고 있다.

독자로 하여금 자기도 모르는 사이, 감정이입에 빨려들도록 만드는 작가의 장점은 이 소설에서도 고스란히 느껴진다. 순정한 수옥이 간악(奸惡)한 인간들에게 아물 수 없는 상처를 당할 적마다 독자는 가슴을 쓸어내려야 했고, 점점 이별로 치닫는 명화와 응주의 사랑에 독자는 안타까운 한숨을 토해야 했다. 학자가 세상에 닳고닳은 모습이 되어갈 때, 독자는 어린 누이를 보는 듯 맘이 아팠다.

삶은 본질적으로 비극인 것인가. 여성으로 산다는 것은 더욱 큰 비극을 수반하는 것인가. 가슴속에 저마다의 구구절절한 사연을 품고도 소설 속 여인 중 그 누구하나 목놓아 울지 못한다. 속울음을 우는 여인들의 이야기, 이는 한국전쟁 당시 수많은 여인들의 슬픔에 대처하는 방식이었던 것이다. 죽임을 당해 가족을 잃은 여인이건, 광폭한 시대로 인해 아픔을 겪은 여인이건, 비정한 남자들에게 유린당한 여인들이건, 그들은 대놓고 울지도 못했고, 하소연도 하지 못했다. 다들 그렇게 사는 것이려니 삭인 그들의 아픔은 한이 되었다. 그토록 한스런 세월을 원망하기엔 세상의 파고가 그리 간단치 않았다. 작가는 삶의 본질적 비극성에 주목하면서 그것이 여성들에게 어떻게 더욱 증폭되어 다가왔는지를 조명하고 있다.

■ 우리네 어머니, 누이들의 신산스런 삶

한 여인이 있었다. 무능한 남편 사이에 내리 딸 여섯을 두고도 아들을 낳아야했던 여인. 셋째를 놓았을 때, 시아버지의 노기에 몸도 풀지 못하고 바로 밭일을 나가야했던 여인. 소 판돈으로 딴살림을 차린 지아비를 찾아, 젖 먹이 넷째를 들쳐업은 채 낯선 서울 땅 아현동 어귀를 헤매던 여인. 무룡태 같은 남편이 빚 보증에, 노름으로 잡혀먹은 땅문서를 오로지 자신의 수고만으로 되찾아 낸 여인. 그땐 참 고생 많이 했다며, 그저 지난 세월을 긴 한숨으로 흩뿌리는 여인. 금가락지 하나, 영양 크림 하나 건네준 적 없는 무심한 남편이 그래도 그립다며, 제사상을 차리는 여인. 칠순을 앞둔 오늘도, 어린 아들의 아침을 짓는 여인. 그 여인은 나의 어머니다. 아니, 나의 어머니라고 말하는 것은 옳지 않다. 우리의 어머니라고 말해야 한다. '내 어머니의 모든 것'은 우리네 어머니들이 살아온 생의 모든 것이다. 모두가 가난했던 시절, 서로가 서로를 죽여야했던 시대, 딸린 목숨이 부담스러웠던 날들. 전쟁통에 혼인을 하여 어느덧 손자를 안은 할머니가 된, 우리 어머니들이 그 여인들이다.

낙엽이 떨어지는 것만 봐도 우수를 떠올리던 문학소녀. 손톱 끝에 물들인 봉숭아물 바라보며 얼굴 붉히던 수줍은 누이. 천 개의 종이학으로 소원을 빌던 순정한 누이. 일나간 부모를 대신해 막둥이를 업고 집안 살림을 도맡아 하던 딸들. 어린 동생들의 자잘한 싸움을 위엄으로 중재하던 장녀. 어려운 가정형편, 합격한 대학을 포기해야 했던 누이. 이젠 어머니가 되어 그들의 어머니가 살았던 생을 이어가고 있는 그 누이들이 그 여인들이다. 그 여인들의 생이 《파시》에는 스며들어 있었다.

어머니와 누이들, 그들의 삶으로 인해 우리는 육신을 얻고 키웠다. 어머니의 육신을 빌어 우리는 이 땅에 발을 딛을 수 있었다. 누이들의 수고를 빌어 우리는 이 땅에 걸을 수 있었다. 그 누구의 어머니인 여인의 희생을 통해, 그 누구의 누이인 여성의 수고로 인해, 가족과 사회는 안식을 누린다. 이렇듯 세계를 안온하게 하는 힘, 그것은 어쩌면 여성에게 비롯되는 지도 모른다. 그러나 바로 이 지점이 여성의 희생을 찬미하고 장려했던 가부장제의 교묘한 지배논리였음 또한 사실이다. 이에 대해 직접적 어법으로 논박하지 않고, 날 것 그대로의 여성수난사를 드러내 보임으로써, 지배논리 자체를 근저에서부터 허무는 작업은 박경리 소설을 통해 비로소 가능했다. 그가 가부장제 아래 신음하고 통곡한 우리네 여인들의 처절한 삶을 일관되게 문학적으로 형상화했던 까닭이었다.

한편 여성의 비극적 운명에 대한 박경리의 문학적 관심은, 개인의 불행에서 발원하여 가족의 불행을 거쳐, 사회의 불행이라는 시선으로 확장되어 왔다. 초기소설 《불신시대》에서부터 《김약국의 딸들》과 《시장과 전장》, 그의 소설의 종착지인 《토지》로 귀결되는 과정이 그러하다. 결론적으로 '불행한 여인상'은 박경리 소설 전체를 아우르는 음영(陰影)인 셈이다. 가족에서 사회로 너른 관점으로의 이동을 보인다는 점에서, 흔히 《파시》는 《토지》로 가기 위한 가교라 불린다. 《토지》를 집필하기 바로 전에 쓰여진 이 소설은, 박경리 문학의 노정 중간에 자리하는 작품이다. 《파시》에서 작가는 여성들의 절망과 상처를 어루만지고, 다감한 위로의 손을 내민다.

《파시》를 읽는 동안 나는 내내 우리 어머니와 누이들의 신산스런 삶이 오버랩되어 많이 아팠다. 《파시》는 이 땅 여성들의 박복한 생에 대해 무지하고 무감각했던, 한 수컷을 꾸짖었다. 나는 부끄러웠다. 이 글은 그 부끄러움과 아픔의 기록이다. 우리네 어머니와 누이들의 생에, 작은 경배로 이 글을 바친다.

고통스러운 꿈꾸기

박 영 빈 (과천시 부림동)

　젊은이들의 꿈과 이상은 그들의 목숨을 내걸 만큼 가치 있는 일이다. 실현시킬 수 없는 욕망의 그늘 속에 잠재된 꿈이라 할지라도 그들에게 그 꿈을 소유하고 있는 시간만큼 쾌락적이고도 황홀한 순간은 없을 테니까.

　여기 이 책 속에, 전쟁통에서도 꿈을 품고 살아가는 자들이 부대끼는 장이 열렸다. 앞을 내다볼 수 없는 절박하고 처절한 상황에서 모두들 무엇을 위해 살아야 하는지 알지 못한 채, 시간과 물질과 희망에마저 쫓기듯 살아가는 현장이다. 해가 중천에 떴을 만한 시각, 새벽에 잡아 올린 싱싱했던 고기들에서 파도너울 같은 비린내가 흘러내린다. 어부에게 잡혀오기 전까지 머물던 바다 속 소금기와 바다 냄새가 그리워 온몸으로 바다를 불러낸다. 파시가 불러낸 바다는 세상을 뒤덮게 되고, 욕망이란 종이배를 타고 파도너울에 흔들리는 인간들. 그 배 위에서 벗어나고 싶은 자기 자신마저 옳고 그름의 가치를 잴 수 없는 무능력한 사람임을 깨닫는 박응주와 그 주변 인물들이 펼치는 파시의 고단한 삶의 무게는 왠지 우리가 벗어날 수 없는 지금과 너무도 닮아 있다.

　박응주의 꿈은 '완벽'이었다. 어떤 상황에 놓여도 합리적으로 인정받을 수 있는 완벽한 자신을 원했다. 열정적이고 헌신적인, 아니 어쨌든 사랑이라는 단어에 포함되는 모든 형용사를 완벽하게 소화하는 사랑을 이루는 남자이길 원했고, 윤리적이고 도덕적이며 현실감 있는, 아버지의 자랑스런 아들이길 바랐으며, 세상 가운데 존경받고 능력 있는 전문가가 되길 꿈꿨던 것이다. 그러나 머릿속으로는 상상하고 계산하고, 육체로는 갈등하느라고 그는 자신이 가져야 할 진정한 가치관을 잃고 말았다. '완벽'은 박응주의 꿈만은 아니다. 분명 내 안에도 있는, 완벽하고자 하는 욕망을 박응주가 표현해 주고 있을 뿐이었다.

난 현숙한 여인이어서 훌륭한 남편의 아늑한 부인이 되어 이 세상에서 제일 행복한 가정을 만들고 싶었고, 틈틈이 익힌 여러 재능으로 불가능한 조건이 닥쳐도 간단하게 소화하는 능력 있는 커리어 우먼이 되고 싶었고, 사회봉사활동으로 많은 불우한 이웃을 도우며 존경과 사랑을 받는 친절한 사람이 되고 싶었다(내 꿈은 사회가 간절히 원하는 완벽한 인간의 표상이기도 하다). 그래야 잘 먹고 잘 살고 행복할 것만 같은 영원한 착각 속에 빚어진 장식용 액세서리에 불과한 꿈이다. 모든 욕망의 근본이 이 같은 공식을 배가시키는 세상은 숨막히고 어지럽다. 쫓아가지 못하는 절대 미를 완성시키기 위해 죽어라 하고 정력을 쏟아 붓는 어리석은 사람들, 아니 나. 그리고 한편으로는 전쟁터로 자원해서 애국자란 명분 아래 양심의 가책을 지워보려는 응주의 도피적 모습까지도 뚜렷하게 복사되고야 만다. '완벽'이라는 꿈 하나를 소유한 것만으로 속물 근성이 이처럼 여실히 나타날 줄이야…. 명화가 이런 응주와 결혼하지 않고 밀항을 택한 것이 오히려 다행스럽게 여겨졌을 만큼 말이다.

명화는 응주와 반대로 속 편한 삶을 선택하기 위해 재고 따지지 않는다. 도리어 흔들리는 응주 앞에서 유행가 가사 같은 말만 읊어댄다. "우리 엄마는 미쳐서 돌아가셨어, 그 피를 내가 이어받아 나도 미칠 것 같애, 내겐 당신의 사랑이 너무도 아름다워, 그 사랑을 받은 것만으로도 난 만족해, 그 사랑을 영원히 간직하기 위해서 우린 헤어져야 해"라는 식으로 말이다. 둘 사이에 닥친 어려운 환경을 극복하지 못하고 물러서는 내성적인 명화의 연약함이 이해되긴 했지만, 고된 갈등 속에 선택한 결정치고는 너무 뚱딴지같은 소리였다. 명화의 마음에도 없는 말과 행동, 그녀의 반복적 신음은 품에 감싸고 싶은 여림이 아니라 밀쳐내고 싶은 역함이 되어 있었다. 명화의 내면에 생긴 상처는 스스로 만든 것이었다. 물론 강한 외부의 자극(광인이 된 엄마의 죽음)이 작은 상처를 냈을 수는 있지만, 그것을 치료하는 것과 곪기는 것은 자신의 의지로서 생겨나는 파장이기 때문이다.

난 한동안 무슨 병인 줄도 모른 채 우울증에 시달렸다. 가슴이 답답해서 숨을 제대로 쉬지 못하고 정서가 불안해서 잠도 설치고 끼니도 잘 챙기지 못했다. 다섯 달 만엔가 10킬로그램의 몸무게가 줄고 나서야 직장을 그만 두었다. 미래에 대한 막연한 두려움, 실패한 인생이라는 설움과 아무것도 할 수 없을 것 같은 자신감 결여상태, 그리고 끊임없이 밀려오는 자아 비판이 정신적 압박으로 이성적 판단을 상실하게 하는 경험을 했다. 정신적 공황은 비뚤어진 꿈을 꾸게 만든다. 태어나지 말았어야 했다는 열등감으로 시작하여 감정적 유아기 상태로 접어들게 되는 것이다. 모태로의 도피, 나를 힘들게 만드는 모종의 사건으로부터의 '자유'가 꿈의 자리에 자리잡는다. TV 프로그램을 통해 우울증의 현 주소와 그 병을 앓고 있는 사람들의 괴로움을 접하면서, 감사하게도 난 왜곡된 '자유'를 꿈꾸던 나로부터 탈출하는 기쁨을 누릴 수가 있었다. 명화는 애석하게도 왜곡된 '자유'를 갈망하는 자신을 조명할 아무런 도구가 없었다. 파도에 흔들리는 불안정한 쪽배에 몸을 싣고 타국으로 떠났을 그녀 같은 사람들이 어서 속히, 안전하게 돌아오기를 간절히 바랄 뿐이다.

지금까지 이 책에서 나타난 인물들 중 나의 내면과 닮아 있는 두 사람을 먼저 그려보았다면, 이번에는 내가 되어보고 싶었던 두 인물을 통해 내 안의 욕망을 꼬집고자 한다.

명화를 따르고 좋아했던 두 여자, 학자와 수옥이 그 주인공이다. 배에 실려 멀리 통영까지 피란 온 수옥은 곱고 아리따워서 많은 사람들의 시선을 주목케 한다. 게다가 얌전하고 수줍음 많은 앳된 소녀였다. 수옥에 대한 구구절절한 묘사는 이 세상에 없는 천상 여자를 표현하는 듯했다. 허구성을 띤 여인, 더러운 뒷거래로 폭삭 늙어빠진 능구렁이 서영래에게 팔려갔어도, 전장중에 피란 내려오면서 군인들에게 몸을 짓밟혔어도 여전히 고결하고 청순한 신부. 그 어떤 거센 바람에도 상처 하나 없이 말끔해지는 그녀가 가슴 시리도록 부러웠다. 깨끗해지려고 애쓰지도 않고, 상처를 회복하려고 병원을 다니지 않아도 되는 수옥의 삶은 그야말로 태초의 낙원에 거하는 셈이었다. 마음이 부자인 사람은 가난해도 행복하다는 명언이 절로 터져 나온다.

그런데 나도 수옥이처럼 이렇게 살고 싶다, 이렇게 살아야지라는 희망을 노래하기보다는, 어떻게 해야 행복해 보일 수 있을까에 초점을 맞추는 모자란 내 모양을 만나게 된다. 행복은 내 안에서 발견하는 것인데, 다른 사람이 날 행복하게 봐주길 원하는 스타증후군이 발동한 것이다. 그래서 썩을 대로 썩은 문제들을 고급 포장지로 동여매고 포장해서 다른 사람 눈에 그럴싸하게 보이도록 치장해 놓는다. 소박한 행복 앞에 감사할 줄 알고, 가치 있는 대우를 누리게 해주는 학수와의 만남과 그와 함께 만들어 가는 아름다운 추억의 시간을, 인내하며 기다려온 수옥의 꿋꿋함을 놓친 어리석음이 들통나버렸다.

또 다른 부러움의 대상인 학자의 경우를 이야기하련다. 집안이 기울기 전에 학자의 모습을 상상해 보았다. 그녀는 재치 있고 사리가 밝고 예리하며 주관적이고 똑똑한 학생이었을 것이다. 또한 끼도 많았으리라. 학자의 꿈은 무엇이었을까. 응주를 연애하던 그녀는 간호사로서의 실력을 키워 응주 곁에서 일손을 도우려는 소박하지만 행복한 꿈을 꾸고 있었을지도 모르겠다. 그러나 한순간에 그 꿈은 무너지고 만다. 몰락한 지주의 딸로, 문성재에게 겁간을 당하는 일이 있은 후 그녀의 모든 꿈은 '타락'으로 바뀌어 버렸다. 그 당시의 겁간 사건은 진위여부를 막론하고 소문만으로도 여자의 삶을 무참히 땅바닥에 처박을 수 있는 위력적 사건이었다. 물론, 명품으로 치장하기 위해 아르바이트를 하는 여대생이 노트 한 권 분량으로 빼곡한 요즘 같은 때야 별거 아닌 시시한 일이겠지만 말이다.

　학자는 거울 속(바다 속)으로 들어간다. 자신이 원하는 꿈같은 모습은 꿈으로 남긴 채 명화를 부러워하면서도 그에 반대되는 아픈 말로 평범한 삶을 거부하기 시작한다. 거울 속의 학자는 모든 행동이 반대다. 남자를 혐오하면서도 적당한 미끼를 던져 남자를 이용하고 돈을 뜯어낸다. 집으로 돌아가 부모님의 품에 안겨 마음껏 떼를 쓰고 싶은 서러운 마음을, 고향 사람들을 만날 때마다 이렇게 타락한 나를 고향에 알리라며 주정으로 토해낸다. 세상 한가운데서 홀로 서기 위해 택할 수밖에 없는 마지막 길목이었던 것이다. 그 길마저 깨질까봐 너무도 위태로운 그녀의 거울 속 행보가 철저히 외로운 세상의 모든 사람들이 제각기 걷는 동일한 발걸음처럼 보였다. 현재의 내 환경이 모든 게 갖추어진 조건으로만 있었다면, 아니 지금보다 조금만 나았더라면 하는 푸념의 결과는 긍정적 사고를 낳기 힘들다. 아무것도 부러울 것이 없는 듯한 상류 계층의 사람들이 더욱 쉽게 도박이나 쇼핑 중독 등에 시달리는 건 부정적이고 염세적인 타락으로 채울 수 있는 욕망은 그 어디에도 없기 때문일 것이다. 분명한 것은 좌절에 빠진 사람에게 타락만큼 달콤한 유혹은 없다는 것이다.

　배우를 희망하던 내가 연극영화 계열의 학과를 선택하지 못하고 다른 과에 입학한 뒤 생긴 좌절은, 엉뚱한 곳에서 타락의 욕구를 충족시키고 있었다. 하교할 때 지나는 역 앞으로 늘어선 분홍 불빛 지역. 버스를 타고 창문 너머로 그녀들의 심한 노출과 과격한 분장을 관찰할 수 있었다. 미지의 세계에 대한 호기심을 넘어 그 자리가 나에게 어울릴 것만 같은 전율을 느낄 때마다 머리가 맑아지는 느낌이었다. 그럴 때마다 윤리 교과서에 나왔던 성인 군자들 중 성악설을 주장한 순자의 논리가 반복 학습되곤 했다. 사람은 본디 악한 성품을 타고났기에 참 교육을 통해 악한 성품을 순화, 극복해야 한다는…. 죄책감을 느끼지 않고 자연스럽게 타락 가운데로 빠져들면서, 오히려 삶의 가식적 무게를 이기지 못하고 절

름거리며 술집으로 들어오는 사람들을 여유 있게 비웃는 학자를 부러워했던 것 같다. 창 밖의 그녀들을 훔쳐보며 그곳에 서 있는 나를 상상하고 갖은 모욕을 다 주며 자학의 쾌감을 느꼈던 나와는 달리, 학자는 역동적 타락을 만들어나간다. 숨쉴 수 있는 공간을 만들어내는 타락은 죽음의 그림자를 떨쳐내는 강한 삶에의 집착인지도 모른다. 진정한 타락은 결코 쉬운 게 아니다. 독한 마음으로 그 자리에서의 꿈을 이루어 가는 그녀의 타락이 도리어 상쾌한 여운을 남기는 건, 바닥을 차고 떠오를 수 있는 진정한 타락의 빛으로 빛나기 때문이다.

사랑이란 뭘까. 이 시대 스물 다섯의 처녀가 꿈꿀 수 있는 사랑은 과연 어떤 표정을 짓고 있을는지 반문해 보았다. 응주와 명화 같이 재고 따지고, 명분이니 가치관이니 결정하지 못한 채 헤매고 낭비하는 사랑은 골치 아플 뿐더러 마음에 골병 들기 딱 알맞겠다. 그럼 학수와 수옥의 사랑? 그 둘의 사랑은 너무 정결해서 오히려 부담이 되는 사랑이었다. 서로에 대한 믿음과 겸손함으로 살아나가는 모습은 부럽고 눈물나게 아름다웠다고 고백하겠지만, 때묻지 않은 순수한 영혼을 가진 이웃 주민들의 덕택도 크게 한몫 했다고 볼 수밖에 없는 냉정한 현실감각은 어쩔 수가 없었다. 그 당시에 통영에서도 한참을 더 들어가는 개섬이라는 촌이 있었기에 그들의 사랑이 이루어질 수 있었다고 어줍잖은 토를 달아대는 것이다. 분명 어떠한 모양의 사랑이건 그 안에 진실함만 담겨 있다면 모든지 오케이 사인을 낼 수 있을 것 같이 넓은 아량으로 가슴을 두드리다가도, 막상 나의 문제와 직면하면 고개를 가로젓는 법이다. 그래서 이 책 속에 나온 뼈아픈 사랑에 괜히 미안할 수밖에.

응주와 명화의 사랑을 반대했던 박 의사처럼 냉철한 사람도 아들이 사랑하는 여자 명화를 사랑하는 비운의 꿈을 꾸는 비극적 인물이었다. 부인을 잃고 오랜 시간 동안 아들의 여자를 사랑하며 지냈던 시간들의 고독이, 어떻게든 보상받고 싶은 욕심으로 폭발하고야 만다. 응주와 결혼하기로 마음먹은 명화를 불러내 그녀의 가슴에 파장을 일으키고, 명화는 충격에 휩싸인 뒤 응주를 떠나기로 결심하기에 이른다. 중년 남성의 가슴에 살며시 다가온 안타까운 사랑의 씨앗이, 싹을 틔우지도 못한 채 사그라지고 말았다. 과연 그를 향해 돌을 던질 수 있을까. 감정에 한번도 솔직해 보지 않았을 법한 그의 일생에 단 한 번의 진실일지도 모르는 순간임에도, 아들의 여자이기에 부도덕함을 감추려고 가슴앓이 했을 박 의사가 측은해 보였다. 가슴에 묻어야 할 아픈 사랑이었음에는 틀림없기에 박 의사의 사랑도 값진 보석이었다.

아둔하고 무던하게 사랑을 실천한 여인도 등장한다. 문성재가 봉화에서 만나 결혼까지 하고 버려 두었던 선애가 바로 그 인물이다. 어쩜 저리도 바보천치일까 싶게 선애는 문성재에게 항상 버림을 받고 밀침을 당해도 여전히 '하나뿐인 내 신랑'밖에 없다. 그렇게 고귀한 대접을 받을 가치가 없는 양아치 문성재라는 캐릭터에 사람의 의미를 부여해주는 놀라운 여편네인 셈이다. 다른 여자와 놀아나도 내 남편, 사기 행각으로 다른 사람을 등쳐먹어도 내 남편, 곧 죽어도 내 남편은 나를 거느려줄 나의 주인이다. 수옥 다음으로 허구적 인물이라고 생각했다. 작은 일에도 참아주지 못하는 요즘 아내, 어머니들과 비교해 보면서, 선애가 문성재 같은 작자를 참아주어야 할 어떠한 이유도 찾아볼 수 없는데도 그만큼 하는데, 요즘 분들에게 선애 같은 아내가 들러붙어 있다면 가슴 쭉 펴고 깃발 날리며 전진하지 않을까 하는 상상이었다.

그런데 선애의 행동을 보면서 이상하리만치 가슴 뻐근한 정감이 드는 건 왜일까. 아마도 아무도 참아주지 않고, 아무도 인정해 주지 않고, 아무도 가치 있게 생각하지 못하는 것을 소중히 여기는 그녀의 순수한 사랑 때문이 아닐까. 그래서 문성재의 모든 행동이 용납되는 기이한 현상. 이게 기적인 것만 같았다. 사람이 만들어내는 기적. 그 기적이 사람을 살리고, 인간답게 하는 원천이라고 말하고 싶은 것이다.

《파시》의 구성 전면에 드러난 아름다운 사랑 뒤에 숨겨진 등장인물들의 고통스러운 꿈꾸기가 책을 덮는 순간 긴 한숨으로 가슴에 소용돌이쳤다. 우리가 꿈꾸는 모든 것들이 한낱 사그라지는 물거품 같은 초라한 것임을 느끼게 해주는 자극이었다.

젊은 시절 꿈꾸는 것은 모두 허망하고 헛된 것이라고, 그래서 꿈꾸기를 주저했던 내 모습을 각 인물들을 통해 여실히 증명해 보일 수 있었다. 부정적 시각으로 그들을 보았을 땐, 각자가 이기적이고 우둔하기에 갈등과 번민이 생길 수밖에 없는 것이라고 장담하면서 그러한 실패를 겪지 않으려는 나의 발버둥에 이유를 들이댔다.

삶은 그리 만만한 것이 아니라고 충고하시는 어른들 말씀을 들었을 때, 모든 젊은이가 나처럼 소심하게 주저앉지는 않았을 것이다. 개중에는 젊음의 축복을 감사하고 도전하는 발빠르고 능동적인 희망의 진보자도 더러 있을 줄 안다. 문제는 마음의 상태에 달려 있다는 것을 이 책을 통해 많이 깨달았다. 또한 인생의 선배이자 든든한 격려자인 엄마의 말씀도 한몫 했다. 사람은 각각 그 개성을 가지고 세상을 살아간다는 것이었다. 그들이 본인의 독특한 달란트를 이용하고 개발하는 각자의 몫에 최선을 다하고, 최상의 결과를 만들어내는 것이 바로 우리의 과제라는 말씀이었다. 욕심을 부리는 것도 적당할 때 그 진가를 발휘하는 것처럼 정확한 판단과 현명한 선택이 삶을 보다 윤택하게 해줄 것이라는 밝은 신념이었다. 이것을 깨닫기까지 숱한 방황과 좌절과 실패의 쓴잔을 맛보았다. 솔직히 말하자면, 앞으로의 삶에 방황과 좌절과 실패의 쓴잔이 없으리라는 법이 없다는 것을 알았다. 도리어 달라지는 건 아무것도 없지만 내면의 성숙을 경험할 수 있는 계기가 있었다는 것만으로도 기쁘기 그지없다.

우리의 삶이 주어진 이유는, 바른 것을 꿈꾸고 나은 것을 실천하고 함께 아름다운 곳을 향해 날아오르는 게 본래 우리가 가야할 푯대가 아니겠느냐는 생각이 들었다. 살아온 세월의 노고가 묻어나는 엄마의 격려가 재도약하고자 날개를 정비하는 딸에게 전해져 만들어낸 기적 같은 화해였다.

성장하는 기쁨을 함께 누리고 연약함을 서로 보듬어가며 불의에 타협하지 않을 뿐 아니라 불의를 두려워하지 않고 맞서는 용기로서 진정한 유토피아가 만들어지는 것이다. 그것이 바로 환상적인 꿈꾸기의 완성이라고 생각한다. 완벽한 아름다움을 소유하려는 왜곡된 꿈꾸기로 말미암아 시련을 당하는 내 어리석음으로부터 자유롭게 탈출하고, 작은 사랑과 감동의 모티브, 그리고 본인의 달란트를 스스로 발견하고 개발하고 실천하면 우리 모두가 고통에서 벗어나는 가슴 시원한 세상이 단단한 반석 위에 세워질 것이다.

좋은 작품 덕택에 많은 것을 깨닫고 배웠다. 단단한 사람으로 거듭나는 기회를 주신 박경리 선생님의 깊이 있는 이야기에 감사한다.

잃어버린 외짝 신발을 위하여

박 미 선(청주시 상당구)

"전에 바다에 가서 신발 한 짝 잃은 일이 있어요. 다 잃은 것보다 한 짝만 잃으면 더 나쁘다는데…. 그 신발 한 짝은 바다에 떠내려갔을까?" 달맞이꽃 같은 여자 이가화, 사랑하는 남자를 찾으려 빨치산이 된 그녀가 같은 대원 장덕삼에게 들려주는 어린 시절의 애틋한 한 토막이다. 이 책에 나오는 무수한 주검들보다도 가화의 어린 시절, 하얀 단추가 달려 있었다는 그 작은 신발이 영 떠내려가지 못하고 내 가슴의 여울에 걸려 왜 이토록 계속 아프게 맴돌고 있는 것일까. 주인을 잃고 따로 떨어진 외짝 신발, 이리저리 작은 난파선처럼 물결에 휩쓸리고 있을 그 외짝 신발…. 시간이 흐르면 사람의 온기로 따스하던 그 자리에 흙과 물, 쓰레기가 들어차고 종내는 뻘 밭에 박혀 게들의 무심하고 추레한 집터가 되겠지.

고대 신화에 따르면 신발은 존재와 생명을 상징한다고 한다. 주인의 존재를 알려 주는 생명의 표식인 셈이다. 그런 점에서 지금의 남과 북은 각각 따로 떨어진 외짝 신발 아닐까. 하나의 신발로 어떻게든 나아가려 해보지만 행보는 지리멸렬해지고, 다시 신발을 맞추어 함께 나가보기에는 지금까지 걸어온 신발의 역사가 너무 판이하다.

"그 모진 일본 놈 세상에도 마을 사람들은 싸움 안 하고 피죽 한 모금이라도 담 너머로 노나 먹고 살아왔단 말이요. 사람이 순리를 따라야지. 나라 일도 그렇지 않겠소?" 코뮤니스트 기훈이 빨치산이 되어 떠돌 때 밭둑에서 우연히 만난 늙은 농부는 이렇게 한탄한다. 농부의 말은 식민지 치하나 동족끼리 둘로 갈라져 싸움을 벌이는 상황이나 별 다를 것 없다는 뜻이다. 아니 오히려 같은 혈육끼리 살육하는 이 비극보다는 차라리 식민시절이 그나마 낫다는 의미마저도 들어 있다. 농부의 생각은 가화의 '다 잃은 것보다 한 쪽만 잃으면 더 나쁘다는데'하는 말과도 무관하지 않다.

일제시대, 악질적인 일본 앞잡이나 소수의 매국노를 빼고는 거의 온 국민이 일심으로 독립을 원했다. 그러기에 강한 구심력이 있었고, 외부적 요인의 덕을 보았다고는 하지만 그 한결 같은 염원이 결국은 해방의 저변을 이루었다고 볼 수 있다. 따라서 이념으로 나뉜 절반의 땅에서 각각의 이해타산에 맞추어 이처럼 무시무시한 싸움을 벌인다는 것은 민족의 앞날을 생각해볼 때 식민지가 된 것보다 더 암담한 일인지도 모른다.

"살이 살을 무니 뭣이 될 거여." 농부의 이 한마디는 그 동안 6 · 25전쟁을 규정했던 그 어떤 말보다 내 가슴에 파고들었다. 살이 살을 무는 형국, 그처럼 어리석은 일이 어떻게 벌어질 수 있었던 것인가. 그 많던 애국지사와 독립운동가들, 지식인과 예술인, 대다수의 순정한 국민들… 그들이 어떻게 서로를 핍박하며 서로의 살과 혼에 비수를 꽂을 수 있었겠는가. 해묵은 상처를 다시 헤집는 쓰라림으로 나는 책을 열었고, 이제 책을 덮었지만 머리 속에서는 여전히 책의 갈피 갈피가 넘겨지며 전쟁은 끝나지 않고 있다.

그러면 내 가슴은 동족 상잔의 잔혹함과 비극에서 여전히 놓여나지 못하고 있는가. 작가는 전쟁의 폐해와 그 어두운 장막을 걷지 않은 채 붓을 놓았는가. 아니 그렇지 않다. 남지영과 이가화, 하기훈과 기석 형제, 지영의 어머니 윤 씨, 또 모진 환경에서도 생활을 놓지 않는 평범한 인물들. 그들을 통해서 작가는 파괴적이고 절박한 상황에서도 인간과 삶을 사랑할 줄 아는 아름다운 사람들을 보여주었다. 그리고 그러한 사람들이 있어 결코 희망을 버릴 수 없음도.

그 중에서도 특히 남지영은 직업도 성격도 나와 비슷해서인지 가장 공감과 애정이 가는 인물이었다. 매사에 우울하고 우유부단한 듯한 지영

304

이 전쟁을 겪으면서 차차 강인한 어머니가 되어 가는 모습은 나에게도 삶에 대한 확신을 불어넣어 주었다. 까닭 없이 우울해 하는 때가 많은 나에게 지영은 내 일상의 소중한 자리를 돌아보게 하고, 있는 그대로의 행복을 일깨워 주었다.

황해도 연안여고 교사로 지영이 서울의 집을 떠나는 것에서부터 소설은 시작된다. 결혼하여 아이까지 둘 있는 몸으로서 가정을 멀리 떠나 여고 교사로 가는 지영의 모습에서, 나는 시대 상황으로 보아 매우 진취적이고 성취욕이 강한 여성인가 보다고 생각하였다. 다만 떠날 때 그이의 남편에 대한 냉랭한 태도, 가족에 대한 무심한 눈길 등이 다소 의심스럽기는 하였다. 하지만 그것도 지영 자신의 사회적 진출에 대한 욕심에서 기인된 것이라고 생각하였지, 남편의 욕구에 대한 지영의 저항에서 비롯된 것이라고는 조금도 생각지 못했다. 자신의 사회활동에 남편과 아이가 장애물이 된다고 생각하는구나 하는 정도로 단순히 치부해 버렸다.

그러나 지영은 교직생활에서도 활기 없이 몽상적이고 우울한 나날을 보낸다. 나중에 지영이 남편에게 쓴 편지, 제11장 '전야' 부분을 보면서 지금까지의 교사라는 직업에서조차 회의적이고 모호했던 지영의 태도가 일순간에 이해되었다. 총 40장으로 쓰여진 이 소설 전체에서 이 제11장이야말로 사람에 대한 심리묘사가 가장 탁월하고 예리하며 매력적인 부분이라고 생각된다. 이 부분에서 1964년 발표된 이 소설은 2003년을 살아가는 현대 남성들의 심리—맞벌이를 원하고 아내의 사회적 위치가 결혼의 조건이 되는—까지도 아우르는 선견지명과 통찰력을 갖고 있다. 내성적이고 소심하며 다소 결벽증적인 성격을 갖고 있는 지영이 평범하고 세속적인 남자와 어떻게 결혼하게 되었으며 혼인 후 어떤 심리적 변화 과정을 거치는지 지영의 직접 고백으로 아주 섬세하게 묘사되어 있다. '묘한 웃음과 연애라는 말투가 어떻게나 싫던지 그 싫은 것을 도저히 이겨낼 수 없었습니다'라든지, 신랑감으로서의 잘생긴 기석을 마주하고도, '길 가다 스친 남자가 빤히 쳐다볼 때 느낀 노여움과 조금도 다름없는 것을 참았을 뿐입니다'라는 고백은 홀어머니 밑에서 자란 지영이 매우 깔끔하고 남녀관계에서 아주 예민한 신경을 가졌음을 알 수 있다.

그러다 신혼 시절, 기석이 서점에서 책 세 권을 두 권 값으로 치른 일, 들판의 감자를 아무렇지 않게 파내는 모습 등에서 지영은 마음에 상처를 입고 만다. 그러나 지영은 남편 기석의 '미워할 수 없는 허영', '소박한 허영'에 맞추어 대학을 가고 교사로도 취직한다. 하지만 그 동안 여학생으로서, 이제 교사로서 자신의 결혼 사실을 숨기는 것이 괴롭고, 친정어머니의 알뜰한 살림 재미에 주부로서의 권리도 빼앗겨 버린 지영은, 그래서 기석이 원하는 대로 연안의 학교로 가면서도, 한편으로는 탈출의 카타르시스를 느끼기도 하는 것이다. 지영이 교사로 부임하게 된 데는 이렇듯 복잡다단한 가정사와 지영의 심리가 깔려 있었던 셈이다. 자조하듯 담담히 적어 내려간 6·25 전야의 이 편지는 한 편의 단편소설로도 손색이 없다.

기석이 오직 생활에 충실하여 가정을 보듬는 것에 기쁨을 느끼는 성실한 가장이라면 그의 형 기훈은 냉소적 사회주의자로서 자잘한 일상에 무심한 사람이다. 그는 사랑의 감정에서조차 스스로 냉담하며 그 상황을 조소하는 듯하다. 이러한 그의 태도는 우연히 길에서 만나 서로 사랑하게 된 여자 가화에게 상처가 된다. 길에서 쓰러진 가화를 구해 준 이후 몇 번 가화를 찾아가지만 변절자 안핵동의 암살에 실패한 이후 기훈은 의도적인 것인지 그녀를 만나지 않는다. 자신의 처지가 가화 같이 지순한 여자를 사랑하기에는 여자에게 상처가 된다고 생각했던 것일까. 오순도순 정을 나누고 보통의 남녀들처럼 가정을 꾸리기에는 자신의 앞날이 불투명하게만 여겨졌던 탓일지도 모르겠다. 기훈은 내가 알았던 공산주의자 중에서 가장 속정 깊고 낭만적이며 매력적인 사람이다. 한 자리에 있으면서도 끊임없이 표류하는 듯한 이 사내가 견고한 이념의 코뮤니스트라는 것은 기실 잘 이해되지 않는 일이다.

"혁명이 억압당한 사람들을 해방하는 데 목적이 있고, 그렇다면 그것

306

은 결국 인간에 대한 애정이 아니겠소? 인간에 대한 애정이 있음으로써 혁명하는 힘이 모이고 낭만적인 감정 위에서 앙양된다고 나는 생각해요." 산에서 기훈을 사랑하게 된 이동무라는 여자 빨치산은 여자에 대한 사랑 때문에 투항한 그들의 동료 이야기를 하며 기훈에게 이렇게 말한다. 그 말에 기훈은 그저 심상하게 대꾸하지만 어쩌면 그것은 기훈의 생각과 일치하는 것이었는지 모른다. 사실 이 책의 중심인물 기훈은 별로 말이 많지 않다. 그와 상대하는 인물들이 자신의 생각과 사상, 감정을 실컷 토로하면 기훈은 주로 듣는 쪽이다. 이러한 장치는 상당히 매혹적이다. 석산, 장덕삼, 이동무, 소년 병사 순길 등과의 관계가 모두 그러하다. 그들은 한결같이 자신의 사상과 의지, 고단한 삶을 기훈에게 풀어놓는다. 작가는 주인공보다 그 주변 인물들로 하여금 많은 이야기를 쏟아 놓게 함으로써, 그들로부터 반사되는 빛으로 기훈의 머리와 가슴을 투시한다. 그들의 생각이 기훈의 뒤에서 역광을 만들어 주는 셈이다.

"조군관 동무의 연애도 비극과 낭만이요. 그런 슬픈 밑바닥이 없이 혁명은 결코 결코 이룩되지 않아요. 그런 뜻에서 조군관 동무와 숙희는 우리들에게 병적인 요소를 준 것은 아니오. 도리어 우리 산사람들에게 어떤 꿈과 맑은 샘을 준 거요. 그들은 산사람들에게 전설을 남겨 놓소. 옳지 않다 하면서도 따뜻해지고 눈물이 어리오. 안 그렇소? 하 동무. 이런 소릴 한다고 날 그르다 말하지 마오." 이 동무의 이 말은 어떤 사상이나 주의, 이념도 인간에 대한 애정을 기저로 하고 있음을 말해 준다. '슬픈 밑바닥'이란 무언가. 바로 인간애가 아닐까. 인간이란 왠지 불완전하고 애틋한 존재, 그러나 사랑할 줄 앎으로써 숭고해지는 존재인 것이다. 그러고 보면, "그들은 (코뮤니스트) 이론이나 교리 형식에 미치지만 그 까닭으로 그 외 것에 사랑을 느끼지 못한단 말이야"라고 했던, 전쟁 전 기훈과 나누었던 대화에서의 석산의 말은 과히 옳게 들리지 않는다. 전쟁, 그리고 빨치산 활동의 와중에서도 이 같이 말하는 이 동무를 교리에 얽매인 완고한 코뮤니스트라고만 할 수 있을 것인가.

"그런 소리 한다고 날 그르다 말하지 말라"는 이 동무의 말에 시비를 가리지 않은 채 기훈은 아무 말 없이 허무주의자적 웃음만 날리지만, 사실 그는 이 책에 등장하는 그 어느 인물보다 진한 휴머니스트다.

길거리에 쓰러진 가화를 구해주고, 인민군을 욕하는 늙은 농부를 다른 동료들에게서 감싸는 모습, 눈먼 소녀에게 보이는 다정함, 다리 다친 소년 병사를 부축하여 행군하다가 위험을 무릅쓰고 트럭에 올려 준 일, 신변의 위협을 아랑곳하지 않고 끝까지 가화를 지키기 위한 노력 등 인간에 대한 뜨거운 애정이 곳곳에 보인다. 특히 동생 기석이 입당 원서를 냈다는 말에 화를 내며 심하게 나무라는 모습에서는 가족에 대한 진한 사랑을 느낄 수 있었다. 예전 우리의 반공교육에 의하면 공산당은 부모 형제도 피도 눈물도 모르는 냉혈한이었다. 심지어 초등학교 시절 내 머리 속의 공산당은 늑대나 이리의 탈을 쓴 모습으로까지 그려지곤 했다.

공산주의자 기훈의 모습은 머릿속은 햄릿 같고 행동은 체 게바라 같이 느껴진다. 가슴과 머리는 복잡하고 부단한 상념으로 부표처럼 떠돌지만, 행동하는 자로서는 어떤 경우에도 서슴지 않는 결단력이 있다. 혁명가로서 그의 타고난 기질은 일신상의 편의를 위해 쉽게 뜻을 바꾸거나 변절을 용납하지 못하는 성품이다.

전쟁 발발 직후 지영이 연안에서 서울 집으로 돌아오기까지 벌써 거리는 아수라장이다. 너무나 돌발적으로 일어난 비현실적 모습에 지영은 '슬프고 절박하기보다 우스꽝스럽고, 한낮에 일어난 일이라기보다 한밤중의 꿈 같다'고 느낀다. 그리고 미친 사람처럼 터지는 웃음을 참으려 입을 막는다. 갑자기 어이없는 상황에 부닥치게 되면 예민한 성격의 사람은 이런 모습을 보이게 되지 않을까. 지영이 자신의 가슴을 움켜잡으며 '웃으면 미친다! 웃으면!'하고 되뇌는 장면은 매우 생동감 있고 정교한 심리 포착이라고 생각된다.

지영과 가족들은 피란을 떠나 관악산의 산사에까지 들어갔다가 다시 서울의 집으로 무사히 돌아온다. 집으로 돌아온 지영이 우선 한 일은 시장에 가는 것이었다. 표면상의 이유는 연안에서 잃은 여름옷을 산다는 것이었지만 실은 시장의 분위기와 냄새를 느끼기 위해서 가지 않았을까. 시장에 쌓인 온갖 물건들은 인간의 삶을 고스란히 보여준다. 각기의 용도대로 쓰임이 있는 사물들은 그 용도 만큼이나 사람 살이의 구석구석을 그대로 비쳐준다. 따라서 시장은 생활의 집합체요 생생한 현장이다.

지영은 죽음의 공포로 질식할 듯한 탁한 기운에서 벗어나 활기찬 삶의 현장 속으로 들어가 보고 싶은 생의 충동에서 굳이 시장에 나섰는지도 모르겠다. 그가 사러 간 것은 옷이 아니라 어쩌면 삶의 활기와 용기였을 것이다. 온몸 가득 생의 공기를 호흡하고 에너지를 충전하기 위해서…. 그러기에 돌아오는 지영의 손에 들려진 물건은 아무 것도 없다. 시장에서 돌아온 지영의 눈에 마당에 서 있는 기훈이 눈에 띈다. 판이한 성향의 두 형제, 어쩌면 지영의 다소 냉담하고 곧은 정신은 기훈과 통하는 바가 있다. 두 사람은 시숙과 계수로서보다 정신적 동지로 함께 과업을 이루어나가는 데 적절히 어울릴 듯 하다.

나같이 소시민적 안일한 일상을 추구하는 사람이라면 당연히 기석 같은 이를 지아비로 삼을 것이다. 우러러 존경받는 영웅보다는 따스하고 안락한 삶의 터를 일구는 기석 같이 자잘한 사내를 대부분의 평범한 여자들은 좋아하지 않을까. 생활은 이상이 아니니까 말이다. 기훈 같은 남자는 가끔씩 책이나 영화에서 보는 걸로 만족하고 몸으로 일일이 부딪쳐 나가야 하는 남루한 현실에서는, 아무래도 기석 같은 남자와 함께 어깨를 걸어야 수월히 살아질 것 같다. 찬연한 햇빛 속에서도 또렷이 부유하는 먼지들, 그것이 현실이다. 그런데 마음의 결이 너무 섬세하고 고고한 남자는 그 현실의 먼지들을 미처 걸러내지 못하고 생활의 낙오자가 되지는 않을까. 그러기에 기훈은 사랑과 결혼을 의식적으로 피하였는지도 모른다.

주변의 모든 이에게 인간으로서의 덕을 베푸는 기훈이지만 그의 스승 석산에게만은 유독 가혹한 것 같다. 석산을 살리려 그는 왜 발벗고 나서

지 않는 것일까. 이념으로서 이 산과 저 산, 마주보는 두 산은 그들 사이의 골짜기가 너무 깊고 크다고 생각하여 이제는 도저히 가까워질 수 없다고 생각했던 것인가. 석산의 구명을 위해 찾아온 부인 김 여사는 그에게 북만주 벌판에서 같이 고생하던 얘기를 하며 석산을 살려 달라고 매달리지만, 기훈은 죽고 사는 것은 오직 석산의 마음에 달려 있다고 싸늘히 말한다. '천하에 의리 없는 놈'이라며 펄펄 뛰는 김 여사를 냉담히 보낸 그날 밤에 기훈은 그 동안 발길을 끊었던 가화를 찾아간다. 마음의 안식처를 구하고자 했던 것인가. 김 여사를 대하는 말과 표정에 전혀 흔들림 없는 듯하던 그의 마음도 사실은 지치고 외로웠던 것 같다. 푹 잠들고 싶어서 찾아왔다던 기훈은, 권총을 보고 소스라치는 가화에게 '나는 아무도 사랑한 일이 없다. 나는 내 이념을 사랑했을 뿐이다'라며 절규한다. 그러나 그의 외침은 어쩐지 공소(空疎)하게 느껴지며 역설적으로 들린다. 내용과는 관계없이 그를 괴롭히는 것에서 벗어나고자 하는 안타까운 비명으로 여겨진다. 발버둥치는 기훈을 가화는 껴안는다.

가화를 의탁하기 위해 기훈은 지영의 집을 찾아간다. 겨우 말머리를 꺼내놓고도 지영이 어떤 분이냐고 묻자 기훈은 말을 거두어 버린다. 아무래도 그는 가화와의 사랑에 생활의 확신을 갖지 못하는 듯하다. 때마침 직장에서 돌아오던 기석은 기훈에게 입당원서를 냈노라고 말한다. 이 말에 기훈은 불같이 노하고 공산당원으로서의 신념이 있느냐 물으며 입당은 허락되지 않을 것이라고 소리지른다. "너의 개인주의는 타고난 천성이지만 그 천성을 지키려거든 이런 혼란 속에서 철저히 교활하든지 아니면 바보처럼 굴고 있는 거야." 동생의 기질과 품성을 잘 아는 기훈으로서는 도저히 기석이 공산주의자가 될 수 없음을 잘 알고 있었다. 따라서 동생이 섣부르고 위험한 행동을 한 것에 그는 몹시 걱정이 되었던 듯하다. "너 자신의 보존을 위해 네 가족들의 보존을 위해 다음부터는 내 이름을 들먹이지 말란 말이다!" 결국 그는 형으로서 충고요, 마지막 말이라며 이와 같이 동생의 안위를 다짐하고 나가버린다.

서울에 주둔하던 인민군이 쫓겨가고 유엔군이 들어오던 밤, 기훈은 가화를 찾아 작별 인사를 한다. 동료들과 함께 빨치산이 되어 입산하기 위해 떠나는 길이다. 가는 도중 공습으로 운전병과 몇 인민군들이 죽는다. 젊은 피와 살이 쏟아지는 그 선연한 죽음들…. 기훈은 장덕삼과 나란히 시골길을 걸으며 죽음이 걱정되느냐 묻는다. "걱정할래두 너무 흔해빠져서요." 이리저리 발길에 차이는 것이 주검이다 보니 장덕삼은 무심한 듯 대꾸하며 어릴 적 외할머니 장례식 이야기를 한다. "동구 밖에 상여가 가면 만장이 바람에 펄러덕거리고 먹글씨는 파아란 하늘에 드러눕거든요. 상여꾼의 상두가가 어찌나 듣기 좋든지 돌팔매라도 쳐주고 싶습디다." 한 사람의 죽음의 막은 이래야 하지 않겠는가 하고 작가는 묻는 듯하다. 생애의 끝이 느닷없이 살과 뼈가 짓이겨져 까마귀의 한나절 먹이가 되는 것이라면 얼마나 쓰라린 일인가. 푸른 하늘에 드러눕는 만장의 먹글씨, 구성진 상두가…. 작가가 그려낸 그 서늘하고 아름다운 이미지는 오래도록 가슴에 펄럭일 것 같다.

지영의 집 근처 민주선전실이던 병원은 이제 한청사무실로 변하여 반동분자를 연발하던 고함이 빨갱이 새끼로 바뀌었다. 기석은 입당원서가 아무래도 마음에 걸려 지영의 만류에도 불구하고 걱정 말라며 직장으로 간다. 그러나 염려대로 그는 오래도록 돌아오지 않는다. 지영은 남편을 붙잡지 못한 뼈저린 후회 속에 흐느낀다. 이 전쟁의 폭음으로 그는 예전에 남편에게 느꼈던 그 저열함을 다 날려보낸 듯하다. 그에게는 오로지 생존과 생활이 남았다. '그는 어느 때보다 생명을 꽉 잡고 인생을 신뢰하고 있는 것 같이 보였다. 오랜 방랑을 끝내고 이제는 살 땅으로 돌아온 여행자처럼. 전쟁이 끝나면 온갖 것 다 버리고 산골에 가서 살자고 그는 말했다.' 이렇듯 전쟁은 지영을 좀더 단순하나 건강한 자연인으로 바꾸어 놓은 것 같다. 늘 아득한 이방의 하늘가를 헤매는 듯하던 그의 생각은 한 발 한 발 낭떠러지 같은 생활 속에서, 비로소 삶에는 단단한 일상의 중심이 필요함을 절감한 듯하다. 그러기에 남편 대신 한청원에서 온 사람에게 잡혀가면서도 눈물 흘리지 않고 결연한 심지를 보인다. 남편이 근무하던 인천 근처의 마을에까지 호송된 지영은 이미 기석이 잡혔다는 것을 알고 절망하며 다시 집으로 돌아온다.

생살이 찢기는 와중에서도 사람들의 인정은 눈물겹다. 기석을 위해 새벽 예불을 올리던 기석의 동료 김씨 부부, 기석의 소식을 전하기 위해 전란을 뚫고 온 예전 이웃 평양댁 할머니, 창피스럽다며 머리를 흔들면서도 기석의 석방을 위해 조카뻘 국회의원에게 연신 굽실거리는 송 노인, 그러나 기석은 15년을 언도받고 풀려나올 기미는 보이지 아니한다. 지영은 기석의 구명을 위해 기석의 직장상사 정 소장에게 진정서를 부탁하지만 그 자신이 사상적 의심을 받고 있는 정 소장은 아무 효력도 낼 수 없는 단 한 줄의, 아주 형식적 문구 하나만을 달랑 써서 준다. 이제 지영이 할 일은 한 번도 덮지 않은 양단 이불로 기석의 옷을 짓거나 사식을 넣어 주는 정도 밖에는 남아 있지 않다. 그러다 죄수들은 지방으로 이감되어 가는데 그 행렬 속에서 지영은 끝내 기석을 발견하지 못한다.

중공군의 개입 때문에 서울 사람들은 피란을 떠나고 지영도 피란을 떠나려 양복장까지 뜯어내 리어카를 만들어 본다. 자전거 타이어로 바퀴까지 달아보았지만 바람이 들어가지 않아 애써 완성시킨 것이 막바지에 무용지물이 되고 말았다. 결국 피란은 떠나지 못했지만, 리어카를 직접 만들다니 평상시 같으면 어디 생각이나 할 일이었겠는가. 이런 억척스런 힘은 삶의 폭풍이 거셀수록 더 강인해지는 것인가. 이러한 지영의 모습을 보면 요즘 생활고 때문에 아이까지 데리고 자살한다는 주부들의 나약함을 떠올리게 한다. 전시에 됫박 식량을 땅에 파묻고 죽을 끓이며 옷장으로 리어카도 만들며 헤쳐왔는데….

전세는 다시 역전되어 중공군이 물러가고 국군이 들어 왔다. 역시 피란을 가지 못했던 이웃집 김씨 아주머니와 쌀을 구하러 나갔던 윤 씨는 한강 백사장에서 총을 맞고 죽는다. 위험을 무릅쓰고 지영은 어머니의 시체를 업고 와 광에 눕힌 뒤 피범벅이 된 가슴에 하염없이 얼굴을 얹고 있다. 아무리 봐도 지영이 눈물을 흘렸다는 이야기는 없지만 나는 지영 대신 울었다. 윤 씨의 지극했던 모성을 생각하며…. 내가 우는 동안 지영은 언제까지나 윤 씨 가슴에 얼굴을 묻고 있었다.

식량을 사기 위해 지영은 시장에서 옷을 판다. 시장은 지영에게 생명을 열어 주는 활로와 다름없다. 그러나 시장이라고 해서 어찌 전쟁과 상관없으랴. 아니 오히려 전화의 흔적이 가장 첨예하고 드러나는 것이 시장의 물자와 좌판이다. 벌써 미군 물품도 흘러 나와 있다. 하나도 팔지 못하고 돌아가던 날 지영은 그들을 데리러 온 이모부 최 영감을 만나고 부산으로 피란을 떠나게 된다. 부산까지 가는 피란의 도중에서 보이는 최 영감의 모습은 흥미롭다. 짐 하나 들지 않으면서 아이 하나를 업지 못해 그는 번번이 지영의 눈총을 받는다. 술집이 눈에 띌 때마다 한 잔씩 걸치는 것도 잊지 않는다. 대구에서 경주까지 인척이 운전하는 지프차를 타고 가던 지영은 뒤에 매달고 가던 짐을 잃어버린다. "괜찮아요, 이모부. 더 귀중한 걸 다 잃고 오는데 그까짓 것." 공연히 지영에게 화를 내는 최 영감에게 지영은 담담히 말한다. 지금의 지영은 어머니와 남편을 잃었다. 그런 지영에게 그깟 짐이 대수이겠는가. 부산으로 가기 위해 다시 갈아탄 트럭은 저 남쪽을 향해 활기찬 시장의 한 길을 천천히 누비고 들어간다. 지영은 생생한 삶의 현장에 다시 들어서는 것이다. 유록빛 새싹 같은 두 아이들을 데리고….

봄볕으로 산 들판에 꽃이 깔린 날, 기훈은 산사람이 된 가화와 재회한다. 기훈은 그 어떤 기쁨의 내색 없이 장덕삼에게 가보라 하며 스쳐 지나간다. 그를 보았다는 그 자체만으로 가화는 한없는 감격에 젖는다. 그를 찾아 빨치산이 될 때 처음 기훈의 행방을 수소문하기 위해 의지했던 이가 장덕삼이었기에, 가화는 그에게 스스럼없이 기훈을 만난 기쁨을 마음껏 이야기한다. 이미 가화를 좋아하게 된 장덕삼은 가화에게 신발을 지어 주는 것으로 자신의 사랑을 조심스럽게 표현한다. 얼마 뒤 기훈은 산 속에서 토벌대원에게 잡히고 그 동안 국군에게 잡혀 토벌대장으로 전향한 장 대장, 즉 장덕삼에게 넘겨진다. 그는 기훈을 희생시키지 않고, 사는 자유라도 나눠주고 싶다며 전향을 권하나 기훈은 듣지 않고 탈출해 버린다.

어느 깊은 밤, 기훈은 산 속 암자에서 장 대장을 은밀히 만나 내일 똑같은 장소로 데리고 오겠다며 가화를 부탁한다. 장 대장은 처음 잡혀서 현재의 자리에 이르기까지의 상황과 심경을 설명하며 다시 한번 기훈의 마음을 돌려보려 애쓴다. "죽는 줄만 알았는데 그곳에서 일을 해보라 하더군요. … 이념이나 구호가 없어서 좋더군요. 그것이 진실로 해방이었습니다." "내가 자수를 하고 자네같이 되는 편이 자네에겐 훨씬 마음 편한 일이거든. 자네 그 변절자의 괴로움을 잠재우기 위해서 말일세… 자네 자신이 지워버리고 싶고 들여다보기 싫어하는 그 자의식 때문이야." 기훈은 이처럼 장덕삼을 비난하며 일생을 배반자라는 말에서 도망칠 수 없을 거라고 말한다. 장 대장은 몸을 떨며 다음 날 가화를 데리고 왔을 때 반드시 기훈을 체포하리라 마음먹는다.

다음날 달빛이 향유처럼 흐르는 밤, 기훈은 가화를 데리고 길을 나선다. 하얀 달맞이꽃에 둘러싸여 그들은 마지막 사랑을 나눈다. 기훈은 새 생명을 그려보며 그들이 만난 이후 가장 다정하고 살가운 대화를 나눈다. "하 동무!" 정담을 나누며 발길을 재촉하여 갈 때 들려온 폐부를 찌르는 듯한 소리! 그것은 그들의 삶을 가르는 한마디였다. 변절을 용납하지 않겠다는 사나이의 말이 채 끝나기도 전, 두 발의 총성이 울리고 가화와 사나이는 쓰러진다. 달이 너무 밝은 밤, 권총을 쥔 채 기훈은 하늘을 올려다본다. 결국 이념이었던가. 왜 기훈은 가화의 숨을 끊었는가. 그가 가화를 죽이면서까지 극복하고자 한 것은 과연 무엇일까. 그는 아무래도 앞날을 밝게 전망할 수 없었던 것 같다. 사나이만 죽이고 그들이 전향하여 살기에는 그의 이상이, 그가 이 소설의 끝 장면에서 올려다본 하늘처럼, 너무 드높았던 것인지도 모르겠다. 그렇더라도 그 밤, 가화의 손을 잡고 산길을 내려오며 기훈이 말했던 것처럼 밭 갈고 된장찌개

314

끓이는 그런 필부로 살아 갈 수는 없었을까 하는 안타까움을 나는 금할
수 없다.

레닌은 사유나 정신이 근원이 아니고 존재와 자연이 근원적이라 했다
고 한다. 그렇다면 기훈은 그 사유나 정신을 집어던지고 사랑하는 사람
과 더불어 그 존재 자체로서 자연에 몸을 맡겨 그저 흐르듯 살아가면 되
었을 것을…. 하지만 그럴 사람이라면 애초에 코뮤니스트가 되지도 않
았을 것이다.

아직도 책갈피 사이로 피어오르는 전화의 초연 속에 흩어지는 인물들
이 내 주변을 맴돈다. 시장과 전장에서 생존과 이념을 위해 싸우던 사람
들…. 그 소모의 시간 속에서 그들은 불행하기만 했을까. 아우슈비츠
수용소에서의 체험을 소설로 써 2002년도 노벨 문학상을 받은 유태인
작가 케르테스 임레는 이렇게 말했다. "왜 사람들은 내게 수용소에서의
불행한 얘기만을 듣기 원하는가. 드물긴 하지만 그 속에서도 나는 행복
할 때가 있었다."

지영 또한 싸락눈이 내리는 피란 길에서 옛 시절의 추억을 떠올리며
지난 시간의 지층 속에 끼워져 있던 행복, 그러나 이미 시효가 지나 버
려 쓰라림이 동반된 행복을 꺼내 맛본다. 어머니와 오이지를 담그던 일,
방안에 주홍빛으로 구르던 귤, 둘째 광이를 낳았을 때 남편이 사 왔던
초콜릿 상자…. 우울하고 암담한 몽상가였던 지영은 그 일상의 아름다
움을 받아들일 줄 몰랐다. 그러나 전란의 와중, 평화롭던 시절에서 하나
하나 인화되는 그 장면들은 부시고 복된 하루하루였던 것이다. 지영은
비로소 그것을 깨달으며 빛을 발하는 과거의 행복에 자신의 현존재를 덧
씌운다.

비록 많은 것을 잃었지만 지영은 견고한 삶을 얻었고 무엇보다 희와
광, 두 아이들이 남아 있는 행복을 발견했다. 그렇다면 제 손으로 가화
를 쏜 기훈에게는 무엇이 남았는가. 그의 사랑과 신념은 환한 달빛 속에
서 영원의 안식을 얻었다. 그리고 삶은 계속된다.

다양한 관점과 몇 가지 상념들

박 준 경 (서울시 강남구)

■ 독후감을 쓰기까지

우연히 문학 공모 사이트에서 박경리의 장편소설, 《시장과 전장》과 《파시》독후감 공모 글을 보게 되었다. 박경리라는 작가의 이름을 들으면 바늘과 실처럼 떠오르는 작품, 《토지》를 예전에 아주 감동적으로 읽은 경험이 있기에 그 작가의 또 다른 작품들은 어떤 내용을 담고 있을지 사뭇 궁금증이 일었다. '서희'라는 한 여인의 삶을 통해 우리 한국 근현대사의 모습 전체를 형상화하고 있던 소설, 《토지》. 어쩌면 《토지》라는 장편소설을 지루한 느낌 없이 재미나게 읽을 수 있었던 것은 소설을 읽으면서 근현대사 공부까지 하고 있다는 뿌듯함과 함께 '서희'라는 너무 멋진 여인에 대한 연모의 정이 가미되었기 때문인 것 같다. 그리고 이렇게 다시 박경리의 소설을 읽고 독후감을 써 볼 결심을 한 이유 역시 이 작가의 소설에서는 역사가 남긴 교훈을 얻을 수 있을 것이라는 확신과 마음속으로 갈구하고 있는 어떤 매력적인 인물을 다시 만날 수 있을 것이라는 기대감에서였다.

공모 사실을 확인하자마자 서점으로 달려가 박경리의 장편소설 《시장과 전장》과 《파시》두 권 모두를 사들었다. 묵직한 무게가 느껴지는 두 권의 책을 안고 집으로 돌아올 때만 해도, 없는 시간을 쪼개서라도 두 권 모두 읽고 두 편의 멋진 독후감을 써 보리라 결심했건만 고3이라는 핑계로 한 권을 읽는 데도 근 한 달이 걸리고 말았다. 그리고 공모 마감일에 임박해서야 허겁지겁 그 동안 읽었던 《시장과 전장》의 결실을 맺기 위해 컴퓨터 앞에 앉게 되었다. 독후감을 쓰려고 책상 앞에 앉으니 자꾸만, 사 두고 단 한 장 들추어보지도 못한 책, 《파시》가 나에게 눈을 흘기는 기분이다. 공모전은 끝나더라도 그리고 읽는 데 또 한 달의 시간이 걸리더라도 《파시》 역시 기어이 읽어내고야 말리라는 다짐을 해보며 《시장과 전장》에 대한 나름대로의 생각과 느낌들을 정리해볼까 한다.

■ 시장과 전장, 어느 곳이든 사람이 살고 있었다!

이 소설은 결혼해 두 아이를 두고 있는 유부녀임에도 불구하고 북한 38선 근처에 있는 연안 여고에 부임하기 위해 가족을 두고 홀로 떠나는 지영의 이야기로 시작되고 있다. 남편 기석과 광이와 희, 그리고 그녀의 가족을 돌보아주고 있는 친정어머니 모두를 두고 서울을 떠나면서도, 지영은 가족과 이별한다는 슬픔보다는 냉소적인 감정을 안고 기차에 몸을 싣는다. 어느 누구보다도 사리 분별력이 뛰어나고 솔직한 감정을 지니고 있는 지영은 착하긴 하지만 반면에 프티 부르주아적 발상 — 가장 적절한 예로 기석은 자기 아내가 처녀라고 속이면서 까지도 여학교 선생이라는 남 보기에 버젓한 직업 여성이기를 바란다든가 하는 — 에 염증을 느꼈기 때문이다. 마찬가지로 지극히 소시민적 삶을 추구하는 어머니나 자신을 그런 속된 삶으로 이끄는 두 아이 그리고 시장의 원리에 충실한 삶을 거부하지도 그렇다고 받아들이지도 못하는 자기 자신 모두에게 염증을 느꼈기 때문에 냉소적일 수밖에 없었지 않나 하는 생각이 든다.

어떻게 살아야 할 것인가에 대한 자신을 향한 물음은 연안 여고에 부임해서도 계속 된다. 지영을 그곳 학교 선생으로 추천해 준 교감 역시 지영이 '처녀'라고 속이기를 바란다. 학생도 선생도 모두 유부녀보다는 처녀 선생을 더 좋아하기 때문이다. 남을 속이고 있다는 그리고 자신을 기만하고 있다는 생각에 괴로워하던 지영은 결국, 온천장에서 다른 여선생들에게 사실은 자신이 아이를 둘씩이나 둔 유부녀라는 사실을 밝히게 된다.

지영이 사실을 밝히기까지의 갈등과 고민 그리고 해결해 가는 모습은 단지 '진실'을 말해서 속이 후련하다는 정도의 지극히 개인적 차원에서의 문제해결 방식은 아니라는 생각이 들었다. 우리 인간들은 언제나 자신이 진정으로 원하는 삶과 자신을 둘러싼 외부 환경이 원하는 삶 사이에서 갈등하는 존재가 아닐까 싶다. 여기서 외부 환경이 원하는 삶이란, 좀더 풍요롭고 안락한 삶을 의미할 것이다. 그리고 그런 삶이 주는 유혹을 뿌리친다는 것은 쉬운 일이 아니라고 생각한다.

구체적 실례로 현재 고등학교 3학년에 재학중인 나 역시 고등학교 2학년 때까지 진로문제로 많은 고민을 했었다. 일단, 대학을 왜 가야 하는가, 꼭 가야만 하는가 하는 근본적 문제는 놔두고라도 무슨 학과를 갈 것인가 하는 점에서 내가 진정으로 원하는 학과와 장래가 보장돼 있는 학과 사이에서 심한 갈등을 겪은 기억이 있다. 어렸을 때부터 별에 관심이 많았던 나는 천문학과에 진학해 천문학자가 되고 싶다는 꿈을 안고 있었지만 그 꿈은 너무나도 현실적 사항들을 충족시켜 줄 수 없다는 판단이 서서 지금은 완전히 접어버렸다. 그리고 내가 택한 것은 그래도 미래가 보장돼 있는 의사의 길이다. 이미 현실적 결정을 내린 지금은 그저 재수하지 않고 의과 대학에 무난히 입학했으면 좋겠다는 바람뿐이다.

우리가 살고 있는 이 세상, 지영이 살았던 시대이든 최첨단을 달리는 지금의 삶이든 산다는 것은 근본적 물음에 대한 해답을 찾는 것에 치중하기보다는 시장의 원리에 더 많은 비중을 두게 된다는 점에서, 마찬가지의 삶이라는 생각이 든다. 하지만 어쨌거나 근본적인 것과 실질적인 것 사이에서 고민하고 자기 내면의 바람에 정직하게 반응하는 인간의 모습을 본다는 것은, 그것이 비록 작품 속 인물의 모습일지라도 아름답다는 느낌을 갖지 않을 수 없다고 생각한다.

이 소설에는 시장으로 대변되는 보편적 삶 속에서 고뇌하고 방황하며 나름대로 자신의 길을 찾아 헤매는 대표적 인물로 지영이 있다면, 전장으로 대변되는 이념의 세계에서 보편적 가치와 이상 사이에서 갈등하고 고민하는 인물로 하기훈이 등장한다. 인간적인 것과 코뮤니스트로서의 삶 사이에서 지극히 냉철한 고뇌를 보이는 하기훈이란 인물이야말로 이 소설에서 내가 가장 큰 매력을 느낀 인물이기도 하다.

그런데 냉철한 지성과 확고한 신념 거기에 저돌성까지 지닌 이 남자가 이가화라는 단순하고 여리고 어찌 보면 너무 착해서 바보 같기만 한 여자를 만난 것은 운명의 장난이었을까? 내가 남자이기 때문인지는 몰라도 나 역시 하기훈처럼 이가화라는 인물에게 여자로서의 매력을 느낄 수밖에 없었다. 이념을 내세우고 냉철한 이성을 빛내는 여자보다는 여리고 부드럽고 사랑에 모든 것을 걸 줄 아는 여자에게 더 마음이 끌리는 것은 남자로서 어쩔 수 없는 본성인 모양이다.

이가화가 보편적 정서에서 남자의 마음을 끄는 매력적 여인으로 등장한다면 역시 일반적으로 인간적 매력을 느끼지 않을 수 없는 인물로 석산 선생이 등장하고 있다. 석산 선생은 긍정적 사고의 민족주의자이자 휴머니스트. 어찌 보면 중용의 미덕을 지니고 있기에 사람이라면 누구나 가까이 다가가고 싶은 정말 매력적인 인물이다. 석산 선생의 모습에서 우리 근현대사의 가장 훌륭한 민족주의자이신 백범 김구 선생의 모습을 자주 떠올리곤 했다.

이가화와 석산 선생. 이 두 인물을 모두 하기훈과 가까운 인물로 설정하고 있다는 것은, 인간이 극단으로 치달았을 때 보편적 가치가 얼마나 무참히 짓밟힐 수 있는가를 더 부각시켜 보여주기 위해서가 아닐까 하는 생각을 해보았다. 결국 석산 선생은 이념간의 대립 사이에서 일종의 회색분자로 낙인 찍혀 희생되고 만다. 그리고 그런 석산 선생을 구해달라고 찾아 온 석산 선생의 부인에게 하기훈은 냉정하게 구해줄 수 없다고 말해버린다. 그 어떤 인간적 정으로도 코뮤니즘으로 무장한 하기훈의 마음을 돌릴 수가 없는 것처럼 보인다. 자신의 이념을 위해 어떤 주변의 희생에도 아랑곳하지 않는 하기훈. 어쩌면 이념을 위해 어떤 회의적 감정도 받아들이지 않고 꿋꿋하게 앞만 보고 달리는 하기훈의 모습과 사랑이란 이름으로 맹목적으로 하기훈에게 모든 것을 거는 이가화의 모습은 남자와 여자, 이념과 사랑이라는 차이가 있을 뿐, 남매처럼 무척 닮은꼴이라는 생각이 들었다. 그런 의미에서 빨치산으로 입산했던 기훈이 자신을 찾기 위해 이념과는 상관없이 입산한 이가화에 대한 사랑을 결국 인정하고, 그녀만은 살리기 위해 하산시키려다 실패하자, 그녀를 총으로 쏘아 죽이고 마는 것은 자신의 이념이 잘 못 됐다는 것을 느끼면서도 끝까지 그것을 인정하지 못하는 자신에 대한 처형이었는지도 모른다.

남편과 어머니 모두 떠나고 홀로 두 아이를 지켜내며 어렵사리 전쟁의 소용돌이 속을 헤쳐나가고 있는 지영의 삶이나 입산하여 사랑하는 여인에게 방아쇠를 당기고 마는 하기훈의 삶이나, 대표적인 두 인물의 나아갈 방향에 대한 어떤 모색도 없이 이 소설은 끝나고 있다. 작가 역시 어떻게 사는 것이 참다운 삶이고 따라서 어떤 삶이 올바른 삶인가에 대해서는 그 어떤 대답도 내려줄 수 없다고 변명을 항변을 하듯이 말이다.

하지만 이 소설 속에 등장하는 일종의 조연들. 지영이 야전병원에서 우연히 만나는 여의사라든가, 하기훈이 산에서 만나는 장덕삼과 같은 인물이 던지는 말들을 통해서 작가가 말하고자 하는 올바른 삶이 어디에 바탕을 두고 있어야 하는가에 대해서 어느 정도 짐작은 할 수가 있다는 생각이 들었다. 그래서 여의사와 장덕삼이 한 말들을 차례대로 여기에 조금 인용해 볼까 한다.

지식인들은 남의 이익을 위해 스스로 이념을 선택하구… 프롤레타리아는 자기 스스로를 위해 이념을 선택하구… 그러나 어느 때인가는 그들에게 따돌려지고 마는 게 지식인들이죠. 낭만이 실리를 이겨낼 수 있나요? 자기 자신을 위하는 일보다 남을 위하는 힘이 확실히 약하죠(p. 256).

우리는 언제든지 배반할 수 있소. 하지만 노동자 농민들은, 그들은 결코 배반하지 않을 겁니다. 그들의 계급 의식은 본능적인 것이요, 우리의 계급 의식은 의식적인 것입니다. … 가능케 하는 것은 모조리 본능입니다. 불가능함을 깨닫고 체념할 때 비로소 그때 이성의 힘을 빌리는 거지요. 여자를 사랑하는 것은 본능입니다. 예술도 본능입니다. 그 본능을 위해 모든 의지와 지혜가 동원되는 거요. 그러나 여자를 단념할 때 그건 의지지요. … 그들이 대창으로 사람을 찔러 죽였을 때 내 마음속에 일어나는 휴머니티가 중했던 것은 결코 아니지요. 나는 그때 그 기분을 진정으로 당신에게 전하고 싶습니다. 내가 그 머슴들처럼 왜 대창을 들지 못했던가, 그때 나는 깨달았습니다. 나는 이들 성분의 사람이 아니라는 것을 느꼈습니다. 나는 지주의 아들입니다. 나는 대학을 나온 인텔리입니다. 문학을 탐독하고 맑시즘에 열광한 나는 결코 노동자는 아니었습니다. 창백한 인텔리였으니깐요. 아시겠어요? 대창에 찔리어진 사람은 우리 한민족이라는 거창한 집단을 떠나서 바로 내 누이, 내 부모, 바로 내 계급이었습니다(pp. 475~476).

여의사는 낭만이 실리를 이겨낼 수 없다고 말하고 있고 장덕삼은 의지가 본능을 이겨낼 수 없다고 주장하고 있다. 단어의 선택이 달랐을 뿐 두 사람이 지영과 하기훈 각각에게 전하고 싶었던 뜻은 마찬가지라고 생각한다. 그리고 앞에서도 말했듯이 이 두 사람의 대화 속에 작가의 주제 의식이 충분히 녹아있지 않나 싶다. 자꾸 이 두 사람의 말이 주제를 내포하고 있다고 생각하게 되는 것은 오 백 페이지가 넘는 긴 소설을 읽는 동안 내가 가장 공감한 말이었기 때문인지도 모르겠다.

■ 시장과 전장, 다양한 관점에서 나름대로 엿보기

수학능력시험 언어영역 문제를 풀다보면 꼭 작품을 보는 다양한 관점과 관련된 문제가 한두 문제씩 출제된다. 크게는 외적 관점과 내적 관점, 그리고 좀더 세부적으로는 표현론적 관점, 반영론적 관점, 효용론적 관점, 그리고 객관론적 관점이다. 이 작품에 대한 총체적 감상과 비판 역시 이런 여러 가지 관점에서 하나씩 분석해 나가볼까 한다.

우선 표현론적 관점에서 봤을 때, 6 · 25 전쟁을 온 몸으로 경험한 작가의 이념과 그로 인한 전쟁에 대한 생각이 나름대로 잘 표현되어 있다는 생각이 들었다. 앞에서도 말했듯이 두 주인공의 모습과 대화를 통해서라기보다는 그들과 관련을 맺고 있는 여의사나 장덕삼과 같은 부수적 인물들의 대화를 통해서 말이다. 낭만보다는 실질적인 것을 앞세울 수밖에 없는 인간의 한계와 제 아무리 의지가 강하더라도 본능에 순응할 수밖에 없는 인간의 뼈아픈 자기 확인, 거기에서 오는 처절한 계급 의식 같은 것들을 말하고 싶었던 것 같다. 하지만 이러한 주제 의식이 자칫 잘못하면 사람은 아무리 노력해도 그 한계를 벗어나기 힘드니 그저 순리대로 사는 것이 최고라는 식의 지극히 소시민적 안일한 삶을 조장할 수 있는 위험요소를 내포하고 있다는 안타까움이 느껴지기도 했다.

둘째, 반영론적 관점에서 봤을 때 6 · 25 전쟁이라는 역사적 사건의 모습을 너무나도 사실적으로 잘 형상화해 낸 작품들이 많기 때문에 지영과 기훈, 그리고 그 주변인물들의 모습을 통해 보여주고자 하는 전장의 실상이 그리 색다르게 다가오지는 않았다는 점이다. 어쩌면 교과서에 실린 소설들이 일제 치하와 전쟁의 비극을 다루고 있는 것들이 주를 이루고 있기 때문에 전쟁을 겪지 않은 우리 세대로서는 별 감흥 없이 지겨움부터 느껴온 탓이 아닌가 싶기도 하다. 그리고 전쟁을 겪는 일반 민중으로서의 지영의 삶의 모습이나 빨치산으로 활약하는 기훈의 삶이나 이념간의 갈등과 같은 것들이 교과서 밖에서 읽은 다른 작품들과 비교했을 때, 형상화해 내지 못했다는 것도 그리 큰 감동을 얻지 못한 이유였던 것 같다.

예를 들어 조정래의 《태백산맥》이나 최인훈의 《광장》과 같은 작품들과 나도 모르는 사이에 비교해서 읽게 되었는데, 조정래의 《태백산맥》

에 비해서는 인물들의 형상화가 조금 떨어지고 최인훈의 《광장》에 비해서는 이념에 대한 갈등이라는 측면이 조금 미약하지 않았나 싶다.

셋째, 효용론적 관점에서 봤을 때 독자에게 전쟁의 비극성을 강조해 보여줌으로써 전쟁은 결코 일어나서는 안 된다는 각성의 기회를 주었다는 점에서는 큰 의미가 있다고 본다. 다만, 앞에서도 말했듯이 전쟁의 비극성을 다룬 다른 많은 문학작품이나 영화, 드라마와 비교했을 때, 가슴에 확 와 닿는 나름대로의 차별화된 장면이나 메시지가 있었던가에 대해서는 여전히 조금 의문점이 남는다.

마지막으로, 객관론적 관점에서 봤을 때 가장 아쉬웠던 점은 미비한 결말이었다. 지나칠 정도로 판단의 부담을 독자에게 주고 있다는 생각을 떨칠 수가 없었다. 뭔가 아직 소설이 마무리되지 않은 느낌이랄까. 많은 아쉬움이 남는 결말이었다. 또한 지영과 기훈, 이가화와 장덕삼을 제외한 다른 인물들에 대해서는 제대로 형상화가 되지 않았다는 느낌도 지울 수가 없었다.

■ 책장을 덮으며 떠오르던 몇 가지 상념들

6 · 25 전쟁을 치른 지 이제 겨우 50여 년이 지났을 뿐이다. 그리고 우리나라는 세계에서 유일한 분단 국가이자 전쟁 발발 가능성이 가장 높은 국가이기도 하다. 이런 현실을 직시하면 온 몸에 소름이 돋으며 갑자기 무섬증이 들기도 한다. 그와 동시에 전쟁을 다룬 소설을 읽을 때면 일단은 '지겹다'는 생각을 먼저 하곤 했던 내 자신을 탓하기도 한다. 장덕삼의 말을 빌리자면 지겹다고 느끼는 것은 본능이고 그런 나 자신을 탓하는 것은 의지이다. 본능이 의지를 이길 수 있는가?

가끔 서점에 들렀을 때, 판타지소설 진열대에만 사람들이 우르르 몰려드는 것을 보면서 국어 선생님의 말씀대로 진지한 소설을 읽지 않은 우리나라 청소년들의 모습에 걱정이 되기도 한다. 하지만 나 역시 따분한 순수문학보다는 판타지소설을 먼저 찾게 되는 것을 어쩔 수가 없다. 어쩌면 이 소설 속 인물들처럼 실질과 낭만, 본능과 의지 사이에서 갈등하는 삶을 살 수 있었던 시대는 그래도 나름대로 순수한 시대가 아니었나 싶다. 나와 내 친구들을 비롯한 지금의 세대는 그런 갈등 자체를 하지 않는 것 같다. 그냥 실질이 먼저고 본능이 먼저다. 더 깊이 고민하거나 갈등하지 않는다. 어렴풋이 이렇게 가서는 안 된다고 생각은 하면서도 어떤 결론도 낼 수 없는 것이 지금의 내 모습이기도 하다.

전쟁이라는 것에 대해서, 어떤 친구들은 사는 게 너무 따분하니 차라리 전쟁이라도 일어났으면 좋겠다고, 진담 반 농담 반으로 말하기도 하지만 나는 절대 전쟁은 일어나서는 안 된다고 생각한다. 사람이 사람을 죽이고도 아무런 죄의식을 느끼지 않아도 되는 것이 바로 전쟁이 아닌가. 하지만 내가 살기 위해서 다른 사람의 목숨을 죽이는 정당방위의 살해라고 해서 사람을 죽인 죄의식까지 거두어 갈 수는 없다고 본다. 죽은 자도 희생자이지만 살아남아서 죄의식에 시달려야 하는 자들도 모두 전쟁의 피해자라고 생각한다.

또한 나는 사람은 근본적으로 선하지도 악하지도 않다고 생각한다. 어떤 상황에 처하게 되느냐에 따라 사람의 얼굴은 수시로 바뀔 수 있다고 본다. 그런 점에서 나는 환경 결정론자인지도 모르겠다. 어쨌거나 될 수 있으면 최악의 모습까지는 보이지 않아도 살 수 있는, 이왕이면 좋은 환경에서 서로에게 다정할 수 있는 그런 사회 속에서 살기를 희망한다. 어떤 이념으로도, 어떤 이상을 앞세워서도 전쟁은 절대로 일어나서는 안 된다고 생각한다.

그런데 아이러니하게도 이 소설 속에서 내가 가장 큰 매력을 느낀 인물은 자신의 신념을 끝까지 버리지 않는 하기훈이라는 남자이다. 날카롭고 냉철하고 굳은 신념을 밀어붙이는 패기가 있는 남자. 혈육의 정이나 의리, 심지어 사랑 앞에서도 그저 냉정하기만 한 하기훈이라는 남자가 왜 그리 멋져 보이는지 모르겠다. 만약 하기훈이라는 사람이 일제 시

324

대에 청년기를 보냈다면 이육사와 같은 독립운동가가 되지 않았을까 하는 생각이 들기도 했다. 만약에 군부 독재 시절에 태어났다면 열렬한 투사가 되지 않았을까 하는 상상도 해보았다. 이지적이고 강하면서도 인간적 매력을 함께 지니고 있는 하기훈. 아마도 나는 이런 남성상을 추구하고 있는 모양이다.

또 다시 전쟁에 대해서, 어떤 사람들은 사는 것이 전쟁이라고 한다. 지금 같은 초 경쟁력 시대에, 정말 사는 게 전쟁일지도 모른다. 하지만 사는 것이 아무리 힘들고 괴로울지라도 전쟁과는 분명히 다르다고 생각한다. 전쟁은 가장 큰 죄악이다.

지금은 입시를 앞두고 있기 때문에 발등의 불인 입시를 제대로 치러야 한다는 생각 이외에 좀더 크고 넓은 생각을 하기가 힘든 실정이다. 하지만 대학에 합격을 하고 좀더 많은 자유가 주어진다면 내 정체성에 대해서 좀더 심도 있게 고민해 보고 싶기도 하고 사회와 역사에도 더 큰 관심을 가져보고 싶다. 이 사회와 세계를 위해서 내가 할 수 있는 일이 무엇인가와 같은 발전적 사고도 해보고 싶다.

그리고 입시를 마친 후에는 사다 놓고 읽지도 못한 《파시》뿐만이 아니라 이 소설 《시장과 전장》도 다시 한번 읽어야겠다는 생각을 해본다. 시간에 쫓겨 제대로 읽지도 못하고 어설픈 감상문을 쓴 것은 아닌지 자꾸 반성이 된다.

소설, 우리 삶의 발자국

한 미 경(주소 불명)

소설이란 무엇인가. 박경리 님의 소설을 접할 때마다 내 자신에게 묻는 질문은 바로 이것이다. 소설이란 무엇인가 하고. 때로는 살아가는 것에 소설은 아침마다 올라오는 김치 한 조각 보다 못한 가치를 지니고 있는 것은 아닐까 나는 스스로 의심해 본다. 나에게, 요즘을 사는 우리에게 소설이 뭘 움직일 수 있겠느냐는 생각이 들었다. 소설을 모르는 내가, 단지 몇 권의 책밖에 읽지 못한 내가 스스로에게 던지는 그런 의심은 '나에게는 자격이 없을지도 모른다.' 하지만 책을 펼치는 순간순간마다 나는 다시 의심한다. 그 시간에 차라리 다른 것을 하는 것이 더 생산적이지 않을까. 소설이 나에게 가져다주는 것은 무엇인가. 소설을 읽는 것이 살기 힘든 이 세상에 무슨 소용이 될까. 뭘 변화시킬 수 있을까.

최근에 서점가에는 인터넷소설이라고 하는 이름하에 귀퉁이에다 따로 코너를 마련해놓고 있는 모습을 쉽게 볼 수 있다. 판타지처럼 새로운 영역이 하나 개척되는 기분이 들었다. 더 이상 새로울 것이 없을 것 같은 이야기 속에서 소설은 다시 태어나고 변화하는 모습. 그것은 시대가 변하고 글을 읽는 세대 역시 변화했고 그들이 소설에서 요구하는 것 역시 변화했다는 말이다. 또한 그런 코너에 많은 청소년들이 모여서 책을 읽는 모습도 쉽게 볼 수가 있다. 이제 사람들은 재미없는 삶, 힘들기만 하고 저조하기만 한 삶을 잊게 해주고 재미를 기대하면서 책을 읽는다. 책장을 한 가지 이데올로기를 가지고 가득 채우는 모습도 더 이상 찾아

볼 수가 없다. 정말 다양한 책이 존재하고 다양한 장르가 있고 만들어지고 있으며, 달라지는 서점의 모습만큼 책도 달라지고 있다. 서가 곳곳에 한 쪽씩 자리를 차지해 앉아 책을 읽는 사람들, 그런 모습을 볼 때마다 정말 책 읽는 모습이 예쁘구나 하는 생각을 하면서도 마음이 씁쓸한 것은 왜 일까? 내가 보기엔 저들의 무릎에 올려놓고 있는 저런 것도 소설이라 불러도 될지 의문이 들지만 거기에 환호하는 많은 사람들을 보며 소설의 효용가치를 믿고 싶어진다.

확실히 최근에 와서 소설의 힘은 전혀 없다고 말해도 좋을 만큼 약하고 미미한 것처럼 보인다. 그것은 1년에 책 한 권을 접하기 어려운 우리의 현실 때문이기도 하고 시간이 나더라도 책에는 손을 대지 않는 우리의 습성 때문일 수도 있다. 그렇게 여러 가지를 생각하다보면 나는 가슴이 먹먹해진다. 그렇다고 해서 소설이 사라지는 것은 아니다. 계절이 바뀌고, 겨울이 가면 다시 봄이 오듯 소설의 효용이 아무리 떨어진다고 해도 소설은 우리 시대에 맞게 항상 변화하고 달라질 것이다. 1960년도에 태어나 1980년도에 대학교를 다니고 1990년도에 자신이 하고 싶은 이야기를 세상에 내놓으면 1980년도에 태어나 2000년도에 대학교를 다니고 있는 내가 1990년도에 자신이 하고 싶은 이야기를 했던 작가들의 글을 읽고, 글을 쓰는 것이다. 박경리 님의 소설은 그렇게 세월이 흐르듯 흘러가는 흐름 속에서 그 처음 물줄기의 시작과 방향을 말해준다.

처음에 《시장과 전장》이라는 박경리 님의 소설을 요즘처럼 무엇이고 가벼워만 지고 있는 세상에서 정독하는 것은 가슴에 무거운 돌을 얹어놓은 듯이 어려운 일이었다. 실제론 별로 무겁지 않더라도 이미 가벼운 것에만 익숙해진 몸에 갑자기 무거운 것을 들이밀면 더 무겁게 느끼는 것이 듯. 책을 잘 읽지 않은 풍토가 독자에게 깔려 있다면 우리 문학은 전반적으로 소재는 진부하고 도식적으로 바뀌었으며, 인간의 본성과 자아 찾기, 불륜, 내면적 복합성에 치우쳐 가고 있다. 이토록 우리 문학이 가벼워진 것에는 어떤 이유가 있을까. 대학의 문예창작과가 대거 늘어나고, 문화센터를 비롯한 많은 단체들에 문예강좌가 늘어나는 가운데서도 우리 문학의 빈약을 느낀다면 거짓일까. 물론 내가 말하려는 것은 현대 우리 문학을 비판하고자 하는 것은 아니다. 다만 한 거장의 작품을 단지 무겁게만 느끼게 하는 현실은 잘못되었다고 말을 하고 싶을 뿐이다.

소설이란 무엇인가. 브룩스와 워런은 "소설은 사실에 토대를 두고 있으면서 그 사실의 구성에서는 조작된 이야기, 즉 픽션이다"라고 말했다. 어떤 이는 "리얼리티가 없는 소설은 소설이 아니다"라고 말을 하기도 했다. 하지만 소설에 대한 정의는 삶의 형태만큼이나 다양하다. 우리들의 삶의 모습이나 인간의 모습과 행동이 다르듯이 소설의 정의 역시 생각하는 사람의 유형적 삶만큼이나 다양할 수밖에 없다. 그 답에 모범답안이나 정답은 없다. 그래서 소설은 무엇인가 하는 질문은 어리석게도 느껴진다.

예전에 나는 내가 글을 잘 쓰는 아이라고 생각했다. 어느 날, 갓 고등학생이 된 내가 처음으로 참가한 한 백일장에서 어떤 학우가 쓴 글을 듣고 울어버린 적이 있었다. 그 학우는 비록 친하지는 않았지만 얼굴과 이름정도 알고 있었던 사이였고, 그 아이가 쓴 글을 보기 전까지는 내가 쓴 글이 제일 잘 쓴 글이라는 것에 자신이 있었다. 그 아이의 작문의 제목은 '어머니의 손가락'이었다. 자기 어머니의 손가락이 기계에 잘려 엄지와 검지를 빼곤 사라졌다는 그 얘기를 들으면서 마음에 와 닿았던 것은 이야기가 중반을 넘어가면서 그 애가 자기 어머니의 손가락이 부끄러워 고개를 돌리고 외면하다가 결국 그 손가락을 받아들이며 어머니 손을 사랑하게 되었고, 이제 어머니가 더 이상 부끄럽지 않다는 것을 자신의 어머니에게 표현했을 때였다. 그 애는 친구들이 자기 집에서 밥을 먹을 때, 늘 한쪽 손을 식탁 아래로 감추는 어머니를 혼을 내며 눈물을 흘렸다고 했다. 그 글을 듣자마자 깊은 한숨과 뜨거운 눈물이 흘렀다. 그 아이의 글을 통해 내 글이 얼마나 가볍고 유치한지를 깊이 깨달았다.

그런 얘기 말고도 시장 노점상에서 생선을 파는 어머니를 둔 친구가 항상 비릿한 냄새가 나는 자신의 신세가 싫으면서도 상점도 없는 시장에 몇 코스나 되는 긴 길을 걸어가는 어머니를 생각할 때면 가슴이 아팠다는 얘기를 했을 때도 나는 눈물을 흘렸다. 그 얘길 말해주는 친구의 목소리도 얘기가 넘어 갈 때마다 불안하게 떨려왔고 결국 친구도 나와 같이 눈물을 흘리고 말았다. 그때 그 백일장에서 나왔던 얘기와 내 친구의 얘기가 나를 왜 울게 했던가. 단지 시샘과 열등감에 의해서, 그 얘기가 슬픈 얘기라서 그런 것만은 아니었다. 그네들이 글이, 이야기가 내 가슴 속으로 들어왔기 때문이었다. 그네들은 나의 친구이며, 아는 사람이며, 매일 보는 그 얼굴 속에서 숨어 있는 사연이었기 때문이었다. 그리고 그 사연을 어떤 기교를 부리지 않고 자신의 심경을 그대로 적고 말했기 때문이었다.

박경리 님의 소설 역시 마찬가지다. 결코 세련되고 않고 가꾸지 않은 문체임에도 불구하고 사람의 정감이 묻어 나오는 그 글이 결국은 내 얼굴을 적셨다. 물론 피규라, 테크네, 뮈토스, 에토스, 다이아노이아의 잣대를 가지고 읽을 수도 있었겠지만 그것들을 다 만족시키더라도, 그리고 설혹 그것들을 다 만족시키지 못하더라도 어떠한가. 《시장과 전장》은 분명 우리에게 소설이란 무엇인가에 대한 물음에 답을 해준다. 나에게 소설이란 무엇인가 하는 질문에 답을 해주고 소설 중에서도 꼭 읽었으면 하는 소설이 있다는 것을 가르쳐준다.

돌이 무거운 데는 그 만한 이유가 있다. 문장에서 마침표가 있듯 박경리 님의 소설 역시 소설이라는 장르에서 하나의 마침표를 찍어준다. 시대가 지남에 따라, 전쟁이 끝나고 새로운 시대가 열림에 따라, 물이 흐르듯이 세월이 흘러감에 따라, 그 속에 자연스레 섞여 있는 사람의 정감과 희로애락이 같이 흐르는 것을 잘 보여주고 있다. 그것은 현대를 살아가는 시점에서 보면 놀랍기 그지없다. 6·25라는 전쟁의 틈바구니 속에서 기훈, 기석, 가화, 지영 등 한 개인의 삶이 속속 묻어 나오고 우리의 모습을 거울처럼 엿볼 수 있었다. 거장의 손끝으로 쓰여진 한 문장 한 문장이 끝나고 문단이 이루어지는 것을 따라가 보면 딱히 그렇게 재미있다는 말로 표현 할 수 없는 글이 말할 수 없는 매력으로 다가와 붙잡고 있다. 그 말할 수 없는 매력의 원천은 어디에서 나오는 것인가. 거추장스럽게 꾸미지도 않고, 냉소적 시선으로 아이러니를 말하는 것도 아니다. 들에 피어나 있는 들꽃 하나를 들여다보는 것처럼, 땅을 밟고 발 밑으로 그 기운을 느끼는 것처럼 생명과 삶과 사랑에 대한 작가의 애착이 그러한 것은 아닐까. 비극을 말하고 있으면서도 비극적으로만 느껴지지 않는 이유 역시 바로 여기에 있지는 않을까.

요즘 우리 문학은 인간을 냉정하게 바라보고 있으며, 더 냉정하게 바라보기를 권유하고 있다. 인간 마음속에 담겨져 있는 악한 본성을 꼬집고, 뻔한 대본을 보고 연기하는 배우로 만들어버리거나, 시대에 따라 움직이는 꼭두각시로 행동하게 내버려 두었다. 부부는 서로를 존중하지 않고 서로에게 허위의식과 배신을 가지고 있으며 사랑도 저게 과연 사랑일까 하는 마음을 품게 만들었고 끝내 그 사랑은 고통스럽게 끝을 맺는다. 예전에 전쟁을 겪고 어려움을 헤쳐나가며 발가락이 닮았다는 것에 기뻐하는 주인공은 어디에서도 보이지 않는다. 소설이 현실을 반영하는 문학이라면 그것이 바로 우리의 현실이라는 말인가.

《시장과 전장》의 비극적 결말이 아름다운 것은 그 시대가 아름다웠기 때문이 아니라 그 사람들이 아름다웠기 때문이었을 것이다. 화려한 수식이나 고상한 단어를 써 표현하지 않아도 작가가 말하고자 하는 바는 정확하게 가슴을 비비고 들어온다. 간결한 문장이, 군더더기 없는 인물 간의 대화는 글의 아름다움을 선명하게 보여주는 역할을 하고 인물을 더 돋보이게 만든다.

남자는 원래 여자를 다 좋아하지.
오리는 물로 가야 하오.
말이 떨어지기도 전에 산이 울렸다. 한 방 두 방. 그리고 또 한 방 두방-

가화는 기훈의 발 아래 쓰러지고 사나이는 송판같이 평평한 바위 위에
쓰러지고, 기훈은 권총을 쥔 채 하늘을 올려다본다.
이밤 따라 바람소리 하나 없이 달은 너무 밝기만 하다.

　사람이 사람을 마음에 품는 것이 세련되고 가꾼 문장으로만 표현되는
것이 아닐 것이다. 우리네 삶이 끝을 말하면 다시 시작을 말하는 것처럼
《시장과 전장》의 마지막 문장도 끝이 아니라 새로운 시작을 말하는 것
만 같다. 새로운 시작. 이 작품에서 작가는 특유의 비유법과 소박한 문
체로 내내 이야기를 끌고 나가면서, 인간적 고뇌를 하고 있다. 그래서
비극은 승화되고, 슬픔은 총소리에 산이 울리는 것처럼 잔잔한 메아리
를 울리며 우리의 가슴에 그 진동을 전해주는 것이다. 소설의 전반에 깔
려 있는 삶과 전쟁에 대한 비애와 인물들의 갈등은 작가의 대표작인 《토
지》와 맥을 같이한다.
　단편 《계산》으로 등단했던 작가는 그 후로도 끝없이 멀리 길 위에 자
신의 글을 펼쳤다. 《표류도》, 《김약국의 딸들》, 《파시》를 거치면서 작
가의 끝없던 행로의 끝은 어디였을까. 역사적이자 상황적인 문제에 놓
인 인물에 대한 안타까움을 문장으로 표현하면서 좌익과 우익으로 기울
어지는 인물들에 대한 인간적이자 가족적으로 표현하는 모습은 아무 긴
장감이 없이 느껴지면서도 긴박하게 흘러간다. 정말로 그런 모진 세월
이 있었을까. 문득 문득 이 소설 속에 펼쳐진 시간의 씨실과 날실 속에
서 나는 먼저 반문한다. 하지만 작가는 말하고 있다. 인간들의 숨소리가
들리는 시장은 예나 지금이나 존재하고 있으며 전장 속에서 펼쳐지는 그
곳이 바로 세상의 기초가 쌓이고 모이는 부분이라는 것을 말이다. 고통
속에서도 기쁨은 존재하듯 전장 속에서 시장이 존재하는 것은 아이러니
해 보인다. 여기 나온 인물들은 6 · 25를 겪고 3 · 8선을 넘나들면서 말
그대로 파란과 격동의 수난의 세월을 보낸다. 등장인물이 보통사람과
괴리되는 상황에 놓여 있다고 생각이 들 수도 있지만 그것은 우리 어머

니, 아버지가 때론 할머니, 할아버지가 겪은 일이라는 것이므로 그것은 작가가 만들어놓은 허구이면서도 실존 인물이 되는 것이다. 전쟁이라고 하는 참혹한 상황과 파탄의 공간 속에서도 시간은 흘러가고 삶은 살아지는 것이다. 6·25가 발발하고 그 속에서도 사람들은 모이고 생활하고 자신의 삶을 꾸려나가는 것이 인생인 것이다. 그 속에서 있었던 아픔과 아름다움에 대하여 우리 문학사에서 가장 풍성하고 위대한 글로 얘기를 한다.

우리 문학사에서는 6·25를 다룬 많은 문학작품들이 있다. 직·간접적으로 체험을 한 사람들이 있고 그 시대에 청년 시절을 때론 어린 시절을 보낸 사람들이 있다. 그들에 의해서 씌어진 다양한 작품들. 예를 들어 염상섭, 김동리, 선우휘 님들의 작품들과 박완서, 박경리 님 등의 작품들이 있다. 이들 모두 거장의 작품들답게 사실성과 구체성을 충분히 확보하여 6·25를 생생히 묘사하고 설명을 해주고 있다. 《시장과 전장》 역시 그러한 글들 중에 하나이다. 내가 잘 알지도 못하면서 누구의 글이 좋고 나쁜지를 무게를 재어 놓을 입장은 아니다. 하늘이 잿빛으로 뒤덮이고, 기차길이 막히고, 그런 비극적 전쟁 속 상황에서 비극은 전쟁이 아니라 사람으로부터 시작이 된다.

《시장과 전장》은 소설이며 한국인의 삶의 발자국이다. 동시에 무엇보다도 사람에 대한 얘기이다. 비극적 시대를 배경으로 하고 있어도, 전쟁을 말하고 있어도, 궁극적으로는 그 속에서 싸움을 하는 처절한 인간을 그리고 있다. 이것이 사실이든, 거짓이든 간에 투박하고 겉멋 부리지 않고 곧이곧대로 사랑하고 살아가는 얘기인 것이다. 나오는 이들 모두가 들꽃이며, 풀꽃이며, 잡초이다. 그 당시 혹은 시대상은 다르지만 현재에도 가장 많았던 여자들 중에 한 명이고 남자들 중에 한 명이다. 역사 속에서 코뮤니스트로 살아가는 기훈이나, 평범한 소시민에 지나지 않은 기석이나, 한 사람을 마음에 담아두고 죽은 가화나, 처녀라 속이고 선생으로 부임하는 지영이나, 천지간에 사람에 대한 슬픔과 그 무한한 생명력, 그리고 그저 체념하지 않고 용기를 가지는 모습이 바로 우리들의 얘기인 것이다. 해방 이후 6·25라는 배경이 우리나라에만 존재하듯 그네들의 삶도 바로 이 땅, 이 나라에서만 가능하고, 한이라고 하는 독특한 우리나라만의 문화를 보여주는 것이다. 그래서 《시장과 전장》이라는 작품이 슬프게만 보여도, 비록 기훈의 웃음이 서툴고, 농담이 서툴고, 사랑에 서툴고, 피비린내가 진동하는 총을 차고 그 총으로 사랑하는 이의 가슴에 총탄을 박아 넣는다고 하더라도 가끔씩 내뱉는 그의 말 속에서 그는 본질적으로 밝고 건강한 인간이었음을 말하듯 이 작품이 그저 아무 이유 없이 슬프기만 하지 않다는 것을 말해준다.

물론 사랑하는 이의 총탄에 맞아 죽는 가화, 이 가화라는 여자의 삶은 참 예쁘고 슬펐다. 자신의 마음이 선택하는 길을 따라 빨치산을 선택하는 그녀의 행동은 무모하고 미련하고 어찌 보면 바보 같은데, 아무리 어두운 시대라고 하여 그것을 버릴 수는 없는 노릇이다. 그 온갖 추한 것, 온갖 잡스러운 것을 보고 겪어 온 그녀가, 그럼에도 불구하고 맑게 웃는 그녀가 이 소설을 더욱 더 슬프게 만들었다. 하지만 세상에 대해 슬퍼하고 실망하면서도 끝없이 그 세상에 희망을 가지는 그녀가 슬프기는 하지만 결국 이 작품에서 가장 올바른 삶을 살았고, 행복한 삶을 살았던 게 아닌지 반문해 본다. 자신의 삶과 사랑이 따로 놀지 않고 아무 일 없다는 듯 대지를 내려다보는 푸른 하늘. 피로 물든 황토빛깔의 흙, 그래도 바람에 눕고 일어서는 풀들, 그 풍경 속에서 자연스레 녹아 내릴 사람. 그 사람이 가화가 아니었을까. 그녀의 죽음이 슬프고 아름다웠듯 그녀의 삶 역시 슬프면서 아름다운 것이다. 그렇듯 한국의 서정을 담뿍 담아낸 인물들과, 송편 같은 달, 여인의 치마빛깔보다 곱게 물든 하늘, 달빛만 소나기처럼 내리 쏟는다와 같은 박경리 님만의 언어로 표현하고 있다.

우리의 삶을 철학적으로 해명할 때 인간생명의 유한성과 삶의 덧없음, 생활의 고통 때문에 인생은 비극적으로 인식되게 마련이다. 그런 비극적 인식은 다시 인간에 대한 비애를 낳게 마련이며, 그 인간에 대한 비애야말로 바로 인간을 감동시키는 것이다. 작가는 그것을 잘 갈파하고 있고 그 아래 네 명의 인물을 설정해 놓았다. 판도라 상자에서 제일 마지막에 나온 희망이 많은 인생의 고통과 괴로움 속에서도 살 수 있게 만들었듯 네 명의 인물 중에서 지영은 가냘픈 몸을 하고서도 끈기와 인내를 잃지 않는다. 우리의 어머니, 한국의 여인의 얼굴을 하고 살아가는 이가화를 보고 작가는 긍정적인 여자를 만나서 기뻤다고 했지만 나는 고통의 현실을 이겨내는 지영을 보고 기뻤다. 한 인간이 전쟁이라는 야만의 시간을 견디면서 인간의 존엄을 최소한이라도 지키려고 몸부림치며 살아가는 모습은 전쟁이 끝나고 폐허가 된 상황에서도 희망이 있음을 보여주는 것처럼 보인다.

우리네 삶의 시작과 끝. 비록 지금은 영상과 인터넷의 폭발적 보급으로 인해 전쟁 역시 하나의 사건이나 게임으로 밖에 치부하지 않는 세상이지만 결국 우리도 전쟁이 아닌 IMF와 구조조정으로 또 새로운 시대상을 요구하고 있다. 그 어느 날, 가난한 한 농민이 한 여인과 결혼해 예쁜 아이를 낳고, 으레 그렇듯 없는 살림이지만 소박한 웃음이 있고, 국토를 뒤흔드는 전쟁이 아니더라도 외부에서 오는 위기가 있고, 모두가 살기 바빠 힘이 든 시절이 있을 것이다. 그리고 그 시절이 지금 여기까지 넘어온 것이라면 그네들의 희로애락이 우리의 희로애락과 연결되어 있는 것은 당연한 것이다. 나라를 구성하고 시대를 만드는 것 역시 세상 밑바닥을 맨발로 걸어 온 인간이며 바로 우리이다. 《시장과 전장》에서 나오는 인물 역시 바로 우리인 것이다.

역사적 비극과 정치적 혼란, 그리고 개개인의 삶의 존재론적 고뇌는 우리나라의 슬픈 과거와 개인의 운명이라는 무거운 주제 속에서 잔잔히 펼쳐지고 있다. 그 잔잔한 감은 〈제망매가〉의 무엇과 닮아있는 것처럼 느껴진다. 고려속요인 〈가시리〉와 〈청산별곡〉에서 내포하고 있는 사람의 정감은 김소월의 〈진달래꽃〉에서도 만남과 이별의 한으로 그대로 나타나 있고, 그것은 다시 여러 한국문화의 중요한 모티브가 되어 많은 작품에서도 나타나고 있다. 그리고 그것이 여기 이 주인공 기석, 기훈, 가화, 지영의 가슴속에서도 꽃 피고 있다. 그들 모두 각각 그들이 처한 상황에서 주어진 질문에 답하며, 때로 스스로 질문을 던져 그 답을 구하고자 하면서, 관계를 가지고 한을 가지고 그렇게 살아가는 것이다. 그러면서 별리의 한 속에서 찾을 수 있는 희망은 삶이라는 것에 또 다시 탐문하게 되는 것이다.

소설이란 무엇인가. 나는 다시 그 질문을 내 자신에게 던져본다. 매일 온갖 잡다한 일에 시달리는 사람들에게 소설이라는 것은 무슨 의미가 있을까. 어떻게 살아야 되는 것인지, 어떻게 살아야 후회가 되지 않는 것인지. 우리는 그런 삶에 대한 고뇌를 가슴한 구석에 내려놓고 살아간다.

가장 원초적이고 진솔한 우리네 삶

한 순 모(서울시 중구)

박경리 씨의 《시장과 전장》을 읽은 전체적 느낌은 삶과 죽음의 격한 역동 속에서 살아남으려는 강한 생명력의 힘과 처절할 정도의 비극성이다. 6 · 25 전쟁을 배경으로 쓴 이 작품은 전쟁의 무자비한 횡포에 가차 없이 짓밟히는 인간의 모습을 담고 있는데 다른 전쟁 문학들과 달리 왜 그렇게 처참한지. 전쟁을 겪어보지 못한 세대에게 하나의 충격일 수밖에 없다. 내가 살고 있는 이 땅에서 벌어졌던 생생한 역사의 증언이 피를 토하듯 절규하고 있다. 막연히 과거의 한 사건으로만 치부하고 있던 시대의 아픔, 내 민족 · 내 형제가 몸소 겪은 전쟁의 상처가 이 책을 읽는 동안 조용히 가슴속으로 파고들었다.

그러면 작가는 단지 그가 겪은 전쟁의 현장을 누구보다도 애절하고 숨 가쁘게 폭로하는 것에 글의 무게를 실은 것일까. 분명 그렇지는 않다. 이 책에는 살아남기 위해 몸부림치는 아비규환의 전장 속에서 또 가장 원초적이고 진솔한 우리네 삶의 형태를 보여준다. 사람들이 수없이 죽어가고 머리 위에 폭탄이 쉴새없이 날아다니는 전쟁의 각박함 속에서도 시장(市場)은 여전히 서는 아이러니를 본다. 비록 내일 죽더라도 이 땅에 사람이 살아 있는 흔적, 사람이 모여드는 곳의 흔적이라도 되듯 말이다. '시장'이란 작은 통로를 통해 이 책의 주인공들은 모처럼 전쟁을 잠시나마 잊고 살아 있는 평범한 일상인으로 돌아올 수 있고 전쟁의 틈바구니 속에서 호흡할 수 있는 것이다. 시장(市場)은 전장(戰場)과 상반된 개념이면서도 또 어쩔 수 없이 사람이 살아가는 숙명적 공간이다. 그리고 우리는 그곳에서 이전에는 느껴보지 못한 삶의 따스함을 체험하게 된다.

사는 게 무력하고 힘들 때면 시장에 가보라는 말이 있다. 목청 높여 하나라도 팔려는 장사꾼과 물건을 사려는 사람들로 들끓는 시장엔 늘 생생한 삶의 활력소가 있다. 사람과 사람이 모이는 곳, 삶과 삶이 부대끼고 만나는 곳이다. 6 · 25 전쟁으로 인해 삶과 죽음이 곤두박질 치는 순간에도 삶의 한 연장선으로 들어서는 '시장'의 의미는 오늘이 있게 한 희망의 암시이자 생존의 의미가 될 수 있겠다.

이 책에는 여리면서도 강인한 한국 여인의 정서를 담은 남지영과, 사랑을 위해 모든 것을 버리는 이가화, 냉철하고 이성적인 사상주의자이며 코뮤니스트인 하기훈이 주 인물로 기타의 평범한 인물들과 조화를 이루며 이야기를 이끌어가고 있다. 전쟁의 참혹성만 없다면 어디서나 접할 수 있는 우리네의 모습과 일상이 그 전쟁의 소용돌이 속에서 흔들리고 파괴되면서도 또 잔잔히 흐르고 있다. 소설 구성 자체가 '시장'으로 대변되는 인물인 지영과 '전장'으로 대변되는 기훈의 삶이 씨줄과 날줄로 연결되어 있으며, 두 인물을 축으로 하는 병렬 복선 구성으로 이야기가 진행되고 있다. 줄거리는 크게 전쟁 직전의 평범하고 변함없는 일상, 전쟁 발발 후 피란 길과 전시 상황, 인민군 후퇴 후의 전후 상황으로 이어져가고 있다.

전쟁이 나기 한 달 전 지영은 남편 기석의 권유로 연안여고 선생으로 부임한다. 사랑하지도 않는 남편과의 결혼생활과 틀에 박힌 가정이란 굴레를 박차고 먼 시골로 떠난 지영은 오히려 홀가분함을 느끼며 시골학교에 적응해 간다. 형식과 가식에 매인 전통적 결혼관을 무너뜨리고 자신의 존재와 감정, 자아를 소중히 여기는 도전적 모습을 볼 수 있다. 동료 여교사들과의 평범한 학교생활 속에서 지영은 온갖 인생, 넘쳐흐르는, 변함없는 생활이 소용돌이치고 아는 사람 하나 없는 시장 찾는 것을 좋아한다.

암살지령을 받으려 가던 코뮤니스트 하기훈은 현기증으로 쓰러진 이가화를 운명적으로 만나게 되고 이들의 사랑은 시작된다. 그러나 안핵동의 암살계획이 좌절된 후 하기훈은 가화를 외면하고 자신의 이념만을 향해 냉정히 걸어간다. 기훈은 석산의 집에서 전쟁소식을 듣게 된다.

지영도 새벽에 전쟁소식을 듣고 동료 여교사들과 피란을 가기 시작한다. 피란민들은 우왕좌왕하며 살기 위해 한 발짝이라도 더 가려고 아우성이다. 긴박감. 걷다가 군대 차를 얻어 탔다가는 또 발이 부르트도록 걷고… 무서움과 공포 속에서도 오직 가족이 있는 서울로 가야 한다는 일념만으로 억척스럽게 달려온 지영의 모습은 시골학교에서의 모습과는 너무 다르다. 어디에 그런 의지와 강인함이 남아 있었는지 놀랄 정도이다. 자신의 자리가 없다고 갈등하고 가족과 헤어져 사는 것에 일말의 기쁨까지 느꼈던 지영이 생사를 달리하는 위기 상황에서 한사코 가족이 있는 서울로 가려는 모습은 본능적이다. 어떠한 언어로도 표현 못할 가족애가 이런 것일까. 아내와 어머니와 딸의 자리로 완벽하게 돌아가 가족을 지켜나가는 지영의 모습은 너무나 꿋꿋해 전형적이고 강인한 한국 여성의 정서를 떠오르게 한다.

지영의 가족은 미미(개)를 광에 남겨둔 채 관악산으로 피란 길을 떠난다. 한강을 끼고 벌어질 전투를 피해 산을 넘고 또 넘으며 온종일 피란민들은 걷는다. 포탄의 파편을 피하기 위해 대피호를 파고, 모기에게 물리고, 개울에서 쌀을 씻고… 자고 일어나면 파편에 주위의 것들이 다 날아가고 사람의 목숨이 개미 목숨보다도 못한 현실, 언제 죽을지 모르는 상황에서 그들에게는 오로지 살려는 욕구밖에 없다. 온갖 물질만능에 젖어 나태하고 불평 많은 우리 세대가 진정 부끄러워해야 할 일이다. 무수한 시체가 누더기처럼 굴러있던 산길, 포성에 쫓겨 가을 낙엽처럼 몰려가던 수많은 언덕과 들판의 피란 길…. 다시 집으로 돌아온 지영은 광속에서 말라비틀어진 채 아직 죽지 않고 살아남은 개의 모습에서 처음으로 전쟁의 참상을 느낀다. 얼마나 애를 썼는지 물그릇은 뒤집어지고 먹을 거라곤 하나도 없는 상태. 주인이 준 밥을 씹지도 않고 삼키며 몸을 부르르 떠는 개. 미미도 전쟁의 참혹성을 아는 것일까. 모든 게 서글픔 투성이다.

전시 상황에서 가화를 다시 찾은 기훈은 자신은 아무도 사랑한 일이 없고 단지 자신의 이념을 사랑했을 뿐이라며 가화를 찾아온 것은 자신이 아닌 바람이었다고 부인한다. 그는 이 지구에서 반동은 모조리 말살이라며 강한 사상성을 내보인다. 코뮤니스트인 기훈의 정체를 알고 가화는 그가 떠날까봐 절규한다. 기훈은 지영을 찾아가 가화를 맡길 생각을 하다가는 그만 둔다. 더 큰 사상성 때문에 운명적으로 다가온 사랑의 감정도 묵인하고 겉으로 냉정을 취하는 기훈이지만 기화에 대한 감정과 갈등을 엿볼 수 있다.

기석은 가족을 위해 입당원서를 냈으나 거부당하고 지영은 마을 여자들과 여맹에 나가 밥하는 노역에 참가하게 된다. 그러나 서울을 탈환한 인민군들이 다시 밀리고 국군이 들어오면서 이로 인해 궁지에 몰리게 된다. '반동, 최후 발악하는 인민의 원수, 미제국주의 주구는 한 놈도 남기지 말고 무자비하게 무찔러라'가 '빨갱이는 죽여라, 씨를 말려라'의 구호로 바뀌어 피가 피를 부른다. 엎치락뒤치락 하는 전시 상황에서는 단지 목숨을 부지하기 위한 어떤 행위도 용납되지 않는다. 내 편, 네 편, 오로지 극단적 편가르기만이 성립된다.

상황을 알아보려 간다던 남편은 연락이 없고, 빨갱이로 의심받는 기석을 찾는 한청원에 의해 지영은 인천 공장에서 조사를 받고 가까스로 풀려나 집으로 온다. 떠나기 전, 자신의 죽음을 대비해 어머니에게는 패물을, 아이들에게는 남아 있는 옷들을 뚱뚱하게 껴 입힌 후 마지막 준비까지 해주는 지영의 모습은 처절하다 못해 처연할 정도다. 여기서 나는 또 한번 한국 여성의 여리면서도 강한 힘을 느끼게 된다. 다시는 못 올 줄 알고 떠난 길, 또 한번의 죽음의 고비를 넘긴 지영은 가족의 이름을 부르며 절규하는데….

다시 중공군이 내려왔다가 또 유엔군으로 바뀌는 전시 상황 속에서 지영의 어머니인 윤 씨는 한강 모래밭에서 배급을 주는 줄로 잘못 알고 갔다가 군인이 쏜 총탄에 죽고 만다. 소식을 들은 지영은 강변에서 쌀자루를 꼭 껴안고 죽은 어머니를 업고 와 가마니를 깔고 광에 눕힌다. 쌀자루에는 윤 씨의 피가 붉게 배어 있고… 밀가루마저 떨어져 굶어 죽을 상황에서 그저 배고팠던 이유뿐이었는데 아군편이냐, 적군편이냐의 이데올로기는 피란을 안 갔다는 이유만으로 무자비한 살생을 하는 것이다. 윤 씨의 죽음은 전쟁의 시대적 아픔이다. 그 무시무시한 전시 속에서도 딸의 가족을 보호하며 모질게 견뎌온 생명이 한순간에 가을 바람의 낙엽만도 못하게 가벼이 날아가 버리는 것이다. 남편은 죽었는지 살았는지도 모르는 상황에서 어머니마저 어이없이 잃은 지영의 한(恨)은 또 무엇으로 다 표현할 수 있겠는가. 전쟁이 남긴 상처, 우리 민족의 아픈 상처였다.

사람들이 다 남쪽으로 내려간 서울에 남은 지영은 옷가지로 식량을 바꾸기 위해 시장으로 가나 하나도 팔지 못하고, 언제 또 중공군이 밀고 올지 모르는 상황에서 이모부의 도움을 받아 다시 부산으로 떠난다. 광이를 업고 한 손으로는 보따리를 쥐고 또 한 손으로는 희의 손목을 잡고, 다리 아파하는 희를 최영감 등에 억지로 업히게도 하면서 억척스럽게 피란 길을 헤쳐나간다. 걷다가 차를 얻어 타다가 또 걷다가 … 전쟁이 길어져 지영의 피란 길도 끝이 없고 막막하지만 그녀에게서는 끊어질 듯하면서도 끊어지지 않는, 한국의 강한 어머니의 상을 여지없이 발견할 수 있다. 위기에 대처하는 민첩함과 치밀함, 가녀린 여자의 몸으로 어떠한 어려움도 꿋꿋이 이겨내는 강인함, 가족에 대한 헌신과 봉사. 질긴 모성애…. 결벽성 있는 성격에 윤리와 도덕을 숭배하던 여린 한 여인이 전쟁터에 던져지면서 보여주는 또 다른 모습에 숙연함마저 느끼게 된다. 그리고 바로 그것이 오늘날 우리 민족을 있게 한 맥(脈)이라고 생각한다. 굽이굽이 애절하나 결코 드러내지 않는.

죽음의 공포로 드리워진 피비린내 나는 전장 속에서 지영이 유일하게 삶의 활력소를 느끼는 곳은 시장이다. 전시(戰時)에도 사람이 모이는 곳에는 어김없이 시장이 선다는 사실이 흥미롭다. 의식주에 필요한 것을 사려는 사람과 팔려는 장사꾼들, 잠시나마 사람과 사람이 부대끼는 평범한 생활이 묻어 있는 곳, 그것은 곧 삶의 흔적이 아닐까. 전쟁의 현실을 잃은 듯 어쩌면 태연히 벌어지고 있는 시장의 의미는 우리네에게 꼭 필요한 것이 무엇인지를 일깨워 준다. 모두가 황폐해져 가는데 시장에는 골목골목에 상품이 그득히 쌓여 있다. 의류, 일상용품, 화장품, 신발 모두 옛날과 같다. 헌 옷 장수들이 길을 메우고, 떡 장수, 메밀묵 장수, 국수 장수, 활기에 넘치고 가지가지 소리가 있는 시장, 페르시아의 시장이 아니고 전쟁이 밟고 지나간 장터에도 음악은 있다. 죽음의 공간인 전장과 삶의 공간인 시장의 대조. 언제 죽을지 모르는 불안과 공포 속에서도 잠시 느껴보는 평화로움과 사람 사는 냄새. 그것은 어서 전쟁이 종식되길 바라는 소시민의 간절한 염원이었는지도 모른다.

전쟁이 끝나면 지영은 온갖 것 다 버리고 산골에 가서 살자고 기석에게 말했었다. 싸리나무 울타리에 초막을 짓고, 꿀벌을 기르고, 돼지를 치고, 덫을 놓아 산짐승을 잡고, 감나무, 살구나무를 심고, 산나물, 송이, 머루, 산딸기, 솔잎을 따며… . 전쟁의 불안에 대한 가엾은 저항과 환상이었지만 지영은 욕심 없는 평범한 소시민의 행복을 갈망했다.

여자 빨치산도 좋은 세상이 오면 닭이나 치고 감자나 심고 살고 싶다고 한다. 아침에는 감자를 튀겨 먹고 저녁에는 닭고기를 먹고 싶다고 처량하게 말하는데, 혁명과 사상 이전에 인간으로서 가장 근원적인 행복, 소박한 소시민의 꿈을 갈망하는 모습을 볼 수 있다.

기훈은 부상을 당해 야전병원에 있다가 패전으로 인한 후퇴로 낙오병이 되어 쫓긴다. 아비규환의 행렬 속에서 가까스로 살아남아 인민위원회에 도착한 기훈은 다시 살아남기 위해 지리산으로 숨어 들어 빨치산 생활을 한다. 이념과 사상이 다르다고 친아버지처럼 돌보아주고 사랑해주던 석산 선생도 인민재판에 붙여버렸던 기훈. 오로지 사상으로 무장된 얼음 같은 그는 그의 이념을 위해 자신이 가는 길에 방해물이 되는 것은 하나도 용납하지 않는다.

　그러나 비둘기에게 줄 콩을 많이 갖다주겠다며 동네 아이에게 말을 걸기도 하고, 야전병원에서 만난 소년이 다친 다리 때문에 더 이상 못 걷자 자신의 성한 한 쪽 어깨를 이용해 트럭에 태워 보내기도 하는 그에게서 절대로 겉에 드러내지 않는 인간미를 언뜻 언뜻 느낄 수 있다. 그는 아침과 낮, 저녁과 밤에 따라 산 속에 울리는 여러 가지 소리가 달라지는 것을 느낄 수 있는, 진짜 산 속의 사람인 빨치산이 되어 간다. 산이 살아 있는 소리를 듣고, 모든 살아 있는 것들의 생명의 소리를 듣는다. '산은 살아 있다'는 기훈의 느낌을 나는 중요하게 받아들이고 싶다. 얼음처럼 차 보이는 그에게도 자연의 숨소리를 느낄 수 있는 감정과 감수성이 있고 누구보다도 진한 생명에 대한 애착이 있는 것이다. 자연도 살아있는데 다만 그 산 속에 사람만이 죽어 있다는 절망. 문득 떠오르는 장덕삼의 꽃상여 이야기. 그러나 휘파람과 노래로 의식과 기분전환을 해버리는 골수분자의 투지.

　그에게 여자 빨치산은 혁명이 억압당한 사람들을 해방하는 데 목적이 있고, 그렇다면 그것은 결국 인간에 대한 애정이 아니겠냐고 역설한다. 혁명을 위해 가화와의 사랑도 매몰차게 거부해버린 기훈과는 대조적으로 애인 때문에 월북했고 코뮤니스트가 되었다는 여자는 남자가 조국과 인민을 생각할 때 여자는 지아비를 생각하고, 그 지아비를 위해 조국과 인민을 생각하게 되는 일이 많다고 한다. 그러나 기훈은 여자를 맹렬히 비난한다. 기훈에게 애정은 사치스런 망상일 뿐이다. 사랑보다 사상을 중시하고, 때문에 사랑을 헌신짝처럼 버릴 수 있는 남자…. 무엇이 그를 이토록 무섭게 만든 것일까. 장덕삼에게 가화가 기훈을 만나기 위해 지리산에 와 있다는 것을 듣고도 기훈은 냉담하다.

　이름도 성도 모르는 기훈을 만나기 위해 피할 수도 있었던 의용군에

342

끌려와 빨치산 아닌 빨치산이 되어버린 가화, 오직 사랑하는 사람을 향한 그리움만으로 지리산을 헤매고 다닌다. 이념과 사상이 달라도 가화에게는 아무 문제가 안 된다. 사랑 하나 때문에 모든 것을 버린 여자. 살 의욕도 없고 제 몸 하나 버티기도 힘들어 쓰러지곤 하던 여자에게서 어떻게 그런 인내가 나왔는지 의아스럽다. 한 남자만을 위한 맹목적인 사랑 앞에서 허탈감도 느낀다. 자신의 사상만 중요시하는 한 냉철하고 이기적인 남자와의 순애보적인 사랑이라니. 더더구나 전쟁의 참상 속에서 말이다.

가화의 사랑은 아무 계산이 없는 백치 같은 사랑이기에 책을 읽는 이를 더욱 안타깝게 한다. 탄탄한 벽돌로 무장이 된 성(城)을 한갓 모래알을 던져 허물려 한다고 부서지겠는가. 그러나 가화의 사랑은 기훈의 마음을 얻어 그 사랑을 인정받고 싶은 몸부림이 아니라 단지 사랑하는 이와 같이 있고 싶고 운명을 함께 하고 싶은 것이다. 한 떨기 꽃 같은 사랑. 전쟁 속에서 피어난 청초한 꽃. 그래서 마음이 더 아프다.

능력과 조건을 중시하는 현대 여성들의 사랑관, 쉽게 만나고 헤어지고 또 다른 새로운 사랑을 찾아 미련 없이 떠나는 이들. 오늘의 부부가 내일의 적으로 변하여 서로가 상처를 입히는 현대의 이혼관. 상대방의 티끌 만한 허점도 용납하지 않는 완고한 세태. 사고방식과 습관의 작은 차이에도 서로에게 자기를 주장하는 이기주의의 문화에서 가화의 사랑은 조롱거리가 될 정도이다. 산처럼 높고 암담한 기훈의 이념과 당성에 가화는 반발도, 변화를 요구하지도 않는다. 자신에게 확실한 마음조차 준 적이 없는 한 남자를 향한 지순한 사랑. 그 자체이다. 그렇다고 가화가 순응적이고 복종적이라는 의미는 아니다. 그 넓은 지리산을 넘어지고 깨지며 기훈을 찾아 헤맬 정도로 그 사랑은 적극적이다. 바람같이 가녀리고 가여운 여자 가화. 그러나 그런 여린 여자가 언제 죽을지도 모르는 험한 지리산에서 지아비 아닌 지아비를 찾아 빨치산 노릇까지 마다하지 않는다. 이러한 가화를 지탱해주는 힘 역시 한국 여성의 여린 듯하면서도 강한 힘 아니었을까. 한국적인, 너무나 한국적인 한국 여성들만의 한(恨)으로 엮인 정서. 그 가슴 저미는 끈끈한 인내력.

장덕삼이 공산주의 이념과 당성에 대한 한계와 무의미함, 부적절성에 대해 지적한 대목은 진정한 사상성이 무엇인가를 생각하게 한다. 장덕삼은 프롤레타리아 혁명에 무한한 희망과 정열을 걸고 있었으나 점점 광대가 되어 간다는 자기 염오, 자기 경멸, 고립감, 계급의식의 모순, 한번도 스스로가 코뮤니스트인 것을 의심해 본 일이 없으나 그쪽에서 밀어내는 벽을 느꼈음을 실토한다. 언젠가 필요 없어지면 버려질 소모품의 역할에의 회의이다. 사회주의 실현의 목적은 인간 해방일 것이나 혁명독재 단 하나의 목적을 위해 모든 것을 바쳐야 하고 인간은 사회주의를 위한 수단으로 이용당하는 모순의 사회학에 대해 비판한다. 뭔지 거짓말 같고, 뭔지 수긍할 수 없는 점이 있다. 피비린내가 난다. 그 냄새를 맡으면서 코를 막고, 잘못된 것을 알았으면서도 단정을 내리는 것이 무서워 끌려 다닌 자기 기만에 그와 기훈 모두 속해 있음을. 그러나 기훈은 환영하건 배척하건 스스로가 코뮤니스트라는 사실과 희색분자의 정론으로 일축해버린다.

장덕삼이 말한 인텔리인 그들의 계급의식이 의식적이라는 사실과 노동계급 출신의 골수분자들의 본능적 계급의식의 비교는 결국 본능만이 공산주의 세계에 속할 수 있음을 시사한다. 나의 의지가 아닌 본능, 이론에는 약하나 정확한 시계바늘같이, 눌려도 들어가지 않는 쇳덩어리처럼, 귀신같이 산을 타고 다니며 겨울, 여름 할 것 없이 산 속에서 살아가는 빨치산들의 기적 같은 본능. 대창으로 사람을 찔러 죽일 수 있는 본능.

햇수를 알 수 없는 계절이 몇 번씩 지나간 산 속, 산사람끼리 서로 마주치고 헤어지고 끊임없이 이동하던 어느 봄날, 다 해진 여자 군복을 입고 속절없이 한 마리의 산 짐승이 되어 있는 가화를 기훈은 만나게 된다. 그는 "장덕삼 동무가 저들 속에 있을 게요"라며 굴 앞에 서성거리고 있는 산사람들의 무리를 가리키고 돌아서서 가버리지만 이 기막힌 만남에 가화는 "아 아" 벙어리 같은 소리만 지른다. "사, 살아서, 아아."

발 밑의 꽃이란 꽃은 모조리 잘라서 사방에 뿌리고 흩고, 꽃을 다 버리고 다시 꽃을 꺾어서 들고 한 곳에 서 있을 수 없는 듯 숲 속을 마구 헤매어 돌아다니며 맑게 꽃 이름을 물어보고, 기훈 대신 장덕삼에게 "나 여기 왔어요. 여기!"하고 우는 가화.

그러나 그녀와 마주쳐도 기훈은 말도 안 하고 언제나 그냥 지나가 버린다. 가화는 그가 화를 낼까봐 무서워 말 한마디 붙이지 못하는데 장덕삼은 기훈이 가화를 사랑하기 때문에 화를 내는 것이라고 말해준다.

냉랭하게 대하는 기훈의 주위를 빙빙 돌기만 하는 백치 같은 가화의 사랑에 연민을 느낀 장덕삼은 기훈에게 충고하나 기훈은 화를 내며 무시해 버린다. 그러다가 기훈은 여자 빨치산과의 사이를 오해하고 어둠 속에서 울고 있는 가화에게 산을 내려가길 권한다. "넌 바보다. 어서 돌아가."

자신은 자신이 택한 길을 가겠지만 자신 때문에 가화가 희생되는 것은 원하지 않는, 산 속에 남아 있는 것을 원하지 않는, 그래서 더 냉랭해야 하는 얼음 속에 감추어진 가화에 대한 드러내지 않는 기훈의 사랑이 느껴진다.

지서 습격길에 장덕삼이 수일이란 소년이 도망치도록 도와주고, 장덕삼의 짓이라는 것을 알고 있는 기훈은 직접 수일을 총으로 쏘아 죽인다. 추격을 염려하여 지서 습격을 중지하고 다시 산으로 분산해서 향하는 길에 장덕삼은 기훈이 자기 자신의 미움 때문에 다른 사람이 할 수도 있었던 일을 기훈 스스로가 총을 쏘았다고 빈정거린다. 그후 여러 갈래로 나누어져 다시 이동을 시작한 산사람들은 토벌대의 추격을 받게 되고 여자 빨치산과 가화를 도망치게 하기 위해 토벌대의 추격을 따돌리던 장덕삼은 돌아오지 못한다.

소나기 맞은 옷을 말리면서 숯가마 밖에 다리를 내놓고 자던 기훈은 펑 사냥 나온 백호대 대원에게 발각된다. 야전병원에서 만나 이전에 트럭에 태워 보내준 순길이 기훈의 다리를 쏘고 기훈은 체포된다. 그리고 전향해 국방군 토벌대장이 된 장덕삼을 다시 만나게 된다.

장덕삼은 기훈에게 전향의 기회를 주나 신문을 붙여놓았던 벽에 구멍을 내고 기훈은 탈출한다. 이미 공산주의 사상의 오류를 깨달았으면서도 기훈은 끝내 그 사상을 버리지 않는다. 그러나 다시 장덕삼을 찾아 가화를 부탁한다. 장덕삼과 다시 만나기로 한 밤, 그러나 가화를 떠나보내려고 산을 내려오던 기훈은 동료 코뮤니스트에게 발각되고 가화는 코뮤니스트의 총탄에 맞아 죽는다. 코뮤니스트는 기훈의 총탄에 맞아 죽고.

이데올로기의 허상에 집착해 사랑을 느끼면서도 그 사랑을 인정하지 않고 거부했던 기훈은 결국 가화에 대한 사랑을 확인한다. 그러나 기훈과 가화의 사랑은 너무나 비극적이라 책을 읽고 난 후에도 사람을 멍하게 만든다. 쓰리게 저며오는 아픔. 책의 앞부분에서는 가화의 백치 같은 사랑이, 뒷부분에서는 기훈의 말없는 사랑이… 한 번도 표현 안 했던 사랑이지만 장덕삼을 다시 찾아 가화를 부탁하는 마음과 하산 직전 개울가에서 가화와 마지막 시간을 갖으며 드러내는 그의 진실… . 냉철한 사상가의 입에서 처음으로 따스한 말들이 나오고 그는 가화와의 사이에서 아이도 갖고 싶어한다. 마을에서 어미 소와 송아지가 함께 가던 모습, 싸리나무 울타리에 저녁 짓는 연기, 외양간에 소를 몰아넣고 흙 묻은 옷을 툭툭 터는 농부, 풋고추를 넣은 된장찌개가 놓인 밥상을 들고 부엌에서 나오는 아낙 이야기. 그는 가화와 그러한 농부와 아낙이 되어 살 평범한 일상을 그리워한다.

하지만 이제 곧 하산한다는 말엔 관심도 없고 기훈과 함께 하는 그 짧은 시간을 마냥 행복해하고 소중히 여긴 가화의 사랑도 그렇게 끝나고 만다. 가화와 기훈의 비극적 종말이 의미하는 것은 무엇일까. 이념과 사상을 뛰어넘은 지고지순한 사랑의 꽃은 결국 그 이념의 총탄에 맞아 힘없이 떨어져버렸다. 사랑했지만 더 큰 이념을 위해 철저하게 버렸던 사랑을 가까스로 인정한 순간 남자가 숭배해 오던 이념이 그의 여인을 짓밟았다.

전쟁의 처절한 비참함과 모순이다.